Candace Robb

Der Lordkanzler des Königs

Mörderische Intrigen in der Zeit Edwards III.

Ins Deutsche übertragen
von Hans Freundl

W0175764

BASTEI
LÜBBE

BASTEI LÜBBE TASCHENBUCH
Band 13 966

Erste Auflage: Mai 1998

© Copyright 1996 by Candace Robb
All rights reserved
Deutsche Lizenzausgabe 1998 by
Bastei-Verlag Gustav H. Lübbe GmbH & Co.,
Bergisch Gladbach
Originaltitel: The King's Bishop
Lektorat: Iris Schmidt
Titelbild: Archiv für Kunst und Geschichte
Umschlaggestaltung: QuadroGrafik, Bensberg
Satz: Kremerdruck GmbH, Lindlar
Druck und Verarbeitung:
Brodard & Taupin, La Flèche, Frankreich
Printed in France
ISBN 3–404–13966–6

Der Preis dieses Bandes versteht sich einschließlich der gesetzlichen Mehrwertsteuer

Inhalt

Glossar

Grenzmark/Markgrafen
Die Grenzgebiete des Reiches; Adelige, denen der König die Verwaltung der Grenzgebiete anvertraute

Houppelande
Obergewand für Männer; weites Gewand, das vorne offen ist und lange Ärmel besitzt; es kann bis zum Boden reichen und in Schleppform ausgebildet sein

Königsstraße
Straße, die unter dem Schutz des Königs steht

Komplet
Die letzte Hore des kirchlichen Stundengebets; wird nach Sonnenuntergang gebetet

Leman
Mätresse

Münster
Eine große Kirche oder Kathedrale; die Kathedrale St. Peter in York wird als York Münster bezeichnet

Non
Die ›neunte Stunde‹; eine Tagzeit des kirchlichen Stundengebets

Prim
Die ›erste Stunde‹; im Stundengebet die Gebetszeit zur Eröffnung der täglichen Arbeit

Söller
Im Obergeschoß liegende und ins Freie führende Plattform, die von Mauern und Säulen gestützt wird

Trakte
Bereiche einer Burg; in Windsor ist der untere Trakt

der Hof westlich des Wachturms, der obere Trakt der Hof östlich des Turms, wo die neuen Gemächer von König Edward III. lagen

Vesper
Die abendliche Gebetsstunde im kirchlichen Stunden-gebet

Weiße Mönche
Zisterzienser, eine Abspaltung des Benediktiner-ordens; sie versuchten, streng nach den Klosterregeln des Hl. Benedikt zu leben

1

Eine Leiche im Wassergraben

Windsor Castle, im März des Jahres 1367

Die St. George's Hall war hell erleuchtet durch Fackeln und Lampen, die wie Sterne glitzerten in den verglasten Fenstern am hinteren Ende des Raumes. Die Stimmen der Höflinge des Königs mischten sich mit den Klängen der Musik, und ihre seidenen Gewänder raschelten, während sich ihre Füße im Rhythmus bewegten. Im Saal vermengten sich die Gerüche von gebratenem Eber, exotischen Gewürzen, parfümierten Haaren und Kleidern, schmelzendem Bienenwachs, Rauch und Schweiß, und hin und wieder wehte ein eisiger Lufthauch herein, wenn einzelne Festgäste durch die Tür hinausschlüpften, um ihre weingesättigten Blasen zu entleeren.

Ein verspäteter Besucher schob ungeduldig einen schwankenden Adeligen beiseite, blieb dann jedoch stehen, als seine Sinne, die sich an die Dunkelheit, die Stille und den Schneefall im Burghof gewöhnt hatten, durch den Lärm, die Hitze und den Rauch der grellen Fackeln überrumpelt wurden, die ihn zu husten und zu blinzeln veranlaßten. Nachdem er sich den Schnee von seinen braunen Haaren geschüttelt hatte, musterte Ned Townley die Gesichter an den langen Tischen neben der Tür, wo die Pagen und die niederen Hofbediensteten mit ihrer Mahlzeit beschäftigt waren. Er suchte nach einem jungen Gesicht, das ihm in letzter Zeit nur allzu vertraut geworden war. Dieses Gesicht, das er mittlerweile schon viel häufiger gesehen hatte, als ihm lieb gewesen war, neigte sich Mary zu, seiner Verlobten.

Er hätte sie nicht so lange alleinlassen sollen. Doch es hatte nur sehr schwache Anzeichen dafür gegeben, daß

Mary einem Sturm der Gefühle ausgesetzt war. Ein Stirnrunzeln, das als bedeutungslos abgetan wurde, eine gelegentliche Geistesabwesenheit, unerklärliche Tränen. Als Ned schließlich Verdacht schöpfte und hinter Mary herzuspionieren begann, hatte diese schon mit Daniel, einem Pagen aus dem Hofstaat von Sir William von Wyndesore, ein Ausmaß von Vertrautheit erreicht, für das Ned Monate gebraucht hatte. Nicht daß er die beiden dabei ertappt hätte, wie sie sich umarmten; dergleichen hätte Mary erst getan, nachdem sie Ned alles gebeichtet hatte. Aber er erkannte, daß sie innerlich hin- und hergerissen und von Schuldgefühlen gequält wurde.

Doch Ned wollte Mary nicht verlieren. Sein Nebenbuhler war ein einfacher Page, der erst vor kurzem aus Dublin an den Hof gekommen war. Was wußte der Junge denn von der Liebe? Ned hatte schon in vielen Ländern die Reize von Frauen kennengelernt und wußte, daß Mary die Frau war, die Gott für ihn bestimmt hatte. Wie ernsthaft konnte die Zuneigung des Jungen überhaupt sein? Ned war zu der Ansicht gelangt, es würde ein leichtes sein, ihn in die Flucht zu schlagen. Ein paar scharfe Worte, verhüllte Drohungen, das würde genügen.

Als er Daniel erblickte, überkamen Ned Zweifel. Im Unterschied zu den Pagen, die ihn umgaben, war Daniel ein bleicher, schmächtiger Jüngling. Welche Frau konnte ihr Herz an einen solchen Jungen verlieren? War es möglich, daß Ned sich nur eingeredet hatte, von diesem Jungen würde eine Gefahr für sein Liebesglück ausgehen? Doch es war nicht die Zeit, Schwäche zu zeigen. Ned mußte alles tun, was in seinen Kräften stand, um sich eine glückliche Zukunft mit Mary zu sichern.

Er straffte seine Schultern und setzte einen bedrohlichen Gesichtsausdruck auf. Wären seine alten Waffenbrüder an diesem Abend hier gewesen, hätten sie gelacht, ihm auf die Schultern geschlagen und ihn einen verliebten Narren genannt. Doch trotz ihrer Hänseleien hätten Owen und Lief ihn verstanden; sie waren den Frauen ebenso verfallen, die sie vor den Traualtar geschleppt hatten.

Ned hatte jedoch nicht mit dem Zusammenhalt von Wyndesores Männern gerechnet.

Daniel starrte hinunter zu seinen Füßen, den Kopf und die Schultern schuldbewußt eingezogen. Er wünschte, er wäre irgendwo anders, nur nicht hier.

Die Sorgen des Pagen konzentrierten sich auf den großen, stattlichen Mann, der die Bediensteten Sir Williams mit Verachtung gestraft hatte. »Ich bin nicht so dumm, einen Mann anzugreifen, der von seinen Freunden umgeben ist. Und dann noch dazu einen solchen Burschen.« Doch die Bediensteten waren beauftragt, den Pagen ihres Herrn zu beschützen, und dazu waren sie auch entschlossen.

Als er hochblickte, sah Daniel, daß das ebenmäßige Gesicht seines Herausforderers vor Zorn gerötet und seine elegante Kleidung durch das Handgemenge mit den Männern zerzaust war. Daniel wünschte, man würde ihn aus dem Saal führen anstatt Ned Townley. Daniel verehrte Townley. Er war sein großes Vorbild. Er arbeitete als Späher für John von Gaunt, den mächtigen dritten Sohn des Königs, der auch Herzog von Lancaster war. Ned war ein erfahrener Krieger, berühmt für seinen geschickten Umgang mit dem Dolch. Dennoch war er kein einfältiger Grobian, wie die Männer von Sir William. Townley war ein Höfling, sowohl in seiner Kleidung als auch in seinem Benehmen und seiner Sprache. Und mit seinen hübschen braunen Augen, seinen ebenmäßigen Gesichtszügen und seinem wohlgestalteten Körper erschien er Daniel als der schönste Mann, den er je gesehen hatte. Niemals hätte er diesen Mann absichtlich gegen sich aufgebracht.

Doch vor wenigen Augenblicken hatte Townley Daniel zu verstehen gegeben, daß er sich eines Vergehens schuldig gemacht hatte. Diese Warnung war ihm mit einer Entschlossenheit übermittelt worden, die Daniel erschreckt hatte. Townley hatte ihn am Kragen seines Obergewands gepackt und ihn hochgezogen. »Ich hänge dich zu den

Teppichen an der Wand, wenn du deine Finger nicht von meiner Verlobten läßt.«

»Von Eurer Verlobten?« hatte Daniel gekreischt.

»Von Mary, der Zofe von Mistress Perrers.«

»Nein! Ich flehe Euch an!« hatte Daniel gerufen und gehofft, Townley würde ihn endlich wieder auf den Boden hinunterlassen, damit er ihm erklären konnte, daß Mary und ihn nur freundschaftliche Gefühle verbanden, nicht mehr. Doch sein Ausruf hatte die Aufmerksamkeit von Sir Williams Männern erregt, die nun Townley aus dem Saal zerrten.

»Er wird dich nicht länger belästigen, Daniel«, sagte Scoggins und füllte den Krug des jungen Mannes erneut mit Bier.

Daniel prostete Scoggins zu und nickte, dann tranken beide. Diese Geste erwartete Scoggins von ihm, deshalb tat ihm Daniel den Gefallen. Doch er war ihm alles andere als dankbar. Wenn Scoggins sich nicht eingemischt hätte, dann hätte Townley wahrscheinlich ein paarmal auf den Tisch gedroschen und Daniel gedroht, ihn mit seinem Dolch an die Wand zu nageln, und wäre dann wieder in die Nacht hinausgestampft, zufrieden damit, daß er dem Jungen einen gehörigen Schrecken eingejagt hatte. Und am nächsten Morgen hätte Townley erkannt, daß Daniel die Botschaft verstanden hatte und sich künftig von Mary fernhalten würde, und alles wäre schnell wieder vergeben und vergessen gewesen. Doch Scoggins hatte es offenbar als seine Pflicht angesehen, den Pagen seines Herrn zu beschützen.

In Wahrheit war der Zorn Ned Townleys nur allzu berechtigt. Daniel hatte sich töricht verhalten; er hätte erkennen müssen, daß sein Interesse für Mary mißverstanden werden würde. Er hatte nicht gewußt, daß Townley jener Ned war, von dem Mary die ganze Zeit sprach. Aber nicht ein einziges Mal hatte sie erwähnt, daß ihr Verlobter ein Spion Lancasters war. Nicht einmal hatte sie von seiner Fertigkeit mit dem Dolch erzählt. Sie hatte ihn immer nur als Ned bezeichnet, als den ›schönen Ned‹, den ›sanften Ned‹, den ›großen, starken und eindrucksvollen Ned‹. Eine mythische Gestalt. Aber nicht der Spion Lancasters.

Daniel trank sein Bier aus, schob den Krug zur Seite und lauschte mit einem Ohr den Gesprächen, die in seiner Umgebung geführt wurden und die sich alle um das Zusammentreffen seines Herrn, Sir William von Wyndesore, mit dem König an diesem Tage drehten. Es hieß, Sir William habe für die Schwierigkeiten in Irland freimütig das schlechte Urteilsvermögen des Herzogs von Clarence verantwortlich gemacht. Einige sagten, der König sei darüber erzürnt, und Sir William solle an die schottische Grenze verbannt werden. Andere meinten, der König wisse sehr wohl, daß er seinem Sohn Lionel, dem Herzog von Clarence, nicht vertrauen könne, und Sir William solle zu einem Markgraf erhoben und beauftragt werden, die Grenze zu Schottland zu schützen.

Daniel spitzte die Ohren. Ob es nun als Bestrafung oder als Belohnung gedacht war, alle Anwesenden schienen jedenfalls damit zu rechnen, daß sie in naher Zukunft nach Norden in das Grenzgebiet würden ziehen müssen. Seine Stimmung besserte sich. Das bedeutete, daß er bald weit entfernt sein würde von Windsor Castle, dem Ort seiner Demütigung. Gedankenversunken griff er nach seinem Krug, erinnerte sich daran, daß er ihn zuvor ausgetrunken hatte, fand ihn jedoch gefüllt vor. Hatte er es sich nur eingebildet, daß er ihn geleert hatte? Wie auch immer, er nahm einen großen Schluck. Und darauf einen weiteren. Dann schenkte ihm wieder jemand nach und lachte, als Daniel mit vollem Mund zu protestieren versuchte.

»Komm, Junge, trink! Scoggins hat dir das Leben gerettet. Trink auf sein Wohl!«

Daniel erinnerte sich daran, daß es vor dem Abendmahl schon zu schneien begonnen hatte. Es war ein langer, gefährlicher Weg vom Festsaal zur Unterkunft von Sir William. Er fürchtete sich bereits davor, aufzustehen. Wie würde er durch den Schnee nach Hause kommen?

»Los, Junge, trink! Spül es hinunter!« Ein Gesicht tauchte vor Daniels Augen auf, doch er war schon so benommen, daß er es nicht erkannte. Er blinzelte, um es besser zu sehen. Wie oft hatten sie ihm eigentlich schon nachgeschenkt? Er schüttelte den Kopf, um ihn wieder klar zu bekommen, und spürte dann, wie ihm übel wurde. Oh, mein Gott, er würde sich an diesem Abend ein zweites Mal lächerlich machen. Er war verflucht, daran bestand kein Zweifel.

Es war zwar schon März, doch der harte Winter hielt immer noch an. Bruder Michaelo freute sich über den Anblick, den der frisch gefallene Schnee zu dieser frühen Stunde des Tages bot, über die makellose weiße Decke, die über den Dächern und Fenstersimsen von Windsor Castle lag, doch er wußte auch, daß der Neuschnee den gefrorenen Schlammboden zu einem tückischen Untergrund machte. Er bewegte sich vorsichtig, den Körper nach vorne gebeugt, um auf seine Stiefel und den Saum seines Habits zu achten. Er wollte die Gemächer Erzbischof Thoresbys trocken und sauber erreichen.

Er tat es nicht, um eine besonders elegante Erscheinung abzugeben, denn Michaelo würde an diesem Tag nicht mit Höflingen zusammentreffen. Er würde sich vielmehr an sein Schreibpult setzen, um Briefe des Erzbischofs an die Äbte von Fountains und Rievaulx vorzubereiten, Briefe, in denen William von Wykeham für den Bischofssitz von Winchester vorgeschlagen wurde. Eine unangenehme Aufgabe, denn falls sich der König mit dieser Ernennung durchsetzen würde, würde Wykeham auch über kurz oder lang Erzbischof Thoresby als Lordkanzler von England ablösen. Ein betrüblicher Gedanke. Es war durchaus eine Ehre, dem Erzbischof von York als Sekretär zu dienen, doch ein Erzbischof hatte nicht so häufig in London zu tun wie der Kanzler. Michaelo seufzte, als er daran dachte, daß er künftig viel mehr Zeit in York würde verbringen müssen. Er bevorzugte Thoresby in seiner Doppelfunktion. Wenn schon hier der Winter nahezu endlos zu sein schien, oben im Norden war es noch trostloser. Seine einzige Hoffnung, dieses unerfreuliche Schicksal doch noch abwenden zu können, bestand darin, daß der Papst trotz aller Schreiben, in denen Wykeham überschwenglich für den Bischofssitz empfohlen wurde, daran festhalten könnte, an Wykeham das erste Exempel seines Feldzuges gegen die Ämterhäufung zu statuieren. Papst Urban war überzeugt, daß die Praxis, hohen Geistlichen gleichzeitig mehrere Ämter anzuvertrauen, dazu führte, daß diese ihre Gemeinden vernachlässigten und sich mehr darum kümmerten, ihren Wohltätern, die ihnen zu ihren Posten verholfen hatten, gefällig zu sein, als darum, der Verantwortung gegenüber ihren Schutzbefohlenen nachzukommen. Seine Heiligkeit betrachtete William von Wykeham als den reichsten mehrfachen Amtsinhaber Englands. Was zweifellos stimmte.

Ein Rufen von unterhalb des Wachtturms riß Michaelo aus seinen Gedanken. Er straffte sich, rutschte aus und konnte nur mühsam sein Gleichgewicht bewahren. Drei Bewaffnete liefen auf den Turm zu. Der Mann, der den Ruf ausgestoßen hatte, stand über dem Graben, der den Hügel umgab, auf dem der Turm stand. Der Schnee, der den Steilhang bedeckte, war zerfurcht, als sei etwas von oben heruntergerutscht. Die Neugier trieb Michaelo dazu, zum Turm zu gehen.

Als er nur noch zehn Fuß von der kleinen Meschenansammlung entfernt war, die sich dort mittlerweile eingefunden hatte, sah Michaelo, daß die drei Männer einen menschlichen Körper aus dem Graben zogen. Von der leblosen Gestalt lösten sich Eisklumpen, Wasser und Schmutz. Die heftigen Niederschläge hatten das Wasser im Graben steigen lassen, und der Frost hatte ihn mit einer Eisschicht überzogen. Die arme Seele mußte in das eiskalte Wasser gefallen und ertrunken sein, bevor sie zu sich kam und herauskriechen konnte. Doch wie war die Person auf den Hügel gekommen?

Einer der Männer zog etwas, das wie ein Umhang aussah, aus dem Schlamm heraus, roch daran und reichte es seinem Kameraden. »Riech mal.«

Der andere Mann roch ebenfalls daran und zuckte

zurück. »Puh! Das hab' ich lieber im Krug als in der Wäsche! Ist der Kerl in ein Bierfaß gefallen?«

»Hat sich vollaufen lassen und wollte dann das Schlittenfahren probieren.«

Aha. Nun begriff Michaelo, wovon die Furchen im Schnee herrührten. Der Mann war den Hügel hinuntergerutscht und hatte nicht mehr bremsen können – ein Mißgeschick, vor dem in den letzten Monaten auch viele Mütter ihre Kinder gewarnt hatten, die hierhergekommen waren. »Wer ist der Mann?« rief Michaelo.

»Daniel. Der Page von Sir William von Wyndesore.«

»Seid Ihr sicher?« Michaelo kannte Daniel. Ein netter, milchgesichtiger junger Mann.

»Er sieht jedenfalls wie Daniel aus«, meinte der Mann.

Michaelo trat näher heran, ohne nun besonders darauf zu achten, daß seine Stiefel nicht schmutzig wurden. Der Junge lag auf dem Boden, die Augen weit aufgerissen, das Haar schmutzverkrustet und die Arme ausgebreitet. Als Michaelo sich neben der Leiche niederkauerte, um ihr das starre Haar aus dem Gesicht zu streichen, bemerkte er etwas, das nicht zu einem Ertrunkenen paßte: rote Striemen an seinen Handgelenken, die knapp unterhalb der Ärmel seines Hemdes sichtbar waren. Michaelo hätte gerne die Ärmel hochgeschoben, um sich ein besseres Bild zu machen, doch er zögerte. Er strich das Haar zurück und schloß sachte die Augen des Jungen.

»Also? Ist es Daniel?« Der Mann hielt den Umhang mit ausgestrecktem Arm von sich.

Michaelo stand wieder auf und schlug das Kreuzzeichen über dem Toten. »Ja. Der arme Junge.« Dann eilte er davon, ohne ein Wort über Daniels Handgelenke zu verlieren. Besser, er erwähnte dies nur gegenüber einer Person, der er vertrauen konnte.

Sir William von Wyndesore wies seine Diener an, den Leichnam des Jungen zuzudecken und Neugierige fernzuhalten. Dann begab er sich hinaus, um mit seinen Männern zu sprechen. Er fluchte, als die fahle Wintersonne

16

ihm in die Augen stach und ein kalter Windstoß mit eisigen Fingern seine Glieder umfaßte. Wyndesore war ein zäher, erfahrener Krieger von mächtiger Statur, doch er war kein junger Mann mehr. Er hatte einen schweren Kopf, da er am Abend zuvor ausgiebig dem Branntwein zugesprochen hatte, doch seine Diener hatten ihn unsanft geweckt, um ihm die Nachricht zu überbringen, daß Daniel ertrunken war. Seine Männer waren alle im Außenhof versammelt; einige traten von einem Bein auf das andere, um sich warmzuhalten, andere rieben sich die Augen, viele jedoch forderten, Ned Townley herbeizuschaffen.

»Um wen geht es?« fragte Wyndesore.

Alan beugte sich zu ihm. »Um Ned Townley. Ein Späher von Lancaster, der für den Herzog hier die Ohren offenhalten soll, solange der sich auf seinem Feldzug in Kastilien befindet, heißt es.«

»Sagt man das? Und worin besteht sein Vergehen, außer daß er ein Spion Lancasters ist?«

»Ich weiß es nicht. Doch ich habe ihn gestern abend zusammen mit Scoggins gesehen.«

Wyndesore straffte sich, blinzelte seine Männer an und machte unter ihnen Scoggins ausfindig. »Nun, Scoggins, was hat Townley angestellt?«

»Er hat Daniel ermordet, das hat er angestellt, Herr.« Die Männer murmelten zustimmend, wobei ihre Stimmen von den Steinwänden widerhallten, die sie umgaben.

»Du hast gesehen, wie er es getan hat?«

Scoggins spuckte auf den Boden und schüttelte den Kopf. »Nein, Herr. Aber ich habe gesehen, wie die beiden gestern abend wegen der Zofe von Mistress Perrers gestritten haben, wegen der kleinen Mary. Und Townley hat Daniel gedroht, er würde ihn mit seinem Dolch an die Wand nageln, wenn er ihn noch einmal in der Nähe von Mary erwischen sollte. Das hat er gesagt, das kann ich beschwören, Herr. Ich habe ein paar Männer herbeigerufen, um ihn aus dem Saal zu führen. Er muß zurückgekommen sein und dem Jungen aufgelauert haben.«

Wyndesore schloß die Augen. »Und wurde Daniel erstochen?« Scoggins war ein Schwätzer und Unruhestifter, aber ein guter Soldat, und er war ihm treu ergeben. Außerordentlich treu. »Nun, Scoggins?«

Der Mann zuckte die Schultern. »Ich habe den Leichnam noch nicht gesehen, Herr.«

Wyndesore ließ seinen Blick durch die Runde schweifen. »Wer hat ihn gesehen? Wer hat ihn gefunden?«

»Einer der Wachmänner des Königs«, antwortete Alan leise. »Aber Bardolph und Crofter haben ihm geholfen, den Toten aus dem Graben zu ziehen.«

»Crofter!«

Ein blonder Mann mit eckigem Kinn trat nach vorne. »Ich konnte keine Stichwunden feststellen, Herr. Der Junge ist ertrunken, daran besteht kein Zweifel.«

Wyndesore nickte. »Dann hört auf mit diesem Townley.«

Crofter schüttelte den Kopf. »Wer sagt denn, daß Townley nicht seine Meinung geändert hat und es wie einen Unfall aussehen lassen wollte? Wer kann das denn ausschließen?« Er klang völlig überzeugt, nicht fragend.

Wyndesore knurrte. »Halte dich an die Tatsachen, Crofter.«

Crofter neigte den Kopf untertänig. »Er ist ertrunken, Herr.«

»Danke.«

Doch Crofter war noch nicht fertig. »Einen Augenblick noch bitte, Herr. Sein Umhang stank nach Bier. Er muß sich von oben bis unten damit begossen haben. Ich vermute, er war zu betrunken, um zu begreifen, was er tat.«

Wyndesore wandte sich an Scoggins. »War Daniel betrunken, als er den Saal verließ?«

Scoggins zuckte die Schultern und blickte auf seine Stiefel hinunter. »Ein wenig schon, Herr.«

»Er war es nicht gewohnt, viel zu trinken, Scoggins. Hast du ihn dazu ermutigt?«

Scoggins blickte seinen Gebieter an. »Ja, Herr, und dafür bitte ich vielmals um Vergebung.«

»Dann hast du dich also auch betrunken?«

»Jawohl, Herr.«

»Hat jemand dem kleinen Daniel angeboten, ihn zurück nach Hause zu begleiten?«

»Ich habe nicht gesehen, wie er gegangen ist, Herr.«

»Warst wohl schon zu betrunken?«

»Ja, Herr.«

Wyndesore schirmte seine Augen gegen die Sonne ab, während er den Blick wieder auf seine Männer richtete. »Kümmert euch um eure Arbeit. Morgen früh bei der Messe werdet ihr Gelegenheit bekommen, für den armen Daniel zu beten.« Er drehte sich um und stapfte in die Burg zurück, rief zuvor jedoch noch Alan zu, er solle Mistress Perrers wecken.

»Und was ist mit Ned Townley, Herr?«

»Zuerst Mistress Perrers, verdammt!«

Alan eilte davon.

John Thoresby ging in seinem Gemach auf und ab, während er auf seinen Sekretär wartete. Michaelos Säumigkeit war an diesem Morgen besonders ärgerlich. Thoresby hatte nun eine Möglichkeit gefunden, die Forderungen des Königs mit seinen eigenen Interessen in Einklang zu bringen, und wollte diese Aufgabe schnell hinter sich bringen. Wo steckte sein Sekretär nur? Brauchte er so lange für seine Morgentoilette?

Als Michaelo schließlich auftauchte, war er völlig außer Atem und hatte ein gerötetes Gesicht, und zu Thoresbys Überraschung war auch der Saum seines Habits verschmutzt.

»Wo wart Ihr denn so lange?«

»Euer Gnaden, es ist etwas Schreckliches …« Michaelo schüttelte den Kopf, setzte sich an sein Schreibpult, wischte sich das Gesicht mit einem Tuch ab, schloß die Augen und holte tief Luft.

»Was ist so schrecklich, Michaelo? Ihr zittert ja am ganzen Leib.«

Sein Sekretär nickte und tupfte sich die Oberlippe ab.

»Michaelo!«

»Verzeiht mir, Euer Gnaden. Ich muß erst wieder zu Atem kommen.« Michaelo schüttelte den Kopf. »Es sind die Striemen, Euer Gnaden. Und sein Umhang. Er trieb im Wassergraben, nicht in einem Bierfaß. Wie kann jemand soviel Bier verschütten, daß sein ganzer Umhang riecht, als sei er in ein Bierfaß getaucht worden? Und was noch seltsamer ist: Warum trägt er seinen Umhang beim Trinken?« Michaelo senkte den Kopf, drückte das Tuch an die eine Schläfe, dann an die andere.

Der Erzbischof musterte seinen Sekretär, der so aufgewühlt und nervös wirkte wie noch nie. »Geht es Euch nicht gut heute morgen? Wieder einer Eurer Kopfschmerzanfälle?«

Michaelo hob langsam den Kopf und blickte Thoresby stirnrunzelnd an, als verstehe er ihn nicht. »Nein, Euer Gnaden. Ich war gerade auf dem Weg hierher, als man ihn entdeckte und aus dem Graben zog.«

»Wer wurde aus welchem Graben gezogen?«

»Habe ich es noch nicht gesagt? Verzeiht mir, Euer Gnaden. Es handelt sich um Daniel, den Pagen von Sir William von Wyndesore. Unten am Wachtturm. Er ist ertrunken, Euer Gnaden. Oder vielleicht war es noch schlimmer.«

Schlimmer? »Ertrinken führt zum Tod, möchte ich meinen. Was sollte noch schlimmer sein?«

Michaelo zog seine Augenbrauen zusammen. »Ich habe den Männern, die ihn gefunden haben, nichts davon gesagt. Aber es gab Striemen an seinen Handgelenken. Als wären seine Hände gefesselt gewesen, Euer Gnaden.«

Das konnte Schwierigkeiten bedeuten. Doch vor allem der Name des Opfers ließ bei Thoresby die Alarmglocken läuten. Sein Sekretär hatte eine Schwäche für hübsche junge Männer. »Daniel. Ein gutaussehender junger Mann, wenn ich mich recht erinnere. Ihr habt doch nicht etwa Euer Gelübde gebrochen, Michaelo?«

Diese Frage schien Michaelo wieder zur Besinnung zu bringen. Er setzte sich auf. »Euer Gnaden, ich bin einfach nur vorübergegangen.«

»Das bezweifle ich nicht, Michaelo, doch Eure Aufgeregtheit scheint auch noch andere Ursachen zu haben.«

Michaelos Nasenflügel bebten. »Ich habe wie stets die nötige Distanz gewahrt, Euer Gnaden.«

Deo gratias. Thoresby verbarg sein Lächeln, als Michaelo das Kinn hochreckte, den Rücken versteift vor Entrüstung, seinen Federkiel ergriff und sich schreibbereit über das Pergament beugte.

»Können wir beginnen, Euer Gnaden?«

Daß sein Sekretär sich verletzt fühlte, beruhigte Thoresby. »Ja. Ich habe mir Gedanken gemacht zu den Briefen, die unser König verlangt.«

Es war eine Frage der Betonung, hatte Thoresby entschieden. Er mußte jene Aspekte von Wykehams Arbeit besonders loben, die die Zisterziensermönche am wenigsten schätzten – wie der König ihn in seinem letzten Amt als Hofbaumeister und in seinem jetzigen als Lordsiegelbewahrer für unersetzlich gehalten habe, was natürlich Wykehams weltliche Loyalität besonders unterstreichen würde. Das konnte der König nicht bestreiten, noch konnte er leugnen, daß Thoresby seine Worte als Lob gemeint hatte. Thoresby lächelte in sich hinein, als er Michaelo zu diktieren begann.

Ziemlich elegant gekleidet für einen Morgenspaziergang, das braune Haar sorgfältig unter einem Schleier verborgen, eilte Alice Perrers durch das Tor des oberen Trakts und schlang den pelzbesetzten Umhang enger um ihren fröstelnden Körper. Es war noch zu früh, um auszugehen, das Blut in ihren Gliedmaßen hatte sich noch nicht erwärmt. Der Wachmann verbeugte sich. Ihr Page folgte ihr mit einem Becher und einem Krug mit verdünntem, gewürztem Wein. Alice wollte nicht auf ihre übliche morgendliche Erfrischung verzichten, ganz gleich, wen man gerade im Wassergraben gefunden hatte. Nach dem Besuch bei Sir William mußte sie sofort wieder in den Palast zurückkehren, um sich um die kränkliche Königin zu kümmern. Sie würde keine Zeit finden, sich mit ihren eigenen Angelegenheiten zu befassen. Sie sträubte sich keinesfalls gegen ihre Pflichten gegenüber Königin Philippa. Alice verdankte ihre Position schließlich der Zuneigung der alternden Königin. Doch sie mußte auch auf sich selbst achtgeben, niemand würde ihr das abnehmen. Sie war neunzehn Jahre alt und würde bald die Blüte der Jugend einbüßen, die den König so sehr in Bann zog, wenn sie sich nicht um ihre Gesundheit kümmerte. Sie machte sich nichts vor; sie war keine Schönheit. Ihre Macht lag in ihrem jungen, wohlgeformten Körper, ihrem Verständnis für das Verlangen der Männer und in ihrem Ehrgeiz.

An der Tür zu den Gemächern von Sir William von Wyndesore blieb Alice stehen und wandte sich um. »Gilbert?«

Ihr Diener eilte herbei, nahm den Becher in jene Hand, die bereits den Krug hielt, und klopfte laut. Er hatte gelernt, daß seine Herrin wütend wurde, wenn er versuchte, seine Fingerknöchel zu schonen.

Als die Tür geöffnet wurde, schwebte Alice an Gilbert vorbei in einen geräumigen, jedoch kargen Salon, der offensichtlich von einem Soldaten eingerichtet worden war: zwei Stühle mit hohen Lehnen, zwei Beistelltische sowie eine Truhe für Haushaltsgegenstände. Die Stühle standen vor einem großen Kohlenbecken, das eine angenehme Wärme abstrahlte. Sir William saß auf einem der Stühle, die Füße zum Feuer hin ausgestreckt. Er blickte schläfrig auf und nickte. Er war ein stattlicher Mann, mehr als dreißig Jahre älter als Alice, wirkte aber immer noch körperlich stark und hatte noch volles dunkles Haar, abgesehen von einigen grauen Strähnen. Es sah ihm ähnlich, daß er nicht aufstand, dachte Alice. Hatte er sich auch so träge verhalten, als er noch unter dem Herzog von Clarence in Irland gedient hatte? Eine interessante Frage. Sie mußte ihr gelegentlich nachgehen. »Sir William?«

Wyndesore winkte Alice zu dem anderen Stuhl. Sie setzte sich mit einem hoheitsvollen Rascheln ihrer Röcke. Ein Diener eilte herbei, um einen kleinen Tisch neben sie zu stellen. Gilbert trat nach vorne und schenkte den Wein ein.

»Ihr bringt Eure Erfrischung selbst mit? Als Vorsichtsmaßnahme?« Wyndesore grinste.

»Ich bin am frühen Morgen immer besonders durstig, und wie wir gestern abend festgestellt haben –«, sie blickte mit kokettem Lächeln auf, »– ist mein Keller exzellent bestückt.« Alice hob ihren Becher, als wolle sie ihm zuprosten, und trank.

Wyndesore beobachtete sie belustigt. »Das verwöhnte Schoßhündchen des Königs.«

Alice schnaubte. »Das ist nicht wahr.«

Wyndesore legte eine Hand auf sein Herz und senkte den Kopf. »Verzeiht, Mistress Alice. Ich benehme mich wie ein rüpelhafter Soldat.«

Alice überhörte seine nicht ernstgemeinte Entschuldigung.

Wyndesore schien das Spielchen bereits zu langweilen. »Also gut. Ned Townley. Er umwirbt Eure Zofe Mary?«

Alice fuhr mit einem Finger langsam um den Rand des Bechers. »Weshalb fragt Ihr?«

»Habt Ihr schon gehört, was meinem Pagen widerfahren ist?«

Alice setzte einen betrübten Gesichtsausdruck auf. »Der arme Daniel. Er ist ins Wasser gerutscht. Jedermann hat einen solchen Unfall erwartet, aber mit einem Kind, nicht mit einem jungen Mann.« Sie hob ihren Blick langsam. »Weshalb erwähnt Ihr Ned?«

»Vielleicht war es kein Unfall. Ned Townley hat Daniel gestern abend bedroht – weil dieser sich in Gesellschaft von Mary befand. Hatte Daniel sich an Eure Zofe herangemacht?«

»Sir William! Hört Ihr auf den Klatsch der Leute?«

Wyndesore beugte sich nach vorne, verärgert über Alices Verhalten. »Ja oder nein?«

Alice verzog das Gesicht und faltete ihre Hände wie ein gehorsames Kind. »Daniel hat uns in der letzten Zeit regelrecht heimgesucht, das muß ich sagen, wenngleich ich nur sehr ungern schlecht über Tote rede. Doch er hat Mary nicht den Hof gemacht. Das war nicht seine Absicht.«

Wyndesore knurrte. »Weshalb sonst sollte ein Mann seine Zeit mit einer hübschen Frau verbringen?«

Alice heuchelte Überraschung über diese Bemerkung. »Kann sie denn nicht einfach nur eine Freundin sein, auch wenn sie hübsch ist?« Sie legte den Kopf schief und schaute Wyndesore unschuldig an.

Dieser lachte.

Alice nippte an ihrem Wein. »Was glaubt Ihr?«

Wyndesore zog seine Füße zurück und schnippte mit den Fingern, um sich einen Becher Wein bringen zu lassen. »Was ich glaube, ist nebensächlich. Es geht um meine Männer. Sie glauben, Townley hat Daniel getötet.« Er nahm einen großen Schluck, wobei er Alice über den Rand seines Bechers beobachtete.

Alice schüttelte den Kopf. »Ned hat so etwas nicht getan. Ich kann für ihn bürgen, Mary ebenfalls. Er war gestern abend bei ihr, als ich zu Bett ging – und das war ziemlich spät, wie Ihr Euch erinnern werdet.« Alice lachte. Mary war ein hübsches Mädchen; Alice hatte gewisse Pläne mit ihr, und darin hatte ein Niemand wie Ned Townley keinen Platz. »Ich habe wenig Hoffnung, Marys Jungfernschaft noch lange bewahren zu können.«

Wyndesore grinste. »Diese Hoffnung war von Anfang an vergeblich, Mistress Alice. Ein hübsches Mädchen am Hof? Wie lange kann das gutgehen?« Wyndesore leerte seinen Becher, zog ein Tuch aus seinem Ärmel und wischte sich den Mund ab wie ein vornehmer Herr. »Nun, mir genügt Euer Wort, doch meine Männer werden sich damit nicht zufriedengeben. Sie mochten den Jungen, er war ihnen ans Herz gewachsen. Sie sind erzürnt darüber, daß er nun tot ist. Sie möchten Blut sehen, und Townley war ihnen schon immer verhaßt, weil er sich wie ein Höfling kleidet und ständig mit seinen Dolchen prahlt.« Wyndesore lachte über seine kluge Bemerkung.

Alice lächelte höflich. Wyndesore sah gut aus und hatte Macht, doch er besaß nicht viel Verstand. »Ned wird auch deswegen gehaßt, weil er ein Späher Lancasters ist. Das gemeine Volk mag den Herzog nicht.« Gilbert füllte

Alices Becher aufs neue. Sie nutzte diese Unterbrechung, um über die Situation nachzudenken. »Ich frage mich, ob Ned weiß, daß er in Gefahr ist?«

»Davon könnt Ihr ausgehen. Ich werde meinen Männern einschärfen, daß sie Townley in Ruhe lassen sollen. Aber es wäre besser, wenn er von hier verschwinden würde.«

»Das würde den Plänen des Herzogs zuwiderlaufen«, sagte Alice. Der Herzog von Lancaster hatte Ned am Hof zurückgelassen, um ihm eine Gelegenheit zu geben, seine Manieren zu verfeinern und sich in der Kunst des Briefeschreibens zu üben, indem er dem Herzog regelmäßig über die Vorgänge am Hof berichtete.

»Zum Teufel mit dem Herzog!« knurrte Wyndesore.

Alice zuckte zusammen. Wyndesore sollte sich besser vorsehen. In Irland war er erster Offizier gewesen und damit zu mächtig, um etwas gegen ihn zu unternehmen. Doch hier am Hof des Königs hatte er keinen Einfluß. Und viele Leute hegten die Vermutung, er habe seinen Herrn gegenüber dem König verraten. Einen solchen Opportunisten respektierte kaum jemand, und schon gar nicht brachte man ihm Vertrauen entgegen. Wyndesore sollte sich lieber zurückhalten.

»Was macht der König?« fragte er und wechselte damit das Thema.

Alice runzelte die Stirn und warf einen Blick zu Wyndesores Dienern. Auch ihre Position am Hof war nicht einfach. Als Mätresse des Königs wurde sie von ihm mit Geschenken überhäuft und mit gewissen Machtbefugnissen ausgestattet. Doch sollte der König ihrer eines Tages müde werden, oder, in Anbetracht seines Alters, sollte er sterben … Alice achtete sehr darauf, sich diskret zu verhalten. Sie vertraute zwar ihrem eigenen Diener, doch was wußte sie über Wyndesores Männer? Wie sorgfältig hatte er die Personen ausgewählt, die ihn umgaben? Diese Männer hatten bestimmt keine Veranlassung, ihr gegenüber besonders loyal zu sein.

Wyndesore schnippte mit den Fingern und schickte den Diener weg. »Also?«

Alice zuckte die Schultern. »Er spuckt Gift und Galle gegen Papst Urban.«

»Ich weiß, Wykeham ist immer noch nicht zum Bischof ernannt worden.«

»Thomas Cobham ist mit der Nachricht aus Avignon zurückgekehrt, daß Seine Heiligkeit geruht, Wykeham vorübergehend mit der Wahrnehmung der Aufgaben des Bischofssitzes von Winchester zu betrauen, bis ein Nachfolger benannt wird. Ihr könnt Euch vorstellen, daß Cobham rote Ohren bekam. Der arme Mann zitterte förmlich am ganzen Leib, als er vor den König trat. Und es wurde noch viel schlimmer, bis er sich schließlich zurückziehen durfte.«

»Wykeham scheint eine gute Besetzung zu sein. Ich verstehe nicht, weshalb der Papst sich sträubt.«

»Weil Seine Heiligkeit darin eine gute Möglichkeit sieht, seine Macht über den König zu demonstrieren. Zwei alte Männer, die miteinander fechten.«

Sie lächelten beide.

Verfolgt von feindseligen Blicken, begab Ned sich auf die Suche nach Mary, um sich bei ihr Unterstützung zu holen. Sie wußte, wo er letzte Nacht gewesen war; sie würde empört auf all diese Anschuldigungen reagieren. Er fand sie vor einem großen Fenster im Salon von Mistress Alice, wo sie Perlen von einem der eleganten Kleider ihrer Herrin auf ein anderes übertrug. Mary war eine liebreizende junge Frau mit rabenschwarzem Haar, das sich leicht lockte, einem so unschuldig wirkenden Gesicht, daß Ned überrascht gewesen war, wie leidenschaftlich sie seine ersten Küsse erwidert hatte, und der zartesten Taille, um die er je seine Arme hatte legen dürfen. Mary hatte sein Herz voll und ganz erobert. Nie mehr würde er seinen Freund Owen Archer wegen dessen Ergebenheit gegenüber seiner Frau necken. Ned verstand ihn jetzt.

Mary blickte auf zu Ned. Ihre roten Augen sagten ihm, daß sie geweint hatte. Sie schniefte. Ihre himmlischen, haselnußbraunen Augen füllten sich erneut mit Tränen.

Ned kniete sich bestürzt neben sie. »Oh, meine süße Mary, weine nicht wegen mir. Diese falschen Beschuldigungen können mir nichts anhaben.«

Mary legte ihr Nähzeug weg, um sich die Nase zu putzen.

»Ich bringe dir etwas Wein«, bot Ned ihr an.

Mary schüttelte den Kopf. »Nein. Ich muß meine Arbeit fertigmachen. Wein gibt Flecken auf den Kleidern. Du würdest das nicht vorschlagen, wenn du schon einmal die mühsame Aufgabe gehabt hättest, Blutflecken aus einem Kleid zu entfernen.«

Immer praktisch denkend, seine Mary. Gütiger Himmel, wie sehr er sie liebte. Ned nahm ihre Hände.

Mary jedoch entzog sie ihm.

»Was ist denn los?« Ned kauerte sich auf die Fersen. »Willst du dich nicht von mir trösten lassen?«

»Oh, Ned. Deine dumme Eifersucht hat das alles ausgelöst, das weißt du. Daniel hätte niemals soviel getrunken, wenn du ihn nicht bedroht hättest. Warum hast du das getan? Es gab doch keinen Grund dafür. Überhaupt keinen Grund. Ich habe dir doch gesagt und es dir auch geschworen, daß du nicht eifersüchtig zu sein brauchst. Daniel war einfach nur nett zu mir. Er war ein Freund.« Mary schniefte und bekam einen Schluckauf.

Es war also *sein* Fehler? Daniel war nur nett gewesen zu ihr? Warum? Weshalb war ein Page von Sir William von Wyndesore nett zur Zofe von Mistress Alice Perrers?

Mary errötete. Ihre Augen blitzten zornig. »O ja. Die niedere Magd von Mistress Alice kommt natürlich nicht als Freundin für den stattlichen jungen Pagen von Sir William von Wyndesore in Frage.«

»Wie hat er dich kennengelernt, Mary? Ich kann mir nicht vorstellen, wie der Page von Sir William und die Zofe von Mistress Alice sich überhaupt begegnen können.«

Mary schnappte nach Luft. »Sogar jetzt noch, nachdem

er tot ist, verdächtigst du ihn! Schäme dich, Ned!« Sie stand auf und eilte zur Tür.

Ned brummte, lief ihr nach und packte sie am Ellbogen. »Um Himmels willen, Mary. Wir wollen doch heiraten. Du solltest mich trösten, weil ich das Opfer unbegründeter Anschuldigungen geworden bin, statt mir etwas vorzuwerfen, von dem du weißt, daß ich es nicht getan habe.«

Mary stand mit dem Rücken zu ihm und blickte auf den Boden. Ned hörte, wie sie schwer atmete, und wußte, daß abermals Tränen flossen. Nur ein Freund? Er wäre ein Narr, wenn er das glauben würde. Er ließ ihren Arm los. »Verzeih mir, Mary. Ich habe mich geirrt. Ich dachte, du liebst mich, aber jetzt erkenne ich meinen Irrtum.« Er verließ den Raum, während Mary vor sich hinschluchzte. Der Teufel sollte sie holen, sie konnte wirklich bockig sein. Das war bestimmt das Werk von Mistress Perrers. Sie mochte ihn nicht, hatte andere Pläne mit Mary, zweifellos. Er mußte einen Weg finden, Mary aus den Fängen dieser Hure zu befreien. Ned wünschte, daß Owen Archer sich im Augenblick nicht so weit entfernt in York befände. Er hätte dessen Rat in dieser Angelegenheit dringend gebrauchen können.

2

Gewissensfragen

Owen Archer lachte, als seine Tochter an seiner Augenklappe, dann an seinem Bart zog und ihre Anstrengungen
mit einem tiefen, kehligen Lachen begleitete. »Du hast
einen Griff, auf den ein Bogenschütze stolz wäre.«

Seine Frau hatte den Kopf über ihre Sämereien gebeugt. »Ich dachte, Gwenllian würde vielleicht meinen
Beruf ergreifen«, sagte Lucie. Sie war nach dem Tod von
Nicholas Wilton, ihrem ersten Mann, zur Apothekenmeisterin bestellt worden. »Gwenllian soll also Bogenschütze
werden. Reicht es nicht, daß sie deinen Namen trägt?«
Lucie hatte den Familiennamen ihres ersten Ehemannes
beibehalten, um zum Ausdruck zu bringen, daß sie ihre
berufliche Position als Nicholas' Witwe erlangt hatte,
nicht als Owens Frau.

Owen ging zu Lucie und spähte ihr über die Schultern.
»Sie soll mit dem Langbogen umgehen lernen, wenn sie
es will. Wenn alle Mitglieder dieses Haushalts Lehrlinge
von dir werden, wirst du selbst bald nichts mehr zu tun
haben und alles verlernen. Manche dieser Samen sehen
aus, als wäre Wasser darangekommen.«

Lucie zuckte die Schultern. »Der Nebel, der vom Fluß
heraufzieht, war schon immer ein Problem. Dann soll
Gwenllian also unter dir in der Garde des Erzbischofs
dienen?«

»Niemals!« erwiderte Owen scharf.

Lucie blickte auf, als sie die Veränderung im Tonfall ihres Mannes vernahm, und sah das verräterische Zucken
auf seiner linken Wange. »Du bist zornig, ich weiß, aber
ich verstehe es nicht. Du weißt doch, daß du Seiner Gna-

den verpflichtet bist?« Zu Weihnachten hatte Erzbischof Thoresby Owen zum Hauptmann seiner Garde und zum Haushofmeister von Bishopthorpe ernannt, seinem Palast südlich der Stadt. »Warum hast du diese Posten angenommen, wenn du dich immer gleich aufregst, wenn er dich ruft?«

Owen begegnete Lucies Blick und antwortete: »Damals erschien es mir irgendwie als eine Ehre.«

»Das war es auch. Und ist es noch.« Lucie schaute ihn immer noch an.

Doch Owens Auge wanderte von Lucie zu seiner Tochter. Er hob Gwenllian hoch und murmelte: »Worauf bist du stolzer – auf Owen Archer, den Späher, oder auf Hauptmann Archer, den Haushofmeister von Bishopthorpe?«

Gwenllian gluckste, als sie sich zu ihm neigte und eine Hand nach seinem Gesicht ausstreckte.

Bess Merchet summte vor sich hin, während sie vom Markt zur York Tavern zurückkehrte. Als sie sich Wiltons Apotheke näherte, sah sie Owen Archer, der in Richtung des Münsters ging. Auf seinem Weg zu Stonegate ignorierte er die Grüße zweier Nachbarn, eine Unhöflichkeit, die sie bei Owen noch nie beobachtet hatte. Bess deutete es als die Nachwirkung einer hitzigen Auseinandersetzung bei sich zu Hause, was gewiß keine Seltenheit war, wenngleich zu dieser frühen Stunde doch etwas ungewöhnlich, da Tildy, Jasper und Gwenllian es mitbekommen mußten. Bess eilte nach Hause, um ihre Einkäufe der Küchenmagd zu übergeben, und ging dann nach nebenan, um zu sehen, ob Lucie den Beistand einer Freundin brauchte.

Tildy begrüßte sie an der Küchentür. Sie hielt Gwenllian auf dem Arm. »Oh, seid gegrüßt, Mistress Merchet. Euch schickt mir der Himmel.« Sie reichte Bess das Baby, das sofort nach einer der Schleifen auf Bess' Haube griff. »Mistress Lucie ist im Laden, um Jasper Anweisungen zu erteilen, und die Fleischbrühe muß umgerührt werden.«

Jasper war Lucies Lehrling, ein Waisenknabe, der mittlerweile schon ganz zur Familie gehörte.

Bess wiegte ihr kleines Patenkind in den Armen und folgte Tildy in die Küche. »Ihr braucht hier noch eine zusätzliche Hilfe, so wie ich das sehe, Tildy. Hat deine Herrin schon etwas unternommen, um noch ein weiteres Mädchen einzustellen?«

Tildy schüttelte den Kopf. »Meistens finde ich schon jemanden, der mir hilft. Und Gwenllian ist oft draußen im Laden bei Mistress Lucie und Jasper. Aber heute hat Jasper etwas ausgeschüttet, das sorgfältig wieder aufgewischt werden muß, und deswegen ist Gwenllian hier bei mir.«

Bess dachte darüber nach. »Der Hauptmann ist unterwegs zum Münster?«

Tildy nickte, während sie sich die Hände abwischte und einen großen Holzlöffel nahm, um die kochende Fleischbrühe umzurühren.

Lucie trat durch den Schnurvorhang. Da verzog Gwenllian sofort das Gesicht und begann, nach ihrer Mutter zu schreien.

Bess legte das zappelnde, kreischende Kleinkind in Lucies ausgestreckte Arme. »Sie läßt dich ganz nach ihrer Pfeife tanzen, Lucie. Paß auf, daß sie dir nicht eine zu große Last wird.«

»Kümmere du dich um dein Wirtshaus, Bess, und ich kümmere mich um meine Tochter«, erwiderte Lucie lächelnd, während sie zu einem gepolsterten Stuhl neben dem Herd ging, um das Kind zu stillen.

Bess setzte sich neben Lucie und wartete, bis das Kind zum Wickeln fertig war. »Owen ist ziemlich wütend davongestapft.«

Lucie strich über Gwenllians Rücken. »Seine Gnaden hat wieder einen Auftrag für ihn, der ihn aus der Stadt führen wird. Das ist ja nichts Ungewöhnliches, aber man könnte denken, Erzbischof Thoresby hätte Owen beauftragt, uns alle im Schlaf abzuschlachten. Er ist davon überzeugt, daß alle Teufel der Welt auf dieses Haus einstürmen, wenn er einmal eine Zeitlang nicht da ist.«

Bess schnaufte und nickte heftig. »Etwas Ähnliches habe ich mir schon gedacht. Thoresbys Männer waren gestern abend in der Schenke. Ich vermute, sie sind auch bei euch vorbeigekommen.« Sie schloß die Augen und stellte weitere Überlegungen an. »Es kommt aus London, nicht? Man munkelt, daß Thoresby nicht mehr allzulange Lordkanzler sein wird.«

Lucie deutete mit einem Kopfnicken in Richtung der Regale hinter Bess. »Sieh dir diesen Silberbecher an, den er seinem Patenkind geschenkt hat.«

Bess war nicht überrascht darüber, daß Lucie das Thema wechselte. Lucie war in einer Klosterschule erzogen worden und haßte Klatsch; vermutlich war sie die einzige Schülerin gewesen, die sich die Warnungen vor Klatsch und Gerede zu Herzen genommen hatte. Bess drehte sich um, warf einen Blick auf den Becher und sprang mit einem überraschten Ausruf auf. Es war ein außergewöhnliches Geschenk für ein Kind, offenbar als Andenken gedacht, nicht zur Benutzung. »Ich bin froh, daß Owen sich zurückgehalten und dem Erzbischof den Wunsch nicht abgeschlagen hat, ihr Pate zu werden. So besitzt Gwenllian bereits Reichtümer, die ihr den Weg durchs Leben erleichtern werden.« Der Becher war aufwendig verziert mit Tauben und Blumen. Bess benutzte ihre Schürze als Tuch, um Fingerabdrücke zu vermeiden, während sie ihn nach allen Seiten drehte. »Also, was fürchtet Owen eigentlich?«

»Er sagt, er kann mich nicht alleinlassen mit einem Kleinkind auf dem Arm und einem Lehrling, der erst elf Jahre alt ist. Wer soll uns beschützen?« Lucie legte das nun schlafende Baby in die Wiege. »Wir haben es immer wieder durchgesprochen. Ich kann ihn einfach nicht zur Vernunft bringen. Wir leben in einer von Mauern geschützten Stadt, sind von Freunden umgeben und stehen unter dem Schutz eines mächtigen Herrn, und bestimmt wird auch Gott über Owens Familie wachen, während er im Dienste des Erzbischofs unterwegs ist.«

Lucie setzte sich auf einen Stuhl und drückte ihre Fingerspitzen gegen die Schläfen. »Er macht sich viel zu viele Sorgen um uns. Das treibt mich noch in den Wahnsinn.«

Bess nickte. »Ich habe es schon kommen sehen, als du noch mit Gwenllian schwanger warst. Erinnerst du dich an seine Verschlossenheit, an das Stirnrunzeln, wenn er glaubte, du siehst ihn nicht? Du hast gedacht, er würde es bereuen, daß er Vater werden würde.«

Lucie lächelte, als sie daran dachte. »Wie habe ich mich doch geirrt.« Owen hatte sich Sorgen gemacht, das Kind würde erschrecken beim Anblick seiner Augenklappe und seines vernarbten Gesichts. »Und wie sehr hat auch er sich geirrt. Gwenllian verehrt ihn.« Lucie seufzte. »Ich hatte gehofft, er würde dadurch erkennen, wie unbegründet seine Sorgen sind.«

Bess lächelte ihre Freundin an. Die ausgeglichene Lucie erwartete, daß alle Welt so dachte wie sie. »Ein Schwarzseher bleibt ein Schwarzseher, Lucie. Wenn du darauf wartest, daß Owen sich ändert, dann wirst du wirklich verrückt werden. Also, was für einen Auftrag hat er diesmal bekommen?«

»Er soll Erzdiakon Johannes und einen kleinen Begleittrupp zur Abtei von Fountains führen. Der König möchte die Äbte der Zisterzienser dafür gewinnen, die Ernennung von Sir William von Wykeham zum Bischof von Winchester zu unterstützen. Der Erzdiakon wird Briefe des Königs mit sich führen, von Thoresby in seiner Eigenschaft als Kanzler und von Wykeham selbst, vermute ich.«

Bess setzte sich auf. »Thoresby tut das für Wykeham, den Mann, der ihn als Kanzler ablösen soll? Ich dachte, John Thoresby liebt die Macht, die er besitzt?«

Lucie griff nach unten und strich ihrer Tochter über das üppige Haar, das dunkel und weich war wie Daunen. »Ja, es ist seltsam. Aber da der König fest entschlossen ist, Wykeham diesen Posten zu verschaffen, bleibt Thoresby gar nichts anderes übrig, als diesen Plan zu unterstützen.«

»Dann ist Owen also weggegangen, um sich mit Johannes zu besprechen?«

»Eher um sich zu beklagen. Ich bete zu Gott, daß Johannes wieder wie üblich besänftigend auf meinen Mann einwirken kann.«

»Es ist schon komisch, daß sich Owen so oft über seine Arbeit für den Erzbischof beklagt, aber dann doch wieder Langeweile bekommt, wenn er längere Zeit zu Hause ist.«

Lucie lächelte, doch ihre blauen Augen blickten melancholisch. »Owen ist mir ein Rätsel, Bess, ein Rätsel, das ich wahrscheinlich niemals lösen werde. Für ihn war die Arbeit als Hauptmann der Bogenschützen etwas Ehrenhaftes. Dem alten Herzog von Lancaster als Späher zu dienen war das mindeste, was er tun konnte, um sich bei seinem Herrn dafür zu bedanken, daß er ihn weiter beschäftigte, nachdem er sein linkes Auge verloren hatte. Aber seine Arbeit für den Erzbischof von York –«, sie schüttelte den Kopf, »– er ist der Auffassung, ein Mann der Kirche sollte nicht in Dinge verstrickt sein, die es erforderlich machen, Spione zu beschäftigen. Nach Owens Auffassung ist Thoresby zu sehr Lordkanzler und zu wenig Mann der Kirche.«

Bess lehnte sich hinüber und tätschelte Lucie den Arm. »Wenn die Gerüchte sich bewahrheiten, daß Wykeham Kanzler werden soll, dann müßte Owen doch bald viel glücklicher werden.«

Lucie kicherte. »Du kannst jedem Geschwätz immer auch eine gute Seite abgewinnen, Bess. Doch auch der Erzbischof von York ist eine bedeutende politische Kraft. Owen wird weiter umherreisen müssen. Und wird sich weiter Sorgen machen.«

»Weißt du, Lucie, wenn die übermäßige Besorgnis für seine Familie das einzige ist, was du an deinem Mann auszusetzen hast, dann darfst du dich eine glückliche Frau nennen.«

»Da würde ich dir nicht widersprechen.«

Johannes marschierte in seinem Salon auf und ab, die Hände hinter dem Rücken verschränkt. Als Owen hereingeführt wurde, wirbelte der Erzdiakon herum und eilte mit ausgestreckten Armen und strahlendem Gesicht auf ihn zu. »Habt Dank dafür, daß Ihr so schnell gekommen seid«, rief Johannes und legte Owen einen Arm um die Schultern. »Bitte setzt Euch ans Feuer.« Draußen war es zwar warm, doch in das steinerne Haus, das in einer dunklen Straße stand, war die Wärme noch nicht vorgedrungen.

Owen nahm auf einem Stuhl Platz und streckte seine langen Beine aus. »Ich bin neugierig zu erfahren, was in dem Schreiben nicht erklärt werden konnte.«

Johannes richtete sich auf und rutschte auf die vordere Kante seines Stuhls. Er deutete mit einem Kopfnicken zu einem Krug Wein und zwei Bechern. »Nehmt eine kleine Erfrischung zu Euch, während wir reden. Danach werden wir essen.«

Owen beugte sich zu dem Tischchen hinüber und schenkte sich Wein ein. »Ihr auch?«

Johannes runzelte die Stirn und schüttelte den Kopf. »Nein, nicht so früh.« Er wirkte aufgeregt. Owen hatte ihn nur selten in einer solchen Verfassung gesehen. »Ich nehme an, Seine Gnaden hat Euch bereits darüber informiert, daß Ihr den Äbten von Fountains und Rievaulx Briefe überbringen sollt.« Johannes fuhr mit den Händen über die Stuhllehnen, während er sprach.

Owen lehnte sich mit seinem Becher Wein zurück. »So lautet mein Auftrag. Aber was steckt dahinter?«

Johannes räusperte sich. »Ihr habt gehört, daß der König Wykeham als Nachfolger für den Bischofssitz von Winchester ausersehen hat?«

Owen nickte. »Und Papst Urban hat sich geweigert, diese Ernennung zu vollziehen. Darüber müßte sich der Erzbischof doch freuen.«

Johannes lächelte zaghaft.

»Welche Rolle spielt Ihr dabei?«

Johannes richtete den Blick zur Decke. »Ich soll die Position jener stärken, die sich für Sir William von Wykeham aussprechen.«

In Anbetracht der Aufgewühltheit des Erzdiakons bezweifelte Owen, daß es allein darum ging. Er nahm sich vor, darauf wieder zurückzukommen. Von Wykeham wußte er nur, daß der König ihm vor allem wegen seines architektonischen Könnens gewogen war. Viele Höflinge dagegen behaupteten, er sei ein Bürgerlicher, der sich das Vertrauen des Königs erschlichen habe. Owen jedoch vermutete, daß sie schlicht eifersüchtig waren. »Ich bin ebenso wie Seine Heiligkeit der Ansicht, daß ein Bischof ein frommer, gottesfürchtiger Mann sein sollte.«

»Gerade das ist die Ironie der Situation«, erwiderte Johannes. »Wykeham mag ein aufrichtiger Mann der Kirche sein, doch Seine Heiligkeit sieht nur die Anzahl und den Wert seiner Pfründe, die ihm allesamt vom König verschafft wurden, insbesondere sein Amt als Lordsiegelbewahrer. Und natürlich weiß auch jedermann, daß diese Ernennung schließlich zu seiner Erhebung zum Lordkanzler führen würde.«

»Womit er dann zweifellos ein Mann des Königs wäre.«

Johannes nickte. »Der Bischof des Königs. Ganz genau.«

»Ich glaube nicht, daß Erzbischof Thoresbys Unterstützung für Wykeham ernst gemeint ist.«

Johannes schloß die Augen und drückte die Finger auf die Augenlider. »Ihr kennt doch Seine Gnaden. Öffentlich bekundet er seine Unterstützung für Wykeham, insgeheim aber schmiedet er mit Lancaster Pläne, Wykeham zu Fall zu bringen. In den Überlegungen des Erzbischofs kommt mir die Aufgabe zu, den Äbten auf geschickte und unauffällige Weise aufzuzeigen, weshalb Wykeham für das Amt ungeeignet ist. Ich bin kein Heuchler, mein Freund. Ich werde Seine Gnaden enttäuschen.«

Owen packte die Wut. »Er hat Euch in eine unmögliche Lage gebracht!«

Johannes erhob sich und begann wieder umherzugehen. »Es ist in der Tat eine unmögliche Lage.«

»Seine Gnaden ist der Heuchler. Warum tut er es denn nicht selbst?«

»Er ist Lordkanzler und Erzbischof von York. In einer solchen Situation kann er London und dem Hof nicht den Rücken kehren.«

Owen beobachtete seinen Freund, der im Raum auf und ab ging, während er das eben Gehörte verarbeitete. »Und worin besteht nun meine Aufgabe?« fragte er.

Johannes blieb stehen und bedachte Owen mit einem erstaunten Blick. »Seine Gnaden hat mir Euch empfohlen.«

»Das sehe ich. Aber warum? Weshalb soll der Hauptmann seiner Garde diese kleine Begleittruppe anführen? Erwartet er Ärger?«

Johannes nickte, als er verstand, worauf Owen hinauswollte. »O ja, er rechnet mit Schwierigkeiten, fürchte ich. Ihr müßt begreifen, daß es in dieser Angelegenheit um weit mehr geht als lediglich um die Rivalität zwischen zwei Männern. Sie hat einen Konflikt auf die Spitze getrieben, der schon lange die Kirche in diesem Reich spaltet: Die eine Seite glaubt, daß dem Papst auch die Oberhoheit über die Kirche von England zukommt, die andere ist davon überzeugt, daß König Edward Oberhoheit über all seine Untertanen besitzt, seien es Soldaten, Bauern oder Geistliche. Ein Mönch hat sogar ein Flugblatt in Umlauf gebracht – anonym versteht sich, dieser Feigling –, in dem er den König beschuldigt, er habe sein Recht zu herrschen verwirkt, weil er sich weigere, dem Papst die nötige Ehre zu erweisen. Der König fürchtet, daß es gefährlich werden könnte, wenn die Gemüter sich weiter erhitzen.«

»Und Seine Gnaden hat großzügigerweise mich für diese Aufgabe vorgeschlagen?«

»Er sagte, er vertraue Euch uneingeschränkt.«

Owen grinste. »Seine Gnaden versteht es, einem Honig ums Maul zu schmieren, wenn es seinen Zwecken dient. Was wollt Ihr den Äbten sagen?«

Johannes schüttelte den Kopf und blickte ratlos drein. »Ich habe keine Ahnung. Irgendwie muß ich den Mann schlecht machen, während ich ihn scheinbar lobe. Ich bin es nicht gewohnt, das Gegenteil von dem zu sagen, was ich denke. Meine Stimme und mein Gesichtsausdruck werden mich verraten.«

»Es betrübt mich zu hören, daß Ihr Euch dafür scheltet,

ein ehrlicher Mann zu sein. Um Himmels willen, Johannes, Ihr seid ein Mann der Kirche! Ihr müßt einfach ehrlich sein!«

Johannes lächelte über die Entrüstung seines Freundes. »Seine Gnaden verlangt ja schließlich nicht von Euch, als Heuchler aufzutreten.«

»Das würde er auch nicht wagen!«

Sie lachten gemeinsam darüber.

Dann wurde Owen gleich wieder ernst. »Habt Ihr es schon einmal bereut, in die Dienste von Erzbischof Thoresby getreten zu sein?«

Johannes wirkte überrascht. »Noch nie. Er ist ein guter Mensch.« Als Owen die Stirn runzelte, zuckte der Erzdiakon die Schultern. »So gut jedenfalls, wie es ihm die Umstände erlauben.«

»Das klingt nach Zynismus.«

»So ist es nicht gemeint. Ihr könnt Euch glücklich schätzen, daß Ihr für Seine Gnaden arbeitet.«

Owen sah, daß sein Freund es ernst meinte. Da ihm keine höfliche Erwiderung darauf einfiel, wechselte er das Thema und kam auf die praktische Seite des Vorhabens zu sprechen. »Wann werden die Briefe eintreffen?«

»Ziemlich bald, glaube ich.«

3

Eine gedämpfte Auseinandersetzung

Da ihn ein Magendrücken aufgehalten hatte, beeilte sich John Thoresby nun, seine Verabredung mit dem König einzuhalten. Seine Gewänder flatterten um seinen Körper, und er versuchte, immer jeweils zehn Schritte vorauszublicken. Er verfluchte die Beschwerden des Alters, die ihn unnachsichtig an die Sterblichkeit seiner körperlichen Hülle erinnerten – die Probleme mit dem Magen, das nachlassende Augenlicht, die schmerzenden Glieder. Der Verfall seines Körpers schien sich in letzter Zeit zu beschleunigen. Weshalb also schmiedete er Intrigen, um Wykehams Ernennung zum Bischof zu verhindern? Würde es denn nicht eine große Erleichterung für ihn bedeuten, wenn ihm Wykeham die Amtskette des Kanzlers abnehmen und ihn dadurch entlasten würde? Seinen Pflichten als Erzbischof von York würde er allemal noch nachkommen können.

Er hastete um die Ecke, eilte die niedrigen Steinstufen hinunter, stieß die schwere Tür auf und schnaufte laut, als die kalte, feuchte Luft ihm entgegenschlug. Es war draußen nicht wesentlich kälter als im Palast, doch es lag mehr Feuchtigkeit in der Luft, und es wehte ein scharfer Wind, der ihm durch Mark und Bein ging. Der Kanzler ging zum Ende des Wintergartens, nun ein wenig langsamer, und versuchte, sich an das Wetter zu gewöhnen.

Thoresby verlangsamte seine Schritte, als er zwei Personen entdeckte, die im Schatten der vor ihm liegenden Tür standen und flüsternd miteinander sprachen. Es enttäuschte ihn, daß er nicht verstehen konnte, was sie sagten, denn eine der beiden Personen war Alice Perrers. Sogar mit seinen schwachen Augen erkannte er ihre verhaßte Gestalt eindeutig. Doch die Gesichtszüge des Mannes konnte er nicht sehen. Er trat näher.

Die beiden bemerkten jedoch, daß sich jemand näherte, und eilten rasch in entgegengesetzte Richtungen davon. Enttäuscht passierte Thoresby die Tür und tröstete sich damit, daß der Hof bald genug haben würde von Alice Perrers, dieser anmaßenden, aufgeplusterten Bürgerlichen mit der schrillen Stimme. Diese Beobachtung bestärkte ihn nur noch in seinem Entschluß, dem König nun gleich seine wohlformulierten Schreiben vorzulegen, die darauf zielten, die Äbte zu verunsichern. Sein Vorgehen war hinterhältig und verabscheungswürdig, doch es würde am Ende dem Lande nutzen. Er intrigierte gegen Wykeham nicht in erster Linie deswegen, um das Amt des Kanzlers nicht zu verlieren, sondern um Lancasters Unterstützung dafür zu gewinnen, den König von seiner Mätresse zu trennen, die er zutiefst verachtete.

Thoresby redete sich ein, er verteidige dadurch auch die Ehre der Königin, doch Philippa selbst hatte Perrers gefördert. Wäre Alice nicht zur Favoritin der Königin aufgestiegen, wäre sie wahrscheinlich niemals in solch engen und ständigen Kontakt mit dem König gekommen. Die Königin gab vor, von der Affäre nichts zu wissen, und sprach nie davon. Doch jedermann am Hof war bekannt, daß Perrers' kleiner Bastard vom König stammte. Es tat Thoresby in der Seele weh, wenn er daran dachte, wie sehr dies die freundliche, duldsame Königin verletzen mußte.

Die unangenehme Wahrheit bestand jedoch darin, daß die Sorge um die Ehre der Königin Thoresbys Abneigung gegen Alice Perrers nur zum Teil erklärte. Es gab noch einen zweiten, für ihn beschämenden Grund. Er begehrte sie. All die Gebete, die Bußen, die er sich auferlegt hatte, die eiserne Entschlossenheit – immer wenn er sie ansah, geriet sein Blut in Wallung. Wofür er sie nur noch mehr haßte. Ihre Anwesenheit am Hof bedeutete für ihn eine ständige Qual. Und deshalb hatte er sich entschlossen, sie vom Hof zu vertreiben. Oder selbst wegzugehen.

An der Tür zu den Gemächern des Königs hielt Thoresby inne, ordnete seine Gewänder, tupfte sich den

Schweiß von der Oberlippe und den Schläfen, richtete seine Amtskette und räusperte sich. Dann bedeutete er dem Wächter an der Tür, er solle klopfen. Ein Diener öffnete die Tür von innen und kündigte Thoresby an. Gütiger Himmel, wann hatte der König diese Förmlichkeiten in seinen Gemächern eingeführt?

Thoresby war enttäuscht, als er William von Wykeham erblickte, der in seinem Priestergewand asketisch und düster wirkte und bereits neben dem Fenster Platz genommen hatte, die schmalen, schlanken Hände im Schoß gefaltet und die Augen mit den schweren Lidern demütig nach unten geschlagen. Thoresby hatte gedacht, er werde den König alleine treffen, zu einem Gespräch zwischen alten Freunden.

»Ah, da seid Ihr ja, John.« Edward eilte Thoresby mit ausgestreckten Armen entgegen, blieb dann jedoch vor ihm stehen, ohne ihn zu berühren. Mit einer ausladenden Handbewegung deutete er zu dem Tisch, an dem Wykeham saß. »Kommt, setzt Euch zu uns. Wir haben viel zu besprechen.«

Ein Diener brachte Wein, den Thoresby annahm, jedoch zunächst stehenließ. Zu schnell nach einer körperlichen Anstrengung Wein zu trinken würde nur wieder kalten Schweiß hervorrufen, und er durfte in Gegenwart von Wykeham nicht nervös wirken oder den Anschein erwecken, er fühle sich unbehaglich.

Der König setzte sich auf einen Polsterstuhl. Kaum saß er, kam auch schon der Dolch zum Vorschein, mit dem er immer häufiger während eines Gespräches spielte. Es schien, als habe Edward, nachdem seine einstmals breiten Schultern eingefallen waren und sein früher durchdringender Blick stumpf geworden war, nun den Dolch gewählt, um seinen Untertanen Angst einzujagen. »Nun, dann laßt uns beginnen. Ihr habt etwas für mich, John?«

»In der Tat, Majestät. Briefe an die Äbte von Fountains und Rievaulx.« Thoresby zog sie aus seinem Beutel und reichte sie dem Diener des Königs, der neben dem Stuhl des Erzbischofs wartete.

Edward warf einen kurzen Blick auf die Dokumente

und schaute dann wieder Thoresby an. »Schon versiegelt?«

Nachdem er eingehend darüber nachgedacht hatte, war Thoresby zu der Auffassung gelangt, der König werde möglicherweise seine Ausführungen durchschauen, und hatte deswegen die Schreiben gleich versiegelt. Vielleicht öffnete der König sie, vielleicht aber auch nicht. Thoresby setzte einen besorgten Gesichtsausdruck auf. »Entspricht es nicht Eurem Wunsch, Majestät, daß ich meine Siegel als Erzbischof und Lordkanzler darauf setzte? Verzeiht, daß ich es mißverstanden habe. Ich dachte, Ihr wolltet die Äbte durch das Gewicht meiner Meinung beeindrucken.«

Der König erwiderte nichts, blickte Thoresby jedoch unverwandt und fest in die Augen. Der Erzbischof bereute es, zu dieser List gegriffen zu haben. Wykeham hustete nervös, was in der gespannten Stille widerhallte. Der Boden knarrte, als der Diener sein Gewicht von einem Fuß auf den anderen verlagerte. Thoresby hörte seinen Herzschlag in seinen Ohren. Der König saß mit dem Rücken zum Fenster, so daß Licht auf die weißen Härchen an seinen Ohren und die Narben auf seinem Hals fiel.

O Edward, Edward. Wir werden alt. Bitte, mein König, werde weise auf deine alten Tage. Schicke diese Teufelin weg und tröste die gute Philippa, betete Thoresby im stillen.

Plötzlich lächelte der König. »Natürlich entsprach dies meinem Wunsch, John. Ihr habt gut daran getan, sie zu versiegeln. Ihr habt umsichtig wie stets gehandelt.«

Nun verlangte es Thoresby nach dem Wein, doch er mußte noch warten, bis sich sein Herzschlag wieder beruhigt hatte, sonst würden seine Hände zittern und ihn verraten.

Wykeham jedoch war nicht so klug. Er griff nach seinem Becher, nahm einen großen Schluck und stellte ihn mit einem nervösen Poltern wieder auf dem Tisch ab.

Der König funkelte seinen Schützling an. »Was ist los, William? Hat Euch mein Schweigen nervös gemacht?« Dann lehnte er sich zurück und musterte Wykeham, der den Blick auf den Tisch vor ihm senkte. »Laßt Ihr Euch so schnell aus der Fassung bringen, William? Wie wollt Ihr dann Seiner Heiligkeit gegenübertreten?« Edward wandte sich Thoresby zu. »Mache ich einen Fehler, John? Ist William zu empfindsam, um mein Bischof zu werden?« Thoresby sah, daß Wykehams Gesicht rot anlief, und dachte, daß dies sowohl durch Zorn als auch durch Furcht ausgelöst worden sein konnte. Doch Edward wartete die Antwort nicht ab. Er schloß die Augen und schüttelte den Kopf. »Gott wird mich leiten.« Er schlug die Augen wieder auf, beugte sich nach vorn und zeigte mit dem Dolch auf Thoresby. »Hauptmann Archer ist bereit?«

Thoresby zögerte nur einen winzigen Augenblick; er war die plötzlichen Stimmungsschwankungen des Königs gewohnt. »Er hat mittlerweile seine Anweisungen erhalten, Majestät.«

»Und der Erzdiakon von York?«

Thoresby beugte sich zu Edward. »Auch der Erzdiakon von York.« Da er nun wieder ruhiger geworden war, hob er den Becher an seine Lippen und trank.

»Gut«, fuhr der König fort, »wir haben also die Schreiben, und die Boten in York stehen bereit. Jetzt müssen wir die Briefe nur noch in den Norden schicken, nicht wahr?« Er nickte. »Townley, der Späher von Gaunt, soll den Trupp in den Norden führen.«

Thoresby hätte sich fast am Wein verschluckt, doch es gelang ihm, dies durch ein Husten zu bemänteln. Der Spion von John von Gaunt? Gehörte dies zu Lancasters Plan, Wykeham zu Fall zu bringen?

Ehe Thoresby sich eine Erwiderung überlegen konnte, erhob Wykeham Protest. »Bitte nicht, Majestät.«

Edward wandte sich langsam Wykeham zu. »Ihr seid nicht einverstanden?« Seine Stimme hatte einen unüberhörbar eisigen Ton.

Wykehams Gesicht lief noch röter an. »Verzeiht, Majestät, aber Ned Townley ... Vielleicht habt Ihr noch nicht die Gerüchte vernommen, aber Ihr werdet gewiß davon erfahren haben, daß der Page von Sir William von Wyndesore ertrunken ist?«

»Ah.« Der König rollte mit den Augen. »Dieser Unsinn. Mistress Alice hat mir versichert, daß Townley unschuldig ist, denn er hat die fragliche Nacht bei ihrer Zofe verbracht.«

Thoresby schloß die Augen. Mistress Alice. Was hatte sie vor?

»Dennoch, Majestät, es wird gemunkelt ...«, hob Wykeham abermals an.

»Genau. Darum geht es, William. Er wird verurteilt, auch wenn er unschuldig ist. Es ist am besten, Townley verschwindet so lange, bis Wyndesore seine Männer davon überzeugt hat, daß sie einen Fehler gemacht haben, oder bis sich zumindest die Gemüter wieder beruhigt haben. Wir möchten doch vermeiden, daß dem Späher meines Sohnes etwas angetan wird, oder?« Edward zeigte erneut mit dem Dolch auf Thoresby. »Und sein Mann Archer war früher Townleys Hauptmann, wußtet Ihr das, William? Archer war Hauptmann der Bogenschützen unter Henry von Grosmont. Wer könnte in dieser Situation besser auf Townley aufpassen?«

Wykeham begann zu zittern. Vor Zorn, vermutete Thoresby. Das üblicherweise ausdruckslose Gesicht des Siegelbewahrers verzerrte sich vor Empörung. »Majestät, ich flehe Euch an. Ich muß auch noch aus einem anderen Grund Widerspruch einlegen.«

König Edward seufzte, lehnte sich in seinem Stuhl zurück, betrachtete seine Fingernägel und reinigte einen davon mit der Spitze seines Dolches. »Ihr beginnt mich zu langweilen, William.«

Thoresby trank seinen Wein aus und dankte Gott für sein Glück. Der König würde sich seinen Einsatz für Wykeham vielleicht noch einmal überlegen, falls der Mann sich als schwer lenkbar erwies.

Wykeham fuhr sich mit der Zunge über die Lippen. »Majestät, ich bin mir ziemlich sicher, daß der Herzog von Lancaster meine Ernennung ablehnt. Und da Ned Townley in seinen Diensten steht, habe ich ein schlechtes Gefühl dabei.«

»Das sehe ich.« Der König wandte sich Thoresby zu.

»Dieser Townley. Hat der nicht diesen Schurken Sebastian für mich aufgetrieben?«

»Ja, Majestät, mit der Hilfe von Hauptmann Archer.«

Edward grinste und faßte wieder Wykeham ins Auge. »Er hat gelernt, Befehle auszuführen. Und er ist ein Gefolgsmann meines Sohnes. Er wird mir gehorchen, William.«

Wykeham nickte, führte seinen Becher mit erstaunlich ruhiger Hand zum Mund und nahm einen kleinen Schluck. »Wer soll Ned Townley in den Norden begleiten, Majestät?«

»Wie auch bei den übrigen Trupps, die ich bisher auf den Weg geschickt habe. Soldaten, ein Priester oder ein Mönch – oder mehrere.« Plötzlich hieb Edward auf den Tisch. »Jetzt weiß ich, was ich tun kann, um Euch zu beruhigen. Don Ambrose wird Townley begleiten. Er ist Euch treu ergeben und ein Augustiner. Diese predigen zwar gerne gegen die Ämterhäufung, er jedoch gehört zu denen, die Euch verehren. Das müßte die heiligen Zisterzienser beindrucken. Was meint Ihr, William?«

Thoresby war verblüfft. Ein Augustiner auf einer solchen Mission?

In Wykehams schmalem Gesicht zeigte sich Enttäuschung. »Majestät, ich hatte daran gedacht, Ambrose in meinen Haushalt aufzunehmen.«

»Um so besser. Wenn er weiß, daß er nach seiner Rückkehr in Eurem Gefolge unterkommen wird, dann wird der Mann seine Aufgabe besonders gewissenhaft erfüllen.«

Wykeham warf Thoresby einen Blick zu, der langsam seine Augen schloß, sie wieder öffnete und kaum sichtbar nickte. *Akzptiere den Plan des Königs. Es bleibt dir nichts anderes übrig.*

Wykeham verstand. Er verneigte sich leicht vor dem König. »Verzeiht mir, daß ich Einwendungen gegen Euren Plan vorgebracht habe, Majestät. Jetzt weiß ich, daß alles gut werden wird.«

Nun, wenn er das wirklich glaubte, dann war er ein Narr, dachte sich Thoresby. Hinter diesem Plan steckte noch irgend etwas anderes. Ihm drängte sich der Verdacht auf, seine alte Feindin Alice Perrers könnte ihre Hände mit im Spiel haben.

4

Der Bischof des Königs?

Am nächsten Morgen erhielt Thoresby eine Einladung von Wykeham, der ihn bat, mit ihm zu speisen. Thoresby hatte diese Einladung erwartet. Es war nicht zu übersehen gewesen, daß die Zusammenstellung der Eskorte für die Reise nach Fountains durch den König den Geistlichen in Unruhe versetzt hatte. Thoresby nahm die Einladung mit einer Mischung aus Neugier und Vorsicht an.

Er begab sich am frühen Nachmittag zu den Gemächern Wykehams, amüsiert darüber, daß sie in demselben Turm lagen, in dem Wykeham auch schon als Hofbaumeister residiert hatte, der für die Renovierung und Erweiterung der königlichen Paläste zuständig war. Für den Lordsiegelbewahrer war dies jedoch eine unangemessene Unterkunft. Thoresby sah dahinter eine gekünstelte Bescheidenheit.

Das Gebäude war ein robuster Steinbau mit verglasten Fenstern. Dadurch unterschied es sich von den übrigen Bauwerken im unteren Trakt, die aus Lehmflechtwerk bestanden und von denen immer wieder einige brannten. Ein Diener führte Thoresby hinauf zur Hauptkammer. Der Erzbischof beugte den Kopf und trat durch die Tür; drinnen hob er den Kopf wieder, um sich überrascht umzublicken. Der Raum war wesentlich aufwendiger ausgestattet und viel größer, als er erwartet hatte. In der Ecke links von der Tür standen ein Himmelbett und ein Kohlenbecken, daneben ein Tisch mit Stühlen und unter dem Fenster, das nach Süden hinausging, ein Schreibpult.

»Der Staatsrat hält sich in seinem Arbeitsraum auf«, sagte der Diener und geleitete Thoresby einen weiteren Gang entlang. Als Thoresby diesen Raum betrat, verharrte er einen Augenblick erstaunt. Auf Regalen an der

Wand und auf Tischen, die im Raum verteilt waren, standen unzählige Modelle: Türme, Wendeltreppen, Vordächer, Fenster, Bogen, Tore, ein kleines Haus, eine Mühle – manche waren groß, andere ziemlich klein, einige konnte man nur sehen, wenn man zwischen den anderen hindurch- oder über sie hinwegschaute. Thoresby wanderte langsam durch den Irrgarten und bewunderte die Sorgfalt, mit der jedes einzelne Modell angefertigt worden war. Er berührte nichts, aus Angst, etwas zu beschädigen. Nur wenige der Modelle schienen zu Ausstellungszwecken hergestellt worden zu sein – die meisten waren nicht bemalt, bestanden aus Holz, aus Stein, aus irgendwelchen Materialien, die dem Baumeister zufällig in die Hände gefallen waren –, doch sie waren alle nach einem genauen Plan aufgestellt worden.

Hatte Wykeham ihn deswegen in seine Gemächer eingeladen: um Thoresby einen Einblick in sein Herz zu geben? Zweifellos war der Bau von Modellen Wykehams größte Leidenschaft. Doch weshalb wollte er ihm dies vor Augen führen?

Thoresby traf am hinteren Ende des Raumes auf seinen Gastgeber, der vor einem Modell des Wachtturms kniete. Der Turm stand auf einem Hügel, der aus Lehm und Kieselsteinen errichtet worden war. »Willkommen in meiner Werkstatt«, sagte Wykeham, als er bemerkte, daß Thoresby hinter ihm stand.

»Das ist eine bemerkenswerte Sammlung.«

Wykeham nickte. »Viele Jahre meines Lebens stecken darin.« Als er sich erhob und sein hochgewachsener, kantiger Körper sich zu voller Größe aufrichtete, gaben seine Knie ein knackendes Geräusch von sich. »Ich habe zu lange auf dem Boden gekniet. Hier in diesem Turm ist es immer kalt und feucht. Ich sollte mich auf einen Schemel setzen, doch dies erfordert Planung, und ich weiß nie, was als nächstes meine Aufmerksamkeit erregen wird.«

Thoresby verstand, was er meinte. Seine Blicke wurden hierhin und dorthin gezogen, und er machte ständig neue Entdeckungen. »Ihr erwägt eine Ausbesserung des Turms?«

Wykeham blickte zurück auf das Modell, mit dem er sich gerade beschäftigt hatte, und schüttelte den Kopf. »Nein. Ich habe über Daniels Unfall nachgedacht.« Er kauerte sich abermals nieder, griff nach einem kleinen Holzklötzchen, das Daniel repräsentieren sollte, und legte es oben auf den Hügel. Im selben Augenblick, in dem er seine Hand wegnahm, rutschte das Klötzchen den Hang hinunter. »Seht Ihr, hierin besteht das Problem. Man kann hier nicht gut stehen, vor allem nicht, wenn Schnee liegt. Ganz zu schweigen von der Tatsache, daß er, wäre er auf den Hügel gestiegen, Fußspuren hinterlassen hätte. Ich konnte jedoch keine entdecken, sondern nur die Spuren von seinem Rutsch.«

Thoresby dachte darüber nach. »Dann ist Daniel vom Turm heruntergestürzt?«

Wykeham rieb sich das Kinn. »Vielleicht.« Er stellte die Figur oben auf den Turm und schubste sie an, so daß sie herunterfiel. Sie schlug in der Mitte des Hügels auf und rutscht dann in einer Zickzack-Linie nach unten.

»Haltet Ihr Ned Townley für schuldig?«

Wykeham, der noch immer vor dem Modell kauerte und es studierte, schüttelte den Kopf. »Nein. So ist es nicht gewesen.« Er deutete auf den Kamm des Hügels, wo der Turm stand. »Hier oben schmilzt der Schnee im Lauf des Tages und gefriert wieder, wenn es Nacht wird. Als ich darum bat, mich dort umsehen zu dürfen, konnte ich keine Furchen oder Fußabdrücke mehr feststellen.«

Thoresby überraschte Wykehams Wißbegierde. »Ihr seid um den Turm gegangen, um nach Fußspuren zu suchen?«

Wykeham richtete sich wieder auf. »Ich möchte nicht mit dem Finger auf Ned Townley zeigen. Aber was mir überhaupt nicht gefällt, ist dieses geringe Interesse, die Umstände des Todes dieses Jungen aufzuklären.«

»Ihr glaubt also nicht, daß es ein Unfall war?«

Wykeham zuckte mit den Schultern. »Ich kann einen Unfall nicht ausschließen. Aber ich glaube nicht, daß der Junge sich betrunken hat, dann in die Nacht hinausgegangen ist und plötzlich auf die Idee kam, den Hügel hinunterzurutschen. Wäre er betrunken gewesen, dann hätte er den Versuch, den Hügel zu besteigen, sofort wieder aufgegeben, nachdem er das erste Mal ausrutschte. Betrunkene haben keine Geduld.«

»Dann ist er vielleicht die Treppe hinaufgestiegen.«

Wykeham schüttelte den Kopf. »Wäre er die Treppe zum Turm hinaufgestiegen und oben umhergegangen, dann wäre er näher bei der Treppe hinuntergerutscht.« Wykeham beugte sich nach vorn und deutete auf die Stelle, wo sich die Furchen im Schnee befunden hatten. »Keiner der Wachen hat ihn fallen sehen. Habt Ihr das bemerkt?«

Thoresby war überrascht von Wykeham. Er schien jetzt nichts mehr gemein zu haben mit jenem Mann, der den König am gestrigen Abend so ungeduldig gestimmt hatte. Er war jetzt viel selbstsicherer. »Ihr habt dies alles sehr sorgfältig durchdacht.«

Wykeham zuckte die Schultern. »Gott vergebe mir, aber es sind die winzigen Kleinigkeiten, die mich faszinieren. Bei Ereignissen ebenso wie bei Gebäuden.«

Thoresby kauerte sich nieder und betrachtete den Hügel und den Turm genauer. Es stimmte, die Wachen befanden sich an einer Position, von der aus sie diese Stelle nicht einsehen konnten. Er erhob sich. »Wenn also der Junge nicht auf den Hügel gestiegen, auch nicht in den Turm gelangt ist und auch nicht versucht hat, ihn zu umrunden – was ist dann passiert?«

Wykeham gestikulierte mit den Händen. »Das weiß ich auch nicht.«

Thoresby starrte auf das Modell hinunter und kam sich wie ein Dummkopf vor, weil er nicht selbst auf solche Gedanken gekommen war.

»Ich habe dieses Modell gebaut, als der König einmal davon sprach, den Turm erhöhen zu lassen, doch mittlerweile bezweifle ich, daß dies noch zu seinen Lebzeiten geschieht.« Wykehams Stimme klang betrübt.

Thoresby wandte sich wieder seinem Gastgeber zu. »Das dafür vorgesehene Geld wurde für den Krieg in Frankreich verbraucht?«

Wykehams Gesichtsausdruck paßte sich seiner Stimme an. »Der Krieg hat die Schatztruhen geleert. Was immer wir am Ende von Frankreich auch erhalten, es wird teuer erkauft sein.«

»Im Leben ist es wie beim Bau von Gebäuden.«

Wykeham warf Thoresby einen überraschten Blick zu. »Ihr dürft nicht glauben, daß ich mir dessen nicht bewußt wäre.«

Thoresby hob abwehrend die Hände und schüttelte den Kopf. »Verzeiht. Ich wollte Euch nicht beleidigen. Wir sind Konkurrenten, doch ich halte Euch nicht für einen herzlosen Menschen.«

Wykeham verbeugte sich leicht und deutete dann zur Treppe. »Sollen wir hinuntergehen und es uns bequem machen? Peter hat Wein für uns bereitgestellt, und gleich wird er uns auch mit einer Pastete überraschen, die er dem Koch der Wachmannschaft abgeluchst hat.«

Thoresby folgte seinem Gastgeber die schmale Treppe hinunter. Nachdem er in einem Sessel neben dem Kamin Platz genommen hatte, streckte er die Hände zum Feuer aus, um sie zu wärmen. In der Werkstatt oben war ihm kalt geworden. »Ich wußte nicht, daß das Amt des Hofbaumeisters an Männer vergeben wird, die in Architektur ausgebildet sind, wenngleich dies durchaus naheliegend ist. Ich dachte bisher, das sei ein rein politisches Amt.«

Wykeham lächelte, als er sich in einen Sessel neben dem Kohlenbecken setzte, und drehte ihn so, daß er dem Kamin gegenübersaß. »Meine Knie«, erklärte er. Peter trat vor, um den Wein einzuschenken. »Nicht alle Hofbaumeister haben soviel Interesse für Architektur entwickelt wie ich. Doch als ich mit diesem Posten betraut wurde, hatte der König noch große Baupläne.« Wieder schlich sich die Traurigkeit in Wykehams Stimme.

»Geht Euch diese Arbeit ab?«

Wykeham lehnte sich zurück. »Wir haben viel erreicht. Die Verbesserungen in Eltham und Sheen, auch an dieser Burg hier ...« Er zuckte die Schultern. »Ich kann zufrieden sein.

Thoresby warf einen Blick auf das Bett. »Ihr arbeitet an den Modellen, wenn Ihr nicht einschlafen könnt?«

Wykeham lächelte. »Ja, wenn ich trotz aller Gebete keinen Schlaf finden kann, stehe ich auf, entzünde die Lampe und suche mir irgendein Problem, das ich noch nicht gelöst habe.«

»Und dann übermannt Euch schließlich doch der Schlaf?«

Wykeham lachte. »Klüger wäre es, auf andere Art zu versuchen, Schlaf zu finden, doch ich bin in der Regel immer noch mit meinem Problem beschäftigt, wenn Peter am Morgen kommt, um mich zur Messe zu wecken.«

Thoresby war fasziniert. »Was hält Euch die ganze Nacht wach?«

Wykeham beugte sich vor. »Wir kommen schnell zur Sache. Gut. Wir sind beide vielbeschäftigte Männer.« Er bedeutete Peter, nachzuschenken. Nachdem dies geschehen war, saß Wykeham eine Weile leicht über seinen Becher gebeugt, den er mit seinen langen, schmalen Fingern umklammerte, und war offenbar in Gedanken vertieft.

Thoresby fragte sich, ob Wykeham im Geiste schon wieder beim Wachtturm war und über Daniels Tod nachgrübelte. »Ist es wegen unserer Unterhaltung mit dem König?«

Wykeham blickte auf; seine Augen waren nun nicht mehr traurig, sondern wachsam. Er lehnte sich zurück, nahm einen kleinen Schluck und stellte den Becher vorsichtig auf den Tisch, als ginge es darum, ihn in einer genau vorbestimmten Position abzusetzen. Erst dann antwortete er. »Ich möchte wissen, wie es Euch gelungen ist, den König dazu zu bringen, daß er Euren Späher, Hauptmann Archer, und dessen Freund Ned Townley mit dieser Mission beauftragte. Und weshalb Ihr das wolltet.« Er schaute Thoresby fest in die Augen.

Doch durch diese Demonstration von Stärke ließ sich Thoresby nicht blenden. Er erkannte, was sich dahinter verbarg – eine überraschende Unsicherheit. »Ich hatte bisher den Eindruck, daß unser König vor Euch keine Geheimnisse hat.«

Das bleiche Gesicht rötete sich leicht, doch die Augen zuckten nicht. »Das ist keine Antwort.«

Thoresby runzelte die Stirn. »Ich sage es deswegen, weil ich auch keine Geheimnisse vor Euch habe.«

Wykeham lehnte sich mit einem ungläubigen Schnauben zurück.

Thoresby gab nach; schließlich hatte er Wykehams Einladung akzeptiert. »Ich kann die Frage zumindest zum Teil beantworten. Seine Majestät schickt so viele kleine Gesandtschaften hinaus, daß ihm allmählich die vertrauenswürdigen Männer ausgehen. Deshalb habe ich den Hauptmann meines Gefolges für diese besondere Mission vorgeschlagen. York ist ein natürlicher Treffpunkt, bevor man zur Abtei Fountains aufbricht.« Thoresby hob die Hände, ließ sie aber gleich wieder fallen. »Das ist alles.«

Wykeham richtete seinen Blick zur Seite, offensichtlich verärgert über Thoresbys Worte, denen er keinen Glauben schenkte. Aber er äußerte seine Zweifel nicht. »Und Ned Townley?«

»Ich habe erst vom König gehört, daß er mitreisen soll. Wegen dieser Frage müßt Ihr Euch an Mistress Perrers wenden. Sie kann Euch bestimmt Näheres dazu sagen.«

Wykeham beugte sich wieder über seinen Wein und schloß die Augen.

Thoresby wartete.

Ohne aufzublicken, sagte Wykeham plötzlich: »Lancaster glaubt, daß ich schon zuviel Macht besitze. Er hat Townley beauftragt, bei dieser Mission für Schwierigkeiten zu sorgen – davon bin ich fest überzeugt.«

Thoresby hatte dasselbe gedacht, als er von Neds Teilnahme gehört hatte. Doch inzwischen hatte er erkannt, daß diese Überlegung nicht stichhaltig war. »Würde der mächtige Lancaster gegen Euch intrigieren, dann würde er geschickter vorgehen. Ich glaube, bei Mistress Perrers liegt die Ursache für Eure Besorgnis.«

Nun hob Wykeham den Blick. »Welchen Zweck sollte sie denn damit verfolgen?«

»Nur Gott vermag in ihr Herz zu sehen.«

Wykeham musterte Thoresby. »Ich habe gehört, Ihr vertragt Euch nicht mit ihr.«

Thoresby wollte dazu eigentlich nicht Stellung nehmen, doch er durfte nicht den Anschein erwecken, als versuche er, dieses Thema zu meiden. »Ich mache kein Geheimnis daraus, daß ich ihre Anwesenheit am Hof für eine unverzeihliche Brüskierung der Königin halte. Mit meiner Meinung habe ich den König schon des öfteren verärgert.«

Wykeham schwenkte den Wein in seinem Becher und folgte der Bewegung mit den Augen. »Ich vermute, mit dieser Überzeugung steht Ihr nicht allein.«

Verachtete er sie etwa auch? »Das hoffe ich.« Thoresby lehnte sich zurück. »Welche Vermutungen habt Ihr im Hinblick auf Daniels Tod?«

Wykeham wies Peter an, die Speisen aufzutischen. »Es ist die geringe Aufmerksamkeit, die sein Tod hervorgerufen hat. Ein kurzer Ausbruch gegen Ned Townley, dann – verzeiht, daß ich sie wieder erwähne, doch es ist nötig, um Eure Frage zu beantworten – tritt Mistress Perrers auf und schwört, Townley habe sich zu dieser Zeit bei ihrer Zofe aufgehalten. Und daraufhin einigen sich alle darauf, daß es sich um einen Unfall handelte, als sei Townley der einzige, der als Verdächtiger in Frage kommt. Das hat mich stutzig gemacht.«

Thoresby betrachtete den Mann eingehend. Sollte er Michaelos Beobachtung bezüglich der Handgelenke des Pagen erwähnen? Und die Tatsache, daß der Umhang voller Bier war? »Habt Ihr darüber schon mit jemand anderem gesprochen?«

Wykeham nickte. »Ich habe Sir William von Wyndesore darauf aufmerksam gemacht.«

»Und?«

Wykehams Gesichtsausdruck wurde säuerlich. »Ein arroganter Mann mit schlechten Manieren, dieser Wyndesore.«

Thoresby grinste. »Dann habt Ihr Euch ja rasch mit ihm angefreundet?«

Wykeham wollte etwas erwidern, sah dann aber das

Grinsen und lachte. »In der Tat.« Er schwieg, während Peter das Essen servierte.

Thoresby kostete die Pastete. »Die Wachen haben Glück mit ihrem Koch.«

Wykeham deutete mit einem Kopfnicken auf Peter, der ruhig auf einem Schemel an der Wand saß. »Er ist so schlank, daß man es kaum für möglich halten würde, doch Peter lebt für sein Essen. Wenn er von einem guten Koch erfährt, freundet er sich mit ihm an. Ich fürchte, er gibt jeden Klatsch weiter, den er am hohen Tisch aufgeschnappt hat, um Leckerbissen zu ergattern. Aber er ist diskret und wählt sorgfältig aus.«

Sie aßen eine Weile schweigend. Als Wykeham sich Wein nachschenkte, fragte Thoresby: »Was hat Wyndesore gesagt?«

»Oh, Wyndesore.« Wykeham nickte. »Er wollte nichts davon hören. ›Der Junge ist tot. Das ist schade. Ich hatte ihn gut ausgebildet. Aber er hat zuviel getrunken.‹ Das war alles, was er sagte. Kein Innehalten, um nachzudenken. Er hatte sich seine Meinung gebildet, und damit war alles erledigt. Bedauerlich, daß ein solch ungehobelter, herzloser Mann eine so hohe Position bekleidet.«

Thoresby verzog den Mund. Wykeham hatte bereits ein Urteil über Wyndesore gefällt. »Er unterscheidet sich nicht von den meisten übrigen Soldaten.« Diese Unterhaltung begann Thoresbys Meinung von seinem Gastgeber allmählich zu verändern. »Zurück zu Daniel. Mein Sekretär hat den Leichnam des Jungen gesehen, bevor er weggebracht wurde.«

Wykeham blickte von seinem Essen auf und lehnte sich interessiert nach vorne. »Hat er irgend etwas Ungewöhnliches bemerkt?«

»Ja, in der Tat. An Daniels Handgelenken gab es Anzeichen, daß sie gefesselt worden waren. Und sein Umhang war von Bier getränkt. Schwer zu sagen, wie das geschehen sein konnte.«

Wykeham legte sein Messer weg, beugte den Kopf und bekreuzigte sich.

Thoresby tat es ihm nach. »Ich fürchte, ich habe dieser

Beobachtung zu wenig Bedeutung beigemessen. Doch Eure Analyse gibt mir jetzt zu denken.«

»Ihr braucht Euch keine Vorwürfe zu machen. Niemand sonst hat die Handgelenke bemerkt. Niemand hat bezweifelt, daß es ein Unfall war, außer jenen, die Ned Townley nicht mögen und ihn zum Schuldigen stempeln möchten.«

Thoresby kehrte nachdenklich zu seinen Gemächern zurück. Wer hätte gedacht, daß der ehrgeizige William von Wykeham ein solch bescheidener, gewissenhafter Mann war? Er erschien ihm bestens geeignet für das Amt eines Bischofs, denn Herz, Verstand und Seele arbeiteten bei ihm Hand in Hand. Er würde vielleicht sogar einen guten Kanzler abgeben, doch Thoresby fragte sich, wieviel er vom Recht verstand.

Er bedauerte es sehr, daß Wykeham der Mann des Königs war. Er würde die Konflikte genauso empfinden wie Thoresby, die Enttäuschung ebenso spüren, wenn ein Kompromiß eingegangen werden mußte, um den König zufriedenzustellen, ein Kompromiß in Fragen der Moral oder des Rechts.

Begriff Wykeham das? Erkannte er, daß er einen Preis dafür zahlen mußte, der Bischof des Königs zu werden?

Thoresby hielt an der Tür inne und zuckte die Schultern. Wäre er nicht der Mann des Königs, wäre Wykeham niemals so hoch aufgestiegen. Er konnte gar nichts anderes als der Bischof des Königs sein.

Schade. Der Mann würde dies zweifellos eines Tages bereuen. Aber jetzt noch nicht.

5

Das Mädchen Mary

Ned mußte die Tage vor seiner Abreise allein in seiner kleinen Kammer verbringen. *Eurer Sicherheit zuliebe*, hatte Wyndesore ihm erklärt. Seiner Sicherheit zuliebe. Ha! Sir William wollte ihn nur quälen. Ned war zu Bruder Michaelo gegangen, in der Hoffnung, Lordkanzler Thoresby dafür zu gewinnen, sich für ihn einzusetzen, doch der Sekretär des Erzbischofs hatte Ned erklärt, daß es in seinem eigenen Interesse läge, sich so weit entfernt wie möglich von Wyndesores wütenden Männern aufzuhalten. Wenn man es genau betrachtete, war Michaelos Verhalten ihm gegenüber nicht gerade höflich gewesen. Jedermann verurteilte Ned, obwohl Mistress Perrers ausgesagt hatte, er sei in der Nacht von Daniels Tod bei Mary gewesen.

Und so verbrachte Ned seine Tage damit, seine Fertigkeit mit dem Dolch zu vervollkommnen. Er schleuderte ihn auf Zielobjekte aus Stroh, bis ihm die Handgelenke und die Augen schmerzten. Oder er starrte aus dem winzigen glaslosen Fenster hinaus auf die Kapelle von St. George und auf den davorliegenden Hof, wo Männer geschäftig umherhasteten in dem Vertrauen, daß Gott sie für ihren Fleiß belohnen würde. Während Ned das Kommen und Gehen unter ihm beobachtete, dachte er viel über die vergangenen Wochen nach und auch über sein eigenes Verhalten gegenüber Mary und Daniel. Dabei gelangte er allmählich zu der Überzeugung, daß er seine gegenwärtige mißliche Lage nur sich selbst zuzuschreiben hatte. Es stimmte, daß er Daniel immer wieder bei Mary angetroffen hatte, wenn er von einem Auftrag zurückgekommen war, aber er war nie Zeuge einer Umarmung gewesen oder einer zärtlichen Berührung, ja nicht einmal einen bedeutungsvollen Blick zwischen den beiden hatte er beobachten können. Erst nachdem sein Temperament mehrmals mit ihm durchgegangen war, hatte ihn dieses merkwürdige Gefühl beschlichen, als verhielten Mary und Daniel sich etwas seltsam, wenn er sie zusammen antraf.

Ned mußte Mary unbedingt noch einmal sehen, bevor er aufbrach, und sie um Verzeihung bitten. Er mußte sie fragen, ob nicht doch die Hoffnung bestand, daß sie ihm vergeben würde. Zweimal hatte er sich bereits zu ihrer Kammer geschlichen, und zweimal hatte sie es abgelehnt, ihn zu sehen. Wie konnte sie nur so grausam sein? Sollte seine Liebste ihm nicht treu zur Seite stehen, wenn alle anderen sich gegen ihn wendeten?

Und dann, Wunder über Wunder, tauchte Mary plötzlich an Neds Tür auf, am Tag vor seiner geplanten Abreise.

»Mary! Gütiger Himmel, wie bin ich froh, dich zu sehen.« Ned fiel auf die Knie und schlang seine Arme um ihre Beine, noch bevor sie Zeit fand, zurückzuweichen. »Mary, mein Liebes, verzeih mir meine alberne Eifersucht. Ich konnte mir einfach nicht vorstellen, daß dich ein Mann anschaut und dich nicht genauso begehrt, wie ich es tue. Ich hätte auf dich hören sollen. Ich schwöre dir, daß ich dir bis an mein Lebensende ein treuer Diener sein werde.«

Mary strich ihm begütigend über das Haar. Ihre Berührung war unglaublich sanft. »Sei ruhig, mein Liebster, sei ruhig«, flüsterte sie.

Mein Liebster! Ned erhob sich, umfing ihr Gesicht mit beiden Händen und blickte ihr tief in die Augen. »Du liebst mich?«

»Das weißt du doch.«

»Aber du hast mich weggeschickt, Mary. Zweimal! Ich hätte so etwas niemals tun können.«

Tränen schwammen in ihren süßen Augen. »Oh, Ned, es ging mir so elend ohne dich!« Sie stellte sich auf die Zehenspitzen und küßte ihn.

Heilige Maria Muttergottes, danke, daß du meine Gebete erhört hast. Ned bedeckte Marys Gesicht mit Küssen. Er

58

hielt sie dicht an sich gepreßt und zog sie hinein in seine Kammer.

Atemlos flüsterte sie: »Ich darf nicht lange bleiben. Mistress Alice wird mich vermissen.«

»Nur eine kleine Weile, mein Liebes«, bat Ned sie, als er die Tür mit dem Fuß hinter sich schloß. Er ließ sie los und holte die Lampe heran, um sie besser ansehen zu können.

Mary schob die Kapuze ihres Umhangs zurück und schüttelte ihr Haar. Der dunkle Umhang umspielte ihre weißen Schultern, die nur knapp von ihrem weit ausgeschnittenen Gewand bedeckt wurden. Sie trug sein Lieblingskleid. Es raschelte bei der kleinsten Bewegung und verströmte etwas von ihrem köstlichen Duft. »Sag mir, daß du in Windsor bleibst, dann ist alles vergeben und vergessen«, flüsterte sie und kam näher auf ihn zu.

Was war sie doch für ein liebes, unschuldiges Mädchen, dessen Herz sanft unter diesen alabasterweißen Brüsten klopfte. »Geliebte Mary, ich wünschte, ich könnte es. Aber ich muß auf Befehl des Königs in den Norden reisen. Ich muß fort.« Er griff nach ihrer Hand.

Mary versteckte ihre Arme auf dem Rücken. Ihr Gesicht war leicht gerötet. »Ist das wirklich der einzige Grund, warum du weg willst?«

»Welchen Grund könnte es sonst noch geben?«

»Nun, es könnte sein, daß du dich davor fürchtest, was Daniels Freunde mit dir anstellen könnten.«

Ned wurde schwer ums Herz. Noch immer schien sie sich damit zu beschäftigen. »Du weißt, daß das nicht stimmt, Mary. Ich bin kein Heiliger, aber ich bin auch kein Feigling. Ich laufe nicht vor meinen Problemen davon. Früher hast du dir eher Sorgen gemacht, daß ich zu unvorsichtig bin.«

Mary biß sich auf die Unterlippe, was Ned als hoffnungsvolles Zeichen dafür auffaßte, daß sie ihm zumindest zuhörte. »Ich glaube, der König schickt dich fort, um dich zu schützen«, meinte sie dann, »weil Mistress Alice Seiner Majestät erzählt hat, daß du Daniel in jener Nacht nicht aus dem Saal gefolgt sein konntest.«

»Vielleicht glaubt Seine Majestät, daß das notwendig ist, ich bin jedoch anderer Meinung.«

»Dann bleib«, erwiderte Mary und reckte das Kinn herausfordernd empor. »Laß nicht zu, daß der König dich dazu bringt, dich wie ein Feigling zu verhalten.«

Wäre es nur darum gegangen, hätte Ned die Herausforderung gerne angenommen. Er drückte sanft Marys Schultern. »Bitte, Mary, laß uns nicht streiten. Ich muß dem König gehorchen; ich stehe in seinen Diensten.«

Mary wich vor ihm zurück. »Du stehst in den Diensten des Herzogs von Lancaster.«

Ned nickte. »Und der Herzog hat mich an diesen Hof geschickt, um möglichst viel zu lernen und um dem König, seinem Vater, zu dienen. Nun benötigt der König meine Hilfe. Der Herzog würde von mir erwarten, daß ich mich seinen Wünschen beuge.«

Mary wandte sich von Ned ab und blieb stehen, eine Hand ans Kinn gelegt.

»Mary?« flüsterte Ned.

Sie warf das Haar zurück und holte tief Luft, dann drehte sie sich so ruckartig herum, daß ihr Seidenkleid leise raschelte. »Vielleicht kann ich es erreichen, daß er seine Befehle für dich ändert.«

Ned grinste. »Du, Mary? Und wie willst du das anstellen?«

Sie blieb aufrecht vor ihm stehen, die Hände hinter dem Rücken. »Mistress Alice könnte für uns ein gutes Wort einlegen. Ich werde ihr sagen, daß ich es nicht ertragen könnte, von dir getrennt zu sein.«

In ihrer Unschuld kam sie ihm wie ein Kind vor. »Du vergißt, was deine Herrin von mir hält. Sie würde niemals bei einem solchen Unterfangen mitmachen. Sie billigt unsere Verbindung nicht. Vielleicht war es sogar Mistress Alice, die dem König vorgeschlagen hat, mich auf diese Mission zu schicken. Und wenn ich dann irgendwo im Norden unterwegs bin, wird sie dich abzulenken versuchen und dich mit einem passenderen Mann zusammenbringen. Einem rüstigen älteren Ritter, der richtig für dich sorgen kann.«

Abermals traten Tränen in Marys hübsche Augen, und ihre Unterlippe zitterte. »Ich will aber keinen älteren Ritter. Ich könnte das nicht ertragen.«

»Ein solcher Mann würde auch nach Auffassung der Leute viel besser zu dir passen. Viel besser jedenfalls als ein junger Späher, der weder Land noch Titel besitzt.«

Marys Tränen kannten jetzt kein Halten mehr. Sie wischte sie sich wütend vom Gesicht. »Du darfst nicht gehen, Ned!«

»Ich muß, Mary. Und es wird nicht das letzte Mal sein, daß du dich damit abfinden mußt, daß ich weggehe. Falls wir heiraten, wirst du dich darauf einstellen müssen, daß es immer wieder Zeiten der Trennung geben wird. Als Lancasters Mann wird man mich häufig mit irgendwelchen Aufträgen wegschicken. Das liegt in der Natur meiner Arbeit.«

Mary verschränkte die Arme, stampfte fest mit ihrem hübschen Fuß auf dem Boden auf und ließ den Kopf nach vorne fallen.

Ned blieb still stehen und überlegte, was er jetzt tun sollte. Plötzlich bemerkte er, daß Mary zitterte und tief Luft holte. Mit wenigen Schritten war er bei ihr und zog sie in seine Arme.

»Mary, meine allerliebste Mary«, flüsterte er. »Ich werde zurückkommen. Zweifle nicht daran. Wenn ich weiß, daß du auf mich wartest, wie könnte ich da wegbleiben? Und wenn ich zurückkomme, werden wir heiraten.«

Sie schaute hoch in seine Augen. »Aber wann wird das sein, Ned? Wie lange wirst du weg sein?«

Er drückte sie fest an sich. »Oh, mein Liebes.«

Mary klammerte sich an Ned. Er hob sie hoch und trug sie zum Bett, wo er am Verschluß ihres Umhangs zu nesteln begann. Er zog ihn ihr aus und drückte ihren Kopf in das Kissen. Ihre Tränen versiegten. Sie öffnete unwillkürlich den Mund. Er küßte sie hungrig, und bald lag sie weich und nackt in seinen Armen.

»Ich habe Angst«, flüsterte Mary und drückte sich an ihn. »Oh, Ned, ich habe solche Angst.«

»Es gibt nichts, wovor du dich fürchten müßtest, mein Liebes. Ich würde dir niemals weh tun.«

Ned erwachte, als er jemanden leise weinen hörte. Verwirrt sah er um sich und entdeckte Mary, die neben ihm lag und ihre Augen mit den Händen bedeckte. »Mary, mein Liebes. Ich bin doch noch nicht fort. Weine nicht, wo wir doch so glücklich sein können.« Er nahm sie in seine Arme. »Weißt du nicht, wie sehr ich dich liebe? Zweifelst du daran, daß ich zu dir zurückkehre?«

Sie küßte ihn. »Ich zweifle nicht an dir, Ned.«

»Was ist es dann?«

Sie antworte nicht sofort. »Ich werde mich so einsam fühlen ohne dich.«

»Und ich auch ohne dich, mein Liebes. Aber bald werden wir für immer zusammensein.«

»Aber was wird sein, wenn du so lange weg bist, Ned? Was wird in der Zwischenzeit passieren? Bin ich stark genug, um mich gegen Mistress Alice und ihre ehrgeizigen Pläne zur Wehr zu setzen?«

»Du bist auch bisher mit ihr fertiggeworden, mein Liebes. Und da habe ich noch nicht die Rolle deines Beschützers gespielt. Sie hält es für unter ihrer Würde, mit mir zu sprechen.«

Mary setzte sich mit einem Seufzer auf. »Ich habe es satt, mich ständig gegen sie wehren zu müssen.«

Ned stützte sich auf einen Ellbogen, berührte mit einem Finger Marys Wange und wischte ihr eine Träne mit der Fingerspitze ab. »Du bist eine starke Frau, Mary.«

Sie versuchte, ein schwaches Lächeln auf ihren Mund zu zwingen, aber es gelang ihr nur unvollkommen. »Ned, mein Liebster. Bist du sicher, daß Daniels Tod tatsächlich ein Unfall war?«

Ned ließ sich mit einem Stöhnen in die Kissen zurücksinken. Wieder die alte Leier! »Du weißt, daß ich es nicht getan habe!«

»Nein, nein, bitte, Ned, was ich sagen will, ist …

glaubst du wirklich, daß es ein Unfall war?« Sie beugte sich über ihn, dabei streichelte ihr langes Haar über sein Gesicht. Ihre Augen blickten ihn ernst an. Sie schien es tatsächlich wissen zu wollen.

Ned war das Thema Daniel leid, selbst jetzt, da der Junge tot war. Er legte eine Hand über seine Augen. »Ich weiß es nicht, Mary. Sie haben gesagt, daß er ertrunken ist, und sie haben mich beschuldigt, ihn ermordet zu haben. Das ist alles, was ich sagen kann.«

Mary legte sich neben ihn, schaute ihn von der Seite an und stützte sich auf dem Ellbogen auf. »Wie sind sie darauf gekommen, dich zu beschuldigen? Warum haben sie nicht von Anfang an angenommen, daß es ein Unfall war? Es kommt doch vor, daß jemand ertrinkt.«

»Weil ich mich mit ihm im Saal gestritten hatte. Ich hatte ihn bedroht. Ich dachte mir nichts dabei, das schwöre ich. Aber ich habe ihm wirklich gedroht – mit dem Dolch.«

»Ich habe nichts davon gehört, daß er Stichwunden gehabt hätte«, erwiderte Mary, »oder ähnliche Verletzungen.« Sie verstummte.

Ned blickte sie aus zusammengekniffenen Augen verstohlen von der Seite an. Sie biß sich auf die Unterlippe, tief in Gedanken versunken. »Was ist los?«

»Er ist doch ertrunken, nicht wahr?«

»Ich habe seine Leiche nicht gesehen.« Ned streichelte ihr übers Haar und küßte sie auf die Stirn. »Warum bereitet dir das soviel Kopfzerbrechen?«

»Ich …« Mary schaute ihn verwirrt an.

Ned schöpfte sofort Verdacht und packte sie an den Schultern. »Was war zwischen euch?«

»Nichts! Um Gottes willen, Ned, ich habe einfach nur Angst. Denn wenn er wirklich ermordet worden wäre, könnte der Täter doch noch immer im Palast sein. Und ich lebe hier im Palast. Und wenn du weg bist, gibt es niemanden mehr, der mich beschützt. Niemanden, zu dem ich gehen kann, wenn ich Angst bekomme.«

Ned zog sie an sich und drückte sie fest. »Du hast nichts zu befürchten, Mary. Du befindest dich am Hof des

Königs und stehst unter dem Schutz von Mistress Alice. Du bist hier in Sicherheit.«

Alice Perrers kehrte nach einem anstrengenden Morgen in den Gemächern der kränklichen Königin in ihr eigenes Gemach zurück und fand ihr Bett ungemacht vor. Auch war der Raum nicht gelüftet worden.

Die eleganten Hofdamen Cecily und Isabeau saßen in der Nähe des Fensters, wo sie mit irgendwelchen Stickereien beschäftigt waren.

»Wo ist Mary?« fragte Alice die beiden.

Mistress Cecily rollte mit den Augen. »Sie liegt wimmernd im Bett, … Herrin.« Cecily fiel es schwer, das letzte Wort auszusprechen. Es ärgerte sie, daß sie Alice dienen mußte, die eigentlich aufgrund ihrer Herkunft unter ihr stand. Aber als Geliebte des Königs und Mutter seines unehelichen Sohnes stand Alice gebührender Respekt zu. Der König selbst hatte darauf bestanden, daß die in ihren Diensten stehenden Hofdamen Alice mit »Herrin« betitelten.

»Im Bett? Um die Mittagszeit?«

Cecily und Isabeau ließen die Augen wieder auf ihre Stickereien sinken. Sie konnten sich ein leises Kichern über Marys Unglück nicht verkneifen. Ihre Nadeln bewegten sich nicht. Alice zweifelte nicht daran, daß sie die ganze Zeit in ihren feinen Gewändern dagesessen und Klatsch ausgetauscht hatten.

»Mary ist zehnmal soviel wert wie ihr, ihr faulen Geschöpfe!« zischte Alice, bevor sie das Gemach verließ. Was hatte Königin Philippa sich nur dabei gedacht, als sie Alice bat, die beiden in ihren Gemächern aufzunehmen?

Mary war anders. Alice hatte sie sich selbst ausgesucht. Mary war ein Waisenkind wie sie selbst und nur zwei Jahre jünger. Alice vertraute ihr, verstand, was für ein schweres Los sie zu tragen hatte. Ned Townley hatte Mary aus dem Gleichgewicht gebracht. Sie hatte ihm zwar ausrichten lassen, daß er sich von ihrer Zofe fernhalten möge, aber dieser verdammte Kerl war immer wieder aufgetaucht, hatte Mary ewige Liebe geschworen und ihr damit den hübschen Kopf verdreht.

Nun, wenn man einen gutaussehenden Mann, der über eine gewisse Redegabe verfügte, als das Ideal eines Ritters betrachtete, dann war Ned durchaus eine gute Wahl. Lancaster hätte ihn niemals zu einem Spion ausgebildet, hätte Ned sich nicht durch Tapferkeit und Schläue ausgezeichnet. Doch er war ein Niemand. Und er würde immer ein Niemand bleiben. Männer wie er brachten es nie zu Besitz. Sie würden auch beim Militär allenfalls den Rang eines Hauptmanns erreichen. Und sie hatte bereits feststellen können, daß Ned das wenige Geld, das er verdiente, für Kleidung verschwendete. Es stimmte zwar, daß er ein gutes Auge für Farben und Stoffe besaß, doch Kleider stellten keinen echten Wert dar. Mary hatte etwas Besseres verdient. Sie brauchte einen Mann, der ihr etwas bieten konnte.

Alice fand Mary in ihrer dunklen, muffigen Kammer vor, wo sie still dasaß. Sie öffnete die Läden. »Um Himmels willen, Mary, hier kriegt man doch kaum Luft.«

Mary blinzelte und hob die Hände vor die Augen, um sie vor dem plötzlich eindringenden Sonnenlicht zu schützen. »Vergebt mir, Herrin.«

Alice kniete nieder, zog Marys Gesicht hoch ins Licht und strich ihr das Haar aus dem Gesicht. »Mein Gott, wie fürchterlich du aussiehst!« Marys Gesicht war geschwollen und gerötet, ihre Augen blutunterlaufen. »Jetzt reicht es, Mary! Ich mache das nicht länger mit. Du mußt dir diesen Dolchwerfer aus dem Kopf schlagen. Ich habe andere Pläne mit dir.«

Mary befreite sich aus Alices Umarmung. »Ich werde keinen anderen Mann als Ned heiraten.«

Alice kauerte sich auf die Fersen. »Du kleine Närrin. Du verstehst es nicht, dein Glück beim Schopf zu packen. Ich weiß, was es bedeutet, eine Waise zu sein. Ich habe selbst schlechte Zeiten durchgemacht.« Alices Eltern waren im Jahr ihrer Geburt an der Pest gestorben. Bevor ihre Onkel den Plan entwickelt hatten, ihr eine gute Erzie-

hung angedeihen zu lassen und versprochene Gegenlei-
stungen einzufordern, um sie am Hof unterzubringen,
hatte sie bei einem Kaufmann und dessen Frau gelebt, deren leibliche Kinder sie oft genug daran erinnerten, daß
sie lediglich geduldet war. Alice wußte, wie unsicher die
Zukunftsaussichten für Mädchen wie Mary waren. Sie
nahm Marys Hände in die ihren. Sie waren kalt. Das Kind
aß nicht richtig. »Vertraue mir, Mary. Ich möchte nur das
Beste für dich. Und ich kann dafür sorgen, daß du es auch
bekommst.«

»Dann helft mir, daß ich mit Ned zusammensein kann.
Er liebt mich, und ich liebe ihn auch. Er wird sich um
mich kümmern.«

Alice ließ Marys Hände fallen und erhob sich. »Wirklich, Mary, laß deinen Verstand sprechen. Er hat kein Geld
außer dem, das er für seine Dienste von Lancaster erhält.
Er hat kein Haus, kein Land, keinen Namen.«

Mary setzte sich aufrecht hin und reckte das Kinn empor. »Townley ist ein guter Name.«

Meine Güte, wie war das Kind doch vernarrt. Und
überhaupt nicht raffiniert. »Du bist doch kein Dummkopf, Mary. Du weißt, was ich meine. Dieser Name steht
für nichts.«

»Das ist mir gleichgültig.«

»Ja, jetzt vielleicht. Warum sollte es auch? Aber schon
bald wird das eine gewisse Wichtigkeit für dich erlangen,
dann nämlich, wenn du Kinder in die Welt setzt. Die muß
man kleiden, ernähren, man muß ihnen ein warmes Heim
bieten und für ihre Sicherheit sorgen.«

Mary verschränkte die Arme vor der Brust. »Ich werde
keinen anderen Mann als Ned heiraten.«

Alice schüttelte den Kopf über die Halsstarrigkeit des
Mädchens. »Das werden wir noch sehen.«

»Wollt Ihr mich so behandeln, wie Eure Verwandten
Euch für ihre Zwecke benutzt haben? Wollt Ihr mich zur
Hure herabwürdigen?«

Alice ohrfeigte Mary. »Mit Beleidigungen gewinnt
man keinen Streit. Und jetzt mach dich an deine Arbeit.
Ich dulde keine Faulheit.«

Eine Hure. Hatte Mary denn gar nichts begriffen? Alice hatte vor, einen guten Ehemann für sie zu finden, keinen königlichen Liebhaber.

Es war früher Abend, eine Zeit, die Mary für solche Pflichten reservierte, bei denen Nachdenken oder viel Platz erforderlich war. Cecily und Isabeau begleiteten Mistress Alice in den großen Saal zum Abendmahl. Die Stille, die um diese Tageszeit herrschte, war ein echter Segen. Cecily und Isabeau konnten Stille nicht ausstehen; sie erfüllten jeden Raum, den sie betraten, mit ihrem endlosen Geschnatter, und bei jedem Schritt raschelten sie mit ihren Gewändern, richteten ihre Umhänge und zappelten nervös umher. Ned hatte Mary oft in diesen ruhigen Stunden Gesellschaft geleistet, während sie ihrer Arbeit nachging, und hatte sie mit Geschichten aus seinem bewegten Leben unterhalten. Mary durfte jetzt nicht daran denken, denn die Erinnerung an Ned rief in ihr Gefühle wach, die sie verdrängen mußte, wollte sie ihre Pflichten gut erledigen.

An diesem Abend arrangierte Mary die Gewänder und Umhänge von Mistress Alice neu in der großen, niedrigen Truhe, in der man die Kleider flach ausbreiten konnte. Der Inhalt war verrutscht, als man die Truhe vor ein paar Tagen an einen anderen Platz gestellt hatte. Mary schüttelte die Umhänge und Schultertücher aus, legte sie sorgfältig zusammen und stapelte sie auf einer Bank, dann nahm sie jedes Gewand einzeln heraus. Es waren weiche Gewänder aus Wolle, Seide oder Samt. Mary legte sie auf das Bett. Dann verstaute sie die Kleider wieder einzeln in der Truhe und strich jedes sorgfältig glatt. Obenauf legte sie die zusammengefalteten Leinenstücke, Schultertücher und Strümpfe.

Während dieser Arbeit hatte Mary über ihren Plan nachgedacht. Jetzt kniete sie nieder und bat Gott um Mut. Es war nur ein kurzes Gebet. Sie durfte nicht bummeln, sonst würde Mistress Alice zurückkommen, bevor sie verschwinden konnte.

Mary packte einige ihrer Kleider sowie verschiedene
Kleinigkeiten zusammen und legte sie in einen Lederbeutel. Sie ging flink und gewandt zu Werke, da sie sich aufgrund von Alices häufigen impulsiven Entschlüssen, den
Hof zu verlassen und in ihr Haus in der Stadt zu ziehen,
eine gewisse Routine angeeignet hatte. Zu ihrem Schutz
nahm sie das Messer an sich, das Ned ihr geschenkt hatte.
Es war eine elegante Waffe mit einem Elfenbeinknauf, der
in einem Schwanenhals endete. Sie steckte das Messer in
ihren Gürtel, so daß sie es gegebenenfalls schnell zur
Hand hatte. Heute würde sie sich zwar noch nicht allzu-
weit vom Palast des Königs entfernen, aber es war dunkel, und der Tod von Daniel ging ihr nicht aus dem Kopf.
Es war besser, schnell zu einer Waffe greifen zu können.

Schließlich war sie fertig. Sie warf sich ihren Umhang
um, verabschiedete sich innerlich von ihrem bisherigen,
angenehmen Leben und schlich sich hinaus in den nur
schwach erleuchteten Korridor.

Als sie den Schutz des Gebäudes verließ, zog Mary
sich die Kapuze ihres Umhangs über den Kopf und
drückte ihr Bündel enger an sich, damit ihr nicht kalt
wurde. Sie spürte das Messer an ihrer Hüfte, und das gab
ihr ein Gefühl von Sicherheit. Ihr Plan bestand darin, sich
in Neds alter Kammer bis zum Morgengrauen zu verstecken. Dann wollte sie sich in der Nähe des Tores einen
geschützten Platz suchen und warten, bis ein Trupp von
Dienern oder Kaufleuten kam, um unerkannt durch das
Tor zu schlüpfen. Sie hatte sich bereits einmal auf diese
Weise aus dem Palast schmuggeln können, um Ned unten an der Themse zu treffen; es sollte ihr eigentlich auch
dieses Mal nicht allzu schwerfallen. Es gab nichts an
ihrem Aussehen, das die Aufmerksamkeit der Wachen erregen würde. Außerhalb von Windsor voranzukommen
würde schwieriger sein, doch es war ihre einzige Hoffnung – sie wollte sich zu Lucie Wiltons Apotheke in York
begeben, wo sie in sicherer Obhut warten würde, bis Ned
zurückkam.

Mary stand unsicher im dunklen Hof des oberen
Trakts und überlegte, wie sie am besten in den unteren

Trakt gelangen konnte. Zu ihrer Rechten sah sie die Mauern des hoch aufragenden Wachtturms sowie das Tor, durch das sie gewöhnlich ging. Der Torwächter kannte sie und würde ihr vielleicht Fragen stellen, wenn sie um diese Zeit mit einem Bündel passieren wollte. Sie erinnerte sich, daß die Bauleute am anderen Ende des Gebäudes, an einer Stelle, die weit vom Fluß entfernt lag, einen schmalen Pfad freigeschlagen hatten, der gerade so breit war, daß man zwischen der Mauer und dem Graben einen Wagen mit Backsteinen oder Holz entlangschieben konnte. Es war dort sehr dunkel, vor allem aufgrund der aufgeschütteten Erdwälle, die alles Licht, das aus den bewohnten Teilen des Palastes fiel, verschluckten. Mary zitterte, als sie sich entschloß, diesen Weg zu benutzen. Sie hatte Angst, doch wenn ihr Plan gelingen sollte, durfte sie von niemandem gesehen werden.

Früh am folgenden Vormittag machte sich Sir William von Wyndesore fertig, um zur schottischen Grenze aufzubrechen, wo er sich an der Verteidigung der Grenzmark beteiligen wollte. Alice verstand nicht, weshalb Sir William jetzt fortreiten mußte, ausgerechnet vor dem Osterfest. Sie hatte sich so darauf gefreut, ihn im Turnier kämpfen zu sehen. Er wirkte sehr beeindruckend in seiner Furchtlosigkeit. Sie konnte sich ihn gut auf dem Schlachtfeld vorstellen. Hochgewachsen und mit stahlharten Augen.

An diesem Tag waren seine Augen jedoch beinahe so blutunterlaufen wie die von Mary gestern. Diese verrückte Person. Wo konnte sie nur hingegangen sein? Alice hatte Gilbert bei Tagesanbruch ausgesandt, um die Umgebung des Palastes nach ihr abzusuchen. Bislang hatte man nur Marys Dolch im unteren Trakt gefunden.

»Ihr scheint weit weg zu sein mit Euren Gedanken, Mistress Alice«, sagte Wyndesore.

Alice zuckte zusammen. »In der Tat, Sir William. Ich dachte an einen gewissen starken Ritter, in dessen Augen sich der Feuerschein spiegelte.« Sie reichte ihm den Abschiedstrunk. »Eure Augen verraten, daß Ihr spät zu Bett gegangen seid. Vielleicht ist es besser, wenn Ihr den Hof verlaßt. Dann werdet Ihr vielleicht etwas mehr Schlaf finden.«

Wyndesore grinste vergnügt und nahm einen großen Schluck. »Ihr seid sehr freundlich, Mistress Alice.«

Alice schaute sich um und bemerkte, daß Wyndesores Knappe damit beschäftigt war, die Packpferde zum Aufbruch fertigzumachen. »Sir William, ich muß Euch einen Augenblick alleine sprechen.«

Wyndesore blickte sich um, nickte und zog Alice auf die andere Seite seines Pferdes, wo sich nicht so viele Menschen aufhielten. Er legte ihr einen Augenblick lang fest die Hand um die Taille. »Warum habt Ihr das nicht gestern abend getan?«

Sie berührte ihn mit der Hand an der Schulter und zog ihn näher zu sich heran. »Ich wollte Euch den Abend nicht verderben.«

»Den Abend verderben? Was ist Schlimmes geschehen?«

»Meine Zofe Mary ist gestern abend verschwunden.«

Wyndesore blickte unbekümmert drein. »Sie wird sicher in irgendeiner Kapelle sein, wo sie für ihren Geliebten betet.«

»Nein, Sir William. Sie hat ihre Kleider mitgenommen. Ich fürchte, daß sie sich auf die Suche nach Ned Townley gemacht hat. Sein Trupp müßte inzwischen schon weit vom Palast entfernt sein, vermute ich.«

Wyndesore trank den Wein aus und gab Alice den Becher zurück. »Jedenfalls zu weit, als daß sie ihn einholen könnte, wenn es das ist, was Ihr wissen wollt.« Er schaute einen Augenblick lang nachdenklich in die Ferne, dann nickte er. »Ihr glaubt also, sie ist ihm nachgereist? Ich glaube, das wäre ihr durchaus zuzutrauen.« Er schüttelte den Kopf. »Das dumme kleine Mädchen. Wenn sie ihn nicht findet, wird sie schnell in Schwierigkeiten geraten.« Er berührte sanft Alices Wange. »Ich werde auf unserem Ritt gen Norden Ausschau nach ihr halten.«

Alice rückte die Brosche auf Wyndesores Umhang zurecht. »Es darf ihr nichts geschehen, Sir William.«

Wyndesore berührte Alice an den Schultern und schaute ihr tief in die Augen. »Sie hat sich selbst Eurer Obhut entzogen, Mistress Alice. Aus freien Stücken. Ihr braucht Euch keine Vorwürfe zu machen, falls ihr irgend etwas zustoßen sollte.«

Alice schüttelte den Kopf. »Nun, vielleicht schon aus freien Stücken. Aber sie hat sich dazu entschlossen, weil ich ihr sagte, daß Ned nicht gut genug für sie sei. Ich hatte meine eigenen ehrgeizigen Pläne für sie.«

»Dann ist sie ein undankbares Kind. Und Ihr habt um so weniger Grund, Euch die Verantwortung für ihr Tun aufzubürden.« Wyndesore strich ihr sanft über die Nasenspitze. »Vergeßt sie, ja?« Er runzelte plötzlich die Stirn und legte den Kopf zur Seite. »Obwohl es mich schon beunruhigt, daß sie so plötzlich davongelaufen ist. Ihr sagtet doch, Mary sei Euch treu ergeben.«

Alices Körper spannte sich unwillkürlich an. Diese Berührung an der Nase hatte wie die Geste eines Mannes gegenüber einem Kind gewirkt. »Sie hat sich mir gegenüber stets als sehr loyal erwiesen.«

»Aber Ned Townley scheint ihr noch mehr am Herzen zu liegen.«

Alice zuckte die Schultern. »Sie ist in einem Alter, in dem die Liebe zu einem Mann eine junge Frau für alles andere blind macht.«

Wyndesore lächelte. »Ich kann mir nicht vorstellen, daß Euch die Liebe blind machen könnte!«

»Und Ihr seid ein Charmeur, Sir William.«

»Und Ihr, Mistress Alice, seid vielleicht nicht so klug, wie Ihr denkt. Von Euch fortzulaufen ist eine merkwürdige Art, seine Loyalität zu beweisen.« Wyndesore tätschelte ihr leicht das Kinn, dann entfernte er sich und schickte sich an, aufzusteigen.

»Paßt auf Euch auf, Sir William«, bat Alice sanft. »Es ist eine kalte, einsame Straße, die Ihr entlangreitet.«

Sein Blick verriet ihr, daß er sie verstanden hatte. Sie lächelte süß und winkte ihm nach.

Gilbert setzte seine Suche im und um den Palast herum fort und fragte überall nach Mary. Alice kümmerte sich wie gewöhnlich um Königin Philippa, doch sie war so geistesabwesend, daß dies sogar ihrer Herrin auffiel.

»Was ist denn, Kind? Was betrübt Euch?« fragte die Königin und stützte sich fest auf ihren Spazierstock.

»Mary, meine Zofe, ist seit gestern abend verschwunden.«

Die Königin lächelte nachsichtig. »Aber Alice, der Palast ist riesengroß, und Mary ist eine Träumerin. Sie hat sich vielleicht nur verlaufen.«

»Das dachte ich zuerst auch. Aber Mary hat Kleider mitgenommen, Eure Majestät. Ich befürchte, sie hat sich aufgemacht, ihrem Geliebten hinterherzulaufen.«

Jetzt zeigte auch das Gesicht der Königin aufrichtige Bestürzung. »Junge Herzen sind oft sehr stürmisch. Manchmal zu stürmisch. Was habt Ihr unternommen, um das Mädchen zu finden?«

Alice erzählte ihr von Gilberts Suche und auch, daß Sir William versprochen habe, auf seiner Reise in den Norden nach dem Mädchen Ausschau zu halten.

»Wer ist ihr Geliebter? Wo steckt er?«

»Es ist Ned Townley, einer der Männer, die auf Befehl des Königs nach York aufgebrochen sind.«

Die Königin schüttelte den Kopf und sah sie traurig an. »Das Kind hat es hier nicht länger ausgehalten. Was hat sie sich denn gedacht? Daß sie ihren Geliebten auf der Reise, die der König ihm aufgetragen hat, begleiten kann? Dieses närrische Ding.«

Alice ließ den Kopf sinken. »Ich mache mir Sorgen, Eure Majestät. Sie haben sich erbittert gestritten über den Tod des jungen Mannes, der ertrunken ist. Was ist, wenn ihr Geliebter sie jetzt nicht mehr will?«

Die Königin tätschelte mit einer dick geschwollenen Hand Alices Kopf. »Mein armes Kind. Wir verlieren zuviel Zeit. Ich werde eine große Suche im Palast und in der Umgebung in die Wege leiten.« Die Königin zog Alices Kopf hoch und küßte sie auf die Stirn. »Ihr habt ein so gutes Herz, süße Alice.«

O nein, ein gutes Herz hatte sie ganz bestimmt nicht. Das hatte Alice zu Grabe getragen, als ihr Onkel sie ihren Adoptiveltern weggenommen und ihr erklärt hatte, daß sie den Schlüssel zu seinem eigenen Wohlergehen darstelle. Ein gutes Herz hätte es nicht soweit gebracht wie sie, ein guter Mensch hätte es nie geschafft, sich bei der Königin einzuschmeicheln. Und hätte diese auch niemals so hintergehen können, so wie sie es tat, indem sie das Bett des Königs teilte. Doch die liebenswürdige Philippa, die einer viel höheren Gesellschaftsschicht als Alice entstammte, würde so etwas nicht verstehen.

6

Herzensangelegenheiten

Jasper kam durch die Ladentür geschossen, sein flachs-
blondes Haar klebte ihm schweißnaß am erhitzten Gesicht. »Mistress Lucie! Ich habe sie gesehen! Die Gesand-
ten des Königs!«

Lucie packte ihn an den Schultern, noch bevor er vor
dem Ladentisch zum Stehen kam. Sie bemühte sich zu
lächeln, während sie ihm das feuchte Haar aus der Stirn
strich und ihn sanft in die Nase kniff. »Der Trupp des
Königs ist hier? Woher weißt du das, lieber Jasper? Dein
Botengang hat dich doch nicht in die Nähe von Micklegate geführt.« *Heilige Muttergottes, bitte gib, daß er sich
geirrt hat.*

»Master Merchet hat es mir zugerufen, als ich an der
Schenke vorbeikam«, antwortete Jasper mit strahlenden
Augen.

»Oh. Nun, wenn Tom Merchet das sagt, wird es wohl
stimmen.« Lucie versuchte, ihre Enttäuschung zu verbergen. Sie verstand Jaspers Erregung. Seine Freunde waren
sehr beeindruckt gewesen, als sie erfahren hatten, daß
Owen eine Gruppe königlicher Abgesandter zur Abtei
Fountains führen sollte. Jasper hatte gefragt, ob er Owen
vor seinem Aufbruch den Abschiedstrunk reichen dürfe,
und dies war ihm versprochen worden. Er würde also die
Männer sehen, wenn sie in ihrer prächtigen Aufmachung
aufbrachen. Die anderen Jungen würden Jasper später an
den Lippen hängen, wenn er die Gewänder und die Waf-
fen der einzelnen Reiter beschreiben würde und auch,
welche Rolle Owen bei dieser Reise spielte.

Owens Rolle – genau das war es, was Lucie Sorge bereitete. Die Ankunft der Gruppe bedeutete, daß Owens
Abreise nun kurz bevorstand. Und obwohl sie Bess ge-

standen hatte, daß Owen sie mit seiner ständigen Litanei von möglichen Gefahren verrückt machte, so daß sie darum gebetet hatte, er möge endlich damit aufhören, wollte Lucie dennoch nicht, daß er fortging. Falls dies die Antwort auf all ihre Gebete war, dann hatte der liebe Gott sie mißverstanden. Sie hatte gebetet, Owen möge erkennen, daß ihre kleine Familie genauso sicher war wie jede andere Familie in York, aber nicht, daß er die Stadt verlassen solle.

Bereits jetzt vermißte sie ihn. Sie dachte an das kalte Bett und an die Nächte, in denen sie seine Nähe und das Gespräch mit ihm brauchen würde; statt dessen würde sie ihm Briefe schreiben und ständig an die zahllosen Gefahren denken müssen, denen er ausgesetzt sein würde. Solche Gedanken würden sie den ganzen Tag über verfolgen und auch in den Nächten, in denen er nicht bei ihr weilte: Schotten auf der Straße, die nicht gewillt waren, den vom König verkündeten Frieden einzuhalten; Wölfe, von denen man allgemein sagte, daß sie sich nach einem harten Winter zu größeren Rudeln zusammenschlossen als sonst; Männer, die eifersüchtig darauf waren, daß Owen sich der Gunst des mächtigen John Thoresby erfreute, und die durchaus einen »Unfall« inszenieren konnten, um seinen Platz einzunehmen; selbst Vorstellungen von vergiftetem Essen oder einer Krankheit verfolgten sie. Und dann würde niemand bei ihm sein, der, wie sie, wußte, welche Medizin er benötigte. Wenn Owen zu Hause war, machte sich Lucie um solche Dinge keine Gedanken, doch sobald er die Stadt verließ, ging die Phantasie mit ihr durch. Sie hatte gedacht, das würde sich im Laufe der Zeit bessern, doch es wurde eher schlimmer. Er wurde immer mehr zu einem Teil von ihr. Und jetzt gab es auch noch Gwenllian. Sie wuchs so schnell heran. Owen würde viel versäumen, während er unterwegs war.

»Werden sie gleich hierherkommen?« überlegte Jasper und stieg mit Crowder auf dem Arm auf einen Stuhl. Das Kätzchen mit dem rötlichen Fell streckte seine Pfoten nach einer Fliege aus, die an ihm vorbeischwirrte. Jasper beugte sich vor, um das Kätzchen fester in den Arm zu nehmen, aber schon krachten beide auf den Boden, und der Stuhl polterte hinterher. Das Kätzchen befreite sich aus Jaspers Griff und baute sich fauchend vor dem Stuhl auf. Jasper blieb am Boden liegen und kicherte in sich hinein.

Lucie stand da, die Hände in die Hüften gestemmt. Sie wußte, daß sie Jasper hätte warnen sollen, daß Crowder gut durch die Luft segeln konnte und daß es wenig nutzte, ihn festzuhalten. Doch Jaspers Lachen war so fröhlich, daß sie es nicht über sich brachte, ihn zu schelten. »Ich bezweifle, daß sie gleich zu uns kommen werden. Sie haben einen langen Ritt hinter sich und möchten sich bestimmt ausruhen.«

Jasper setzte sich auf und wischte den Schmutz von seinen Kleidern. Staub und Kräuter hingen in seinem hellen Haar. »Ich würde sie gern über die Brücke reiten sehen.« Mit vor Begeisterung riesengroßen Augen schaute er Lucie an und flehte sie damit an, seinem Wunsch nachzukommen.

»Warum?« neckte ihn Lucie und zupfte ihm kleine Kräuterzweige aus dem Haar. »Du hast die Männer des Königs doch bereits gesehen.«

Jasper kniff die hellblonden Augenbrauen zusammen und streckte Lucie bittend die Hände entgegen, obwohl sie noch nicht nein gesagt hatte. »Ich möchte die Männer sehen, die der Hauptmann anführen wird.«

Lucie tat so, als sei sie voll damit beschäftigt, ihm die Reste aus dem Haar zu zupfen. »Aber du willst doch sicher dabei sein, wenn sie wegreiten? Dann siehst du sie doch ganz bestimmt.«

Jasper ließ die Schultern nach vorne fallen und senkte den Kopf. »Ich weiß, ich muß arbeiten.«

Lucie mochte ihn nicht länger auf die Folter spannen. »Du kannst gehen, nachdem du mir erzählt hast, wie es Mistress Thorpe inzwischen geht.« Jasper hatte einen Botengang zu Gwenllians erster Patentante absolviert, der Frau von Lucies Gildenmeister. Mistress Thorpe war vor ein paar Wochen gestürzt und hatte sich den linken Fuß mit heißem Waschwasser verbrüht. Jasper hatte ihr einen zweiten Topf mit Salbe für die schrecklichen Brandblasen gebracht.

»Mistress Thorpe sagt, daß sie in den vergangenen beiden Nächten nicht ein einziges Mal vor Schmerz aufgewacht ist, was ein Segen sei. Und sie ist Euch äußerst dankbar, daß Ihr ihr die Salbe geschickt habt. Sie hat Euch dafür gelobt, daß Ihr gewußt habt, daß sie den Rest ihrer Salbe heute morgen aufgebraucht haben würde. Die Kinder helfen ihr beim Waschen und beim Kochen, und sie wußte nicht, wann eines von ihnen die Zeit finden würde, hierher zu kommen.«

Lucie wurde aus diesem Bericht nicht schlau. Gwen Thorpe glaubte, es bedeute eine Kritik an Gott, wenn sie über Schmerzen klagte. Selbst als sie im vergangenen Jahr beinahe im Kindbett gestorben wäre, hatte sie die Schmerzen schweigend erduldet und die Hände zu Fäusten geballt, so daß die verärgerte Magda Digby, die Hebamme, schon gedroht hatte, die Geburtskammer zu verlassen, da sie der werdenden Mutter nicht helfen konnte, solange sie von ihr nicht erfuhr, wie es ihr ging. Doch Lucie wußte, daß Jasper ein guter Beobachter war. »Hast du ihren Fuß gesehen?«

Jasper schüttelte den Kopf. »Sie hat ihn mir nicht gezeigt.«

Dann würde er wohl noch immer voller Brandblasen sein, denn sonst hätte sie ihn ihm sicher gezeigt. Es war Zeit, daß Magda Digby einmal Gwen Thorpe aufsuchte. »In Ordnung. Dann lauf schon los.«

Lucie kehrte in die Küche zurück, um nachzuschauen, was Gwens Patenkind machte, und fand Owen gemütlich auf der Bank sitzend vor, einen Becher in der Hand. Die Wiege neben ihm war leer. »Wo ist Gwenllian?« Der erregte, hohe Ton ihrer Stimme überraschte Lucie.

Owen grinste. »Und du sagst immer, ich würde mir zu viele Sorgen machen. Am liebsten würde ich dir eine Geschichte von wilden Schotten erzählen, die in die Küche gestürmt kamen, aber Spaß beiseite, Tildy hat Gwenllian mit hinaus in den Garten genommen, um die Wolken zu beobachten. Ihr wird schon nichts passieren.«

Lucie vertraute Tildy. Owen war noch völlig ahnungslos und wußte nicht, daß die Trennung von seiner Familie kurz bevorstand, was Lucie bereits jetzt den Hals zuschnürte. Doch vielleicht war es besser, Owen denken zu lassen, sie mache sich nur als Mutter um ihre Tochter Sorgen. »Ist es auch warm genug draußen im Garten, damit Gwenllian sich nicht verkühlen kann?«

Owen setzte sich auf und reichte Lucie seinen Becher, damit sie probieren konnte. »Du mußt Tildy vertrauen, Liebes. Sie kommt sehr gut mit deiner Tochter zurecht. Du kannst dich nicht selbst um alles im Haus kümmern. Obwohl ich ganz sicher weiß, daß du es trotzdem versuchst.«

Lucie nahm einen Schluck des kühlen frischen Wassers und gab Owen den Becher zurück. »Es ist eher Tildy, die versucht, alles im Haus zu erledigen. Ich mache mir Sorgen, daß sie mit dem Kochen, Saubermachen und dem Aufpassen auf Gwenllian überlastet ist.«

»Tildy wird es dir schon sagen, wenn sie Hilfe braucht, Lucie. Wenn sie Angst bekommt, daß nicht alles so perfekt läuft, wie es der Fall sein könnte.«

Sie wußten beide, daß Tildy nur um Hilfe bitten würde, wenn sie der Meinung war, daß sie beide mit ihrer Arbeitsleistung nicht mehr zufrieden waren.

Lucie musterte ihren Ehemann gründlich. Er war so stattlich und inzwischen wie ein Teil von ihr. Er schien zu schwitzen, und eine feine Staubschicht lag auf seinem Gesicht. Aber er wirkte recht zufrieden. »Kommst du mit der Arbeit gut voran?«

»Ich mußte noch ein weiteres Beet vorbereiten. Gott helfe mir, aber die Steine, die ich vergangenes Jahr ausgegraben habe, sind wieder da. Und alles ist noch stärker überwuchert.« Das feuchte Leinenhemd klebte Owen an der breiten muskulösen Brust und am Rücken, als er sich dehnte und streckte.

Lucie konnte nie genug davon bekommen, ihn anzuschauen, denn er war ein solch vollkommener Mann. Sie spürte bereits jetzt, wie sehr er ihr fehlen würde, so daß ihr das ruhige, kameradschaftliche Zusammensein in diesem Augenblick einen Stich ins Herz versetzte. »Wirklich, Owen. Steine, die zurückkommen. Ich muß dich schon bitten, besser auf deine Zunge zu achten und nicht solchen Unsinn von dir zu geben. Sonst wachsen Gwenllian und Jasper noch mit unheiligen Vorstellungen von Gottes Schöpfung auf.« Sie bemerkte sofort, daß all ihre Mühe, heiter zu klingen, vergeblich gewesen war.

Owen sah ihr tief in die Augen. »Was ist passiert?«

Lucie ging zu ihm hinüber und strich ihm über das wellige dunkle Haar. »Die Abgesandten des Königs sind in die Stadt eingeritten. Wir haben nur noch wenig Zeit für uns, bevor du aufbrechen mußt.«

Owen wischte seine Hände an einem Tuch ab, legte es mit der sauberen Seite nach oben über seinen Schoß und zog Lucie zu sich herab. »Ich will gar nicht so tun, als täte es mir leid, daß du mich jetzt bereits vermißt. Ich dachte schon, du seist froh, mich endlich loszuwerden.«

Lucie griff nach einem Tuch und wischte ihm sanft das Gesicht ab. »Manchmal treibst du mich noch zum Wahnsinn, mein Liebster. Aber trotzdem mag ich dich so, wie du bist. Und es wäre mir viel lieber, du bliebest zu Hause, statt in dieser unsicheren Zeit im Auftrag des Königs in den Norden zu ziehen.«

Owen ergriff ihre Hand, die noch immer das Tuch hielt, und hauchte einen Kuß auf die Innenseite. »Woher weißt du, daß der Trupp angekommen ist?«

»Tom Merchet hat es Jasper gesagt.«

Die Türglocke des Ladens läutete und kündigte einen Kunden an. Seufzend wollte sich Lucie erheben, doch Owen hielt sie zurück. »Soll Jasper sich doch um den Kunden kümmern.«

»Er ist weggegangen, um den Trupp über die Brücke reiten zu sehen.« Lucie stand auf, fuhr sich glättend über den Rock und küßte Owen auf die Stirn.

»Mistress Wilton? Hauptmann Archer?« rief eine junge, piepsige Stimme vom Vordereingang des Hauses her.

Lucie und Owen schauten einander an. »Harold«, sagten sie dann gleichzeitig. Der Sekretär von Erzdiakon Johannes. Owen erhob sich, umarmte Lucie und ging in den Laden. Lucie folgte ihm schweren Herzens. Sie wußte, daß Harold gekommen war, um Owen zu der Reisegruppe zu bringen.

Harold verneigte sich vor ihnen. »Gott sei mit Euch, Mistress Wilton, Hauptmann Archer. Man hat mich zu Euch gesandt, um den Hauptmann zu bitten, nach der Vesper in das Haus meines Herrn zu kommen. Die Männer des Königs werden in Kürze eintreffen.«

Nach der Vesper, dachte Lucie. Und von nun an würden Owens Gedanken bei der bevorstehenden Reise sein. Sein Auge würde erwartungsvoll zu glänzen beginnen. Denn obwohl Lucie keine Zweifel daran hegte, daß Owen seine Familie liebte, so wußte sie doch, daß er nicht lange glücklich sein würde, ohne in einen Kampf zu ziehen oder zumindest mit der Lösung eines schwierigen Problems beschäftigt zu sein, vorzugsweise außerhalb von York. Sie hatte ihn gewarnt, als er ihr Lehrling wurde und in der Stadt blieb, daß ihm dieses Leben bald nicht mehr genügen würde. Und da Lucie es ihm vorhergesagt hatte, bemühte sich Owen, seine Lust auf Abenteuer vor ihr zu verbergen. Doch sie kannte ihn zu gut, als daß ihr nicht die Anzeichen aufgefallen wären, das ständige Auf- und Abgehen, das Dehnen und Strecken, das Hacken von zuviel Brennholz.

Owen nickte Harold zu. »Sagt dem Erzdiakon, daß ich kommen werde.«

Nachdem Harold wieder gegangen war, streckte Owen Lucie seine Arme entgegen. Dankbar darüber, daß er verstand, in welcher Stimmung sie sich befand, ließ sie sich in diese Umarmung fallen.

Doch dieser Augenblick der Ruhe währte nicht lange. Bald kam Jasper hereingestürmt, offensichtlich erhitzt vom langen Laufen. »Gott möge Euch begleiten!« rief er aus und blieb zögernd an der Tür stehen.

Lucie konnte sehen, daß er am liebsten gleich mit seinen Neuigkeiten herausgeplatzt wäre. Sie löste sich von Owen, strich sich die Schürze glatt und fuhr mit der Hand über das Tuch, das ihr Haar bedeckte. »Was ist los, Jasper?«

»Ned führt die Gruppe an! Wußtet Ihr das? Oder wollte man Euch damit überraschen?«

Owen runzelte die Stirn. »Ned Townley?« Der Junge nickte. »Bist du sicher?«

»Ich würde ihn mit niemandem verwechseln«, antwortete Jasper. Der Junge hatte Ned richtig ins Herz geschlossen, als er ihn im vergangenen Sommer kennengelernt hatte. »Ihr habt es also nicht gewußt. Und ich bin der erste, der Euch das mitteilen darf.« Jasper freute sich.

»Weshalb gehört er zu dem Trupp?« fragte Lucie, deren Sorgenliste dadurch um einen weiteren Punkt verlängert worden zu sein schien. Erforderte dieser Auftrag etwa mehr bewaffnete Männer? »Du hast mir nicht gesagt, daß man gleich zwei solche Kämpfernaturen wie dich und Ned brauchen würde.«

Owen drückte Lucies Schulter. »Wir wissen es nicht, aber möglich wäre es.« Er zuckte abwehrend die Achseln. »Wir werden es bald erfahren. Es sähe dem Erzbischof ähnlich, mich in ein brenzliges Unternehmen zu schicken, ohne mich mit auch nur einem Wort vorzuwarnen.«

Als Erzdiakon von York wohnte Johannes in einem großzügigen Haus in der Nähe der Kathedrale. Es war schlicht möbliert, denn Johannes ging es mehr um das geistige Leben als um Komfort. An den Wänden hingen weder Wandteppiche, noch waren sie farbig gestrichen. Auf den Stühlen lagen auch keine bestickten Kissen. Doch das Feuer brannte stets einladend im Kamin, und das Essen und der Wein waren gut.

An diesem Abend jedoch wirkte der Raum noch karger als gewöhnlich, da Neds eleganter Aufzug einen starken Kontrast bildete. Selbst in Reiseumhang und Beinkleidern wirkte Ned hier irgendwie fehl am Platz. Die Brosche seines Umhangs war aus Bronze und sehr kostbar, sein Ledergürtel war hervorragend gearbeitet und zudem mit einer Silberschnalle dekoriert. Die Scheide seines Dolches war silberbeschlagen, seine Stiefel deuteten auf einen exzellenten Schuster hin, sein Haar war gut geschnitten, und die Frisur paßte genau zu seinem hübschen Gesicht.

Owen verharrte einen Augenblick auf der Türschwelle, als er Neds Erscheinung in sich aufnahm. »Hast du dich entschlossen, die Diebe in den Wäldern durch einen Köder anzulocken, indem du Lancasters Großzügigkeit gegenüber seinem Späher so stolz zur Schau stellst?«

Ned war bereits ein paar Schritte auf seinen Freund zugegangen, um ihn zu begrüßen, aber bei diesen Worten hielt er zögernd inne. Das Lächeln auf seinem Gesicht gefror. »Mit einem Köder anlocken …?«

Owen deutete auf die üppig verzierte Scheide seines Dolches. »Ein bißchen Silber, um sie zu ködern?«

Ned blickte nach unten, lachte dann und klopfte Owen auf den Rücken. »Ich muß dafür sorgen, daß die Männer des Königs kampftüchtig bleiben, mein Freund. Wie erreicht man das besser als dadurch, daß man Überfälle provoziert?«

»Ihr werdet doch dieses Silbergerät nicht auch auf der Straße tragen wollen?« fragte Johannes mit besorgtem Stirnrunzeln.

Neds Grinsen wich von seinem Gesicht, als er bemerkte, daß der Erzdiakon ernsthafte Bedenken hegte. »Ihr braucht Euch nicht zu sorgen. Ich bin doch kein Narr.«

Owen klopfte seinem Freund auf die Schulter und nickte Johannes zu. »Er ist ein guter Mann, das kann ich Euch versichern.« Dann wandte er sich erneut seinem Freund zu. »Ich freue mich, dich zu sehen, Ned. Ich hoffe, du zweifelst nicht daran. Und ich werde gern gemeinsam mit dir zu dieser Reise aufbrechen. Aber da ich dich ganz gut kenne, weiß ich, daß es sicher einen gewichtigen Grund gibt, warum du zu diesem Trupp abkommandiert worden bist. Und die anderen, die hier in York zu uns stoßen, werden auch Fragen stellen. Es ist allgemein bekannt, daß Lancaster sich gegen Wykehams Beförderung zum Lordsiegelbewahrer stellte, weil er glaubte, daß er schon zu hoch aufgestiegen sei. Nun noch Bischof von

Winchester und Lordkanzler – diese Ämter würden Wykehams Machtposition noch weiter stärken. Und es würde etwas seltsam anmuten, wenn du als Späher von Lancaster hier mit von der Partie bist, um Unterstützung für Wykeham einzuholen. Es sei denn, Lancaster hätte seine Meinung geändert.«

Ned runzelte die Stirn und begann herzhaft zu lachen. »Nein. Seine Abneigung gegen ihn ist immer noch genauso tief.«

»Dann komm schon, mein Freud. Setz dich und erzähl uns, warum du hier bist.« Owen trat zu Johannes am Kamin und bedeutete Ned, es ihm gleichzutun.

Ned ging zu seinem Sitz zurück und machte es sich auf dem Stuhl bequem. »Ich hatte nicht vor, die traurigen Umstände meines Hierseins zu verheimlichen. Ich wollte nur den passenden Augenblick abwarten.«

Johannes bat Harold, ihnen Wein einzuschenken. »Ihr könnt ganz offen vor meinem Schreiber sprechen, Master Townley. Man kann Harold vertrauen.«

»Ich darf Euch versichern, daß es nichts so Schlimmes ist, daß ich mir wegen Harold Gedanken machen müßte«, erwiderte Ned. »Mein Fehler ist nur, daß die Liebe für mich einen solch großen Stellenwert bekommen hat, daß ich mich wie ein Narr aufführe.« Während er an seinem Wein nippte, erzählte er ihnen von seinem unglückseligen Streit mit dem Pagen Daniel am Abend von dessen Tod. »Seine Beschützer in Wyndesores Haushalt geben nichts auf meine Zusicherung, daß ich ihm nicht vom Saal aus hätte folgen können, um ihn zu ermorden. Es schien daher angebracht, mich für eine Weile aus Windsor Castle zu entfernen, zumindest solange, bis alle sich wieder ein bißchen beruhigt haben.«

»Aber man hat Euch ungerechtfertigt beschuldigt«, erklärte Johannes entsetzt. »Hat denn niemand daran gedacht, Euren Namen von diesem Verdacht reinzuwaschen?«

»Oh, nun, Alice Perrers, die Herrin meiner Liebsten, hat meine Unschuld bezeugt, und das genügte dem König. Und mehr konnte man ohne größeren Aufwand nicht tun, oder? Und nicht einmal der König kann – bildlich gesprochen – zu jenem Abend zurückkehren und Daniel folgen. Wünschte mir schon, daß er das könnte. Ich wäre dankbar für jedes Mittel, um meiner Mary zu beweisen, daß ich dem Jungen nicht ein Haar gekrümmt habe.«

»*Deiner* Mary?« Owen grinste. »Das klingt ja ganz so, als hättest du dich endlich richtig verliebt. Und auch noch in ein Mädchen im Haushalt von Mistress Perrers.«

»Ja.«

»Wie ein glücklicher Mann siehst du aber trotzdem nicht aus, Ned.« Owen konnte stets in Neds Augen lesen.

»Die Liebe ist mit Schmerzen verbunden.«

»Aber Ihr habt doch gesagt, daß Ihr in jener Nacht bei ihr wart«, mischte sich Johannes ein. »Hat sie Euch ebenfalls Vorwürfe gemacht?«

»Sie hat mich nicht beschuldigt, ich hätte ihn ermordet. Sie sagte, daß Daniel an jenem Abend wegen unseres Streits zuviel trank und daß dies ihn umgebracht habe.«

Owen kam diese Argumentation etwas merkwürdig vor. »Aber du glaubst das doch nicht etwa? Sind wir schuld daran, wenn jemand anderer einen falschen Eindruck von uns bekommt?«

»Natürlich stimme ich Mary nicht zu. Hätte ich Daniel Angst eingejagt, hätte er wirklich um sein Leben gefürchtet, dann wäre er doch gewiß nüchtern geblieben. Es sei denn, er war ein völliger Dummkopf. Doch wie es auch gewesen sein mag, mich trifft keine Schuld.«

Johannes beugte sich vor. »Und all das hat nichts mit dem Herzog von Lancaster zu tun? Ihr habt keine geheimen Instruktionen erhalten, unsere Mission zu stören?«

Ned warf Owen einen erstaunten Blick zu. »Zuerst Mary, dann der ehrenwerte Erzdiakon. Ich stelle fest, daß man mir auf einmal überall mißtraut.«

»Verzeiht«, bat Johannes, »aber ich muß das wissen.«

»Ich glaube, diese Sorge ist berechtigt«, stimmte ihm Owen zu.

»Ihr könnt weiterhin ruhig schlafen, Sir. Mein Herr weiß nichts von dieser Mission und wird viel zu spät von ihr erfahren, um sie noch verhindern zu können. Ich verrate Euch, daß ich den Verdacht hege, daß Mistress Perrers mich vorgeschlagen hat. Ihr ist sehr daran gelegen, mich von meiner Liebsten zu trennen. Wenn ich erst einmal weit weg bin, wird sie versuchen, Marys Gefühle auf einen anderen, passenderen Mann umzulenken.«

»Die mächtige Alice Perrers möchte ihrer Zofe Mary Gutes tun? Aus selbstloser Zuneigung?« Owen fand das äußerst interessant.

Ned blickte mißmutig drein. »Mistress Perrers hat Mary gesagt, bei mir hätte sie nur Armut und Enttäuschung zu erwarten.«

Owen freute sich, daß sein Freund nun endlich sein Glück gefunden zu haben schien. Er traf eine Entscheidung. »Dann mußt du dich ihrer auch würdig erweisen, Ned, das ist alles. Erzdiakon Johannes soll auf schnellstem Wege nach Fountains reiten; ich glaube, wir sollten kein Risiko eingehen, was seine Person und die Dokumente betrifft, die er bei sich trägt. Daher benötige ich einen zweiten Trupp, der zu Abt Richard in Rievaulx reitet und ihn nach Westen durch das Moor nach Fountains begleitet, wo das Zusammentreffen stattfinden soll. Ich werde dich zum Hauptmann von Abt Richards Eskorte ernennen.«

Johannes entfuhr ein entsetzter Aufschrei. Als sich alle Köpfe ihm zuwandten, hob er entschuldigend die Hände. »Verzeiht, aber sollte ich dabei nicht auch konsultiert werden? Wir hatten bisher die Möglichkeit noch nicht in Erwägung gezogen, den Begleittrupp aufzuteilen.«

»Ich versichere Euch, Ned ist ein guter Mann«, erwiderte Owen. »Ich kann mir keinen besseren vorstellen, um Abt Richard sicher an sein Ziel zu geleiten.«

Ned räusperte sich. »Ich fühle mich geehrt von deinem Vertrauen, mein Freund. Aber ich glaube, es ist besser, wenn der Erzdiakon sich seinen Hauptmann selbst aussucht. Nur Gott kann die richtige Wahl gewährleisten. Und der Erzdiakon steht ihm näher als du oder ich.«

Owen freute sich. Es sah so aus, als habe die Liebe seinem hitzköpfigen Freund zu mehr Besonnenheit verholfen. »Das ist sehr klug gesprochen, Ned. Ich stimme dir zu. Es ist am besten, wenn Johannes selbst entscheidet.«

Johannes erhob sich und legte die Hände auf den Rücken. Er trat näher an das Feuer heran und starrte nachdenklich hinein. Im Raum herrschte Schweigen, während der Erzdiakon die verschiedenen Möglichkeiten abwog. Nach einer langen Pause kehrte er zu seinem Platz zurück und hob seinen Becher, um einen Toast auszubringen. »Auf Ned, den zweiten Hauptmann.«

Owen grinste und hob ebenfalls den Becher. »Auf Ned.«

Ned strahlte über das ganze Gesicht. »Dann ist alles abgemacht.«

Lucie teilte Owens Zuversicht nicht. »Könnten sich denn nicht Feinde in der Gruppe verborgen halten, die erst dann zuschlagen, wenn sie schon weit oben im Moor ist, weit entfernt von möglichen Zeugen?«

»Sie hätten leicht auf der Straße nach York etwas unternehmen können. Aber sie haben es nicht getan.«

»Sie ritten auf der königlichen Straße nach York und wußten sehr wohl, welche Strafen für die Verletzung des Friedens verhängt werden würden. Aber die Straße zur Abtei von Rievaulx ist etwas ganz anderes.« Lucie sprach leise und betont undramatisch, während sie Gwenllian stillte. Aber ihr Gesichtsausdruck verriet, daß sie ihn warnen wollte.

Owen versuchte, sich auf die bevorstehende Reise zu konzentrieren und nicht auf die liebliche häusliche Szene vor ihm, wo Lucie, deren Haar nach vorne über das Gesicht ihrer schläfrig saugenden Tochter fiel, vor ihm saß und mit den Händen fest Gwenllians kleinen Finger umfaßt hielt. Im Raum roch es angenehm nach Milch, und es herrschte eine Stimmung familiärer Eintracht, in der kein Platz für Angst war. »Laß uns jetzt nicht darüber sprechen, Lucie.«

»Denk einfach darüber nach, Owen. Falls irgend etwas Schlimmes passiert, wird man Ned die Schuld daran geben. Und falls ihm etwas zustößt, wenn er sich inmitten von Feinden befindet, erfahren wir es zu spät und werden dann vielleicht auch nie die volle Wahrheit herausfinden.«

Bei Lucie konnte man sicher sein, daß sie genau in dieselbe Kerbe hieb wie Johannes. »Was soll denn passieren, wofür man Ned die Schuld zuschieben könnte?«

»Ich weiß es nicht. Ich möchte dich nur warnen, daß er für einen eventuellen Fehlschlag Rechenschaft wird ablegen müssen.«

»Ich werde mir das durch den Kopf gehen lassen.«

Lucie seufzte. »Ich sage das und weiß eigentlich schon, daß meine Warnungen ungehört verhallen werden. Du hast deine Entscheidung bereits getroffen. Und du wirst sie nicht mehr umstoßen.«

»Nein. Ich gebe zu, daß mir der Gedanke gefallen hat, daß Ned sich durch die Liebe zum Besseren verändert hat. Aber vielleicht deute ich zuviel darin hinein. Er ist ein Mensch, der sich immer sehr schnell über etwas erregt, der seine Gedanken laut hinausposaunt. Und diese beiden Fehler sind auch mitverantwortlich für die Schwierigkeiten, in denen er jetzt steckt. Wegen des bevorstehenden Osterfestes muß er noch mindestens vier Tage warten, bevor er aufbrechen kann. Ich werde ihn genau beobachten und meine Entscheidung überdenken.«

Lucie blickte ihn erstaunt an. »Ich bin froh, daß du meine Bedenken nicht in Bausch und Bogen abtust, Owen. Das ist alles, worum ich dich bitte.«

7

Vorahnungen

Die Nachmittagsonne erhellte den Söller, und Alice summte leise, während sie sich ankleidete. Hier gefiel es ihr am besten, in ihrem kleinen Haus an der Themse. Obwohl es nahe am Fluß lag und oberhalb des ersten Stocks nur aus Holz bestand und zudem strohgedeckt war, kam es ihr hier wärmer vor als in ihren Gemächern in Windsor Castle. Vielleicht gefiel es ihr auch deswegen so gut, weil sie hier keine neugierigen Augen verfolgten und niemand hinter ihrem Rücken tuschelte. Hier konnte sie in Ruhe die Früchte ihrer Arbeit genießen.

Obwohl Alice vor sich hin summte, fühlte sie sich keineswegs fröhlich. Sie wartete auf den König, der ihren gemeinsamen Sohn John besuchen und mit ihr über die Erziehung des Jungen sprechen wollte. Er hatte ein neues Zuhause für den Jungen ausgesucht, in dem John einen richtigen Lehrer bekommen und zu einem Gentleman geformt werden würde. Alice gefiel es gar nicht, daß sie sich von ihrem Sohn trennen mußte, denn er war erst zwei Jahre alt. Doch er war schließlich ein Sohn des Königs, ob nun unehelich oder nicht, und er mußte seiner Herkunft entsprechend erzogen werden.

Alice holte John herein, der draußen in der Sonne gespielt hatte, wusch ihm das Gesicht und trug ihn hinüber zum Fenster. Als sie hinausblickte, entdeckte sie einen Wagen, der sich vom Fluß her den Hang hinauf zu ihrem Haus bewegte. Er wurde von einem Mann gelenkt, der die Livree der Palastwachen trug. Auf dem Wagen befand sich etwas, das die Form eines menschlichen Körpers besaß. Ein Fischer folgte dem Wagen mit gesenktem Kopf und schleppendem Gang. Neben ihm ging William von Wykeham. Alice bekreuzigte sich. Vor einer Woche hatte man Marys Bündel unten am Fluß gefunden. Seitdem war Alice von einer entsetzlichen Vorahnung geplagt worden.

Als Alice die seltsame Gruppe von Besuchern beobachtete, hielt das Geleit des Königs neben Wykeham. Dieser beeilte sich, an die Seite des Königs zu gelangen, der sich mit ernstem Gesichtsausdruck aus seinem Sattel zu ihm hinabneigte. Alice händigte den Jungen der Kinderschwester aus und eilte hinunter in den Salon. »Der König und der Lordkanzler sind draußen, Gilbert«, rief sie ihrem Diener zu, »führe sie herein.«

Alice rief nach Katie, damit sie ihr John bringe. Der Knabe zappelte herum, als die Kinderschwester ihn hochheben wollte. Er wollte lieber allein die Leiter vom Söller hinabsteigen. Aber das durfte er nicht, denn sonst würde er vielleicht mit zerrissenen und verschmutzten Kleidern vor den König treten. Schließlich kam John zu der Auffassung, daß es gar nicht so schlecht war, in Katies Armen hinuntergetragen zu werden, um dann in die ausgebreiteten Arme König Edwards zu springen, der mit seinen Dienern und in Gesellschaft von William von Wykeham das Haus betrat.

»Gelobt sei der Himmel, was ist das doch für ein feiner kleiner Kerl!« rief der König, warf seinen Kopf zurück und lachte schallend. John legte seine molligen Finger auf die wollbekleideten Schultern des Königs.

Alice hielt sich im Hintergrund und freute sich über diese Szene. Ihr Sohn war genauso blond, wie sein Vater es früher einmal gewesen war. Er hatte hellblondes Haar, haselnußbraune Augen und lange Beine. Man sah, daß er ein echter Plantagenet war. Er hatte eine vielversprechende Zukunft vor sich, denn der König verwöhnte ihn nach Strich und Faden. Und sie würde dafür sorgen, daß diese Zukunft auch Wirklichkeit wurde, solange die Zuneigung des Königs noch anhielt. Denn Edward war berüchtigt für die Unstetigkeit seiner Gunstbeweise.

Edward drehte sich mit John, der vergnügt kicherte und sich am Bart seines Vaters festhielt, im Kreis.

Wykeham räusperte sich. »Werte Dame ...«

Alice deutete auf einen gepolsterten Fenstersitz. »Kommt. Setzt Euch zu mir und erzählt mir, was dieser seltsame Zug zu bedeuten hatte. Wer ist der Fischer? Was befindet sich auf dem Wagen?« Sie versuchte krampfhaft, beiläufig zu klingen.

Wykeham warf dem König einen fragenden Blick zu.

Edwards Gesichtsausdruck veränderte sich. Er reichte das Kind, das nicht wußte, wie ihm geschah, Alice zurück, die es wiederum der Kinderschwester anvertraute.

»Komm zurück, wenn ich dich rufe, Katie«, sagte Alice.

John gluckste laut und streckte die Arme nach dem König aus, während Katie ihn wegtrug.

Aber Edward hatte sich bereits abgewandt und schien den Jungen schon vergessen zu haben. John verzog das Gesicht und heulte enttäuscht auf. Die Schwester eilte mit ihm die Treppe empor.

Gilbert hatte einen hohen Armlehnstuhl für den König herangezogen, der es sich darin gemütlich machte, so als sei er hier zu Hause. Alice kehrte zu ihrem Platz auf der Fensterbank zurück. Wykeham ging zur Tür, rief jemandem etwas zu, wartete kurz und kam dann mit dem Fischer zurück, der nervös von einem Fuß auf den anderen trat, als er erkannte, daß man ihn vor den König geführt hatte.

Edward wandte sich Alice zu, schaute sie aus seinen hellblauen Augen an und ergriff ihre Hand. »Wir haben Nachricht von Eurer Zofe, Mistress Alice.« Er wandte sich an Wykeham. »William?«

Alice befreite ihre Hand und legte sie an den Hals, während sie ihre Augen zum Ratgeber des Königs wandern ließ.

Wykeham blickte zunächst sie an, dann wieder den Fischer. »Dieser Mann hat sie gefunden, Majestät.«

Der König nickte. »Und Ihr habt sie identifiziert?«

Wykeham schloß die Augen und nickte. »Das habe ich getan, Majestät.«

»Setzt Euch, William. Es gehört zu den guten Sitten, daß man Auge in Auge mit der Person sitzt, der man eine schlechte Nachricht überbringen muß.«

Wykeham ließ seinen langen Körper auf die Bank neben Alice gleiten, die steif auf der Kante sitzen blieb. »Mistress Alice …« Er zögerte.

Alice drückte ihre Hände aneinander. »Dieser Fischer also hat Mary gefunden? Das bedeutet doch, daß sie im Fluß war. Daß sie ertrunken ist.«

Wykeham nickte, die Augen diskret nach unten auf Alices Schuhe gerichtet.

Alice legte die kalten Finger auf ihre heißen Augenlider. »Seit wann?«

Der Staatsrat räusperte sich. »Vielleicht schon seit dem Zeitpunkt, als wir sie vermißten. Sie hat sich in einer kleinen Bucht im Gestrüpp verfangen. Dieser gute Mann hier hat sie sehr früh heute morgen gefunden.«

Alice warf einen kurzen Blick auf den Mann, der einen schmutzigen Fuß auf die Fußspitze seines anderen Schuhs stellte, als müsse er sich zwingen, auf einem Fleck stehenzubleiben. Sein Haar und seine Kleider waren verschmutzt, doch sein Gesicht war sauber, ebenso seine Hände. Alice erhob sich und schüttelte ihm die Hand. »Gott segne dich dafür, daß du meiner Suche ein Ende gesetzt hast, selbst wenn das Ergebnis schrecklich ist«, sagte sie. »Hat sie viel … Haben die Fische sie …« Gütiger Himmel, warum stellte sie solche Fragen? Sie konnte an dem gequälten Ausdruck in den Augen des Fischers erkennen, daß Mary keinen einfachen Tod gefunden hatte. Alice schüttelte den Kopf. »Nein. Sag es mir nicht. Gott segne dich.«

»Gib ihm einen Beutel mit Münzen für seine Mühe!« rief der König seinem Diener zu, der an der Tür stand.

Der Fischer grinste und zeigte gesunde Zähne, die bis auf einen abgebrochenen Zahn und eine Lücke im Unterkiefer vollständig waren. »Eure Majestät«, murmelte er. »Werte Dame. Vater William.«

»Du kannst jetzt gehen, Rafe«, verabschiedete ihn Wykeham.

Der Mann schien sich zu freuen, daß er sich entfernen durfte. Der Diener eilte hinter ihm her.

Alice wandte sich an Wykeham. »Vielen Dank, daß Ihr zum Fluß hinuntergegangen seid. Ich möchte Mary in diesem Zustand lieber nicht sehen.«

Die Augen, die sie anschauten, blickten mitfühlend drein. »Ich hielt es für das beste, Euch ihren Anblick zu ersparen.«

Alice erschauderte, denn ihr wurde bewußt, daß der Fluß ganz nahe an ihrem Garten vorbeifloß. Die kalten Wassermassen wirkten in der untergehenden Sonne dunkel und unheimlich.

Der König erhob sich und legte ihr einen Arm um die Schultern. »Laßt uns ein anderes Mal über Johns Zukunft reden. Gibt es irgendwelche Damen an meinem Hof, die Ihr vielleicht in dieser Nacht der Trauer um Euch haben möchtet?«

»Nein«, flüsterte Alice. »Ich möchte lieber alleinsein.«

Owen lud in der York Tavern Ned und seine Begleiter, mit denen er von Windsor nach York gekommen war, zum Bier ein, um das Verhalten seines Freundes diesen Männern gegenüber besser studieren zu können. Als Hauptmann der Bogenschützen hatte Owen einen sechsten Sinn für Unruhestifter entwickelt. Zwei der Leute mochte er auf Anhieb nicht, zwei bullige, grobschlächtige Männer, die förmlich nach Streit zu suchen schienen. Sie hießen Bardolph und Crofter. Er nahm sich vor, Ned zu empfehlen, ein besonderes Auge auf sie zu haben. Matthew, Neds Erster Offizier, sah aus wie ein tapsiger junger Hund und verhielt sich auch dementsprechend. Er war seinem Herrn treu ergeben. Die anderen waren nicht besonders auffällig. Owen fand, daß sie wie gute Kämpfer aussahen. Einem fehlten ein Daumen und zwei Finger an seiner rechten Hand. »Irgendwelche Kunststückchen mit Dolchen versucht?«

Ein verwirrter Blick, dann heftiges Erröten. »Nein. Hab' meinem Vater in der Sägemühle geholfen. Und Euer

Auge? Hat Euch das ein Mädchen ausgekratzt, weil Ihr ihm zugeblinzelt habt?«

Owen schlug ihm auf den Rücken. Er mochte Männer, die sich durch ihren Verstand zur Wehr setzen konnten und nicht unbedingt ihre Fäuste dazu brauchten. »Gute Antwort, Henry.«

»Aber im Ernst, Hauptmann. Erzählt uns die Geschichte.«

Owen stöhnte.

Bess Merchet, die nie weit weg war, wenn ihr gutaussehender Nachbar ihre Schenke aufsuchte, beugte sich vor. »'s ist eine interessante Geschichte. Laß sie sie hören.«

Ned trank auf Owen und nickte.

Also sah sich Owen gezwungen, die traurige Geschichte von dem Verrat zum hundertsten Mal zum besten zu geben, die dazu geführt hatte, daß er seine gemütliche, ehrenvolle Karriere als Hauptmann der Bogenschützen im Dienst des großen Heinrich von Grosmont hatte aufgeben müssen. Er erzählte von dem bretonischen Jongleur, dessen Leben auf Owens Befehl verschont worden war, und davon, wie er diesen Mann in der folgenden Nacht in seinem Lager dabei ertappt hatte, wie er sich gerade daran machte, den wichtigsten Gefangenen die Kehlen durchzuschneiden. Als Owen ihn angriff, hatte sich dessen Mätresse von hinten auf ihn gestürzt und ihm im Kampfgetümmel einen Hieb mit dem Dolch versetzt, der ihn erblinden ließ.

»Wie sind die beiden umgekommen?« fragte Crofter.

»Schnell. Und zwar durch meine eigene Hand«, antwortete Owen ruhig. Ihm gefiel das Glänzen in den Augen des blonden Mannes nicht, der zustimmend nickte. »Aber genug von mir. Es gibt viel mehr heroische Geschichten über Hauptmann Townley zu berichten.« So verging der Abend, und die Männer zeigten einander ihre Schlachtverletzungen und brüsteten sich damit. Was konnte man mit solchen dauerhaften Narben, die davon zeugten, daß man einmal am Rande des Todes gestanden hatte, sonst auch tun?

Gwenllians lautes Weinen weckte Lucie aus ihrem Alptraum. Sie setzte sich auf, rieb sich die Augen und überlegte, wie lange sie wohl geschlafen haben mochte.

Owen drehte sich auf die Seite. »Schlecht geträumt?«

»Fragst du mich? Oder Gwenllian?«

»Dich. Du hast dich hin und her gewälzt, so daß ich dich fast aufgeweckt hätte.«

Der böse Traum hatte sie reizbar gemacht. »Fast aufgeweckt? Da gibt es kein fast. Du hast einfach dagelegen und hast Gwenllian so lange schreien lassen, bis mich das aus dem Schlaf gerissen hat. Hör doch hin. Sie ist schon ganz heiser! Warum hast du sie nicht getröstet?« Lucie schaukelte die Wiege mit einer Hand. Dies jedoch reichte nicht, um Gwenllian zu beruhigen.

»Dich will sie«, sagte Owen. »Sie ist hungrig.«

»Ich wünschte, es wäre so einfach. Woher willst du das wissen? Oft will sie gar nicht trinken, wenn sie aufwacht. Sie möchte nur in den Arm genommen und herumgetragen werden. Das kannst du auch tun.«

»Du kannst ihr etwas vorsingen.«

»Du hast doch diese himmlische Stimme.«

»Aber ich kenne die Lieder nicht, die du ihr immer vorsingst.«

»Sie ist da nicht besonders eigen, Owen. Es sind unsere Stimmen, die sie beruhigen, nicht die Worte. Also, komm schon hier 'rüber. Und nimm sie aus dem Bettchen.«

»Aber du bist doch jetzt wach.«

»Owen …«

Owen stand seufzend auf, zog sich ein Leinenhemd über und hob das quäkende Kind hoch. Gwenllian gluckste laut und beruhigte sich dann, während sie ihre Hand nach den Fingern ihres Vaters ausstreckte. Owen begann auf und ab zu gehen.

Lucie, die jetzt hellwach war, setzte sich auf und lächelte, als sie das etwas merkwürdige Bild in sich aufnahm: Owen mit seinem narbigen Gesicht, wie er sich über das hübsche, rundliche Antlitz seiner Tochter beugte, die an seiner breiten Brust eher wie eine Puppe wirkte. »Was hat dich wach liegen lassen?«

»Ich bin zu dem Entschluß gekommen, daß ich Ned den angebotenen Posten des Hauptmanns nicht wieder wegnehmen kann. Ich habe versucht, mich in seine Lage zu versetzen. Ich kann ihn nicht dermaßen vor den Kopf stoßen. Vielleicht habe ich meinen Vorschlag ein bißchen zu voreilig gemacht, aber darunter soll er jetzt nicht leiden müssen.« Als Lucie ihm nicht darauf antwortete, warf Owen ihr einen kurzen Blick zu. »Du bist anderer Meinung?«

»Ned würde jede Entscheidung von dir ohne jedes Murren akzeptieren. Aber ich wußte schon, daß du es dir nicht anders überlegen würdest. Ich weiß auch nicht, warum du überhaupt so getan hast, als würdest du eine Zurücknahme in Betracht ziehen.«

»Du bist verärgert.«

»Nein. Ich habe nur irgendwie genug von dem Thema.« Gwenllian hatte in der vergangenen Nacht fast überhaupt nicht geschlafen, weil irgend etwas sie gequält hatte, und so hatte natürlich auch Lucie wachgelegen. Sie wußte, daß ihre schlechte Stimmung zum Teil auch dem Schlafmangel zuzuschreiben war.

»Ich sollte dich nicht mit meinen Problemen belasten.«

»Natürlich sollst du das. Wir sind schließlich Mann und Frau. Deine Probleme sind auch meine.«

»Du fürchtest, ihm könnte etwas zustoßen. Oder er könnte mich enttäuschen.«

Lucie erinnerte sich an ihren Traum und erschauderte. »Ich bete zu Gott, daß meine Ängste unbegründet sind. Ned ist ein guter Mann. Er ist unser Freund. Und ich habe auch nur gesagt, daß er jede deiner Entscheidungen akzeptieren würde.«

»Ich weiß, daß er das tun würde. Aber es würde trotzdem immer zwischen uns stehen, Lucie. Ich hätte ihm diese Aufgabe anvertraut und dann gleich wieder entzogen. Das würde wie ein Stachel in seiner Seele stecken, immer wieder an ihm nagen. Ich kann Ned das nicht antun.«

»Dann tu es auch nicht. Habe ich denn etwas Gegenteiliges gesagt?«

Gwenllian wählte genau diesen Augenblick, um sich lauthals darüber zu beschweren, daß Owen stehengeblieben war. »Scht, Gwenllian, scht«, murmelte er und wiegte sie leicht in seinen Armen, während er seine Wanderung durch den Raum wieder aufnahm.

Lucie glitt wieder unter die Bettdecke und fiel in tiefen Schlaf.

Am folgenden Morgen erinnerte sich Lucie noch ganz deutlich an ihren Alptraum und überlegte, ob sie ihn Owen erzählen sollte. Falls es sich lediglich um die Auswüchse ihrer Ängste handelte, ließ sie es besser bleiben, denn Owen maß ihren Träumen große Bedeutung zu, und sie wollte ihn nicht beeinflussen, indem sie ihm ihre eigenen Gründe und Mutmaßungen, wie vernünftig sie auch sein mochten, aufdrängte. Lucie erzählte ihm absichtlich nur jene Träume, die sie als Warnung betrachtete und die eine Antwort auf ihre Gebete um Rat darstellten.

In diesem Traum stand Lucie auf einem Hügel und beobachtete, wie Owen den Abhang hinunter auf ein brennendes Dorf zuging, seinen Langbogen in der Hand. Lucie konnte nichts hören, weder das Krachen des lodernden Feuers noch die sanfte Brise, die ihr Rauch in die Augen trieb. Plötzlich befand sie sich inmitten einer Menschenmenge, in der alle laut durcheinanderredeten und zornig mit den Händen gestikulierten. Sie schienen sie jedoch nicht zu sehen. Ihre Augen waren auf das Dorf gerichtet, und jetzt kamen Owen und Ned in verschmutzten und blutbeschmierten Kleidern aus der Rauchwolke heraus, die das Dorf einhüllte. Sie hatten all ihre Pfeile verschossen.

»Das sind sie!« rief eine Frau. »Das sind sie, Vater! Das sind die Mörder!«

»Nein!« rief Lucie. Aber die Frau hörte sie nicht. Lucie warf sich weinend auf die Frau. »Sie waren es nicht. Owen ist nur hineingegangen, um Ned zu suchen.«

Die Frau starrte nach vorne, ihre ausgestreckten Arme

deuteten auf Owen und Ned. Lucie schlug der Frau auf die Brust und zog sie an den Haaren. Wie war es möglich, daß sie, Lucie, die Frau malträtierte und diese es überhaupt nicht zu bemerken schien? Die Frau schob Lucie beiseite und begann zusammen mit den anderen Zuschauern auf die beiden Männer zuzulaufen. Lucie fiel zu Boden und wurde von der losstürmenden Menge niedergetrampelt.

Sie bekreuzigte sich, als sie sich mit ihrem morgendlichen Bier an den Tisch setzte.

»Was ist los, Mistress Lucie?« erkundigte sich Tildy. Owen war noch im Bett. Er war erst eingeschlafen, nachdem Lucie aufgewacht war und Gwenllian wie jeden Morgen gestillt hatte.

»Ich habe mich nur an einen Alptraum erinnert, das ist alles, Tildy. Du hättest Owen heute nacht sehen sollen, wie er mit Gwenllian auf und ab marschiert ist und lieb auf sie eingeredet hat.« Lucie lächelte, als ihr diese Szene wieder einfiel.

»Der Hauptmann ist ein guter Vater. Er sorgt sich um Gwenllian, wenn sie nur die Stirn runzelt. Und er spricht immer mit ihr, wenn er in ihrer Nähe ist. Mein Vater war ganz anders. Ich glaube, er hat mich überhaupt erst richtig angeschaut, als ich schon groß war. Er entdeckte dieses Mal, das ich seit meiner Geburt habe, und sagte: ›Was ist denn das, Mädel? Bist du hingefallen?‹« Tildy berührte mit der Hand das rote Feuermal auf ihrer linken Wange. »Aber der Hauptmann ist anders. Er wird sich die ganze Zeit, wenn er weg ist, Sorgen machen, ob Gwenllian ihn in der Zwischenzeit nicht vergißt.«

»Owen macht sich viel zu viele Sorgen.«

Tildy zuckte die Achseln. »Man kann das Wesen eines Mannes nicht ändern. Der Hauptmann ist eben jemand, der sich leicht Sorgen um etwas macht. Dagegen ist kein Kraut gewachsen.«

Man kann das Wesen eines Mannes nicht ändern. Lucie überlegte, ob Ned wirklich ruhiger geworden war, wie Owen meinte. »Man sagt, daß Männer sich durch die Liebe verändern. Bist du nicht dieser Meinung?«

Tildy rollte mit den Augen. »Frauen heiraten Schurken in der Hoffnung, daß eben das eintrifft. Ich hoffe, ich bin niemals so dumm.«

Als Ned mit seinen Männern in York ankam, hatte Don Ambrose sich schon von ihnen getrennt, denn er wollte bei seinen Glaubensbrüdern in Lendal Unterkunft suchen. Beim Aufbruch nach Rievaulx sollte er sich wieder zur Mannschaft gesellen. Aber sollte er das wirklich tun?

Don Ambrose las den Brief, den er gerade überflogen hatte, abermals. Dann ließ er ihn sinken und blickte hinüber zum Kreuzgang. Gütiger Himmel, er hatte recht gehabt. Er blieb still sitzen und starrte vor sich hin, ohne etwas zu sehen, und überlegte, was er tun sollte.

Gewiß war dieser Brief ein Zeichen dafür, daß Gott Ambrose nicht im Stich gelassen hatte. Wäre der Brief einen Tag später angekommen, hätte er ihn nicht mehr erhalten vor seiner Abreise aus York. Es mußte ein Zeichen Gottes sein, daß es noch Rettung für ihn gab.

Nun galt es, keine Zeit zu verlieren. Er nahm den Brief. Er mußte sofort Erzdiakon Johannes aufsuchen.

Owen lehnte sich an den Ladentisch und beobachtete Lucie, die wild entschlossen eine getrocknete Wurzel mit Mörser und Stößel bearbeitete. »Möchtest du, daß ich dir helfe, oder hast du eine Wut auf irgend jemanden, die du unbedingt auf diese Art loswerden mußt?«

Lucie schaute irritiert hoch. »Ich habe dich gar nicht herunterkommen hören.« Ihr Haar rutschte unter dem Tuch hervor. Ihre Nase war mit Staub bedeckt. Das war wohl passiert, als sie sich kurz die Nase gerieben hatte.

Mit einem weichen Tuch wischte ihr Owen übers Gesicht und küßte sie auf die Nasenspitze. »Also, brauchst du Hilfe?«

Lucie hielt ihm den Mörser hin. »Bitte, du kannst gern weitermachen.«

Owen machte sich an die Arbeit. »Was hast du gestern nacht geträumt?«

»Gestern nacht? Irgend etwas mit einem Feuer. Ich erinnere mich nicht mehr so genau.«

Owen schaute hoch und bemerkte, wie Lucie sich auf die Unterlippe biß. »Der Traum hatte mit Ned zu tun, nicht wahr?«

Lucie versuchte, ihn mit einem Achselzucken abzuwimmeln. »Vielen Dank für deine Hilfe heute nacht. Ich hatte den Schlaf wirklich bitter nötig.«

»Ich glaube, ich sollte nicht fortgehen.«

»Das läßt sich jetzt nicht mehr ändern, Owen. Und irgendwann ist es ja auch wieder vorbei.«

Owen betrachtete sie aufmerksam mit seinem gesunden Auge. Sie schlang die Arme um sich und drehte sich der Wand mit den vielen Gläsern zu. »Es war ein Alptraum, nicht wahr? Erzähl mir mehr darüber.«

Lucie schüttelte den Kopf. »Ich habe in diesem Traum wahrscheinlich nur meine Ängste ausgelebt. Das hat nichts zu bedeuten.«

Johannes schaute mit kaum verhohlener Ungeduld von seiner Arbeit hoch, als Harold beiseitetrat, um Don Ambrose hereinzubitten. Es gab noch so vieles zu erledigen vor dem morgigen Aufbruch. Briefe mußten geschrieben, letzte Anweisungen an Harold erteilt werden. »*Benedicte*«, sagte Johannes.

»*Benedicte*«, erwiderte Ambrose.

Johannes bedeutete dem Mönch, Platz zu nehmen. »Habt Ihr alles für die Abreise vorbereitet?«

Ambrose lehnte sich nach vorne und klopfte mit den Fingern auf den Tisch. »Deswegen möchte ich mit Euch sprechen, Vater. Ich bitte Euch inständig, laßt mich von dieser Mission zurücktreten. Ich würde lieber in York bleiben.«

Heilige Muttergottes! »Ihr würdet lieber in York bleiben? Und warum?« Johannes hatte Ambrose bisher nicht für einen nervösen und furchtsamen Menschen gehalten,

doch es war nicht zu übersehen, daß ihm jetzt Schweißperlen der Angst auf der Stirn standen. Und er sah Johannes auch nicht offen an, sondern hatte die Augenlider
leicht gesenkt.

»Verzeiht mir, aber ich kann nicht darüber sprechen.
Ich versichere Euch, daß ich niemandem mit dieser Entscheidung schaden will.«

Er kann nicht darüber sprechen. Daraus konnte Johannes
auf die Ursache schließen. »Eure Oberen sind dagegen,
daß Ihr William von Wykeham unterstützt, nehme ich an.
Sie haben sich aber reichlich Zeit gelassen, um dagegen
zu protestieren.«

Ambrose riß die Augen auf vor Erstaunen und Entset-
zen. »Oh, nein, nein, sie haben nichts mit meiner Bitte zu
tun.« Er ließ den Blick auf seine Finger sinken, die sich an
der Tischkante festgekrallt hatten. »Es handelt sich um …
um eine persönliche Angelegenheit, Vater.«

Johannes lehnte sich zurück und drückte die Fingerspitzen fest gegeneinander. Dieser Mann log offensichtlich. Der Schweiß auf seiner Stirn und die Tatsache, daß
er ihm nicht ins Gesicht sehen konnte, waren also nicht
Anzeichen von Nervosität, sondern von Verrat. Ein An-
gehöriger des Augustinerordens hatte keine persönlichen
Angelegenheiten. Und die Augustiner haßten solche
mehrfachen Amtsinhaber wie Wykeham. Nun, er würde
das nicht dulden. Wenn Johannes über seinen Schatten
springen mußte, da es um ein Anliegen des Königs ging,
dann sollte das auch dieser Mönch tun, und alle übrigen
Angehörigen seines Ordens, falls dies der Grund für sein
Ansinnen war. »Es tut mir leid, aber ich habe meine Be-
fehle wie Ihr auch. Der König hat Euch ausgewählt, uns
zu begleiten. Ich habe weder die Zeit noch die geringste
Neigung, Euch von Eurer Aufgabe zu entbinden und
einen Ersatzmann zu suchen. Ihr habt mir keinen echten
Grund genannt, der es rechtfertigen würde, diese große
Mühe auf mich zu nehmen. Ihr reitet morgen mit nach
Rievaulx. Wenn Ihr das nicht tut, ladet Ihr eine schwere
Sünde auf Euch.«

Ambrose knetete seine Hände. »Bitte, Vater Johannes,

ich flehe Euch an, laßt mich Euch nach Fountains begleiten und schickt jemand anderen nach Rievaulx.«

Johannes war ein sehr geduldiger Mann, doch heute war nicht der richtige Tag, um seine Geduld auf die Probe zu stellen. »Ihr möchtet nicht durch das Moor reiten, wenn ich Euch richtig verstehe. Es war aber schon zu Beginn der Mission klar, wo Rievaulx liegt. Warum habt Ihr nicht schon früher Widerspruch erhoben?«

Der Mönch knetete weiter nervös seine Hände. »Es hat nichts mit dem Moor zu tun. Das ist die Wahrheit.« Wenigstens schaute er Johannes jetzt in die Augen. »Ich flehe zu Gott, daß Ihr meine Bitte erhört. Ich darf nicht mit diesem Trupp nach Rievaulx reiten.«

»Es hat also mit dieser Gruppe zu tun? Mit jemandem im besonderen? Oder damit, daß jemand Bestimmter nicht mit von der Partie ist?«

Ambrose lehnte sich zurück; er schien zu bemerken, daß Johannes allmählich die Geduld verlor, und er erkannte, daß er diese Frage mit größter Sorgfalt beantworten mußte.

»Nun?«

Ambrose schüttelte den Kopf. »Ich kann es nicht erklären. Wenn ich mich irre, könnte es eine unschuldige Seele treffen.«

Eine entlarvende Antwort. Johannes vermutete, daß der Mönch nicht mit Ned Townley einverstanden war. Man hatte ihn bestimmt in Windsor gegen ihn beeinflußt. »Die Männer wurden sorgfältig ausgewählt. Ich dulde keinen Widerspruch. Ich bitte Euch zu gehen. Gott sei mit Euch, Don Ambrose. Und falls Ihr morgen nicht mit der Gruppe nach Rievaulx aufbrecht, werdet Ihr Euch vor dem König zu verantworten haben.«

Der Abt der Augustiner in York schüttelte den Kopf über Don Ambrose. »Es ist kein Wunder, daß der Erzdiakon deiner Bitte nicht nachgekommen ist. Und im Namen unseres Provinzoberen werde auch ich dieses Ansinnen ablehnen. Eine persönliche Angelegenheit. Die Wahl des

Königs ist auf dich gefallen, und du mußt ihm gehorchen. Es wird für unseren Orden von großem Nutzen sein, wenn wir ein Mitglied in Wykehams Haushalt haben, einen Mann, dem der König wohlgesinnt ist. Ich kann mir beileibe keinen Grund vorstellen, der mich dazu bewegen könnte, meine Ansicht zu ändern, es sei denn, der Herr im Himmel selbst gibt mir ein Zeichen. Und ich bin sicher, du hättest es mir erzählt, wenn du eine Vision gehabt hättest.«

»Ich hatte keine Vision.«

»Dann mußt du gehen, Ambrose. Gott möge geben, daß du bald wohlbehalten wieder zurückkehrst.«

Ambrose neigte das Haupt. *Wohlbehalten*. Dafür würde er schon Sorge tragen. Es lag jetzt nur an ihm allein.

8

Dämonen

Alice wollte nicht im großen Saal zu Abend essen, doch der König bestand darauf. »Zwei Tage habt Ihr Euch eingeschlossen. Genug ist genug. Das Mädchen hat sich ihr Schicksal selbst ausgesucht. Und auch wenn Ihr noch so lange darüber nachgrübelt, es ändert nichts.« Kunstvoll hatte sie die Schatten unter ihren Augen, die die schlaflosen Nächte hervorgerufen hatten, mit Schminke und Puder bedeckt und eine farbenfrohe Kleidung gewählt, um sich ein wenig aufzumuntern. Allerdings brauchte sie ihre Trauer nicht zu verbergen; der Hof erwartete es sogar, ermutigte sie, ihre Trauer zu zeigen. Doch mit ihrer Wut und ihren Selbstvorwürfen mußte sie ganz alleine fertigwerden. Das war ein schwieriges Unterfangen.

Irgend jemand hatte dafür gesorgt, daß Alice neben dem Lordsiegelbewahrer saß. Sollte damit angedeutet werden, daß sie beide Speichellecker des Königs seien? Das fand sie wahrlich nicht lustig. Wykeham roch nach Weihrauch und Sägemehl wie gewöhnlich, doch er strengte sich in letzter Zeit etwas mehr an, wenigstens äußerlich angenehmer zu wirken. An diesem Abend hatte er sein Priestergewand gegen eine diskrete und geschmackvolle Houppelande ausgetauscht. Im Laufe der Zeit würde es dem König noch gelingen, einen richtigen Höfling aus ihm zu machen.

Die beiden sprachen wenig miteinander während des Abendmahls, doch als Alice sich erhob, um sich zu verabschieden, stand Wykeham ebenfalls auf. »Darf ich Euch zurückbegleiten, Mistress Alice?«

Wie konnte sie am besten höflich ablehnen? »Ihr müßt nicht auch gehen, nur weil ich nach Hause möchte, Sir William.«

»Ich bitte um Eure Nachsicht. Ihr würdet mir eine gute Entschuldigung liefern, mich frühzeitig zu verabschieden.« Er verzog den sensiblen Mund zu einem dünnen Lächeln, das beruhigend auf sie wirken sollte.

Alice verneigte sich leicht. »Dann wird es mir eine Ehre sein.«

Er sprach kein weiteres Wort, bevor sie den Palast verlassen hatten. Gilbert war bereits vorausgeeilt, um ihrer neuen Zofe mitzuteilen, daß die Herrin unterwegs sei. Wykeham wandte sich schließlich an Alice. »Verzeiht mir, wenn ich das Thema erneut anschneide, das Euch noch immer schmerzlich berührt, doch ich würde gern Eure Meinung über den Tod Eurer Zofe hören.«

Alice schob das Kinn vor und unterdrückte die Tränen, die ihr in die Augen zu steigen drohten. Sie holte tief Luft. »Ihr habt recht, es berührt mich noch immer zutiefst. Ich trauere um Mary wie um eine Schwester. Aber das war nicht Eure Frage, nicht wahr?« Das Licht der Fackeln an den Wänden des Hofes vermittelte den Eindruck, als bewegten sich ihre langen Schatten. Es war Alice nicht möglich, Wykehams Gesichtsausdruck zu deuten. »Was genau wollt Ihr von mir wissen?«

Wykeham ließ den Kopf auf die Brust fallen und drückte seine langen Finger an die Schläfen. »Glaubt Ihr wirklich, daß sie in den Fluß gefallen ist?«

Alice erkannte, wo das hinführte, wollte aber Wykeham dazu zwingen, seinen Verdacht klarer zu formulieren. »Wie sonst sollte sie in die Themse geraten sein, Sir William?«

»Könnte es sein, daß sie verzweifelt war, weil sie ihren Geliebten nicht finden konnte, und deshalb in den Fluß gesprungen ist?«

»Nein.«

Wykeham hob den Kopf und nickte zustimmend. »Das nahm ich auch nicht an.«

»Deshalb muß sie wohl gestolpert sein.«

»Glaubt Ihr das wirklich?«

»Ich bin mehr als neugierig, zu erfahren, wie Ihr darüber denkt.«

»Daniel, der Page von Sir William von Wyndesore. Glaubt Ihr, daß auch sein Tod ein Unfall war?«

Alices Herz schlug schneller. »Steht der Tod der beiden miteinander in Verbindung?«

»Was wäre, wenn dies zuträfe?«

»Das wäre ganz schrecklich, Sir William.«

»Da stimme ich Euch zu. Ich möchte Euch bitten, mir mögliche Überlegungen, aus denen sich ein Zusammenhang zwischen den beiden Taten ergeben könnte, anzuvertrauen, Mistress Perrers.«

»Warum? Was haben Euch Mary und Daniel bedeutet?«

»Sie waren beide Kinder Gottes.«

»Wie wir alle, Sir William.«

»Genau.« Er wandte sich um und bot ihr seinen Arm. »Jetzt sollte ich Euch aber bei Eurer Zofe abliefern, sonst wird sie Seiner Majestät sagen, daß ich Euch mit meinem Geplauder aufgehalten habe und Ihr gefroren hättet.«

Ihr war tatsächlich auf einmal ziemlich kalt. Doch es stand außer Frage, daß sie sich ihm nicht anvertrauen konnte.

Neds Trupp brach vier Tage vor Owen in York auf. Erzdiakon Johannes hatte den Männern den Weg genau beschrieben, doch als sie den Anstieg zum Hochmoor geschafft hatten, war ihnen nicht mehr ganz klar, wo es weiterging. Nach Johannes' Auskunft lag Rievaulx in einem tiefen Tal inmitten des Hochmoors, aber Ned hatte nicht erwartet, daß der Abstieg zur Abtei so steil würde, denn es schien sich förmlich ein Abgrund unmittelbar vor ihnen aufzutun. Auch war die Abtei bislang noch nicht zu sehen. Bestimmt müßte man doch von dieser Stelle aus einen Zipfel der berühmten Kirche erspähen können? Um seine Zweifel auszuräumen, konsultierte Ned Don Ambrose, ein Mitglied seines Trupps, der bereits mehrmals in Rievaulx gewesen war.

Don Ambrose nickte, als er seinen Hengst mit einem

Stirnrunzeln von Ned wegsteuerte. »Das ist der Weg zur Abtei.«

Eine freundlichere Antwort war von ihm nicht zu erwarten. Der Mönch umkreiste Ned seit ihrem Aufbruch in York wachsam, als rechne er jederzeit mit einem Angriff von ihm. Während des ersten Teils ihrer Reise, von Windsor nach York, hatte er sich noch nicht so verhalten. Ned überlegte, was in York passiert sein könnte, was das Verhalten des Mönchs ihm gegenüber so grundlegend verändert hatte.

»Und die Pferde kommen ohne Probleme da hinunter?«

Ambrose ließ verdrießlich die Schultern fallen. »Ja.«

»Seid Ihr sicher?«

»Ich bin kein Lügner, Hauptmann.« Er schaute Ned dabei nicht an.

Ned zuckte die Achseln und befahl seinen Männern, abzusteigen. »Es ist sicherer, wenn wir die Pferde an den Zügeln diesen steilen Abhang hinabführen«, sagte er. Er vertraute dem Mönch nicht ganz.

Das Gefälle wurde plötzlich sehr steil. Ned fühlte sich nicht wohl in seiner Haut. Wenn man sie hier angriff, konnten seine Männer nicht schnell reagieren. Es kam ihm vor, als würden sie vom Boden förmlich verschluckt werden. Er tröstete sich jedoch damit, daß auch mögliche Angreifer es in diesem Gelände nicht leicht haben würden.

Das Tal, das sie nach kurzer Zeit erblickten, war wunderschön und von dichtem Wald umgeben, in dem der Gesang von Vögeln widerhallte. Doch es war eine wilde Landschaft. Konnte es dort unten wirklich eine Gemeinde geben, die so groß war wie Rievaulx? Ned, der Don Ambrose fragen wollte, ob denn nicht bald irgendwelche Anzeichen der Siedlung in Sicht kommen würden, drehte sich nach dem Mönch um. Dieser schien Neds Blick zu spüren, denn er hob die Augen, um ihn anzusehen. Ned verlangsamte seine Schritte und trat etwas zur Seite, um die anderen an sich vorbeizulassen. »Dieser Pfad ist viel zu schmal für Wagen jeglicher Art, Don Ambrose. Bleibt Ihr bei Eurer Aussage, daß das der richtige Weg zur Abtei ist?«

Die kalten Augen seines Gegenübers blickten ihn trotzig an. »Natürlich.«

»Aber es ist nicht der einzige Weg?«

Die Augen wichen Neds Blick aus. »Das habe ich nie gesagt.«

Ned holte tief Luft, um sich zu beruhigen. »Warum führt Ihr uns dann einen so steilen und gefährlichen Weg hinunter?« Er war froh, daß es ihm gelang, leise und gefaßt zu sprechen.

Ambrose schaute ihm in die Augen. »Gott sei mein Zeuge, ich habe Euch nicht geführt, Hauptmann. Ihr habt oben Halt gemacht und mich gefragt, ob dies der Weg zur Abtei sei. Es ist einer von mehreren.«

»Ihr hättet mich korrigieren können, als ich an dem anderen, sicheren Weg vorbeiging. Ihr solltet doch unser Führer sein.«

»Der Weg für Karren verläuft weiter nördlich.« Ein angedeutetes Lächeln umspielte die Mundwinkel des Mönches.

Ned umklammerte mit fester Hand die Zügel seines Pferdes. »Verdammt, Mann, wenn Ihr irgend etwas gegen mich habt, dann sagt mir das direkt ins Gesicht und laßt es nicht an meinen Männern aus!«

Ambrose schaute den Männern nach, die auf dem Pfad allmählich verschwanden. »Bislang geht es allen gut.«

»Arroganter Bas ... Wann werden wir die Abtei sehen?«

»Schon sehr bald.« Doch Ambrose funkelte ihn noch immer feindselig an.

Ned hatte noch niemals ein solch beleidigendes Verhalten erlebt. »Was ist los? Warum haßt Ihr mich? Was ist in York passiert?«

»Ich durchschaue Euren Plan, Hauptmann«, stieß Don Ambrose hervor. »Ihr habt gewartet, bis die anderen außer Sichtweite sind.« Er verzog den zusammengekniffenen Mund zu einem bösartigen Lächeln. »Ihr denkt wohl, ich bin ein Narr.« Er machte einen Schritt vorwärts.

Ned bekämpfte den Wunsch, dem Mönch das Lächeln mit einer Ohrfeige aus dem Gesicht zu wischen. Worin bestand sein Vergehen? Er hatte dem Mann nichts getan. Und dann immer dieses heimtückische, wissende Grinsen. Ned griff nach dem Zweig eines Astes, riß ihn ab und brach ihn über dem Knie entzwei.

Dieses Geräusch ließ den Mönch zusammenfahren. Er machte einen Satz seitwärts in die Farnbüsche und kam dadurch vom Weg ab. Ned schrie auf, um ihn zu warnen, doch Ambrose zerrte an den Zügeln seines Pferdes und stürmte vorwärts. Als Ned hinter ihm den Weg hinabstieg, beschleunigte der Mönch seine Schritte und stolperte. Auch sein Pferd geriet ins Straucheln. Und so begannen sie beide in einer dicken Laubschicht, die den steilen Abhang bedeckte, abwärts zu rutschen.

Ned stieg schnellen Schrittes den Weg hinab und rief: »Laßt die Zügel los, Ihr verdammter Narr! Das Pferd wird Euch unter sich begraben!« Er warf die Zügel seines Hengstes über einen Baumschößling und folgte Ambrose in das Unterholz. Doch alles war vergeblich; Ambrose und sein Pferd schlitterten immer weiter nach unten.

Zwei der Männer, die bereits vorgegangen waren, kamen zurückgerannt und blieben stehen, als sie diese Lawine auf sich zukommen sahen. »Laßt die Zügel los, Don Ambrose!« brüllte einer.

Ambrose tat, wie ihm geheißen. Das Pferd rutschte noch etwas weiter, aber da es seinen Kopf frei hatte, konnte es sich drehen und seine Hufe eingraben. Mit einem lauten Wiehern erhob es sich und blieb schnaubend stehen, die Augen wild verdreht. Den Männern gelang es, Ambrose zu fassen zu bekommen, und sie zogen ihn zurück auf den Weg.

Als er erkannte, daß die größte Gefahr vorüber war, ging Ned den Hang hinab, beruhigte das Pferd des Mönches, holte sein eigenes Pferd und führte beide zu der Stelle, wo Ambrose und seine Männer standen. Sie fragten den Mönch, ob er verletzt sei. »Wenn er sich auf den Beinen halten kann, sollten wir weitergehen«, sagte Ned. »Der Klosterarzt kann sich um ihn kümmern.«

Ambrose blickte zu Ned hoch mit einem Ausdruck von Angst und Abscheu in den Augen. »Ihr hättet mich beinahe umgebracht.«

Ned schüttelte den Kopf. »Ihr hättet Euch selbst beinahe umgebracht, Ihr dummer Narr. Ich habe versucht, Euch zu warnen.«

»Mich zu warnen? Indem Ihr mir nachgesprungen seid?«

Es hatte keinen Sinn. »Helft ihm den Abhang hinunter«, befahl Ned seinen Männern und ging ihnen voraus. Dieser verdammte Kerl. Plötzlich vernahm er Geräusche von einer Siedlung, die ganz in der Nähe sein mußte: das Hämmern eines Schmieds, das laute Muhen von Vieh. Der Herr sei gepriesen. Ned ritt unter dem Blätterdach der Bäume hervor und stieß zu seinen übrigen Männern, die wieder aufgesessen waren, da der Boden jetzt wieder eben wurde. Von dieser Stelle aus erblickte er eine Ansammlung von honigbraunen Steinhäusern, die sich in dem friedlichen Tal erhoben. Die Männer bewegten sich darauf zu. Noch immer führte der Weg abwärts, und plötzlich, als er eine Biegung machte, ragte die Kirche hoch zu ihrer Linken auf. Sie stand auf einer Anhöhe, etwas oberhalb der übrigen Gebäude.

Die Nachmittagssonne schien auf das Bleidach und die hohen Bogenfenster. Ned war jetzt beinahe froh, daß er sich der Abtei auf diesem Wege genähert hatte, denn so wirkte der Anblick sehr beeindruckend.

Doch seine Freude wurde getrübt durch die Furcht und den Haß, den er in Don Ambroses Augen entdeckt hatte. Er mußte Abt Richard bitten, den Mönch in der Abtei zurücklassen zu dürfen. Irgend jemand sollte ihn zurück nach York begleiten.

Owen hob Gwenllian hoch und schaute in ihr niedliches Gesicht. Sie lachte und griff nach seinem Ohrring. »Mein Engel.« Er küßte sie und gab sie dann Lucie zurück. »Ich möchte sie so in Erinnerung behalten, wie sie jetzt aussieht.«

Lucie bekreuzigte sich. »Um Himmels willen, Owen, du sprichst, als würdest du damit rechnen, sie niemals wiederzusehen. Und dann behauptest du, daß diese Mission völlig gefahrlos sei. Hast du mich belogen?«

Owen verfluchte sich, daß er seine Gedanken laut ausgesprochen hatte. »Ich meinte nur, daß ich Gwenllians Gesicht in mein Gedächtnis einprägen möchte, so daß ich sie immer bildlich vor mir sehen kann, wenn mir danach ist und ich meine Augen schließe.«

»Paß gut auf dich auf, Owen. Du weißt, wir brauchen dich. Komm wieder zurück.« Lucies klare blaue Augen blickten ihn eindringlich an und beobachteten genau, ob er bei seinen Worten nicht doch mit den Wimpern zuckte.

»Ich bin fest entschlossen, wieder zurückzukommen, mein Liebes.« Er nahm sie in die Arme. Sie hob das Kinn für einen Kuß zu ihm empor. Er roch an ihrem Haar, küßte sie auf die Stirn, die Augenlider, die Lippen. Sie fuhr ihm mit den Fingern durch das Haar, während sie ihren Körper fest an den seinen drückte. O gütiger Himmel, warum mußte er sie nur immer wieder verlassen?

Owen dachte noch immer an diesen Kuß, als er sich zu Johannes und dem Trupp gesellte, den er zur Abtei Fountains führen sollte.

»Ihr seht aus, als ginget Ihr Eurem Verderben entgegen, mein Freund.« Johannes grinste und schaute sich um. »Ich sehe hier keine Feinde. Ihr etwa?«

Owen warf einen Blick auf die Schar seiner Männer und nickte Johannes zu. »Wie ich sehe, habe ich mich geirrt. Es gibt hier keine Feinde.«

»Es fällt Euch schwer, Eure Familie zu verlassen, nicht wahr?«

Owen grinste. »Ja, es ist schon albern. Ich frage mich, wie ich mich zu einem Leben entschließen konnte, in dem ich ständig Abschied nehmen muß. Warum kann ich nicht einmal eine Zeitlang an einem Ort bleiben?«

»Weil Eure Seele ständig auf der Suche nach Antworten ist, Owen. Und weil Lucie Euch so liebt, wie Ihr seid. Wißt Ihr, wäre sie ein Mann, dann würde sie meiner Meinung nach auch so leben wie Ihr.«

110

Owen lachte. »Also habe ich mich in mein eigenes Spiegelbild verliebt?«

Johannes grinste. »Jetzt habe ich hoffentlich alle Geister verjagt. Können wir aufbrechen?«

Sie waren schon ein Stück vorangekommen, als Johannes Don Ambrose erwähnte. »Ich bedaure Ned Townley, daß er mit dem geheimniskrämerischen Mönch reiten muß.«

»Geheimniskrämerisch?«

»Er hat mich am Tag vor seiner Abreise aufgesucht und mich gebeten, ihn von seiner Aufgabe zu entbinden.«

»Mit welcher Begründung?«

»Das wollte er nicht sagen. Trotz der Befehle seines Königs war er nicht bereit, darzulegen, warum er in York bleiben wollte.« Johannes schüttelte den Kopf.

Owen fühlte ein Stechen unter seiner Augenklappe. »Er hat nichts weiter gesagt?«

»Nichts.«

»Die Augustiner schätzen weltliche Kleriker nicht. Aber warum hat es so lange gedauert, bis sie sich dagegen wehrten, Wykeham zu unterstützen?«

»Vielleicht um uns im letzten Augenblick aufzuhalten«, antwortete Johannes.

Owen wandte den Kopf und musterte Johannes' Gesicht. »Das meint Ihr doch nicht im Ernst?«

»Warum hätte er sonst so lange gezögert, bis er mich aufsuchte? Ich hatte genug zu tun.« Johannes zuckte unter dem durchdringenden Blick seines einäugigen Freundes zusammen. »In Wahrheit habe ich gespürt, daß irgendein Dämon in ihm wütete. Ich fühlte mich unwohl. Aber ich konnte mir keine Erklärung denken ...« Die Stimme des Erzdiakons wurde schleppender. »Ich ließ mich von meiner rechtschaffenen Empörung hinreißen.«

»Ihr habt den falschen Augenblick gewählt, um Euch zu empören. Ein Mann, der von einem Dämon besessen ist und Euch bittet, ihn von seinem Auftrag zu entbinden – warum in Gottes Namen habt Ihr mir das nicht erzählt, bevor sie aufgebrochen sind?«

Johannes sah überrascht drein. »Ihr seid verärgert?«

»Ned Townley hat schon genügend Ärger am Hals, auch ohne den Dämon dieses Mönchs. Aber Ned kann man das ebenfalls vorwerfen. Er hat dies mir gegenüber nicht mit einem Wort erwähnt.«

»Ich habe es ihm nicht gesagt.«

Owen zügelte sein Pferd. »Um Gottes willen, warum denn nicht?« rief er.

Johannes warf einen Blick zurück und wendete sein Pferd, um seinem wütenden Hauptmann Auge in Auge gegenüberzutreten. »König Edward wünschte, daß der Mönch mitreisen sollte. Weshalb hätte ich ihn bei seinem Hauptmann anschwärzen sollen?«

»Man warnt einen Hauptmann vor möglichen Querelen in den eigenen Reihen, Johannes. Man warnt ihn!«

»Er hätte sich doch weigern können, mit ihm loszureiten. Und ihr Soldaten habt keine große Geduld mit Feiglingen.«

Owen unterdrückte einen Fluch. »Was sollte es dem König bedeuten, ob Ambrose uns begleitet oder nicht?«

»Er hatte einen Grund dafür, ihn auszuwählen.«

»Und wir hatten einen verdammt guten Grund dafür, ihn zurückzulassen.«

Sie ritten in ungemütlichem Schweigen weiter. Johannes fühlte sich ungerecht kritisiert, und Owen überlegte, von welchem bösen Dämon der Mönch wohl besessen sein mochte.

9

Anzeichen von Verrat

Es war später Nachmittag, als die leichte Brise immer stärker wurde und der Geruch von salziger Luft Abt Richard den Kopf heben ließ. Er wandte sich Ned zu, der neben ihm ritt. »Ich spüre, daß ein Sturm aufkommt.«

Auch Ned hatte die Veränderung bemerkt, und ein Blick in das Gesicht des Abts verriet ihm, daß tatsächlich ein Sturm auf sie zukam und nicht nur ein Regenschauer. »Wird er uns überraschen, noch bevor wir den Rastplatz des heutigen Tages erreicht haben?« Sie befanden sich einen Tagesritt von der Abtei Fountains entfernt.

Der Abt hielt inne und blickte zum Himmel empor. »Ich fürchte schon. Unser Ziel ist ein Gehöft, das zu Fountains gehört, nicht zu Rievaulx, daher weiß ich die genaue Entfernung nicht. Ich glaube, wir sollten es bis Sonnenuntergang erreichen, wahrscheinlich aber nicht mehr vor dem Losbrechen des Sturms. Möge Gott uns beschützen.«

»Bis Sonnenuntergang klingt gut«, antwortete Ned. Die Gruppe war am vorherigen Nachmittag von der Abtei Rievaulx aufgebrochen. Die letzte Nacht hatten sie in einem der Gehöfte von Rievaulx verbracht. Die Schäfer waren mit den Mutterschafen unterwegs gewesen und hatten daher den Besuchern Platz gemacht. Doch sie hatten genügend Wolle zurückgelassen, um Feuer machen zu können, dazu frisches Wasser, gesalzenes Fleisch und hartes Brot. Ned hatte es an dem gemütlichen Ort sehr gefallen. »Wenn wir naß werden, wird ein Feuer unsere Kleider schnell wieder trocknen.«

Abt Richard nickte. »Es ist nicht zu übersehen, daß Ihr ein Soldat seid.«

Ned war unsicher, ob dies ein Kompliment oder eine kritische Bemerkung sein sollte, daher antwortete er nicht. Als der Wind immer stärker wurde und ihm den Umhang um den Körper peitschte, ritt er durch die Reihen seiner Männer, um sie vor dem heraufziehenden Sturm zu warnen. Er beruhigte sie mit der Aussage des Abts, daß sie ihr Quartier noch vor Einbruch der Dunkelheit erreichen würden.

Don Ambrose nahm diese Nachricht mit einem Blick und einer Haltung auf, die zum Ausdruck brachten, daß er ihren Überbringer für alles eventuell drohende Unheil verantwortlich zu machen schien. Ned ging der Mann allmählich auf die Nerven. »Ich bin froh, wenn wir beide uns wieder trennen, da könnt Ihr sicher sein«, murmelte er, als er davonritt. Er spürte, wie ihn die feindseligen Augen verfolgten.

Als Ned Abt Richard um die Erlaubnis gebeten hatte, Don Ambrose in Rievaulx zurücklassen zu dürfen, um ihn mit dem nächsten Boten wieder zurück nach York zu schicken, hatte der Abt auf dieses Ansinnen mit einer Frage geantwortet: »Was ist geschehen, als Ihr ins Tal geritten kamt? Was ist los zwischen Euch?«

Ned war zurückgezuckt; offensichtlich dachte der Abt, sie beide seien gleichermaßen schuld. »Ich habe keinen Streit mit ihm«, hatte Ned entgegnet. »Fragt meine Männer. Von Windsor bis nach York verhielt sich der Mönch mir gegenüber nicht nur freundlich, sondern richtig herzlich. Aber seit York verhält er sich äußerst merkwürdig, als wäre ich ein Feind. Was in York über ihn gekommen ist, kann ich nicht sagen.«

Der Gesichtsausdruck des Abts war undurchdringlich, obwohl er sehr gleichmütig zu klingen versuchte. »Don Ambrose hat mir erzählt, er habe den Erzdiakon von York gebeten, ihn von seiner Pflicht, Euch zu begleiten, zu entbinden, aber da er sich verpflichtet hatte, über die Gründe Schweigen zu bewahren und er diesen Eid nicht brechen wollte, wurde ihm das nicht gestattet.«

Ned starrte den Abt verdutzt an. Erzdiakon Johannes hatte ihm nichts davon gesagt. Und auch Owen nicht. »Das habe ich nicht gewußt.«

Der Abt lächelte.

Ned begriff, daß der Abt sich amüsierte, weil er diese Bemerkung für eine ungeschickte Lüge hielt. Es war ihm unverständlich, weshalb der Erzdiakon ihm diese für die Bewahrung des Friedens innerhalb der Truppe so wichtige Information vorenthalten hatte. »Ich schwöre, ich wußte nichts davon.«

Noch immer lächelte Abt Richard.

Was für ein Fluch war über Ned verhängt worden, daß man ihn so mißverstand? Er besaß das besondere Talent, Menschen durch seine Redegabe für sich zu gewinnen, so wie Blumen Bienen anzogen oder Kerzen Motten. So hatten es jedenfalls viele Menschen beschrieben. Weshalb aber hatte er jetzt solche Schwierigkeiten, für sich selbst zu sprechen oder zu erreichen, daß man seinen Worten Glauben schenkte? Abt Richard jedenfalls schien entschlossen, ihm mit Mißtrauen zu begegnen.

»Kommt schon, Hauptmann Townley. Der Erzdiakon wäre doch nicht so töricht, eine solche Bitte dem Hauptmann dieses Trupps vorzuenthalten.«

»Das hat er aber getan!«

Das Lächeln des Abts erstarb auf seinen Lippen. »Ihr habt den Mönch zu Stillschweigen verpflichtet, und er fürchtet, daß Ihr es ihm vorwerfen werdet, daß er diesen Schwur bricht. Das ist offensichtlich.«

»Aber das ist nicht wahr, Vater Abt.« Was hätte Ned vorbringen können, um den Abt davon zu überzeugen, daß er wirklich nichts von dieser Sache gewußt hatte?

Abt Richard zuckte die Schultern. »Ihr müßt in dieser Angelegenheit Euer Gewissen befragen, mein Sohn. Es ist eine Sache zwischen Euch und Gott.« Er hatte sich vom Tisch erhoben.

»Es ist eine Sache zwischen mir und Don Ambrose«, hatte Ned dem sich entfernenden Rücken des Abts nachgerufen.

Sie hatten inzwischen nicht weiter darüber gesprochen. Doch Ned spürte, daß nicht nur die Augen des Mönchs ihm ständig folgten, sondern nun auch die des Abts. Immer und überall. Das allein reichte, um einen Mann verrückt zu machen.

Die Bäume beugten sich im Wind, und die Büsche raschelten. Die Reisenden zogen sich ihre Kapuzen tief ins Gesicht und duckten sich auf ihre Pferde, um sich zu wärmen. Und schließlich prasselte der Regen auf sie nieder, kalt und hart. Ihre Umhänge waren bald völlig durchnäßt und wurden vom Wind gegen die Körper der Pferde geklatscht. Ein heiserer Freudenschrei, ausgestoßen vom vordersten Reiter, kündigte ihnen an, daß das Gehöft und der Stall in Sicht gekommen waren.

Glücklicherweise hatte man die Glut eines Feuers im Kamin zurückgelassen. Die Männer entfachten das Feuer neu und legten trockenes Holz darauf. Ned schaute sich um und zählte seine Männer. Sie waren alle da. Er senkte den Kopf und sprach leise ein Dankgebet. Es kam ihm völlig ungelegen, daß der Abt ihm jetzt ein weiteres Mißgeschick vorwarf.

An den Dachbalken wurden Seile befestigt, an denen die Männer ihre nassen Kleider aufhängten, damit sie über Nacht trocknen konnten. Es war eine vor Kälte und Erschöpfung zitternde Truppe, die sich um das Feuer versammelte, um Brot und gesalzenen Fisch zu essen. Die Männer sprachen über vergangene schlimme Reisen, die sie mitgemacht hatten, als könnten sie sich dadurch vergewissern, daß auch diese vorübergehen würde. Schließlich legten sie sich mit wohlgefüllten Bäuchen zur Nachtruhe. Ned bot den Hauptraum, in dem sich der Kamin befand, dem Abt und seinen Mönchen an, doch Richard wählte eine etwas entlegenere Kammer und erklärte, daß Mönche es nicht gewohnt seien, in geheizten Räumen zu schlafen.

Ned ebenfalls nicht. Doch obwohl der starke Geruch von feuchter Wolle und seinem eigenen Schweiß ihm in die Nase stieg, schlief er schließlich ein. Dies war nur ein geringer Preis, den er gern zu zahlen bereit war, wenn dafür die Kleider am nächsten Morgen wieder trocken sein würden.

Jemand rüttelte Ned an den Schultern und weckte ihn aus einem Traum, in dem er bei hellem Sonnenschein in eine Schlacht zog. Er war mit einem Schlag hellwach und schoß hoch, bereit, sich zur Wehr zu setzen, doch dann hielt ihn eine Hand zurück.

»*Benedicte*.« Don Ambrose kniete über ihm, das Feuer erhellte sein Gesicht.

»Was zum Teufel …« Ned griff nach seinem Dolch.

Ambrose legte seine Hand über die von Ned. »Bleibt ruhig, Hauptmann Townley. Ich möchte mit Euch alleine sprechen. Bitte kommt mit mir hinaus zum Stall.«

»Hinaus zum Stall?« Ned rieb sich die Augen. Der Raum war so verdammt rauchig, und seine Lider waren so schwer vor Schlaf, daß er Mühe hatte, sie offenzuhalten. »Wir können uns auch hier unterhalten. Ich habe keine Lust, in den Regen hinauszugehen.«

Der Mönch legte einen Finger auf seine Lippen. »Hier, wo alle Eure Gefährten schlafen, können wir nicht miteinander sprechen. Ich flehe Euch an, kommt schnell! Der Weg zum Stall ist überdacht, Ihr werdet nicht naß werden. Wir müssen die Probleme zwischen uns klären.«

Laut murrend über die Unverfrorenheit des Mönchs, ihn mitten in der Nacht aus dem Schlaf zu reißen, erhob Ned sich. Doch der Gedanke, daß endlich Frieden einkehren könne zwischen ihnen beiden, war verführerisch. Und eine überdachte Arkade verband das Haus mit dem Stall, er würde also nicht wieder völlig durchnäßt werden. »Ich komme.« Ned wischte sich mit dem Bettuch über die schweißnasse Brust und zog sich ein Hemd und Beinkleider an.

Ned und Don Ambrose bewegten sich leise durch die Gruppe der schlafenden Männer. Draußen regnete es noch immer, doch der Wind hatte sich gelegt. »Morgen früh wird es aufklaren, das wette ich.« Ned blieb stehen und atmete tief die frische Luft ein. Der Mond kam ein klein wenig zwischen den Wolken durch, doch Ned nahm die Umgebung weniger durch seine Augen, sondern mehr durch die Ohren wahr. Hinter ihm schossen die Wassermassen des Wildbaches, den sie bei ihrer Ankunft überquert hatten, über die Felsen hinab in die Tiefe. Ganz in der Nähe umfloß Wasser in einem Rinnsal gurgelnd ein Hindernis und tropfte mit lautem Klatschen von der

Traufe. Ned hörte, wie die Stalltür sich öffnete und wieder schloß. Er wollte schon hineingehen, überlegte es sich dann aber doch anders. Es war zu dunkel, um hier ohne Laterne in einer unbekannten Umgebung herumzulaufen. Und die Aussicht, im Dunkeln mit einem Mann zu sitzen, der ihm mißtraute, gefiel ihm gar nicht. Er kehrte in das Haus zurück, um sich eine Laterne zu besorgen.

Wieder am Stall angekommen, öffnete Ned vorsichtig die Tür. Er hob die Laterne, während er die Klappe hochzog. Die Pferde wieherten sanft, als das Licht auf sie fiel. Wo steckte der Mönch? Ned stellte die Laterne auf ein Brett innen neben der Tür und war gerade dabei, die Tür zu schließen, als ihn etwas hinten am Hals berührte. Er wirbelte herum. Don Ambrose stürzte sich auf ihn. Ned hob den Arm, um sein Gesicht vor dem Dolch des Mönches zu schützen, während er mit der anderen Hand seinen Dolch aus der Scheide ziehen wollte. Er war nicht da. Natürlich nicht. Er hatte nicht damit gerechnet, hier angegriffen zu werden. Der Mönch machte einen Satz nach vorn und rief ihm zu: »Ihr werdet mit meinem Blut keine Beförderung für Euch herausschlagen!«

Ned trat mit den Beinen wild um sich. Der Mönch stolperte, dann fing er sich wieder und stieß mit dem Kopf heftig in Neds Magengegend. Als Ned unter diesem heftigen Angriff zurückzuckte, verletzte ihn der Dolch am Bein. »Verdammter Idiot!« Er stürzte sich auf Ambrose, ergriff dessen rechte Hand und schüttelte sie, bis der Dolch zu Boden fiel. Der Mönch befreite sich aus diesem Griff und rollte sich über den Dolch. Ned blieb stehen, packte den Mann hinten am Gewand und zog ihn wieder hoch. Da er glaubte, Don Ambrose habe den Dolch wieder an sich genommen, griff er nach dessen rechtem Arm. Doch der Dolch lag noch immer am Boden. Ned stellte seinen Fuß darauf, und Ambrose versuchte, ihn mit Tritten gegen das Schienbein aus dem Gleichgewicht zu bringen. Beide stürzten. Ned ergriff das Messer und schlitzte damit die Innenseite der Hand auf, die versuchte, es ihm abzunehmen. »Was ist los mit Euch?« rief Ned. »Ich bin hier, um Euch zu beschützen, verdammter Bastard!«

»Mich zu beschützen?« Don Ambrose spuckte Ned an. Er streckte die blutende Hand von seinem Körper weg. »Die arme Mary. Sie dachte, Ihr liebt sie. Wer hat es getan, Townley? Ein Freund, den Ihr zurückgelassen habt?«

Ned setzte sich auf den Boden und drückte eine Hand fest auf die Wunde an seinem Oberschenkel. »Was faselt Ihr denn da? Und warum habt Ihr darum gebeten, in York bleiben zu dürfen? Warum seid Ihr nicht einfach verschwunden?« Er wollte sich erheben, doch Ambrose trat ihm ins Gesicht und floh hinaus in die Nacht. Ned rollte über den Boden, er spuckte Blut. »Ein verdammt guter Kämpfer für einen Mönch.« Auf dem Boden ganz in der Nähe lag der Lederbeutel, den der Mönch immer an seinem Körper getragen hatte. Ned hob ihn auf, als er sich mühsam wieder aufrichtete, dann stolperte er zurück zum Haus, den Beutel gegen die blutende Wunde gepreßt. Die Laterne ließ er stehen.

Matthew, sein Erster Offizier, erwachte, als Ned mit polternden Schritten auf ihn zuging.

»Komm, Matthew, ich brauche dich. Du mußt meine Wunde versorgen.

Das laute Rascheln weckte andere Männer. Entsetzt über das, was sie hörten, liefen zwei von ihnen hinaus in die Nacht, um Ambrose zu suchen.

Ned verfluchte sich, weil er so dumm gewesen war, sich im Dunkeln mit einem Mann zu treffen, der ihm ganz offensichtlich Böses wollte. Was hatte er gerufen? Daß er sich mit dem Blut des Mönchs eine bessere Stellung verschaffen wolle? Was sollte das bedeuten? Und was hatte Mary mit dem Mönch zu tun? Während Matthew die Wunde reinigte und verband, erregte sich Ned immer mehr und zappelte nervös umher.

»Warum öffnet Ihr nicht den Beutel, Hauptmann? Und seht nach, was der Mönch so aufmerksam gehütet hat, dann aber schließlich doch fallenlassen hat?« schlug Matthew vor.

Ned machte den Beutel auf. Ein Gebetbuch, ein paar Münzen, ein Siegel, Wachs, ein Brief mit erbrochenem Siegel. Er entfaltete das Pergamentblatt, legte es so auf den Tisch, daß das Licht darauf fiel, und kniff die Augen zu, um das Geschriebene zu überfliegen. Das Lesen fiel Ned nicht leicht, doch glücklicherweise war die Handschrift sehr deutlich. Oder unglücklicherweise ...

Matthew schaute hoch, als Ned laut aufstöhnte. »Was ist los, Hauptmann? Was ist geschehen?«

»Mary! Meine Mary!« Ned richtete die Augen an die Decke und sah das schreckliche Bild vor sich, das der Brief beschrieben hatte.

»Was ist mit Mary?«

Ned blickte zurück zu Matthew und versuchte, ihn anzusehen und diese alptraumhafte Vision zu verdrängen. »Man hat sie umgebracht«, flüsterte er, denn so etwas durfte man nicht laut aussprechen.

Matthew bekreuzigte sich. »Was sagt Ihr da?«

Die arme Mary. Sie dachte, daß Ihr sie liebt. Wer hat es getan ... ein Freund, den Ihr zurückgelassen habt? »Er glaubte, daß ich sie umbringen lassen habe«, flüsterte Ned.

Matthew griff nach seinem Medizinbeutel, holte eine Flasche Branntwein heraus und warf sie Ned in den Schoß. »Trinkt etwas davon, Hauptmann. Ihr zittert ja.«

Ned schaute hinab auf die Flasche, berührte sie jedoch nicht. »Mary ist ertrunken.«

»Und jemand hat das Don Ambrose geschrieben?«

Ned nickte langsam. »Ja, ein anderer Mönch. Paulus. Er sagt, er hat sie gesehen. Und hat es niemandem gesagt. ›Gott wird sie zu ihr führen, nicht ich.‹«

»Dieser Mönch hat Don Ambrose geschrieben und angedeutet, er habe Eure Mary ertrinken lassen?«

Eine Bewegung im Nebenraum holte Ned zurück in die Gegenwart. Er stopfte den Brief in den Bund seines Gewandes und nahm die Flasche in die Hand. Er nahm einen Schluck und hustete.

»Weshalb hat er einen solchen Brief mit sich herumgetragen? Warum schreibt ihm überhaupt jemand wegen Mary?« fragte Matthew.

»Dieser dreckige Schweinehund hat den Brief seit York bei sich getragen und mir gegenüber nie ein einziges Wort davon erwähnt.«

Abt Richard näherte sich. Er hatte die rechte Hand ausgestreckt und die Augen auf Ned gerichtet. »Gebt mir den Brief, den Ihr an Eurem Gürtel versteckt, Hauptmann Townley.«

Ned starrte hoch zu ihm. Was kümmerte Marys Tod diese Kirchenmänner? Wie würde Abt Richard dies alles wieder mißinterpretieren? Es war klar, daß man Ned unrecht tat, doch der Abt würde gewiß einen Weg finden, um ihm etwas anzulasten. Bereits seine Stimme, seine Augen und die ausgestreckte Hand waren Anschuldigung genug.

Ned nahm einen weiteren Schluck. »Welchen Brief meint Ihr?«

Der Abt richtete seinen Blick auf die Stelle, wo der Brief an Neds Körper versteckt war. »Diesen.«

Ned berührte den Brief und zuckte abwehrend die Schultern. »Er hat nichts mit unserer Mission zu tun.«

»Ihr könnt lesen?«

Ned versteifte sich unwillkürlich. »Allerdings.«

»Das ist sehr bewundernswert.«

»Und auch höchst notwendig bei meiner Arbeit für den Herzog.«

»Was habt Ihr Don Ambrose gestohlen?«

»Gestohlen? Don Ambrose hat den Hauptmann angegriffen«, protestierte Matthew.

Der Abt beachtete Matthew nicht. »Ihr versteckt den Brief vor mir, selbst auf die Gefahr hin, Eure unsterbliche Seele zu verlieren, Hauptmann Townley.«

»Auf die Gefahr hin … Ihr versteht nicht, Vater Abt. Ich habe nur einen Brief gelesen, über dessen Inhalt man mich hätte informieren sollen. Der Mönch …«

Der Abt wandte an sich Matthew. »Ihr sagt, Ambrose habe den Hauptmann angegriffen?«

»Ja, Vater Abt. Ich habe eine tiefe Wunde am Bein des Hauptmanns verbunden.«

»Wo ist Don Ambrose jetzt?« wollte der Abt wissen.

»Crofter und Bardolph suchen ihn«, erwiderte Matthew.

Abt Richard wandte seine Aufmerksamkeit wieder Ned zu. »Was habt Ihr mit ihm gemacht?«

Die Verzweiflung lastete schwer auf Ned und drehte ihm den Magen um. Er konnte sich nicht länger auf diese sinnlose Befragung konzentrieren. Er nahm einen weiteren Schluck und starrte in das Feuer.

Der Abt legte Ned eine Hand auf die Schulter und rüttelte ihn heftig. »Was habt Ihr mit Don Ambrose angestellt?«

Ned befreite sich aus dem Griff des Abts. »Um Christi willen, laßt mich in Ruhe. Er hat mich geweckt und mich gebeten, mit ihm zum Stall hinaus zu gehen. Er wolle mit mir Frieden schließen, hat er gesagt. Also bin ich ihm gefolgt.«

»Und habt ihn dort angegriffen? Was steht in diesem Brief? Warum habt Ihr ihm diesen Brief abgenommen?«

»Er hat mich angegriffen, nicht ich ihn. Er hatte sich versteckt, während ich eine Laterne holte, und hat mich dann von hinten überfallen.«

»Einem Mönch soll es gelungen sein, einen Soldaten zu übertölpeln?« Der Abt schloß die Augen und schüttelte den Kopf. »Es wäre besser für Euch, wenn Ihr die Wahrheit sagt, Hauptmann Townley.«

»Ich sage Euch die Wahrheit«, entgegnete Ned. »Aber Ihr hört mir nicht richtig zu. Ihr redet herum und stürzt Euch auf mich wie eine Katze auf einen Vogel, nur weil er im Garten herumfliegt.«

»In der Tat. Wie eine Katze. Es liegt in Eurer Natur zu kämpfen. Es ist sehr unwahrscheinlich, daß ein Vogel eine Katze angreift. Gebt mir den Brief.«

Ned sah keinen Sinn mehr darin, ihm diesen noch länger vorzuenthalten. Er zog das Schreiben hervor und reichte es Abt Richard. »Wenn Ihr nicht bereits gegen mich eingenommen wärt, würdet Ihr es wohl auch seltsam finden, daß ein Mönch einem anderen einen solchen Brief schreibt.«

Der Diener des Abts hob die Laterne hoch, so daß das Licht auf das Pergament fiel. Schnell überflog der Abt das Schreiben, den Mund mißbilligend verzogen. Schließlich schürzte er die Lippen, als er seine Augen wieder Ned zuwandte. »Wir müssen Don Ambrose suchen.«

»Zwei Männer halten schon Ausschau nach ihm«, mischte sich Matthew ein.

»Wenn sie ohne ihn zurückkehren, werden wir hier vier Männer zurücklassen, die die Suche fortsetzen werden. Der Rest reitet mit mir – und Hauptmann Townley, der unter ständige Bewachung genommen wird.«

Nur Matthew protestierte. Ned dagegen wußte, daß es sinnlos war.

Der Abt blickte amüsiert drein. »Ihr verhaltet Euch loyal gegenüber Eurem Hauptmann, doch Ihr werdet Euren Fehler bald einsehen. Es liegt offen zu Tage, daß Don Ambrose dem Hauptmann von Marys Tod berichtete und dann vor Hauptmann Townleys Zorn floh. Oder vielleicht hat der Hauptmann Ambrose auch angegriffen. Gott wird uns das alles zu gegebener Zeit wissen lassen.«

»Der Hauptmann erfuhr erst von Marys Tod, als er den Brief las.«

»Und wie ist er an den Beutel von Don Ambrose gekommen? Den Beutel, den dieser so eifersüchtig hütete?« fragte der Abt Matthew.

»Don Ambrose ließ ihn fallen, Vater Abt.«

Abt Richard legte den Kopf zur Seite. »Kommt schon, mein Sohn. Nachdem er immer so sorgfältig darauf aufgepaßt hatte, ließ er ihn einfach fallen und lief davon?« Er schüttelte den Kopf.

Ohne ein Wort zu sagen, leerte Ned den Inhalt des Lederbeutels aus und versuchte, das Bild von Mary, wie sie in der Themse dahintrieb, in sich auszulöschen. Doch es gab nicht genug Bier auf der ganzen Welt, um das zu bewerkstelligen.

10

Blinde Wut

Ein Hahn krähte und weckte Matthew. Er lag eine Weile da, lauschte dem Wind und versuchte festzustellen, ob noch immer Regen auf das Haus niederprasselte. Hatte es zu regnen aufgehört? Seine Augen und sein Mund waren trocken vom Rauch in der Kammer. Sein Haar war feucht vom Schweiß der Nacht. Männer wie er pflegten nicht in einem solch warmen Raum zu schlafen. Er wälzte sich auf die Seite und schaute nach seinen Stiefeln. Dabei bemerkte er, daß auch die anderen Männer sich bewegten, sich dehnten und streckten. Alle bis auf den einen, der eigentlich neben ihm hätte liegen sollen.

Matthew setzte sich auf und rieb sich die Augen. Er hatte sich nicht geirrt: Hauptmann Townley war nicht da. Auch sein Umhang, seine Stiefel und sein Dolch waren weg. *Denk nach. Denk nach. Wann habe ich ihn das letzte Mal gesehen? Was wollte er tun? Wo war er?* Matthew schloß die Augen und ging in Gedanken die Ereignisse der Nacht noch einmal durch. Abt Richard hatte sich zurückgezogen und Matthew beauftragt, den Hauptmann zu bewachen. Doch was hatte es da zu bewachen gegeben? Der Hauptmann hatte nur dagesessen und dem Branntwein zugesprochen, und allmählich waren ihm die Augen schwer geworden. *Sie haben meine Mary umgebracht.* Diesen Satz hatte er ständig wiederholt. Matthew hatte ihn schließlich dazu bewegen können, sich hinzulegen. *Ihr habt viel Blut verloren, Hauptmann. Wenn man blutet, ist es immer besser, man legt sich hin, damit sich die Wunde schließt. Ihr müßt Euch lang ausstrecken.* Hauptmann Townley hatte seiner Aufforderung Folge geleistet und sich auf den Boden gelegt. Und es hatte so ausgesehen, als würde er einschlafen. Und in dem Gefühl, daß nun nichts mehr passieren konnte, hatte auch Matthew sich zur Nachtruhe begeben.

Doch der Hauptmann lag an diesem Morgen nicht mehr neben ihm. Auch seine Habseligkeiten waren verschwunden. Was würde Abt Richard sagen? *Heilige Muttergottes, bitte laß nicht zu, daß das der Fall ist, was ich befürchte.* Vielleicht war der Hauptmann auch nur dabei, sein Pferd für den Tagesritt zu striegeln.

Matthew legte sich einen Plan zurecht. Während er seine Notdurft verrichtete, wollte er sich umschauen, ob Hauptmann Townley vielleicht nur frühzeitig aufgestanden war und frische Luft schnappte oder sein Pferd fertigmachte. Wenn man zu tief ins Glas geschaut hatte, konnte einem frische Luft, gleichgültig ob es nun regnete oder nicht, nur gut tun. *Lieber Gott, bitte gib, daß er einfach nur draußen ist, weil er einen klaren Kopf bekommen möchte.*

Matthew nahm seinen Umhang und schlüpfte durch die Tür. Die Luft war kalt und feucht. Genau das richtige nach dem üblen Geruch im Haus. Doch bald war sein Haar naß, und Matthew fing an zu zittern. Er schüttelte seinen Umhang aus, warf ihn sich über die Schultern und eilte hinunter zu den Büschen, um dort Wasser zu lassen. Es war viel zu kalt draußen, als daß der Hauptmann sich irgendwo im Freien aufhalten würde, er würde bestimmt gleich in den Stall geeilt sein, als die Kälte durch seine Kleider drang. Matthew wandte sich um, um den Hang zum Stallgebäude hinaufzusteigen, und blieb mit einem erschrockenen Aufschrei stehen.

Abt Richard stand über ihm, dessen Diener und Bruder Augustinus hinter ihm. Die Augen des Abts loderten vor Wut, obwohl sein Gesicht aufgrund der weißen Kapuze blaß wirkte. Er sah aus wie der Tod, der gekommen war, Matthew zu holen.

»*Benedicte*, Matthew. Wo ist Euer Hauptmann?« Die Stimme des Abts klang beherrscht, aber drohend. Auch Matthews Vater hatte immer so gesprochen, bevor er ihn auspeitschte.

Der Tod. Die Peitsche seines Vaters. Jetzt war keine Zeit, um Angst zu haben. Matthew mußte sich etwas einfallen lassen, wie er seinen Hauptmann schützen konnte. Doch wenn der Hauptmann verschwunden war, dann gab es niemanden mehr, der ihn vor dem Zorn des Abts retten konnte. Was sollte Matthew sagen? »Der Hauptmann muß sich heimlich zum Stall geschlichen haben, als ich schlief, Vater Abt. Er macht sich immer frühzeitig fertig zur Abreise, damit er den anderen helfen kann.« Was sogar stimmte.

Der Abt gab seinen beiden Begleitern ein Zeichen, daß sie den Stall durchsuchen sollten. Mit unfreundlichem Blick faßte er Matthew ins Auge.

Schweiß lief Matthew über den Nacken und den Rücken. Ein unangenehmes Gefühl. Er wollte sich strecken oder nach hinten greifen, um sich zu kratzen. *Lieber Herr Jesus, schon werde ich gestraft für meine Lüge.* Hatte er nicht vermutet, der Hauptmann befinde sich im Stall? War er nicht immer vor allen anderen reisefertig?

Bruder Augustinus kam aus dem Stall geeilt und schüttelte den Kopf. »Betet zu Gott, daß er unserem armen Bruder Don Ambrose beistehe. Hauptmann Townleys Pferd ist nicht mehr da.«

Abt Richard schien noch größer zu werden, obwohl er bereits von hochgewachsener Statur war. »Bring Matthew ins Haus und bewache ihn, Bruder Augustinus.«

Matthews Beine drohten nachzugeben und ihm den Dienst zu versagen, doch mit äußerster Willensanstrengung gelang es ihm, die wenigen Schritte zur Spitze des Hügel hinaufzugehen, wo der Abt stand. Er durfte sich vor dem Abt nicht anmerken lassen, daß er Angst hatte.

Neds Lunge schmerzte, doch er trieb sein Pferd an, schneller und immer schneller. Auch das Bein tat ihm weh; er spürte, daß es um die Wunde herum feucht wurde. Sie hatte sich geöffnet, als er im Dunkeln gestürzt war, während er sein Pferd über die Felsen nach oben führte, weg von dem Gehöft. Es war dumm gewesen, im Dunkeln zu fliehen, dennoch hatte er gut daran getan, schnell zu verschwinden. Ein scharfer Ritt würde ihm helfen, seiner Wut Herr zu werden, selbst wenn das bedeutete, daß er sich und sein Pferd bis an den Rand der Erschöpfung treiben würde. Wohin ritt er eigentlich? Nun, das war offensichtlich: nirgendwohin. Dahin, wo er alles würde vergessen können, hoffte er. Wahrscheinlich aber ritt er in den Tod. Mary war tot; warum also sollte er noch weiterleben?

Abt Richard ging im Hauptraum des Hauses auf und ab, während die Männer still ihre Kleider zusammensuchten und sich zum Aufbruch vorbereiteten.

»Vier Männer sollen zurückbleiben, um nach dem Mönch und dem Hauptmann zu suchen«, sagte der Abt.

»Darf ich auch bleiben?« fragte Matthew.

»Nein.« Ohne innezuhalten oder auch nur einen Gedanken an diese Möglichkeit zu verschwenden, lehnte der Abt diese Bitte ab. Es war, als zerdrücke er eine Fliege. Matthew haßte ihn.

Bardolph trat vor. »Crofter und ich wurden auf diese Mission geschickt, um auf Hauptmann Townley aufzupassen, Vater Abt. Wir werden nach ihm suchen.«

Der Abt kniff die Augen zu. »Ihr wurdet beauftragt, auf ihn aufzupassen? Von wem?«

Bardolph warf Crofter einen schnellen Blick zu, als wolle er ihn um die Erlaubnis bitten, antworten zu dürfen. Der Mann blinzelte einmal, ganz kurz. Matthew bekam diesen Blickwechsel mit, bezweifelte jedoch, daß auch der Abt ihn bemerkt hatte. Bardolph wandte sich wieder dem Abt zu. »Sir William von Wyndesore hat uns diesen Auftrag erteilt, Vater Abt. Einige Leute sind der Meinung, daß der Hauptmann den Pagen von Sir William umgebracht hat.« Er zuckte die Schultern.

Abt Richard versteifte sich. »War es dann nicht unverantwortlich, ihn auf eine solche Mission zu entsenden?«

Aus dem Dunkeln meldete sich Crofter zu Wort. »Mistress Alice Perrers hat die gegen ihn erhobenen Anschuldigungen entkräftet, Vater Abt.«

»Mistress Perrers!« murmelte der Abt mit einem spöttischen Lächeln. »Kommt nach vorne. Ich möchte Euch sehen, wenn ich mit Euch spreche.«

Crofter trat vor. »Nachdem Mistress Perrers sich für Townley eingesetzt hatte, äußerte Seine Majestät der König den Wunsch, ihn für eine Weile vom Hof wegzuschicken, bis diejenigen unter uns, die ihn noch immer für schuldig hielten, sich wieder beruhigt hätten.«

»Glaubt Ihr auch, daß er schuldig ist?« erkundigte sich Abt Richard.

»Nein, Vater Abt, das glaube ich nicht.«

Der Abt entfernte sich ein paar Schritte von Crofter und wandte sich ihm dann wieder zu. »Warum solltet Ihr auf ihn aufpassen?«

Crofter legte den Kopf in den Nacken und schloß die Augen einen Moment lang, als überlege er sich seine Antwort. »Für den Fall, daß Mistress Perrers …« Er seufzte, als er seinen Blick wieder auf den Abt richtete. »Nun, es gibt Menschen, die ihr nicht trauen.«

Abt Richard schnaufte zufrieden bei diesen Worten. »Gehört dazu auch Euer Herr?«

»So habe ich den Befehl aufgefaßt, ja.«

Matthew schloß die Augen und verfluchte Crofter. Er hatte versucht, eine Verbindung zwischen Hauptmann Townley und einer Frau herzustellen, die der Abt mit Sicherheit verachtete. Dieser hinterhältige Misthund. Der Hauptmann hatte ihn gewarnt, er solle sich vor Crofter in acht nehmen. *Dieses hübsche Gesicht ist eine Maske, Matthew. Seine Augen sind ein Spiegel, kein Fenster. Achtet darauf, wie Bardolph springt, um ihm alles recht zu machen.* Was führte Crofter im Schilde?

Abt Richard schien jedoch keinen Makel an diesem Mann zu entdecken. »Ihr solltet beide hierbleiben, um den Hauptmann zu suchen. Gervase und Henry werden Euch dabei unterstützen.«

»Es besteht keine Notwendigkeit, daß Ihr Eure Eskorte für diese Suche opfert, Vater Abt«, erwiderte Crofter. »Bardolph und ich werden die Aufgabe gern allein übernehmen.«

Ein mattes Lächeln huschte um den Mund des Abts.

»Ihr habt Euch bereits einmal auf eine Suche begeben, und es ist Euch nicht gelungen, Don Ambrose wieder zurückzubringen.«

Bardolph trat einen Schritt vor. »Aber das war ...«

Crofter brachte ihn zum Schweigen, indem er ihm eine Hand auf den Arm legte. »Wir sind dankbar, Vater Abt, daß Ihr uns die Gelegenheit gebt, an dieser Suche teilzunehmen. Ich wollte Eure Entscheidung nicht in Frage stellen.«

»Gut. Möge Gott Euch vier Männern zur Seite stehen.«

Matthew beobachtete, wie Bardolph und Crofter sich in den Schatten zurückzogen. Er machte sich große Sorgen um seinen Hauptmann.

Als sein Pferd an einer Furt stolperte, bemerkte Ned, wie töricht er handelte. Er war einfach drauflosgeritten, meilenweit. Nun wurde es bereits Mittag. Er machte Halt, um sich und seinem treuen Pferd eine Verschnaufpause zu gönnen. Er nahm einen großen Schluck Wasser und kühlte sich den Kopf. Dadurch kam er allmählich wieder zur Vernunft.

Mary war tot. Ihre Mörder mußten gefaßt und bestraft werden. Doch das würde ihm nicht gelingen, wenn er ins Moor floh. Sein Tod würde nichts bewirken. Es würde sich nichts verändern. Er war es Mary schuldig, zumindest so lange am Leben zu bleiben, bis ihr Tod gerächt war.

Weshalb hatte Don Ambrose den Brief vor ihm versteckt? Warum hatte er ihn angegriffen? Was wußte er?

Nach einem kleinen Nickerchen machte sich Ned wieder auf den Rückweg. In wenigen Stunden würde es dunkel werden. Flucht war nicht die richtige Lösung für seine Probleme.

11

Zwei Männer zu wenig

Owen lehnte sich gegen die Brücke und starrte hinab in das schäumende Wasser des Flusses Skell, das an dieser Stelle aus der Mühle der Abtei herausgeschossen kam. Im Wasser spiegelte sich die Sonne, bevor sie hinter den Schlafsälen und der Krankenstation wieder verschwand. Es war sein zweiter Tag in der Abtei Fountains, doch erst jetzt hatte er eine Gelegenheit gefunden, alleine einen Spaziergang zu unternehmen. Gestern hatte er sich um die Unterkünfte für seine Männer kümmern müssen, dann hatte er mit Abt Robert Monkton und Johannes zu Abend gegessen und sich zum Gottesdienst in die Abteikirche begeben. Als er schließlich Zeit gefunden hatte, sich draußen ein wenig die Füße zu vertreten, hingen Gewitterwolken am Himmel, und ein kalter, feuchter Wind blies durch den Kessel von Skelldale. Dieses Tal war ihm wenig geeignet erschienen für eine Siedlung.

Johannes erzählte ihm, daß die Zisterzienser sich absichtlich in einer abgelegenen, schwer zugänglichen Gegend niedergelassen hatten, um ihren Entschluß, durch ein einfaches Leben Gott zu dienen, auf die Probe zu stellen. Und das heraufziehende Gewitter hatte ihm Skelldale tatsächlich wie einen Ort der Prüfung erscheinen lassen.

Doch an diesem Vormittag war das Tal wie verwandelt, die Sonne erhellte die Baumspitzen, warf einen funkelnden Glanz auf das rauschende Flußwasser und glitzerte auf den Bleidächern. Sie erwärmte die feuchten Steinwände der Gebäude, die sich eng zusammendrängten. Von der steinernen Brücke aus, auf der er stand, hatte Owen einen wunderbaren Überblick über die gesamte Klosteranlage. Er wandte sein gesundes Auge nach links und schaute auf das zweigeschossige Gebäude, in dem sich die Schlafsäle der Mönche befanden, und den dahinterliegenden westlichen Eingang der Abteikirche mit der überdachten Vorhalle. Sein Blick wanderte weiter hinauf bis zu dem steilen Bleidach des langen Kirchenschiffs. Zu seiner Rechten befanden sich zwei Gästehäuser und die Krankenstation der Laienbrüder. Hinter ihm lagen die Mühle, ein Wollhaus, eine Mälzerei und eine große Ansammlung von Nebengebäuden – wesentlich mehr, als das Kloster St. Mary in York besaß.

Einige Mitglieder der Benediktinerabtei St. Mary hatten gegen das verweltlichte Leben im dortigen Kloster protestiert, bis sie schließlich die Erlaubnis erhielten, sich im Tal von Skelldale niederzulassen, um hier ein einfaches, gottgefälliges Leben zu führen. Den ersten Winter hatte diese kleine Gruppe von Mönchen frierend und zitternd in den Höhlen am Berghang hinter der Kirche verbracht. Von seinem Standpunkt aus konnte Owen diese Höhlen nicht sehen, denn die zahlreichen Gebäude, allen voran die Kirche, verwehrten ihm den Blick darauf. Entsprach das hier vor ihm Liegende wirklich dem, was sich die Mönche ersehnt hatten? Das Tal mit ihrer Anwesenheit und mit Leben zu erfüllen? Obwohl in dieser großen Klostergemeinschaft ein ständiges Kommen und Gehen herrschte, verspürte Owen die friedvolle Stimmung, die hier das Leben bestimmte.

Owen waren Abteien nicht fremd. Er hatte schon einmal zwei Wochen in St. Mary in York verbracht, um dieses Gefühl des Friedens und des stillen Glücks zu erfahren, das er in Skelldale empfand, doch es war ihm nicht gelungen. Hier, weit weg vom Gestank und dem Lärm der Stadt, waren die Stimmen von Menschen die einzigen Geräusche, die mit dem Wind, dem Gesang von Vögeln und dem lauten Rauschen des Flusses konkurrierten. Owen war zufrieden mit sich und der Welt. War es bereits das Hinabreiten in dieses Tal und der Anblick der unberührten Natur ringsumher, das einem das Gefühl vermittelte, die Welt hinter sich zu lassen? War es die Symmetrie der großen und dennoch einfachen und unverzierten Steinhäuser, die Art, wie unter den hoch aufragenden Bögen die eigenen Schritte laut hallten? Oder waren die weißgekleideten Mönche nur zufällig in das himmlische Paradies dieses Tales gelangt?

»Gott lächelt heute morgen auf das Tal hinab«, meldete sich Johannes neben ihm zu Wort.

Owen wandte sich zu ihm, so daß er den Erzdiakon mit seinem gesunden rechten Auge anschauen konnte. »Mir kommt es vor, als würde Gott fast immer auf dieses Tal hinablächeln. Es erfordert große Anstrengung, um solch eine Siedlung aus dem Boden zu stampfen.«

»Die Gemeinschaft der weißen Mönche wäre durch den unerwarteten wirtschaftlichen Wohlstand beinahe vernichtet worden«, meinte Johannes. »Selbst diese frommen Ordensbrüder hier sind den Verlockungen des Reichtums erlegen.«

»Erzählt mir nichts von ihren Verfehlungen«, bat Owen. »Stellt Euch lieber auf die Seite, auf der ich Euch sehen und trotzdem auch die Kirche im Blick haben kann.« Owen haßte es, wenn sich jemand auf jener Seite seines Körpers befand, wo er blind war.

Johannes ging um Owen herum und stellte sich rechts von ihm hin. »Ich bin nicht herausgekommen, um Euren Frieden zu stören, sondern um Euch mitzuteilen, daß die Gruppe aus Rievaulx von einem Schäfer gesichtet wurde. Sie müßte um die Mittagszeit hier ankommen.«

Owen lächelte. »Gut. Unsere Aufgabe wird schnell erledigt sein.« Fountains mochte zwar ein Paradies sein, doch in York lebten all jene Menschen, die Owen lieb und teuer waren. Er brannte darauf, zu seiner Familie zurückzukehren. »Hoffentlich hat der Mönch keine Dummheiten angestellt.«

Johannes stützte mit einem traurigen Seufzer seine Unterarme auf der Brücke ab. »Ich bin auch neugierig zu erfahren, was sich inzwischen ereignet hat. Und dennoch finde ich es schade, daß sie schon so bald hier eintreffen. Ich hätte gern noch ein wenig mehr Zeit hier verbracht.«

»Wenn Ihr Euch zu lange hier aufhaltet, erliegt Ihr vielleicht noch der Versuchung, der Welt ganz entsagen zu wollen«, warnte ihn Owen.

Johannes wandte sich erstaunt zu ihm um. »Ihr spürt auch die Macht dieses Ortes?«

Owen nickte.

»Und trotzdem möchtet Ihr bald wieder aufbrechen.«

»Ja. Meine Familie sorgt dafür, daß es mich nach jeder Aufgabe schnell wieder zurück nach York zieht. Aber ich empfinde hier ein Gefühl von tiefem inneren Frieden. Fast möchte ich nur noch flüstern und nur ganz leise auftreten. Man spürt hier die Nähe Gottes.«

Der Erzdiakon blickte leicht wehmütig drein. »Der Ort zieht einen wie durch Zauber in seinen Bann.«

Owen lachte. »Ich hätte eher gedacht, daß es mehr ein Segen als ein Zauber ist.«

»Ich kann mich nicht besonders geschickt ausdrücken.«

»Ihr habt Euch jedenfalls geschickt genug ausgedrückt, um Wykeham ins rechte Licht zu rücken. Abt Monkton hat sich Eure Argumente mit größtem Interesse angehört. Ich glaube in der Tat, daß Ihr fast ein wenig zu geschliffen gesprochen habt.« Owen schüttelte den Kopf. »Seine Gnaden, der Erzbischof, wäre enttäuscht von Euch. Ihr sorgt dafür, daß Wykeham als der ideale Bischofskandidat erscheint.«

Johannes zuckte zusammen. »Ich sagte Euch doch, ich bin kein Heuchler.«

Owen stützte seinen linken Ellbogen auf dem Brückengeländer auf und musterte Johannes' Profil von der Seite. »Das eigentliche Problem ist Euer Herz und nicht Eure Zunge, nicht wahr? Ihr glaubt, daß sich Wykeham durchaus gut als Bischof von Winchester eignen würde?«

Johannes antwortete nicht sofort, und als er es tat, war seine Stimme so leise, daß sie beinahe in dem lauten Getöse des Flusses unterging. »Ich fürchte, das ist tatsächlich meine Meinung. Ein geschickterer Heuchler würde vielleicht weniger kraftvoll argumentieren, aber es ist vorherzusehen, daß Erzbischof Thoresby mit mir nicht zufrieden sein wird.«

»Faßt Euch ein Herz, mein Freund. Wenn Ihr es vielleicht auch John Thoresby bei dieser Mission nicht recht machen könnt, dann habt Ihr dafür im König einen Freund gewonnen.«

Johannes schüttelte den Kopf. »John Thoresby wird zum Freund des Königs avancieren. Meine Rolle in dieser Angelegenheit wird man übersehen.«

»Habt Ihr jemals gedacht, Ihr hättet besser das Leben hinter Klostermauern gewählt?«

Johannes zuckte die Schultern. »Wenn ich mich an einem Ort wie diesem aufhalte, ja. Aber das vergesse ich schnell, wenn ich wieder draußen in der Welt bin.«

In der Welt. Als wäre eine Abtei nicht Teil der Welt. Die Männer der Kirche hatten manchmal seltsame Einstellungen. »Was müßte passieren, damit Ihr die Welt aufgeben würdet?«

»Der Verlust meines eigenen Ich.«

Owen runzelte die Stirn. »Hättet Ihr das nicht bei Eurer Berufung zum Geistlichen schon verlieren müssen?«

»Ich bin Erzdiakon, Owen. Ein Verwalter, ein Finanzmann und ein Politiker, aber auch ein Kirchenmann. Selbstlose Männer Gottes geben gute Heilige ab, aber nicht Erzdiakone.«

Das erinnerte Owen an Thoresbys Verteidigung von Anselm, dem früheren Erzdiakon von York. Owens Meinung nach war Anselm eine Fehlbesetzung in dieser Position gewesen, doch Thoresby hatte ihn als guten Erzdiakon bezeichnet, der es sich zugute halten könne, den größten Teil der Spenden für die Bleiglasfenster der Kathedrale aufgetrieben zu haben.

Owen drehte sich um, als jemand herbeigelaufen kam. Es war ein Laienbruder, der keuchend vor ihnen Halt machte. »Ich soll Euch sagen, daß die Gruppe aus Rievaulx angekommen ist. Es hat Schwierigkeiten gegeben. Der Vater Abt bittet Euch, schnell zu kommen.«

Eine Gruppe von Mönchen in weißen Gewändern hatte sich im Salon des Abts versammelt. Die Brüder umringten einige Männer in Reisekleidung. Aus deren Mitte hörte man eine kühle Stimme sagen: »Genau wie ich es vorhergesagt hatte ...«

Die Stimme verstummte, und die Mönche wichen zur Seite, als Owen und Johannes zu ihnen traten, und aus ihrer Mitte tauchte ein hochgewachsener Mönch mit tiefliegenden Augen auf, der sich mit hochmütigem Gebaren emporreckte. Owen vermutete, daß dieser Mann auch gesprochen hatte.

Abt Robert Monkton machte ein paar Schritte auf Owen zu. »Hauptmann Archer, Erzdiakon Johannes, dies ist Abt Richard aus Rievaulx.«

Johannes verneigte sich und begrüßte ihn höflich. Owen nickte nur kurz und erkundigte sich nach dem Gefolge.

»Die Männer werden mit Euch im Gästehaus wohnen«, verkündete Abt Monkton. Seine Augen wichen Owens Blick aus.

Owen blickte in die Runde der wartenden Männer und bemerkte, daß alle Gesichter ihm zugewandt waren. Und in den meisten entdeckte er einen Ausdruck von Unbehagen. Es war nicht zu übersehen, daß es Schwierigkeiten gegeben hatte. »Was ist passiert?«

Nachdem er sich vor dem anderen Abt leicht verneigt hatte, ergriff Monkton das Wort. »Abt Richard hatte gerade angefangen, uns den Sachverhalt zu erklären. Anscheinend ist Don Ambrose verschwunden, und Hauptmann Townley mit ihm. Man hat vier Männer zurückgelassen, um nach ihnen zu suchen.«

»Gütiger Himmel!« murmelte Johannes.

Den durfte er ruhig anrufen. Weshalb hatte dieser verdammte Narr Ned nicht darüber informiert, daß der Mönch vor der Abreise gebeten hatte, von seinem Auftrag entbunden zu werden? Owen schloß die Augen und ballte die Hände zur Faust. *Hör dir zuerst alles an, dann kannst du entscheiden, wen die Schuld trifft.* »Hättet Ihr die Güte, mir zu berichten, was vorgefallen ist? Und zwar alles!«

Der Abt von Rievaulx verneigte sich vor Owen mit eisigem Lächeln. »Ich werde also noch einmal von vorne anfangen.« Er begann mit der kleinen Auseinandersetzung, die sich beim Hinabreiten zum Kloster zugetragen hatte. »Jeder schilderte das Vorkommnis anders, und beide Geschichten klangen plausibel, also beschloß ich, beide Männer auf der Reise genau zu beobachten. Don Ambrose zeigte sich stets ängstlich und wachsam, sobald der Hauptmann in seiner Nähe war. Solch starke Gefühle kann man schlecht vor anderen Menschen verbergen. Und natürlich hat der Hauptmann seine Schuld dadurch gewissermaßen eingestanden, daß er floh.«

»Verzeiht, Vater Abt, aber Ihr urteilt ein wenig voreilig«, sagte Owen und erntete damit ein lautes Schnauben von Abt Richard. »Habt Ihr jemals selbst gesehen, daß Hauptmann Townley etwas getan hat, was das merkwürdige Verhalten des Mönchs gerechtfertigt hätte?«

Abt Richard seufzte und zog eine Schulter hoch, als wolle er diese Bemerkung abtun.

»Das dachte ich mir nämlich«, sagte Owen. »Worin auch immer das Problem bestand, es ging von dem Mönch aus.«

Abt Richard zog ein Blatt Pergament aus dem Ärmel. »Dieser Brief enthüllt die Verbindung zwischen den beiden Männern.«

Abt Monkton nahm das Schreiben in die Hand und las es. Sein bemüht neutraler Gesichtsausdruck veränderte sich, und als er den Blick wieder von dem Brief hob, wirkte er erregt. »Ich möchte allein mit dem Hauptmann, dem Erzdiakon und Abt Richard sprechen.«

Nachdem alle anderen aus dem Raum geschlurft waren, überflog Monkton das Dokument abermals. »Es ist ein Brief von Don Paulus, einem Angehörigen der Augustiner, an Don Ambrose. Er berichtet darüber, daß eine junge Frau in Windsor ertrunken ist – Mary, die Zofe von Mistress Perrers, einem Mitglied des Haushalts der Königin also. Paulus schreibt, er habe den Leichnam der Frau im Fluß entdeckt, habe dies aber nicht gemeldet. Er wisse, daß Ambrose sein Zögern verstehen würde.« Die Blicke der beiden Äbte trafen sich. »Was ich hier lese, wirft ein schlechtes Licht auf Don Paulus und zieht Don Ambrose in die Sache hinein. Was jedoch hat diese Angelegenheit mit Hauptmann Townley zu tun?«

Neds Liebste war ertrunken. Owen bekreuzigte sich und wandte sich dann an Abt Monkton. »Die junge Frau war die Verlobte von Hauptmann Townley, Vater Abt.«

Monktons Stirnrunzeln verriet Interesse. Aber er hatte seinen Blick noch immer seinem Amtsbruder zugewandt. »Warum interessierte sich der Mönch für diese junge Dame?«

»Das weiß ich nicht«, entgegnete Richard.

»Dieser Brief war im Besitz von Hauptmann Townley?« erkundigte sich Owen.

Richard nickte. »Ich habe ihn ihm abgenommen, ja. Er behauptete, der Mönch habe ihn in der Nacht angegriffen und dann auf der Flucht den Brief fallen lassen.« Er seufzte. »Man stelle sich vor, ein Mönch, der einen Soldaten angreift.« Er schüttelte bedauernd den Kopf, als bedauere er Ned. »Ihr versteht, warum ich ihm keinen Glauben schenken konnte?«

»Ihr verdächtigt Hauptmann Townley, etwas Schlimmes getan zu haben«, sagte Owen. »Was vermutet Ihr?«

»Ich glaube, er hat den Brief in York entdeckt und Don Ambrose beschuldigt, etwas mit dem Unfall des Mädchens zu tun zu haben. Und hat ihn bedroht.«

»Habt Ihr einen Beweis dafür?« fragte Abt Monkton.

Abt Richard reckte sich empor. »Das Verhalten des Mönchs läßt diesen Schluß zu.«

Monkton schüttelte den Kopf, als Owen bei diesen Worten die Stirn runzelte, dann wandte er sich wieder an Richard. »Das ist alles?«

»Welche Erklärung gäbe es sonst?«

Monkton wandte sich an Owen. »Es heißt, daß Ihr mit dem Hauptmann befreundet seid. Ihr wart zusammen in York. Stimmt das? Hat er den Brief gesehen oder davon gehört, ich meine, in York? Wußte er vom Tod seiner Verlobten?«

»Ich bin überzeugt, daß er es nicht wußte, Vater Abt.«

»Hätte er Euch davon erzählt?«

»Mit Sicherheit. Statt dessen hat er stets von Mary als seiner zukünftigen Frau gesprochen.«

»Das ist wahr«, mischte sich Johannes ein. »Er sprach über sie als lebende Person, nicht als Tote.« Er deutete auf den Brief. »Dieser Brief wurde von einem Don Paulus geschrieben?«

Abt Monkton warf erneut einen Blick auf das Schreiben. »Die Augustiner sind nicht gerade Freunde von Wykeham. Könnte Don Ambrose vielleicht gehofft haben, uns dadurch vom eigentlichen Zweck unserer Reise abzulenken?«

»Nein«, erwiderte Abt Richard ungeduldig. »Don Ambrose verriet mir, daß er nach seiner Rückkehr in den Haushalt des Lordkanzlers eintreten soll.«

Monkton studierte das Gesicht seines Amtsbruders mit traurigem Gesichtsausdruck. »Ihr seid von der Ehrlichkeit des Mönchs überzeugt und glaubt, daß der Hauptmann Euch getäuscht hat.« Er schüttelte den Kopf. Als Richard den Mund öffnete, um darauf zu antworten, hob Monkton abwehrend die Hand. »Bleibt ruhig. Wir werden uns weiter darüber unterhalten, nachdem wir um Erleuchtung gebetet und gründlich nachgedacht haben. Ihr müßt Euch erst einmal von der Reise erholen. Wir werden morgen vormittag erneut zusammentreffen.«

Owen und Johannes legten den Weg zum Gästehaus schweigend zurück, wie es der Brauch an diesem Ort war, aber als sie an der überdachten Vorhalle des Westeingangs der Kirche vorbeikamen, blieb Johannes stehen. »Ich möchte beten«, bat er.

Owen folgte ihm in die Kirche, obwohl es ihn drängte, sofort zu Matthew und seinen Männern zu eilen, um deren Version von Neds Verschwinden zu hören. Johannes kniete vor einer Statue der Heiligen Jungfrau nieder, die hoch auf einem Stützpfeiler des Kirchenschiffes thronte.

Weiter hinten kniete sich Owen nieder und sprach ein Gebet für seinen Freund, dann eines für sich selbst, obwohl er sich eher dafür hätte verfluchen sollen, daß er Lucies Warnungen in den Wind geschlagen hatte. Sie hatte ihm genau dies vorausgesagt – daß man alles, was schiefging, Ned anlasten würde, der leicht als Sündenbock aufzubauen war, nachdem die Saat des Verdachts in Windsor gesät worden war. Einmal ausgesät, würde es nur weniger Nahrung bedürfen, damit der Verdacht Wurzeln schlagen konnte. Owen hätte Ned an seiner Seite belassen sollen, damit er stets hätte mitverfolgen können, was geschah. Wie hatte Lucie das alles vorhersehen können und er nicht? Was fehlte ihm? Er bat Gott, ihm diesen Mangel nachzusehen. Es war nicht wichtig, ihn genau benennen zu können. Gott kannte seine Fehler gut genug.

Als Owen in seinen Knien allmählich die Kühle spürte, die in diesem Gotteshaus herrschte, erhob er sich und begann, langsam im Kirchenschiff auf und ab zu gehen. Steinerne Schranken verliefen von der ersten bis zur sechsten Säule zu beiden Seiten und dienten als Rückenlehne für die Chorstühle der Laienbrüder. Owen nahm eine Weile in einem dieser Kirchenstühle Platz und blickte nach oben in das hohe Dachgewölbe. Dort entdeckte er einen Vogel, der sich in die Kirche verirrt zu haben schien. Er nahm zumindest an, daß es ein Vogel war – es war viel zu dunkel, um es klar erkennen zu können. Das wilde Flügelschlagen klang wie aus einer anderen Welt. Wie leicht konnte man glauben, daß hier ein Engel über einem schwebte und den Gebeten lauschte. Doch daß in Wirklichkeit ein gefangener und verängstigter Vogel nicht mehr ein und aus wußte, ließ ihn aus seiner friedvollen Meditation erwachen.

Er erhob sich, nahm eine Fackel von der ersten Säule und ging langsam das Seitenschiff hinunter. Dabei begutachtete er die Wände, die mit Langetten und Wasserblättern verzierten Kapitelle der Säulen und Kragstücke, die perfekte Steinarbeit der Bögen. Selbst die Wandzeichnung veranlaßte den Betrachter zur Kontemplation, eine Reihe von Linien, die das Muster eines Mauerwerks an die Wände warf.

Johannes gesellte sich zu ihm. »Ich habe da oben einen Vogel gehört.«

Owen steckte die Fackel wieder zurück in die Halterung. »Kommt, gehen wir. Lassen wir die Tür offen, dann wird der Vogel hoffentlich den Weg in die Freiheit finden.«

Im Gästehaus ließ sich Johannes auf einen Stuhl sinken und lehnte den angebotenen Wein ab. »Ich hätte Euch und auch Ned wegen Don Ambrose warnen sollen, gleich nachdem er bei mir gewesen war.«

»Ja, das hättet Ihr wohl tun sollen.« Owen nahm neben Johannes Platz, seine Wut war ob des Eingeständnisses seines Freundes schnell verflogen. »Aber auch ich bin nicht ganz unschuldig. Lucie hat mich gewarnt. Sie sagte, daß man Ned für alles verantwortlich machen würde, was auf der Reise schiefginge.« Er nahm einen Becher Wein aus der Hand des Dieners entgegen und fragte diesen: »Die Männer, die mit Abt Richard aus Rievaulx gekommen sind, wo sind sie?«

»Die vier Soldaten befinden sich in der Kammer neben der Euren, Hauptmann, und Matthew ist dort drinnen.« Der Diener deutete auf eine Tür am unteren Ende des Salons.

Owen erhob sich und ging auf die Tür zu.

»Sie ist abgesperrt«, meldete sich der Diener schüchtern zu Wort.

»Abgesperrt? Warum?«

»Abt Richard befahl, daß er unter Arrest zu stellen sei.«

»Schließ auf!« ordnete Johannes an.

Der Diener blickte unsicher von einem zum anderen. »Werdet Ihr ihn drinnen lassen, Hauptmann?«

Owen nickte. Daraufhin wurde ihm die Tür geöffnet. Owen griff nach einer Öllampe und trat in den kleinen, dunklen und stickigen Raum. Matthew, der auf einer Pritsche lag, hob die Hand, um seine Augen vor dem plötzlich eindringenden Sonnenlicht zu schützen.

»Du kannst eine gute Mahlzeit brauchen, was?« Owen ließ sich am Fußende der Pritsche nieder.

Matthew setzte sich etwas auf und stützte sich auf einem Ellbogen ab. Er rieb sich die Augen. »Im Augenblick habe ich wenig Appetit, Hauptmann Archer.«

Das war klar und deutlich, doch Owen wollte Matthew jetzt nicht in Ruhe seine Wunden auskurieren lassen. »Du mußt etwas essen. Ich muß dir einige Fragen stellen. Und wir haben noch eine gute Wegstrecke vor uns, bevor wir unseren Auftrag erledigt haben.«

»Abt Richard haßt Hauptmann Townley.«

Owen schüttelte den Kopf, um Matthew zum Schweigen zu bringen, während ein Diener Brot, Käse und Bier brachte. Als der Diener wieder verschwunden war, schwang Owen seine langen Beine von der Pritsche, griff nach dem Krug, füllte einen Becher mit Bier und reichte ihn Matthew. Dieser trank durstig.

Auch Owen schenkte sich einen Becher voll ein. »So, und nun erzähl mir mit deinen eigenen Worten, was mit Hauptmann Townley geschehen ist.«

Matthew erwies sich als sorgfältiger Berichterstatter, der seine Gespräche mit Ned genau wiedergab; außerdem hatte er Don Ambrose eingehend beobachtet. Er erzählte, was er von den Begegnungen zwischen Ned und dem Mönch mitbekommen hatte. »Als wir aus Rievaulx aufbrachen, schien sich Hauptmann Townley nicht recht wohl in seiner Haut zu fühlen. Er war sehr wachsam. Irgend etwas hatte dem Mönch Angst eingeflößt, und es hatte irgendwie mit dem Hauptmann zu tun, wenn Ihr versteht, was ich meine. Das jedenfalls war nicht zu übersehen.«

Owen schwieg eine Weile und überlegte. Aber falls Matthew kein wesentliches Detail ausgelassen hatte, schien sich auf der Reise nichts Ungewöhnliches ereignet zu haben, außer daß ein Mönch etwas nervös gewesen war. Nur aus welchem Grund war er das gewesen? Befürchtete er, Ned könnte den Brief finden? Um was damit zu tun? Hatte Abt Richard recht? Machte sich der Mönch Sorgen, daß Ned ihm Vorwürfe machen würde? Daß er glauben könnte, er, der Mönch, habe etwas mit dem Ertrinken seiner Verlobten zu tun gehabt? Ned war ein Mann, der leicht aufbrauste und fuchsteufelswild werden konnte. »Don Ambrose hat den Brief in seinem Beutel aufbewahrt, sagst du?«

Matthew nickte.

»Und er trug diesen immer bei sich?«

»Ja. Aus diesem Grund glaubt Abt Richard auch nicht, daß er ihn im Stall verloren hat.«

Auch Owen fand das etwas seltsam. »Der Mönch hat den Brief in York erhalten, und sein merkwürdiges Verhalten begann auch dort.« Owen seufzte. »Ich muß Abt Richard zustimmen, so ungern ich mich auch der Meinung dieses Mannes anschließe. Du hast zuvor keinerlei Unruhe oder Unbehagen bei diesem Mönch bemerkt?«

»Er war schon zu Reisebeginn nervös, aber das schien sich gegen niemanden im besonderen zu richten. Oder vielleicht höchstens gegen Wyndesores Männer, gegen Bardolph und Crofter.«

Owen erinnerte sich nur zu gut an Crofters kalte Augen. Aber hatte der Mönch die Gefahr, die ein solcher Mann darstellte, überhaupt erfassen können? »Warum ausgerechnet gegen die beiden?«

Matthew zuckte die Schultern. »Ich vermute, wegen der Art, wie sie sprachen. Sie waren in letzter Zeit viel mit Sir William und dem Herzog von Clarence auf Schlachtfeldern unterwegs. Ihre Sprache ist roh, grobschlächtig und unflätig.«

»Haben sie ihn belästigt?«

»Mir ist nichts dergleichen aufgefallen. Sie hecken aber bestimmt irgend etwas aus.« Er erzählte Owen, wie Crofter vor Abt Richard versucht hatte, eine Verbindung zwischen Ned und Alice Perrers herzustellen. Und daß die beiden behauptet hatten, Wyndesore habe sie beauftragt, Ned im Auge zu behalten.

»Was für ein Blödsinn.« Owen stöhnte. »Ich habe noch nie ein solches Pack von Dummköpfen gesehen. Aber anscheinend laufen die Fäden nirgendwo zusammen.« Doch als er Matthews besorgten Gesichtsausdruck sah, nahm er sich wieder zusammen. »Hat Don Ambrose, gleich nachdem er den Brief erhalten hatte, Hauptmann Townley mißtrauisch beobachtet?«

»In York haben wir ihn kaum gesehen. Aber als wir endlich auf dem Weg nach Rievaulx waren, ja, da schien er irgendwie Angst vor dem Hauptmann zu haben, hat ihn die ganze Zeit über angestrengt beobachtet.« Matthew rieb sich die Augen und fuhr sich mit der Hand durch das zerzauste Haar. Durch das Bier war ihm warm geworden. »Warum schreibt ein Mönch einen solchen Brief? Über eine junge Frau?«

»Das würde ich auch verdammt gern wissen. Könnten sie darüber Bescheid gewußt haben, daß Mary Hauptmann Townley heiraten wollte?«

»Das vermute ich stark. Nach dem Tod von Daniel – dem Pagen von Sir William von Wyndesore – muß das jeder im Palast gewußt haben. Höflinge lieben Klatsch, und ihre Beichtväter erfahren natürlich auch alles, nehme ich an.«

Owen gefiel es ganz und gar nicht, daß er dem Abt in vielerlei Hinsicht recht geben mußte. Er beugte sich vor und füllte Matthews Becher auf. »Wie verhielt sich Hauptmann Townley, als du ihn zuletzt gesehen hast?«

»Er war stockbetrunken, Sir«, antwortete Matthew. »Mir gefiel es gar nicht, daß er in einem solchen Zustand durchs Moor reiten wollte.«

»Das hätte mir auch nicht gefallen.« Es gab einiges zu durchdenken aufgrund dieses Berichts. »Iß etwas, Matthew. Ich werde dich mitnehmen, wenn ich Abt Richard nach Rievaulx zurückbegleite.«

»Ihn zurückbegleiten?«

»Alfred, einer meiner Männer, wird Erzdiakon Johannes zurück nach York führen. Ich möchte selbst die Stelle sehen, wo Hauptmann Townley und Don Ambrose verschwunden sind. Daher werde ich persönlich die Eskorte von Abt Richard nach Rievaulx übernehmen, wenn die Versammlung hier beendet ist.«

»Ich weiß nicht, was ich sonst noch hätte tun können.« Matthews riesige Augen blickten Owen flehend an. Er sah aus wie ein hilfloses Hündchen.

»Ich wüßte nicht, was an deinem Verhalten auszusetzen gewesen wäre, Matthew.«

Matthew seufzte. »Abt Richard haßt den Hauptmann.«

143

»Mm. Das hast du schon einmal gesagt. Ich bezweifle das. Ich vermute vielmehr, daß er ihn überhaupt nicht bewußt wahrgenommen hat. Und ich habe wahrscheinlich auch recht mit der Annahme, daß er die Probleme zwischen dem Hauptmann und dem Mönch einfach als eine Gelegenheit betrachtet, die Berechtigung unserer Mission in Frage zu stellen.«

»Aber weshalb?«

»Es muß nicht gleich einen Sinn ergeben, wenn er eine Situation zu seinen Gunsten ausnutzt, Matthew.« Das hatte Owen bei seiner Arbeit für den Erzbischof gelernt.

In der Nacht war abermals ein Sturm aufgezogen. Erzdiakon Johannes fröstelte, als er sich zu den beiden Äbten in Monktons Salon gesellte. Und der selbstgefällige Ausdruck auf dem Gesicht von Abt Richard war auch nicht gerade dazu angetan, daß ihm wärmer wurde.

Owen war ebenfalls der Ansicht gewesen, daß der Abt von Rievaulx sich Johannes gegenüber freundlicher verhalten würde, wenn er alleine zu dem Treffen kam, doch es schien, als hätten sie sich getäuscht. Johannes stärkte sich mit gewürztem Wein und machte sich auf eine unangenehme Unterhaltung gefaßt. »Ich bin überzeugt, die Angelegenheit bedarf keiner weiteren Erläuterung«, begann er.

»Nein«, antwortete Abt Monkton mit einem freundlichen Lächeln, das seine folgenden Worte etwas abschwächen sollte. »Ich glaube in der Tat, daß keine weitere Diskussion nötig ist.«

Abt Richard machte nicht den geringsten Versuch, das selbstgefällige Grinsen auf seinem Gesicht zu verbergen. Johannes wußte, was jetzt kam.

Abt Monkton zuckte zusammen, als spüre er selbst den Schmerz, den seiner Vorstellung nach Johannes empfinden mußte. »Abt Richard und ich sind nicht einer Meinung, was Hauptmann Townley und Don Ambrose angeht …«

»Die beiden haben nichts mit dem Anlaß für meine Mission zu tun«, unterbrach ihn Johannes. Entweder mußte er jetzt vorpreschen oder Abt Richard ein Glas Wein in das grinsende Gesicht schütten. Das jedoch würde nur Abt Monkton Schwierigkeiten bereiten.

»Der Hauptmann und der Mönch sind Eure Angelegenheit«, sagte Monkton und hob die Hände, um Schweigen zu erbitten, als Johannes protestieren wollte. »Ich habe in dieser Sache viel gebetet, mein Sohn, und ich bin zuversichtlich, daß meine Beurteilung der Situation richtig ist. Dieser unglückliche Umstand ist ein Zeichen, das Gott uns gesandt hat, um uns in unserer Haltung zu bestärken und uns weiterhin der Ämterhäufung zu widersetzen.« Er machte eine kurze Pause, als Johannes den Kopf schüttelte. »Ihr seid anderer Meinung?«

Wie sollte er? Dafür gab es keinen Grund. »Nein, das bin ich nicht.«

»Wäre Wykeham ein einfacher Priester, der sich gewissenhaft um die ihm anvertraute Gemeinde kümmert, hätte Seine Heiligkeit ohne Umschweife seiner Ernennung zugestimmt. Wykeham wäre geweiht worden, und alles wäre ruhig und geordnet vonstatten gegangen. Doch statt dessen versucht der König, Seiner Heiligkeit einen seiner Günstlinge aufzudrängen. Und zwar einen Mann, den er bereits mit allen möglichen Pfründen ausgestattet hat, die ihm einen unziemlich großen Reichtum garantieren. Einen Mann, der sich bereits einige Feinde gemacht hat. Natürlich betrachtet Seine Heiligkeit dies als eine gefährliche Situation; ein so berühmter, wohlhabender und in der Politik tätiger Mann, der zudem für den König sehr wichtig ist, wird nicht plötzlich seine Loyalität wechseln, seine Aktivitäten am Hof einstellen und sich allein dem Bistum Winchester widmen. Seine Diözese würde zu einem Spielball in der Hand des Königs herabgewürdigt werden.«

»Ich verstehe die Einwände Seiner Heiligkeit«, fuhr ihn Johannes an. Der Abt stellte seine Geduld wirklich auf eine harte Probe. Alle diese Argumente hatten sie bereits mehrmals ausgetauscht. »Aber worauf wollt Ihr hinaus? Seht Ihr einen Zusammenhang zwischen dieser Frage und Don Ambroses Angriff auf Hauptmann Townley?« Offensichtlich würde sich der Wunsch von Erzbischof Thoresby erfüllen, und diese beiden Männer würden ihn in seinen Manövern gegen Wykeham unterstützen. Johannes wußte, daß er nicht zu lautstark protestieren durfte. Aber seine Argumente mußten sinnvoll klingen. »Ich kann nicht erkennen, wie man diesen Zusammenhang dem König verständlich machen könnte.«

Abt Monkton seufzte. »Geduld, mein Sohn, Geduld. Wäre der Kandidat des Königs nur ein einfacher Kleriker, würden nicht all diese Gesandtschaften durch das Königreich ziehen, um Unterstützung für ihn zu erbitten. Weil der Kandidat des Königs ein Mann mit großem Reichtum und großer Macht ist, und zwar nicht von Geburt oder durch harte Arbeit, hat er viele Feinde. Diese Situation beschwört solche unangenehmen und gefährlichen Zwischenfälle geradezu herauf, wie wir sie erlebt haben.«

»Und genau damit begründen wir unsere ablehnende Haltung«, fügte Abt Richard mit einem gekünstelt süßlichen Ton hinzu.

Johannes gestattete es sich nicht, Abt Richard einen Blick zuzuwerfen; es lag nicht in seiner Absicht, sich diese Männer zu Feinden zu machen. »Vater Abt«, sagte er und wandte sich an Monkton, »Ihr denkt doch nicht etwa, daß der Tod dieser jungen Frau irgend etwas mit Wykehams Beförderung zum Bischof zu tun haben könnte?«

»Nicht ihr Tod, obwohl dieser hätte vermieden werden können, wäre Hauptmann Townley in Windsor geblieben. Aber der Brief von Don Paulus an Don Ambrose hat den Hauptmann derart in Rage versetzt ...«

Johannes holte tief Luft, und es gelang ihm im Laufe der weiteren Unterredung, die für seinen Geschmack schon viel zu lange dauerte, ruhig und gelassen zu bleiben. Zwei Fragen hatten sich in seinem Kopf festgesetzt. *Was hatte das Mädchen mit der Ernennung von Wykeham zu tun? Welche Absichten verfolgte Abt Richard, indem er eine solche Verbindung herzustellen suchte?* Am Ende des Gesprächs lächelte Johannes einfach nur, nickte und verabschiedete sich mit bewundernswürdiger Gelassenheit und Höflichkeit.

»Abt Richard hatte niemals die Absicht, Wykeham zu unterstützen«, sagte Owen. »Meiner Meinung nach verbirgt sich dahinter kein Rätsel. Aber ich finde es auch verwunderlich, daß der Ertrinkungstod von Mary diese Mönche irgend etwas angehen könnte. In dieser Frage stimmen wir überein.«

Johannes ging im Salon des Gästehauses auf und ab, die Hände auf dem Rücken verschränkt, mit gesenktem Kopf und gefurchter Stirn. »Ich bin der Ansicht, wir sind es Hauptmann Townley schuldig, mehr über das Interesse der Mönche am Tod seiner Liebsten herauszufinden«, sagte er schließlich und blieb vor Owen stehen.

Owen nickte. »Ich bin derselben Meinung. Ich habe wegen Ned bereits mit einem Brief an den Erzbischof begonnen, um in dieser Angelegenheit so viele Einzelheiten wie möglich herauszufinden. Ich werde ihm auch von der seltsamen Verwicklung der Mönche in die Sache berichten.«

Die Stirn von Johannes glättete sich merklich, und sein Mund verzog sich zu einem Lächeln. »Owen Archer, Ihr seid ja ein ganz Schlauer. Ihr macht dasselbe mit ihm, was er sonst immer mit Euch anstellt.«

Owen schlug sich auf die Schenkel und erhob sich grinsend. »Ja, Johannes. Seine Gnaden soll zur Abwechslung einmal als mein Spion fungieren.«

12

Eine ernste Angelegenheit

Owen hatte sich das Gehöft umgeben von Wiesen vorgestellt, eingebettet in sanfte Hügel. Aber in Wirklichkeit
stand es in einem felsenübersäten Tal, dessen steile
Hänge von dornigen Hecken überwuchert waren. »Ich
hätte mich hier nicht in einer stürmischen Nacht davon-
gemacht«, meinte er. »Und Hauptmann Townley war betrunken, sagst du?«

Matthew stand neben ihm, das Gesicht kummerver-
zerrt. »Ja, stockbetrunken.« Matthew sah wirklich wie
ein kleiner Hund aus, mit seiner breiten, flachen Nase,
dem fliehenden Kinn und den riesigen Ohren. Und wenn
er sich auf irgend etwas zu konzentrieren versuchte,
wirkte er noch häßlicher. »Wir kamen während eines
Sturms hier an. Es war dunkel. Keiner von uns wußte,
was uns erwartete. Aber der Mönch ist verrückt, Hauptmann Archer, also überraschte es mich nicht, daß er
während eines Gewitters verschwunden ist. Ich habe
Euch bereits erzählt, daß sein Pferd ihn beinahe unter
sich begraben hätte, als wir ins Tal von Rievaulx hinab-
ritten. Und er war es auch, der uns ausgerechnet auf den
steilsten Weg geführt hat.«

»Aber von Hauptmann Townley hättest du nicht erwartet, daß er während eines Sturms in unbekanntes und
gefährliches Gelände aufbricht?«

Matthew schüttelte den Kopf; es war nicht nur eine
Verneinung, er schien förmlich zu zittern. »Er hätte mich
gescholten, wenn ich auch nur über etwas dergleichen
nachgedacht hätte.«

Darin lag das Problem. So wie Owen die Sache sah,
hatte Ned völlig kopflos gehandelt, konnte nicht bei kla-
rem Verstand gewesen sein. Der Schmerz über den Ver-

lust von Mary mußte sein Denkvermögen beeinträchtigt haben.

Sie standen auf dem überdachten Weg zwischen dem Haus und dem Stall und schauten hinab in den schnell dahinfließenden Bach.

»Vielleicht wollte Don Ambrose nur den richtigen Augenblick abwarten, um Ned den Tod von Mary mitzuteilen. Vielleicht wollte er ihm die traurige Botschaft noch eine Weile ersparen ...«, überlegte Owen.

Matthew drehte sich zu ihm um und schaute ihn an. »Glaubt Ihr das wirklich? Ist das Euer Ernst?«

Owen hätte es gern geglaubt. Und er hätte auch gern angenommen, daß alle vermißten Männer in Rievaulx auf sie warteten. Doch nicht einen einzigen Augenblick lang zog er diese Möglichkeit ernsthaft in Betracht. »Nein, Matthew, ich glaube nicht, daß er Ned etwas ersparen wollte.«

Owen ging los, um das Tal zu erforschen. Matthew eilte hinter ihm her.

»Wenn es Euch nichts ausmacht, Hauptmann, würde ich Euch gern begleiten.«

Owen zuckte die Schultern.

»Wonach suchen wir eigentlich?«

»Warum hat Abt Richard seine Männer in den Stall geschickt, um ihn zu durchsuchen? Ich weiß es nicht, und er wahrscheinlich auch nicht. Vielleicht Hauptmann Townley und Don Ambrose? Oder die vier Männer, die nach ihnen suchen sollten? Sollten sie nach einem Hinweis darauf suchen, was in jener Nacht passiert ist? Nach Blut? Ned hat dir erzählt, daß er den Mönch an der Hand verletzt hat. Und eine verletzte Hand blutet ziemlich stark. Weißt du, daß ich dir sehr dankbar bin dafür, daß du mir Gesellschaft leistest? Mit nur einem Auge ist es ziemlich schwierig, am Bach aufrecht zu stehen und am Hang den Dornen auszuweichen und dabei auch noch etwas zu suchen.«

»Behindert es Euch, daß Ihr nur ein Auge habt?«

»Jeden Augenblick und jeden Tag, Matthew. Aber jetzt komm. Reden hält uns nur von unserer Suche ab.«

Oberhalb einer Bodenwelle fand Matthew eine Kappe. Er lief los, um Owen einzuholen, der bereits weitergegangen war. Es war eine Filzkappe mit dem Wappen des Königs. »Einige der Männer hatten solche Kappen auf, Hauptmann!« rief Matthew. »Ganz stolz waren sie darauf, die Livree des Königs zu tragen.«

»Welche Männer?«

»Hm. Ja, welche?« Matthew verdrehte die Augen und drückte die Kappe fest an sich, als wolle er damit seinem Gedächtnis auf die Sprünge helfen. Und das schien auch zu funktionieren. »Gervase, Henry und Bardolph!« brach es aus ihm heraus.

Owen nahm die Kappe an sich und untersuchte sie. Es befand sich kein Blut daran, obwohl sie feucht war vom Regen, daher konnte das Blut möglicherweise auch ausgewaschen worden sein. »Zeig mir, wo du sie gefunden hast.«

Matthew führte Owen ein Stück den Abhang hinauf zu einer kleinen Lichtung, die ein wenig mit Gebüsch bewachsen und mit Felsbrocken übersät war. »Dort lag sie in einem Busch.« Er zeigte zum Ende der Lichtung.

»Bei Regen kann man hier sehr leicht ausrutschen«, meinte Owen. Er umrundete langsam die Lichtung, schaute sich hin und wieder das Gebüsch genauer an, untersuchte die Bäume. Ein paar kleine Dornenzweige waren niedergetreten worden, einige Baumstämme wiesen Spuren von Zügeln auf, die man daran festgebunden hatte, darunter auch der Baum neben dem Busch, wo Matthew die Kappe gefunden hatte. Die Kappe war ein wichtiger Fund, aber was bedeutete das? Daß ein Mann seine Kopfbedeckung verloren und es nicht für nötig erachtet hatte, zurückzureiten, um sie sich wiederzuholen? War er in Eile gewesen? War er in einen Kampf verwickelt?

»Ein solcher uneindeutiger Hinweis ist fast schlimmer als gar keiner, was, Matthew?«

Der junge Mann schaute ihn enttäuscht an. »Ich dachte, mit diesem Fund könnten wir schon viel anfangen.«

»Wie das? Die Kappe sagt uns nur, daß sie hier hochgestiegen sind. Und das war auch zu vermuten. Das ist keine Überraschung. Man hat die Männer zurückgelassen, um nach Don Ambrose und Hauptmann Townley zu suchen. Sie müßten eigentlich das ganze Tal durchkämmt haben.« Owen schüttelte den Kopf. »Laß uns ein wenig den Bergkamm entlanggehen und nachsehen, ob wir sonst noch etwas finden.«

Aber es waren schon einige Tage vergangen seit jenem Vorfall, Tage, an denen es geregnet und gestürmt hatte. Hier oben mochten zwar viele Hinweise vorhanden gewesen sein, waren inzwischen jedoch schon von Erde bedeckt oder vom Wind weggeweht worden, so daß jeder, der sich hier auf die Suche begab, nichts mehr finden würde.

Als sie den Berg wieder zu der Furt, die durch den Bach führte, hinabstiegen, bemerkte Owen eine Vertiefung am Hang. Hatte es hier einen Erdrutsch gegeben? Die Trümmer und Geröllmassen unterhalb der Stelle – Felsen, entwurzelte Farne und Heidekrautbüsche – schienen diese Vermutung zu bestätigen, und Owen wäre beinahe schon weitergegangen. Doch dann entdeckte er noch etwas anderes, ganz unten am Fuße des Geröllhaufens. Er kauerte sich nieder. Es war ein schmutziges Stück Stoff. Er zog daran, so daß sich die Erde lockerte und noch mehr Stoff zum Vorschein kam, aber er konnte es nicht losreißen. Anscheinend war das Stück Stoff an einem viel größeren Gegenstand festgemacht.

Owen schaute hoch zum Wasserfall. Wenn er eine Leiche vergraben müßte, wäre dieser Platz hier gar nicht schlecht dafür geeignet. In der Nähe des Baches konnte man leicht graben und die Stelle dann als kleinen Erdrutsch tarnen. Aber wer immer das hier möglicherweise tatsächlich getan hatte, hatte nicht damit gerechnet, daß gleich danach heftige Regenfälle einsetzen könnten.

Er erhob sich. Matthew war bereits unten an der Furt angelangt und wartete auf ihn auf der gegenüberliegenden Seite. »Hole Abt Richard und die anderen!« rief Owen. »Sag ihnen, wir müssen hier graben. Sie sollen Schaufeln oder etwas Ähnliches mitbringen!«

Matthew zögerte und schaute ihn zweifelnd an.

»Ich glaube, daß ein Mensch unter diesem Geröll begraben liegt, Matthew.«

Matthew eilte sofort zum Haus zurück.

Owen verbrachte das Warten damit, Strauchreste beiseitezuräumen, aber er fing noch nicht an zu graben. Er wollte zuerst Abt Richard um Erlaubnis bitten.

Der Abt erschien vor allen anderen. Er hatte es geschafft, den Bach zu durchqueren, ohne den Saum seiner Kutte naßwerden zu lassen oder das weiße Habit zu beschmutzen.

»Was ist das?« fragte der Abt und deutete mit dem Kopf auf die eingebrochene Stelle am Hang. »Ein Grab?«

»Das vermute ich, Vater Abt. Und ich ersuche Euch um die Erlaubnis, hier graben zu dürfen.«

Die kalten Augen nahmen den Stapel von Buschresten auf dem Boden neben Owen wahr. »Habt Ihr das von dort weggeräumt?«

»Ja.«

»Dann hat also jemand versucht, diese Stelle zu tarnen.«

»Das sehe ich auch so.«

Der Abt schloß die Augen, neigte den Kopf und drückte seine Hände aneinander.

Owen kauerte sich nieder und wusch sein Gesicht mit dem kühlen Wasser des Baches. Dann säuberte er sich die Hände. Als er sich wieder erhob, achtete er besonders darauf, den Abt nicht naßzuspritzen.

Der Abt öffnete seine Augen wieder, als die übrigen Männer die Furt durchquerten und mit zwei Grabwerkzeugen auf sie zukamen. Eines hatte Zargen wie eine Gabel, die andere Schaufel hatte die Form eines Löffels. »Wir müssen wissen, wer hier liegt, Hauptmann Archer«, sagte der Abt. »Wir müssen herausfinden, was uns dieser Leichnam verraten kann. Und dann werden wir ihn auf christliche Weise beisetzen.« Er drehte sich zu den Männern um. »Grabt da, wo der Hauptmann es befiehlt.« Dann durchquerte er wieder die Furt, um an der anderen Seite zu warten und zu beten.

Das Geröll war schnell weggeräumt, und darunter kam ein menschlicher Körper zum Vorschein, wie Owen vermutet hatte. Ralph ließ die Schaufel fallen und bekreuzigte sich. Matthew stand mit der Schaufel in der Hand da und schnappte nach Luft, sein Gesicht war leichenblaß. »Was für ein strenger Geruch!« rief Curan und wich zurück, während er sich den Ärmel seines Hemdes vor die Nase hielt. Bruder Augustinus trat vor und machte das Kreuzzeichen über dem Toten.

Abt Richard trat leise zu Owen. »Genau wie ich befürchtet habe. Und ich bezweifle, daß ein Gebet für ihn gesprochen wurde, bevor man ihn verscharrte. Man hat ihn einfach zugeschaufelt.«

Das stimmte. Kein Leichentuch bedeckte Don Ambrose. Auch befanden sich auf seinen Augen keine Münzen. Er war an Händen und Füßen gefesselt, und sein Mund stand weit offen, als würde er laut aufschreien.

Owen nickte. »Wegen der Erde ist es schwierig festzustellen, was die eigentliche Todesursache war. Darf ich die Kutte aufschneiden?«

Der Abt schloß die Augen. »Tut, was erforderlich ist.«

Owen kniete sich nieder und schlitzte mit seinem Dolch das Gewand vom Hals her auf. Bald entdeckte er, was er suchte. Er konnte spüren, wie der Stoff an den Körperhaaren festklebte. Das war typisch für getrocknetes Blut. Er riß den Stoff auf. Auf der Brust wurden drei Wunden sichtbar. Owen hob den Saum an und untersuchte die Beine des Mönchs sowie dessen Unterkörper. Keine weiteren Verletzungen. Er erhob sich. »Er wurde mit drei Stichen in die Brust tödlich verletzt.«

Der Abt bekreuzigte sich. »Hauptmann Townley ist bekannt für seinen geschickten Umgang mit dem Dolch.«

»Mit dem Werfen eines Dolches ja, aber nicht dafür, daß er auch zusticht. Und Hauptmann Townley würde einem Mann nicht die Füße oder die Hände zusammenbinden und ihn dann umbringen. Er würde auf einem fairen Kampf bestehen.«

Der Abt seufzte. »Wir werden später darüber sprechen. Kümmern wir uns erst einmal um Don Ambrose.«

Er wandte sich an Bruder Augustinus. »Hole etwas, das man als Leichentuch verwenden kann und laß ihn in den Schuppen bringen. Wir werden eine Wache aufstellen, bis wir diesen unglückseligen Ort verlassen.«

»Ihr wollt ihn in Rievaulx begraben?« fragte Owen.

»Er war ein geweihter Priester. Er verdient ein Begräbnis auf geweihtem Boden.«

Owen nickte. »Daran hatte ich nicht gedacht, aber es ist wohl angemessen.«

Die grausige Arbeit dieses Nachmittags hatte die Stimmung der Reisegruppe verdüstert. Owen und seine Männer saßen schweigend um das Feuer herum, während die Mönche im Nebenraum ihr Abendgebet sprachen.

»Abt Richard hat über Hauptmann Townley zu Gericht gesessen und ihn ohne Anhörung verurteilt«, sagte Matthew mehr zu sich selbst und zu seinem Becher Bier als zu den anderen.

»Ich kann es ihm nicht verübeln«, entgegnete Curan. »Ein hitziges Temperament hatte er schon immer, unser Hauptmann Townley.«

Matthew hob das schüttere Haupt. »Und du doch auch, du …«

»Männer!« rief Owen und erhob sich.

»Es fehlen noch andere Männer«, meinte Ralph. »Ich weiß nicht, aber ich kann einfach nicht glauben, daß ein Mann allein ihn überwältigt, gefesselt und erstochen hat. Und schließlich dafür gesorgt hat, daß die Leiche durch einen Erdrutsch von Geröll bedeckt wurde.«

Nach dieser Zusammenfassung der Ereignisse verstummten die Männer wieder.

Später schickte Abt Richard Bruder Augustinus und seinen Diener zu den Männern am Feuer und lud Owen in seine privaten Gemächer ein. Einige Öllampen standen am Boden in der Nähe von zwei Bänken. Eine kleine Flasche und zwei Becher befanden sich daneben.

»Darf ich Euch etwas Branntwein anbieten?« erkundigte sich Abt Richard.

»Nach diesem schweren Tag nehme ich die Einladung gerne an«, erwiderte Owen.

Der Abt beugte sich vor, füllte die beiden Becher und reichte einen davon Owen. »Mein Kompliment dafür, daß Ihr heute diese Entdeckung gemacht habt, Hauptmann. Ich bezweifle, ob ich Verdacht geschöpft hätte, da doch alles so natürlich aussah.«

Owen entspannte sich bei dieser Bemerkung. Sie waren sich nähergekommen, hatten das sinnlose Geplänkel hinter sich gelassen. »Obwohl ich nur ein Auge besitze, habe ich mir in den letzten Jahren angewöhnt, jede Kleinigkeit zu beachten, Vater Abt.«

»Aha. Aufgrund Eurer Arbeit für Erzbischof Thoresby.«

Owen nickte. »Ich schlage vor, ich geleite Euch zurück nach Rievaulx, bevor wir unsere Suche fortsetzen.«

Während der Abt an seinem Branntwein nippte, fixierte er Owen aus tiefliegenden Augen. »Weshalb?«

»Ihr könntet Euch in Gefahr befinden.«

Ein mattes Lächeln huschte über das Gesicht des Abts. »In der Tat. Doch Ihr ebenso.«

Worauf wollte er hinaus? »Es ist meine Pflicht, Euch zu beschützen. Und Ihr nehmt einen Toten mit zurück, den jemand verstecken wollte.«

»Vor wem wollt Ihr mich beschützen, Hauptmann Archer?«

Aha. Das war es also. »Vielleicht vor Hauptmann Townley. Vielleicht auch vor anderen Männern. Vielleicht vor jemandem, der uns bisher noch gar nicht über den Weg gelaufen ist.«

»Ihr akzeptiert also, daß Euer Freund in die Sache verwickelt sein könnte?«

»Wie Ihr selbst heute nachmittag gesagt habt, ist er für seinen geschickten Umgang mit dem Dolch berühmt.« Der Abt machte eine Bewegung, als wolle er widersprechen. Owen schüttelte den Kopf. »Ihr braucht diese Bemerkung nicht zurückzunehmen. Ihr habt diesen Ausspruch getan, und er muß in Betracht gezogen werden.

Meine Ehefrau würde mir vorwerfen, daß ich Ned Townley zu sehr schätze, so daß meinem Urteil nicht ganz zu trauen ist.«

Der Abt neigte das Haupt. »Eine kluge Frau. Was meinen die Männer draußen?«

»Wollt Ihr die Wahrheit hören?«

»Natürlich.«

»Matthew glaubt, daß Ihr Hauptmann Townley vorverurteilt habt, ohne alle Tatsachen zu kennen. Curan möchte am liebsten alle Schuld dem Hauptmann zuschieben und schnell wieder nach Windsor zurückkehren. Ralph glaubt nicht, daß die Ermordung und das Verscharren von Don Ambrose die Tat eines einzelnen Mannes gewesen sein können.«

»Und was meint Ihr?«

»Ich glaube, wir wissen nicht, was wirklich passiert ist. Ich muß mit dem Hauptmann sprechen, mir seine Version der Geschichte anhören. Und angesichts dessen, was wir bisher wissen – Gott gebe, daß dem nicht so ist –«, Owen bekreuzigte sich, »könnte auch der Hauptmann irgendwo in diesem Tal begraben liegen.«

»Ich habe Euch falsch eingeschätzt, Hauptmann Archer.«

»Das habt Ihr in der Tat, Vater Abt.«

»Ich nehme gern Euer Angebot an, uns nach Rievaulx zurückzugeleiten.«

Die Reise nach Rievaulx verlief ohne Zwischenfall. Der Geistliche der Krankenstation bekreuzigte sich, als er die neuesten Nachrichten vernahm. Er schüttelte den Kopf über die unselige Last, die die Männer mit sich führten. »Möge der Herr im Himmel Don Ambrose in sein Reich aufnehmen.«

»Ihr habt keinen der anderen Männer gesehen? Von unserem Suchtrupp?«

Der Geistliche schüttelte langsam den Kopf. »Aber ein Schäfer ist gekommen, um mit Euch zu sprechen, Hauptmann. Er wartet im Salon auf Euch.«

»Ein Schäfer? Was will er?«

»Er sagte, er hätte etwas mit Euch zu besprechen. Ich habe ihn nicht weiter ausgefragt. Das ist nicht unsere Art.«

Owen betrat die Kammer und nickte dem Mann zu, der ein rotbraunes Obergewand und gleichfarbige Beinkleider trug. Sein Haar war grau und zerzaust wie das Fell der Schafe, die er hütete.

Der Mann griff nach seinem Stock und stützte sich darauf, als er sich erhob. »Hauptmann Archer?« Seine Stimme klang heiser, was bestimmt von seinem Alter und dem Leben an der frischen Luft herrührte.

»Und wer seid Ihr?«

»Ich bin Nym, Sir.«

Es kam Owen verkehrt vor, daß ein Mann, der älter war als er, ihn mit »Sir« anredete. »Darf ich Euch eine Erfrischung anbieten?«

»Zu einem guten Bier sage ich nie nein.«

Owen ging zu einem Wandschrank und kehrte mit einem Krug und zwei Bechern zurück, schenkte ihnen beiden etwas ein und händigte dann einen Becher seinem Gast aus, der sich mittlerweile wieder gesetzt hatte.

Nym leerte seinen Becher und beugte sich vor, um ihn abzustellen. Seine Bewegungen wirkten ein wenig ungeschickt, und Owen bemerkte, daß ein Fuß des Schäfers verkrüppelt war. Er erhob sich und nahm ihm den Becher ab, worauf ihn der Mann dankbar anlächelte und sich in seinem Stuhl zurücklehnte.

Owen nippte an seinem Bier. »Der Geistliche der Krankenstation sagte, Ihr hättet etwas mit mir zu besprechen?«

Ein leichtes Nicken. »Man sagt, Ihr sucht nach sechs Männern, die im Moor unterwegs waren.«

»Nach fünf Männern.«

Der Mann hob die buschigen Augenbrauen und zuckte die Schultern. »Habt Ihr einen von ihnen schon gefunden?«

Nym wußte offensichtlich etwas. »Wo habt Ihr von unserer Suche erfahren?«

»Ich wurde hergeschickt, um Euch zu einer Person zu führen, die Euch vielleicht helfen könnte.«

»Wohin? Zu wem?«

»In den Wald von Hazel Head. Zu Witwe Digby.«

Owen blinzelte. »Zu Magda Digby?«

»Ja, zu Witwe Digby. Sie kommt immer wieder hierher, um Wurzeln und Kräuter zu sammeln und alte Freunde zu besuchen. Ihr kennt sie von ihrer Arbeit als Hebamme in York.«

Owen konnte sein Glück kaum fassen. »Und sie weiß etwas über diese Männer?«

»Ja, jedenfalls hat sie das gesagt. Sie hat mich hergeschickt, um Euch zu ihr zu bringen.«

»Wann brechen wir auf?«

»Morgen wäre mir sehr recht.«

»Gut, dann also morgen.«

13

Magdas Geheimnis

Der Nebel hing tief über dem Tal von Rievaulx. Die Abtei schien förmlich über den Wolken zu schweben. Doch für die Mitglieder des Trupps, die neben ihren Pferden standen und auf den Segen des Abts warteten, war der feuchte Boden unter ihnen nur allzu real. Die Feuchtigkeit schlich sich durch die Säume und Ritzen in ihren Stiefeln und ließ ihre Füße frieren. Nur Nym, der sich gelassen auf seinen Stock stützte, schien sich wohlzufühlen. Ralph stampfte mit den Füßen auf und schlug mit den Armen um sich, während er leise fluchte. Geoff hauchte immer wieder seine Hände an. Matthews Nase tropfte, und gelegentlich hob er seinen Ärmel, um sich über die Nase zu wischen. Curan trat abwechselnd von einem Fuß auf den anderen, um sich warm zu halten. Edgar hatte seinen Umhang dicht an seinen Körper gezogen, die Hände in seinen Handschuhen vergraben und drängte sich an sein Pferd, um sich an ihm zu wärmen.

Owen ging auf und ab und ließ seine Arme schwingen. Seine linke Schulter schmerzte bei feuchtem Wetter, die Folge einer früheren Verwundung. Es war auch noch viel zu früh am Morgen, um im Freien herumzustehen. Als er den Blick zum Flußufer wandern ließ, bemerkte er, daß der Nebel sich allmählich lichtete und die Bäume an den steilen Hängen sichtbar wurden. Und hoch über ihnen erstreckte sich ein blauer Himmel, wie man es Anfang Mai auch erwarten konnte. Die Sonne schien auf das Bleidach der Kirche und ließ es erstrahlen.

Die Pferde schnaubten laut und stampften mit den Hufen auf, ihr Atem vermischte sich mit dem Nebel.

Eine Tür in der Nähe öffnete sich, man hörte es, konnte aber nichts erkennen.

»Da kommt endlich seine königliche Hoheit«, murmelte Matthew.

Eine Gruppe von weiß gekleideten Novizen tauchte aus dem Nebel auf, gefolgt von Abt Richard im Meßgewand. Am Abend zuvor hatte der Abt Owen gefragt, ob er es wirklich für richtig halte, hinauf ins Moor zu reiten, um eine Hebamme zu befragen.

»Was kann eine Hebamme für Euch tun, Hauptmann Archer? Ihre Hexenkünste an Euch ausprobieren? Euren Freund durch einen Zauberspruch schützen?«

»Ich suche nach Tatsachen, Vater Abt. Magda Digby wird mir sagen können, ob es etwas Neues über meine Männer zu berichten gibt.«

»Sie ist also mehr als nur eine Hebamme?«

»So wie wir alle neben unserem eigentlichen Beruf noch andere Interessen haben.«

»Ich beabsichtige, König Edward über alles in Kenntnis zu setzen.«

»Ich habe nie daran gezweifelt, daß Ihr das tun werdet. Und ich werde Erzbischof Thoresby einen vollständigen Bericht über den Fortgang der Ereignisse schicken, und Euch ebenfalls, wenn ich wieder in York bin.«

Der Abt hatte sich mit Owens Antwort zufriedengegeben; daß er an diesem Morgen vor seiner Abreise hier erschien, bezeugte dies.

»*Benedicte*, Hauptmann Archer, Nym, Matthew, Ralph, Curan, Edgar und Geoff.« Abt Richard machte das Kreuzzeichen über jedem Mann, während er dessen Namen aussprach. »Der Herr möge diesen Trupp beschützen. Laßt uns beten, daß diese Reise sicher und erfolgreich verlaufen möge.«

Die Männer waren während der Segnung verstummt und senkten ihre Köpfe. Abt Richard versuchte, das Gebet kurz zu halten, ohne jedoch auf den gebotenen würdigen Rahmen zu verzichten. Als er fertig war, bekreuzigten sich die Männer und begaben sich zu ihren Pferden.

Abt Richard nahm Owen zur Seite. »Ihr besitzt das Vertrauen von mächtigen Männern, Hauptmann Archer.

Zerstört nicht Eure Zukunft durch falsch verstandene Loyalität.«

»Seid nicht so zuversichtlich, daß Ihr mit Eurem Urteil über Hauptmann Townley recht habt, Vater Abt. Es würde mir größte Freude bereiten, Euch zu beweisen, daß Ihr Euch in dieser Frage irrt.«

Der Abt hob die Augenbrauen, und ein Lächeln tanzte über sein Gesicht, erstarb jedoch schnell wieder. Die tiefliegenden Augen blickten traurig. »Gott sei mit Euch, Hauptmann.«

Owen verursachte der Segen des Abts Unbehagen. Er sprach kein Wort, als er sich zu seinen Männern gesellte. Der Trupp saß auf, die Männer überzeugten sich noch einmal davon, daß die Zügel der Packpferde, die Lebensmittel, Geschenke des Geistlichen der Krankenstation für Nyms Familie sowie eine Flasche Branntwein für Magda Digby trugen, fest mit ihren Pferden verbunden waren, und ritten los nach Norden.

Nym führte die Gruppe durch das Tal des Flusses Rye. Der Boden war aufgeweicht und matschig von den Überschwemmungen, die vor kurzem hier stattgefunden hatten. Der Schäfer versicherte ihnen, daß sein Gehör besonders geübt darin sei, die Fluten des Schmelzwassers, das um diese Jahreszeit jederzeit aus dem Moor herabstürzen könne, frühzeitig zu hören. Während die Männer weiterritten, bereiteten sie sich darauf vor, nötigenfalls sofort auf sicheren Boden auszuweichen.

Owen ritt ganz hinten, und Matthew hielt sich neben ihm. Der Mann mit dem Gesicht eines jungen Hundes ließ seine Augen ständig wachsam durch die Moorlandschaft wandern.

»Nym hat lange genug im Moor gelebt, Matthew, er weiß, was er tut«, beruhigte Owen ihn. »Hab Vertrauen zu ihm, er wird schon dafür sorgen, daß du nicht von den Fluten mitgerissen wirst.«

»Darum geht es nicht, Hauptmann. An der Themse, wo ich geboren wurde, kann ein Mann stets viele Meilen überblicken, sehen, woher er kommt und wohin er geht. Aber hier …« Matthew machte eine ausladende Handbewegung und deutete auf die Anhöhen, die sie umgaben. »Berge. Nebel. Abteien, die in Tälern versteckt liegen und auf die der Reisende so plötzlich stößt, als würde er unvermutet einen Riesen vor sich aufragen sehen. Das ist ein merkwürdiges Land. Es gibt viel zu viele Berge, von denen aus der Feind einen beobachten, zu viele Täler, wo er einem auflauern könnte.« Er verzog sein Gesicht zu einer Grimasse. »Wie kann man hier leben, ohne sich ständig umzusehen, ohne ständig mit Unheil zu rechnen?«

Owen erinnerte sich, daß seine Bogenschützen in der Normandie von ähnlichen Ängsten befallen worden waren. In unbekanntem Land lauerten unvorhersehbare Gefahren. Manchen Männern fiel es leicht, sich einer solchen Situation anzupassen, sie lernten rasch, sich zurechtzufinden. Andere wiederum waren stets auf der Hut, fürchteten sich vor dem Unbekannten. »Und das Wissen, daß einige unserer Männer nicht mehr dabei sind, daß irgend jemand Don Ambrose ermordet hat, verstärkt nur das Gefühl, unheimlichen Kräften ausgeliefert zu sein, nicht wahr?«

Matthew senkte verlegen den Kopf. »Das stimmt, Hauptmann.«

»Wir können uns glücklich schätzen, daß wir einen Führer haben, der dieses Land wie seine Westentasche kennt. Ich vertraue darauf, daß er uns sicher an unser Ziel geleiten wird.« Owen warf einen Blick auf Matthew, den diese Worte ein wenig beruhigt zu haben schienen, denn seine Augen blickten nicht mehr ganz so ängstlich drein. Owen wollte ihm natürlich nichts von seinen eigenen Befürchtungen erzählen, ihn nicht die Unsicherheit spüren lassen, die ihn plagte hinsichtlich dessen, was noch alles auf sie zukommen würde.

Matthew warf Owen einen kurzen Blick zu. »Diese Frau am Fluß. Wer ist sie?«

Der Mann war wirklich ein einziges Sorgenbündel, das war nicht zu übersehen. »Eine Hebamme«, antwortete Owen. »Sie hat geholfen, meine Frau auf die Welt zu bringen. Und auch meine Tochter.«

Ein erstauntes Stirnrunzeln. »Und was wollen wir ausgerechnet von einer Hebamme?«

Owen lachte. »Abt Richard hat mir dieselbe Frage gestellt. Die meisten Menschen kommen zu ihr, weil sie eine gute Hebamme ist. Ich aber glaube, sie ist auch eine der besten Spione im Land. Wenn die Leute irgendwo ein seltsames Gerücht hören, erzählen sie es Magda. Will Magda etwas herausfinden, läßt sie es durch die Leute verbreiten. Wenn irgend jemand Hauptmann Townley oder die anderen Männer hier oben im Moor gesehen hat, wird Magda das wissen. Oder wird es herausbekommen.«

»Laßt uns zu Gott beten, daß sie etwas weiß, was Hauptmann Townley helfen könnte.«

»Magda hätte nicht Nym zu uns geschickt, wenn sie nicht von irgend etwas Wind bekommen hätte.«

Sie erreichten den Weiler am Rand des Waldes von Hazel Head, als die Dämmerung in die abendliche Dunkelheit überging. Vor einem der Häuser brannte ein Feuer. Die hellen Flammen ließen die hereinbrechende Nacht, in der sie dahinritten, um so schwärzer erscheinen.

Matthew starrte stur geradeaus. Nachdem die Sonne untergegangen war, hatte er Owen anvertraut, daß die Hügel, die sich zu beiden Seiten ihres Weges erhoben, auf ihn wie dunkle, sich zusammenkauernde wilde Tiere wirkten und daß der Himmel über ihnen viel zu weit sei.

Owen hatte einen Blick nach oben in den abendlichen Himmel geworfen, an dem einige Sterne bereits hell leuchteten. »Der Himmel über der Themse sieht auch nicht anders aus.«

Matthew hatte den Kopf geschüttelt. »Doch, er ist ganz anders. Nicht zu vergleichen mit dem hier.«

Owen jedoch hatte sich gleich zu Hause gefühlt, als sie in den Weiler einritten. Der Rauch des Feuers, das laute Krachen der Holzscheite schienen sie willkommen zu heißen. Die Schafe blökten sanft; der Wind, der vom Moor herabwehte, klang wie ein Seufzer und schien in den Bäumen leise zu flüstern. Owen fühlte sich an das Dorf seiner Kindheit erinnert. Nym stieg ab und gab Owen und den anderen durch ein Zeichen zu verstehen, daß sie hier auf ihn warten sollten. Er duckte sich vor einer niedrigen Holztür und verschwand in einem der Häuser. Bald aber kam er wieder zurück und bat sie, ebenfalls abzusitzen. Er ging auf Owen zu.

»Witwe Digby heißt Euch willkommen und läßt Euch ausrichten, daß Ihr und Eure Leute in dem Haus am unteren Ende des Dorfes nächtigen könnt. Alles ist für Euch vorbereitet. Es gibt dort ein Feuer und Wasser für Eure Pferde. Sie wird Euch dort aufsuchen, um sich mit Euch zu unterhalten.«

Owen schaute die Häuserreihe entlang bis zu dem letzten Gebäude. »Ist das Magdas Haus?«

Nym schüttelte den Kopf. »Es steht momentan leer. Asa ist nicht zu Hause.«

Die Männer führten die Pferde zum Stallteil des Hauses. Es war ein großes Gebäude, von dem man ein Drittel durch eine Holzwand für die Tiere abgetrennt hatte. Auf dem Boden war Stroh ausgebreitet, und überall roch es stark nach Pferden. Im Wohnteil befand sich eine Feuerstelle, von der der Rauch durch ein Loch in dem grasgedeckten Dach abziehen konnte, dazu gab es einen bereits mehrfach reparierten Tisch, einen Stuhl, eine Bank, auf der drei erwachsene Männer Platz finden konnten, und einen Melkschemel. Eine leichte Holzwand trennte den Schlafbereich vom eigentlichen Wohnbereich. Es war ein einfaches Schäferhaus, ein wenig größer vielleicht als der Durchschnitt. Doch Owen fielen sofort die Wandverzierungen auf; es waren Bilder des Lebens im Moor: nicht Blumenranken, die sich ständig wiederholten und eine Art Dekor für den Raum darstellten, wie er das von anderen Häusern kannte, sondern Zeichnungen von Tieren, Bäumen und Felsen.

Nym trat ein und zog zwei Bänke hinter sich her. Owen erkundigte sich nach den Bildern.

Nym warf einen Blick auf die Wand und zuckte dann die Schultern. »Die hat Asa gemacht.« Er duckte sich in der Tür. »Es gibt einen Stapel Holz am Feuer draußen. Ihr könnt Euch nach Belieben bedienen.«

Owen warf einen Blick auf Ralph, der den Männern bedeutete, Nym nach draußen zu folgen, um Holz und etwas Glut für ihr eigenes Feuer zu besorgen.

Sie waren gerade dabei, es sich gemütlich zu machen, hatten ihre Eßvorräte ausgepackt, aßen und tranken und ließen die Ruhe des Moores auf sich wirken, als Matthew plötzlich zur Tür blickte und rief: »Wer ist da?«

Owen drehte sich um und erhob sich. Dort stand eine kleine Gestalt, die in einen einfachen Wollumhang gekleidet war und das Haar mit einem Leinentuch bedeckt hatte. Das war zwar nicht Magdas übliche Kleidung, aber niemand sonst hatte solche Augen. Und ganz bestimmt niemand, der schon so alt war wie sie. »Gott segne Euch, Magda. Das Haus ist sehr angenehm nach dem langen Ritt.«

»Ihr braucht also die Hilfe von Magda.« Sie betrat den Raum und nickte den übrigen Männern zu, die sich alle erhoben hatten. Niemand, der Magda Auge in Auge gegenüberstand, konnte sich ihrer starken Ausstrahlung entziehen. Sie flößte Respekt ein, ohne darum bitten zu müssen. »Nehmt wieder Platz, bitte setzt Euch. Magda weiß selbst ganz gut, daß sie immer mehr schrumpft. Das braucht Ihr nicht noch zu betonen, indem Ihr mich hier überragt.« Ihre Augen lachten.

Owen reichte ihr die Flasche Branntwein. »Aus den Kellern von Rievaulx.«

Magda öffnete sie, roch daran und nickte. »Die weißen Mönche sind vor dem Luxus geflohen, sagt man.« Sie warf den Kopf zurück und lachte bellend los.

Die Männer grinsten und entspannten sich. Sie setzten sich wieder.

Magda hockte sich auf den Melkschemel, lockerte den Umhang um ihren faltigen Hals, legte den Kopf zurück und nahm genüßlich einen Schluck Branntwein. Erst dann sprach sie wieder. »Wie geht es Eurer Tochter, Vogelauge?«

Owen brannte darauf, zu erfahren, weshalb sie ihn

hatte rufen lassen, aber er wollte sie nicht gleich damit überfallen. Es zahlte sich nie aus, Magda zur Eile zu drängen. »Gott hat uns ein gesundes Kind geschenkt. Gwenllian kann schon fest zupacken und aufrecht sitzen.«

Magda ließ vergnügt den Kopf von einer Seite zur anderen tanzen. »Wie Eure Apothekerin, was?« Sie trank abermals aus der Flasche. »Und Jasper? Macht er Lucie viel Freude?«

Würde er den ganzen Haushalt durchexerzieren müssen? »Jasper lernt gut und merkt sich alles schnell. Er ist folgsam und stets guter Dinge. Lucie könnte keinen besseren Gehilfen haben.«

»Gut.« Magda seufzte, verschloß die Flasche und steckte sie in einen Beutel an ihrer Taille. Dann streckte sie ihre Arme und ihre Beine zum warmen Feuer hin aus. »Tut das gut. Das ist schön warm. Also, Magda wird mit Euch morgen ins Kepwick-Moor reiten.«

»Warum?«

»Um einen Schäfer aufzusuchen.«

»Jemand, der etwas über Ned oder die anderen weiß?«

Magda zuckte gleichmütig die Achseln.

»Ins Kepwick-Moor. Soweit sind meine Männer bestimmt nicht geritten.«

Mit einem Kienspan stocherte Magda im Feuer herum. »Ihr sagt, nicht so weit.« Sie wandte sich zu ihm um und blickte ihn mit ihren listigen Augen an. »Und wenn sie sich verirrt haben? Oder auf der Flucht waren? Zu Pferd?«

Die Männer waren jetzt ganz still geworden und versuchten, etwas mithören zu können.

»Was wißt Ihr, Magda?« fragte Owen.

»Magda kann Euch bei Morgengrauen mitnehmen. Aber nur Euch allein. Niemanden sonst.«

»Warum nicht auch meine Männer?«

»Ihr wollt Antworten von einem Schäfer bekommen? Schäfer mögen Fremde nicht besonders. Nym ist anders, deshalb konnte Magda ihn auch zur Abtei schicken. Aber dieser wird nicht mit einem Trupp von Männern sprechen. Nur mit einem einzelnen …« Sie zuckte die Schul-

166

tern. »Vielleicht.« Sie erhob sich und zog ihren Umhang fester um sich. »Magda wird morgen wie ein kleiner Herr reiten. Haltet zwei Pferde bei Sonnenaufgang bereit.« Als sie zur Tür ging, blieb sie vor einem der Bilder stehen, das einen Falken zeigte, mit weit ausgebreiteten Flügeln und nach unten gesenktem Kopf, der nach Beute spähte. Magda rümpfte die Nase, zuckte erneut die Schultern und verschwand.

Nachdem sie einen Tag quer durch das Hochmoor geritten waren, fragte Magda, als es dunkel zu werden begann: »Seht Ihr das dort?«

Owen blinzelte, sah aber nichts als Heidekraut, das man im abnehmenden Licht nicht mehr richtig erkennen konnte. »Ich höre einen Hund bellen.«

Magda nickte und deutete in eine bestimmte Richtung.

»Aha.« Jetzt erblickte Owen die Gebäude: zwei grasge-deckte Hütten, die nicht weit von ihnen entfernt waren.

Als sie die größere Hütte erreichten, erschien eine kno-chige, hochgewachsene Frau mit harten Augen und blieb in der Tür stehen. Ein paar vorwitzige Haarlocken schau-ten unter ihrer Leinenhaube hervor, schwarz und von schmalen grauen Strähnchen durchzogen. Owen vermu-tete dies, denn im Dämmerlicht konnte er Farben nicht mehr richtig erkennen. Der bellende Hund mußte sich in der kleineren Hütte dahinter befinden. Owen überlegte, wie die Frau so ruhig dastehen und das Bellen überhören konnte.

»Was willst du von uns, Witwe Digby?« Die Frau warf einen Blick auf Owen und schaute dann wieder zu Magda. »Ist das der einäugige Spion, der für deinen Erz-bischof arbeitet?« Sie sprach leise und klang unfreund-lich.

Magda ging einige Schritte auf sie zu und baute sich vor ihr auf, die Hände in die Hüften gestemmt. »Haupt-mann Archer ist gekommen, um mit dem Schäfer zu spre-chen, Asa.« Magdas Stimme klang genauso unfreundlich wie die von Asa.

Owen erkannte den Namen, diese Frau war also die Künstlerin, die die Wandzeichnungen angefertigt hatte. Sie entsprach überhaupt nicht seinen Erwartungen.

Ihr mißtrauischer Blick fiel erneut auf Owen. Asa schüttelte den Kopf, streckte ihre Hände aus und hielt sich am Türrahmen fest, als wolle sie den Eingang versperren. »Er hat Euch gar nichts zu sagen, Hauptmann.«

»Laß ihn doch selbst entscheiden, ob er mit dem Hauptmann sprechen will«, erwiderte Magda mit fester Stimme.

Irgend jemand packte Asa von hinten an der Schulter. »Was ist los?« Ein Kopf schaute über ihre Schulter hinweg nach draußen. »Witwe Digby. Asa, geht beiseite!«

Asa drehte sich um und flüsterte dem Mann etwas zu. Er jedoch schob sie weg und trat nach vorne.

»Ned!« Owen streckte die Hand nach seinem Freund aus. Daß Ned in einem ziemlich merkwürdigen Aufzug steckte, war ihm zunächst gleichgültig, so sehr freute er sich darüber, seinen Freund lebend wiederzufinden. Ned sah jedoch wirklich mehr als seltsam aus. Dieser üblicherweise elegant herausgeputzte Mann war verlottert, unrasiert, ungekämmt und abgemagert und trug ein zerlumptes, unförmiges Obergewand; seine Fingernägel waren eingerissen und schmutzig.

Ned hob die Augenbrauen. Selbst seine braunen Augen blickten nicht mehr so offen drein wie sonst. »Owen? Wie hast du mich gefunden?«

Gott sei Dank erkannte er ihn wenigstens. »Magda hat mich rufen lassen.«

Ned hob den Kopf und blickte mit zusammengekniffenen Augen hinter Owen. »Und wo sind die anderen?«

»Sie wissen nichts. Sie sind nicht mitgekommen.«

Ned holte tief Luft, nickte und machte einen Schritt zurück auf Asa zu. Seine Bewegungen hatten sich genauso verändert wie seine Augen, waren langsam und schwerfällig geworden. Ein deutlicher Gegensatz zu Asas unfreundlichen Blicken.

»Es wird dunkel und kühl«, sagte Magda. »Willst du nicht Magda und den Hauptmann in dein Haus bitten?«

»Warum?« fragte Asa.

Ned warf ihr einen kurzen Blick zu. »Es sind meine Freunde, Asa.« Endlick kam ein wenig Leben in ihn. Er trat beiseite und lud sie ein, ihm ins Haus zu folgen.

Drinnen war es eng, dunkel und rauchig, aber über einem Feuer hing ein Topf mit einem nach köstlichen Kräutern duftenden Essen. Ned deutete auf eine Bank an der Wand. »Holt sie hierher ans Feuer, und ruht euch ein wenig aus.«

Owen bot ihm seinen Weinschlauch an. »Möchtest du etwas trinken? Etwas, das dich wärmt?«

Ned griff nach dem Schlauch, doch Asa fiel ihm in den Arm. Ned zog seine Hand zurück.

»Warum lehnst du den Wein ab?« fragte Owen. Er hatte es noch nie erlebt, daß Ned auf einen guten Schluck verzichtet hätte.

Magda rümpfte die Nase. »Weil Asa, die sich eine Heilerin nennt, den Bauch Eures Freundes mit Mittelchen gefüllt hat, die seinen Geist trüben. Und Wein könnte ihm seinen Verstand vollends rauben.«

»Schweig, altes Weib! Sie beruhigen ihn nur, sie trüben nicht seinen Geist«, widersprach Asa.

Magda rollte mit den Augen und rümpfte die Nase.

Asa kniete sich nieder und rührte den Inhalt des Topfes um.

Owen schaute von der einen Frau zur anderen und überlegte, was für eine Beziehung zwischen den beiden bestand. Er hatte noch nie erlebt, daß irgend jemand Magda so respektlos behandelt hatte. Dieser schien das jedoch nichts auszumachen. »Warum brauchst du Beruhigungsmittel?« wollte Owen von Ned wissen.

Ned schaute hinab auf seine Hände. »Weißt du, was mit Mary geschehen ist?«

»Ja. Und es tut mir so leid, ich weiß gar nicht, was ich sagen soll.« Owen deutete mit dem Kopf zu Asa. »Helft Ihr ihm etwa dabei, das zu vergessen?«

Asa sah Owen an. »Wäre es Euch lieber, daß Euer Freund leidet?«

»Ich wollte sterben, und ihre Mittel haben diesen

Wunsch gedämpft. Aber es gibt kein Vergessen für mich.«
Ned erhob sich. »Komm. Ich muß dir etwas zeigen.«

»Jetzt nicht.« Asa stellte sich mit ausgestreckten Händen vor Ned und versperrte ihm den Weg.

Er versuchte, sie beiseitezuschieben. »Laßt mich durch.«

Sie rührte sich nicht von der Stelle.

»Am Morgen, Dolchwerfer«, sagte Magda. »Bei Tageslicht.« Sie berührte Owen am Arm. »Magda weiß eine Stelle, wo wir die Nacht verbringen können, nicht allzu weit entfernt von hier.«

»Das ist nicht nötig«, mischte sich Asa ein und seufzte ungeduldig. »Hier ist genügend Platz für euch alle. Nur laßt Ned heute abend in Ruhe. Stellt ihm keine Fragen.«

»Wenn du mir versprichst, ihm keine Beruhigungsmittel mehr zu geben«, erwiderte Magda.

Owen spürte, daß die beiden Frauen ihre Kräfte maßen, während sie sich gegenseitig mit stahlharten Augen musterten.

Asa war die erste, die wegschaute. »Ich werde ihm heute abend nichts mehr geben.«

»Dann nehmen wir dein Angebot gerne an, Magda und Vogelauge ein Bett für die Nacht zu bereiten.« Magda lächelte schwach.

Owen hatte das Gefühl, einen Raum betreten zu haben, in dem gerade eine interessante Geschichte erzählt wurde.

Das unablässige Bellen des Hundes begleitete das Abendessen. Schließlich konnte es Owen nicht länger ertragen. »Was ist denn mit dem Hund los?«

Ned und Asa wechselten einen Blick.

»Schäferhunde sind darauf abgerichtet, Wölfe abzuwehren«, sagte Asa. »Aber einige kommen damit nicht zurecht und vergessen, daß sie nur Wölfe angreifen sollen. Die muß man dann anbinden, wenn sie nicht arbeiten. Und das gefällt ihnen nicht.«

»Warum hast du ihn außer Sichtweite seines Herrn an-

170

gebunden?« fragte Magda. »Es ist eine Quälerei, ihn allein einzusperren.«

»Was verstehst du denn von Hunden?« entgegnete Asa.

»Mehr als du jedenfalls«, sagte Magda und wandte sich wieder ihrem Essen zu.

Ned legte seinen Löffel mit einem lauten Klappern beiseite, griff nach einer Laterne und ging zur Tür. Er winkte Owen, ihm zu folgen. »Komm. Ich zeig' ihn dir.«

Sie gingen auf die kleinere Hütte zu. Als sie sie betraten, verwandelte sich das laute Bellen in ein leises Wimmern. Ned stellte die Laterne auf ein Podest. Ein dunkler Hund mit einem vom Alter ergrauten Fell war an einen Pfosten gebunden. »Nym hat mir seinen alten Hund gegeben, damit er mir bei den Lämmern hilft«, sagte Ned. »Er ist nicht bösartig, sondern ein guter Wachhund. Ich habe ihn nicht deswegen festgebunden, weil ich Angst hätte, daß er Menschen anfällt. Er ist ziemlich brav. Aber er läuft immer wieder hinunter zum Bach, und da kann ich ihn nicht hinlassen.« Neds Stimme klang jetzt lebhafter. Es schien, als habe das Essen die Wirkung des Mittels abgeschwächt, das Asa ihm verabreicht hatte.

»Warum willst du ihn vom Bach fernhalten?«

Ned schaute Owen an. »Dort liegen Leichen. Er hat sie gefunden. Und er ist viel zu neugierig.«

Gütiger Himmel. »Willst du uns das morgen zeigen?«

Ned wandte sich ab und kniete sich neben dem Hund nieder, der sich auf seinen neuen Herrn stürzte und vor Freude laut hechelte. »Gervase und Bardolph liegen im Bach. Jawohl.« Seine Stimme klang erstickt. Er legte einen Arm um den Hund, als suche er Trost.

»Gervase und Bardolph«, wiederholte Owen. Es wurde immer schlimmer. »Wurden sie von der Flut überrascht?«

»Nein. Sie sind an Händen und Füßen gefesselt.«

Das kannte er schon. »Waren sie mit dir hierher ins Moor gekommen?«

»Nein. Ich kam allein hierher.«

»Was wollten Gervase und Bardolph hier?«

»Das weiß ich nicht.«

»Ned.«

Ned wandte sich Owen zu. »Ich weiß es nicht, Owen. Der Hund hat die Leichen gefunden. Erst dadurch habe ich erfahren, daß sie hier waren.«

Owen kam dies sehr unwahrscheinlich vor. »Was ist in jener Nacht passiert, Ned? Hast du Don Ambrose gefunden?«

Ned rieb sich die Augen und schüttelte nervös den Kopf. »Ich bin einfach drauflosgeritten. War betrunken. Hätte mich beinahe selbst umgebracht. Aber ich mußte einfach weg von Abt Richard, der um alles ein solches Theater machte, sich aber nicht um das kümmerte, was wirklich zählte. Als ich wieder nüchtern war, versuchte ich zurückzureiten. Um den Mönch zu suchen. Um herauszufinden, was er über Mary wußte. Aber ich verirrte mich.«

Owen hatte noch nie erlebt, daß Ned sich verirrt hatte. Er war das Leben in freier Natur gewohnt. Außerdem hätte ihm jeder den Weg nach Rievaulx oder Fountains weisen können. »Ist dir jemand gefolgt?«

Ned blieb in der Hocke neben dem Hund sitzen und streichelte ihn. »Das vermute ich. Schließlich habe ich dann die zwei Leichen hier ganz in der Nähe gefunden.«

Ned schien jetzt wieder einen klaren Kopf zu besitzen. Und es gelang ihm auch, unangenehmen Fragen geschickt auszuweichen. Sein Verstand hatte keinen bleibenden Schaden davongetragen. »Wann hast du die Leichen entdeckt?«

»Vor ein paar Tagen.«

»Hast du Asa geholt?«

»Nein, sie ist gekommen, um mich zu suchen.«

»Und sie hat es Magda erzählt?«

»Sie blieb hier. Asa ist nicht ins Dorf zurückgekehrt. Sie hätte es Magda niemals erzählt. Sie mag die Flußfrau nicht.«

»Das scheint auf Gegenseitigkeit zu beruhen. Dann bist du also in dieser Nacht allein losgeritten und hast nach dem Dorf gesucht, in dem Nym wohnt?«

»Das ich schließlich auch gefunden habe.«

»Aber dann hast du dich entschlossen, hierzubleiben?«

Ned zuckte die Schultern. »Diese Frau. Asa. Sie hat gesagt, sie könnte mir helfen zu vergessen.«

»Ist es das, was du willst? Vergessen, was Mary widerfahren ist? Vergessen, daß du sie geliebt hast? Vergessen, daß du gegenüber Lancaster in der Pflicht stehst?«

»Lancaster.« Ned streichelte den Hund. »Ich habe in letzter Zeit nur noch selten an den Herzog gedacht. Aber es stimmt nicht, daß ich Mary vergessen möchte.« Die Stimme versagte ihm; er vergrub den Kopf im Fell des Hundes und begann zu weinen.

Owen setzte sich in das feuchte Heu und schloß sein Auge. Er würde nach Teer und feuchter Erde riechen, und am nächsten Tag würde ihm sein Rücken weh tun wegen der Feuchtigkeit, doch er wollte einfach hier ruhig sitzenbleiben und nachdenken und warten, bis Ned sich wieder gefangen hatte. Er mußte sich seine Fragen überlegen. Mußte sich klar werden darüber, was er glauben konnte und was weniger überzeugend klang. Eines jedoch war sicher: Ned verschwieg ihm eine ganze Menge.

14

Leichen im Bach

Die Grashütte war von Feuchtigkeit durchdrungen. Owen wachte mit einer schmerzenden Schulter und dem Geschmack feuchter Erde im Mund auf. Im Raum war es ziemlich dunkel. Er richtete sich auf und wartete, bis sich sein Auge an die Dunkelheit gewöhnt hatte. Als er Umrisse erkennen konnte, stellte er fest, daß Ned nicht mehr da war. Er mußte sich wohl zu heftig bewegt haben, denn Asa hob den Kopf.

Er ist mit den Schafen draußen«, flüsterte sie, »und läßt dem Hund Auslauf. Er hat sich nicht aus dem Staub gemacht.«

»Ich gehe 'raus zu ihm. Wie finde ich ihn?«

»Geht einfach der Sonne nach. Das Gelände hier ist zu feucht für Schafe.«

Als Owen durch den Morgennebel ging, hörte er den Hund bellen. Er mußte noch an einem Felsvorsprung vorbei, dann hatte er Ned eingeholt, der gerade damit beschäftigt war, die gewobenen Matten zu entfernen, die die Herde während der Nacht schützten. Die blökenden Schafe liefen wie blind durcheinander, prallten aufeinander, stießen auch gegen Ned. Er tätschelte liebevoll ihr zottiges Fell und setzte seine Arbeit fort, war viel geduldiger, als Owen ihm zugetraut hätte. Der Hund rannte draußen den Schafen hinterher, die sich langsam zerstreuten, und bellte etwas an, das Owen nicht sehen konnte.

»Warum bellt der Hund denn so?« fragte er.

Ned wandte sich um. Er schien nicht überrascht zu sein, Owen zu sehen, und zuckte die Schultern. »Vielleicht hat er die Alterstollwut. Oder vielleicht hat er Malcolm entdeckt. Der sollte schon längst hier sein, und der Hund weiß das.«

»Kann ich dir helfen?«

»Verstehst du was von Schafen?«

»Was hast du denn bis vor kurzem über Schafe gewußt?«

»Als ich irgendwann im Sommer zu meinem Cousin geschickt wurde, um ihm zu helfen, habe ich mich auch mit Schafen beschäftigt.«

»Meine Familie hatte Ziegen.«

»Die sind besser zu halten als Schafe. Sind klüger.«

Owen betrachtete die zottigen, recht verwirrt wirkenden Tiere. »Nun, ich glaube, es besteht keine Gefahr, daß sie mich überlisten.«

Das Hundegebell veränderte sich. Ein Mann näherte sich mit hocherhobenen Händen, die Handflächen nach außen gerichtet.

»Das ist Malcolm«, sagte Ned. »Er kann jetzt übernehmen.«

Ned sagte kein Wort, als sie zum Haus zurückkehrten.

Als die vier das Tal erreichten, stand die Sonne noch immer tief am Himmel. Ein Birkenstamm leuchtete weiß in der dunstigen Morgendämmerung. Es war ein geschütztes Tal, durch das der Bach rauschte, der vom Tauwetter des Frühlings und den letzten Stürmen angestiegen war. Und wie auf Kommando hielten die vier Reiter an, keiner wollte weitergehen. Erst als Ned sie antrieb, setzten sie ihren Weg fort.

Owen war beunruhigt über das Schweigen seines Freundes. Ned hatte gesagt, er wolle Don Ambrose finden und herausbekommen, was der Mann über Marys Tod wußte, aber er hatte Owen nicht gefragt, ob man den Mann inzwischen entdeckt habe. Wußte Ned bereits, daß Don Ambrose tot war? Wie hatte er es erfahren? Und Gervase und Bardolph: Ned hatte nicht gefragt, weshalb sie oben im Moor gewesen waren. Oder warum Owen hierhergekommen war. Wirkte Asas Mittel immer noch? Oder vermied Ned zu reden, um nicht zu viel preiszugeben?

Lucie, Lucie, was war ich für ein Narr! Was als ganz normale Reise begonnen hatte, mit dem Ziel, mit den Zisterzienser-Äbten zu reden und dem König darüber Bericht zu erstatten, hatte sich zu einem Alptraum entwickelt, der vielleicht einen Freund vernichtete.

War es Owens Schuld? Wie hätte er sich auf die unerwarteten Ereignisse vorbereiten sollen? Wie hätte er wissen können, daß Don Ambrose einen sehr seltsamen Humor besaß, da er ihn doch nur einen kurzen Augenblick gesehen hatte? Owen versuchte, noch einmal alles zu rekonstruieren. Er hatte den Mönch erst kennengelernt, als Neds Männer sich zum Aufbruch nach York versammelt hatten. Was war ihm an ihm aufgefallen? Er war schlank, hatte eine lange Nase und abfallende Schultern, die auf einen gelehrten Kleriker schließen ließen. Er hatte den zusammengekniffenen Blick eines Mannes, der ständig mit Manuskripten beschäftigt ist, und hielt ihn demütig gesenkt. Oder war es gar nicht Demut? Hatte irgend etwas an ihm auf Angst hingewiesen? Hätte ein etwas umsichtigerer Hauptmann im Verhalten des Mönchs erkannt, daß er Angst hatte?

Diese Selbstbefragung verursachte Owen Magenschmerzen. Er wandte den Blick vom vertrauten Rücken des Freundes ab und ließ ihn eine Zeitlang auf dem Boden verweilen, auf dem Farn- und Heidekraut. Er mußte sich nun auf eine Unannehmlichkeit anderer Art gefaßt machen. Auf der gegenüberliegenden Seite des Bachs entdeckte er ein Steinkreuz. »Ist das ein Wegweiser?«

»Ja«, erwiderte Asa. »Die Mönche haben es errichtet. Sie stellen überall welche auf – nach Rievaulx, nach Rosedale –, man kann ihnen wirklich nicht mangelnden Fleiß vorwerfen.«

Als sie am Bach angelangt waren, deutete Ned auf einen entwurzelten Baum, der flußaufwärts, wo der Bach langsamer wurde und sich an einem Felsen vorbeischlängelte, im Fluß schwamm. »Dort.«

Owen nahm von seinem Standort aus an, das Wasser spiegele lediglich den sich aufhellenden Himmel. Doch als er näherkam, entdeckte er die Leichen. Es waren zwei. Eine etwas weiter flußabwärts als die andere, unmittelbar unter der Wasseroberfläche, die andere zum Teil freiliegend. Sie mußten schon dort gelegen haben, als der entwurzelte Baum auf sie zugeschwommen war. Die Strömung hatte ihn langsam über die Leichen gezogen; dabei hatten die Zweige den Männern übel mitgespielt, ihre Haut aufgerissen und die Kleidung zerfetzt oder ganz weggerissen. Was hatte sich Ned dabei gedacht, als er sie dort hatte liegen lassen?

»Kann man die Leichen vom Weg aus sehen?« fragte Owen.

Asa schüttelte den Kopf. »Aber ein durstiger Reisender könnte auf sie stoßen.«

»Wer sie hier zurückgelassen hat, wollte, daß sie entdeckt werden.«

»Genau. Waren ganz schön dumm.«

Der Wind pfiff an Owens Ohren vorbei, klang wie ein schauriger Grabgesang.

»Ned, hilf mir, den Baum hochzuheben.« Owen reichte Magda seinen Umhang und kauerte sich am Ufer nieder.

Ned folgte Owens Beispiel. Gemeinsam griffen sie nach dem Baum und stemmten ihn hoch, aber Zweige hatten sich im Haar und in den Kleidern der Leichen verfangen. Owen lehnte sich zurück und schüttelte den Kopf. »Wir müssen ins Wasser waten.«

Sie zogen ihre Stiefel aus, dann ihre Gamaschen.

Als Asa stehenblieb, um ihre Kleidung einzusammeln, sagte sie: »Ihr werdet frieren, Ned. Das ist Schmelzwasser.« Owen entging nicht die zärtliche Besorgtheit in ihrer Stimme.

»Wie sollen wir sie sonst herauskriegen?« fragte Ned in barschem Ton. Offensichtlich war er unempfänglich für Asas Fürsorge. Er watete ins Wasser.

»Bleibt nicht zu lang drin, Hauptmann Archer«, sagte Asa.

»Keine Angst. Ich habe keine Lust, mir die Zehen abzufrieren.«

Asa schien zufrieden zu sein und zog sich mit den Kleidern zurück.

Owen watete ins Wasser. Asas Warnung war unnötig

gewesen. Er würde in diesem Eiswasser nicht länger als notwendig verweilen. Die Strömung war stark, so daß sich das Wasser um sie herum nicht aufwärmte. Das war gewissermaßen ein Segen, denn der Gestank der Leichen erzeugte Brechreiz. In warmem Wasser wäre es noch schlimmer gewesen.

Die beiden Männer arbeiteten schweigend, lösten die Zweige von den Leichen. Schließlich nickten sie einander zu, hievten den Baum hoch und schleuderten ihn weit weg vom Felsen. Dann beugten sie sich zu den Leichen hinunter, trugen eine nach der anderen ans Ufer und stolperten dabei fast über ihre eiskalten Füße.

Als Owen wieder an Land war, sich abgetrocknet und angekleidet hatte, kniete er sich neben die Leichen. Gervase hatte ein Auge eingebüßt, aber sonst war sein Gesicht unversehrt. Das andere Gesicht war so entstellt, daß Owen die Gesichtszüge nicht erkennen konnte. »Wie konntest du Bardolph identifizieren?«

Ned, der immer noch mit seinen Stiefeln beschäftigt war, warf einen Blick auf die Leiche und zuckte die Achseln. »Als ich ihn das erste Mal gesehen habe, sah er noch nicht so schlimm aus. Sein Gesicht war so unversehrt wie das von Gervase.«

Welche Verwüstung hatte es erlebt! »Warum hast du sie im Fluß liegen lassen?«

»Wer hätte mir helfen sollen?« Ned erhob sich und gesellte sich zu Owen, wich aber seinem Blick aus.

Owen hatte das Gefühl, ein Fremder stehe neben ihm. Der Ned, mit dem er Seite an Seite gekämpft hatte, hätte die Leichen selbst weggeschafft, auch wenn es noch so lange gedauert hätte und noch so mühsam gewesen wäre. Genau wie Owen es auch getan hätte. »Wie konntest du sie nur da draußen liegen lassen? Sie hätten ja weiter stromabwärts getragen werden können.«

Ned zuckte die Achseln, sagte aber nichts.

Magda kauerte sich neben Owen und entfernte vorsichtig die zerfetzte Kleidung vom Oberkörper der Leiche, die Ned als Bardolph identifiziert hatte, und lehnte sich zurück.

»Seht Ihr es auch?«

Owen nickte. »Stichwunden.« Zusammen mit den gefesselten Händen und Füßen war das das Kennzeichen des Mörders oder der Mörder von Don Ambrose. Owen drehte die Leiche auf den Bauch. Der Rücken war zu zerschunden, um darauf noch weitere Spuren entdecken zu können.

Ned erhob sich und entfernte sich. Asa folgte ihm.

Owen blickte ihnen nach, konnte kaum seinen Ärger bezähmen.

Magda versuchte vorsichtig, Gervase zu entkleiden.

Owen drehte Bardolphs geschundenen Körper erneut auf den Rücken. Ob tot oder nicht, entstelltes Gesicht oder nicht, er konnte nicht die Leiche mit dem Gesicht nach unten liegen lassen. Und dann entdeckte er, was ihm hätte sofort auffallen müssen: die verstümmelte rechte Hand, den Daumen und zwei Finger, die der Mann vor langer Zeit verloren hatte und deren Wundstelle längst vernarbt war. »Das ist Heinrich und nicht Bardolph.« Die beiden hatten eine ähnliche Gestalt, aber die Hand – wie hatte Ned die Hand übersehen können? Und jetzt, da Owen den Mann sich nochmals näher anschaute, stellte er fest, daß er viel mehr Haare als Bardolph hatte und diese zudem dunkel waren. Er hatte gedacht, es wäre Bardolph, weil er es erwartet hatte. Weil Ned gesagt hatte, es sei Bardolph. Aber warum? Owen blickte zu Magda hoch, die ihn mit traurigem Gesichtsausdruck beobachtete. »Warum sollte Ned lügen?« fragte er.

Magda schüttelte den Kopf. »Der Dolchwerfer verbirgt etwas. Magda kann das nicht erkennen.« Sie beugte sich über die andere Leiche. »Ist das Gervase?«

Owen wandte sich von Heinrich ab und kniete sich neben Gervase. »Ja.«

»Man hat in die Brust gestochen«, sagte Magda. »Aber seht nur.« Sie deutete auf eine Wunde am rechten Vorderarm.

Owen drehte die Leiche herum. Der Mann war außerdem zweimal in den Rücken gestochen worden. »Er hat sich gewehrt.«

Magda seufzte, erhob sich und bearbeitete mit den Fäusten ihr Hinterteil. »Magda altert jeden Winter schneller.« Sie stampfte mit den Füßen auf und rieb sich die Hände, dann zog sie die Flasche Branntwein aus dem Beutel an ihrer Taille und trank. »So. Wo sollen die Kerle liegen? Habt Ihr vor, sie zu ihren Männern zurückzubringen, oder wollt Ihr sie hier begraben?« Sie reichte Owen die Flasche.

»Wir werden sie hier begraben, dann muß ich Ned zum Trupp zurückgeleiten und dann nach York weiterreiten.« Owen nahm einen Schluck Brandy und spürte, wie es ihm heiß in der Kehle wurde.

Magda grinste. »Euch fröstelt auch, ja?«

Owen lachte, als er ihr die Flasche zurückgab. »Natürlich ist mir kalt. Ich war im Bach.«

»Werdet Ihr gleich zurückreiten?«

»Ja. Wo ist Neds Pferd?«

»Im Dorf.«

»Und seine Kleidung?«

Magda nickte, wobei ihre wachen Augen seine Reaktion beobachteten.

Warum? Was bedeutete das? »Wollte Asa sagen, daß sie ihn dort versteckte?«

Magda zuckte die Achseln.

Das mußte es sein. »Deshalb ihre Verärgerung. Sie wollte, daß wir sein Pferd und seine Kleider finden, aber nicht Ned. Sagt, Magda, hätte sie uns ein Grab gezeigt und uns erzählt, er sei gestorben, so daß wir nicht länger nach Ned suchten?«

Magda blickte in die Richtung, die Asa und Ned eingeschlagen hatten, und legte die Hand über die Augen. »Magda kennt Asas Herz nicht.«

»Ihr habt Ned entdeckt, als Ihr hier eingetroffen seid und nach uns geschickt habt. Daher ist die Abneigung zwischen Euch und Asa.«

Magda, die immer noch so tat, als suche sie den Horizont ab, sagte: »Geht zu Ned. Begrabt diese Männer, bevor Nyms alter Hund tollwütig wird und seine Leine durchbeißt.«

»Warum behandelt Euch Asa so?«

»Warum macht Ihr Euch Sorgen um Magda und Asa?«

»Asa hat Ned beeinflußt. Wenn ich sie verstanden hätte, hätte ich auch besser verstanden, was mit ihm geschehen ist.«

»Asa hat nichts getan, was Euch in Sorge versetzen müßte. Sie wollte Euren Freund beruhigen. Das ist ihre Art des Heilens. Magda nennt es nicht so, aber das interessiert Euch nicht. Euer Freund hat seinen eigenen Weg gewählt, das ist sein Problem.«

Owen war nicht überrascht, daß Magda ihm diese Frage nicht beantwortete. Aber seine Neugier war geweckt. »Was tut Ihr hier im Moor, Magda? Ihr müßt ja hier hochgekommen sein, als es noch schneite.«

Magda bedachte ihn mit einem rätselhaften Blick von der Seite. »Ihr habt schon genug Sorgen, müßt Euch nicht auch noch um Magdas Kommen und Gehen Gedanken machen, Vogelauge.«

»Ist das Eure ganze Antwort?«

»Ihr müßt Leichen begraben.«

Owen murrte, begab sich aber auf die Suche nach Ned. Er nahm sich vor, es bald noch einmal zu versuchen.

Die Spätnachmittagssonne lockte Lucie aus dem Laden in den Kräutergarten. Die frische Luft tat ihr gut. Sie stand auf dem Weg und betrachtete ihr Reich. Der Lavendel und die anderen Pflanzen mußten unbedingt zurechtgeschnitten werden, bevor das Frühlingswachstum begann. Sie lächelte. Jasper würde sie rufen, wenn ein Kunde käme, und Tildy hatte die Wiege dicht neben sich stehen, wenn sie arbeitete, also konnte sie ungeniert eine Weile hier draußen bleiben und den Lavendel und andere Kräuter zurechtstutzen und nebenher überlegen, welche Frühjahrsaufgaben sie Owen und Jasper übertragen würde.

Owen. Würde er überhaupt hier sein? Er hätte eigentlich schon heute bei ihr sein sollen, um die winterfesten Sämlinge zu pflanzen, die Ende des Winters im Gartenschuppen angesät worden waren. Er wäre hier, wenn er Ned nicht in Schwierigkeiten gebracht hätte. Verrückter Kerl. Warum hatte er nicht auf sie gehört? Lucie konnte sich nicht darüber freuen, daß sie recht behalten hatte. Sie war beunruhigt, ja mehr als das, sie fürchtete um Ned.

Owen hatte Johannes einen Brief mitgegeben, den sie vor zwei Tagen erhalten hatte. Lucie erfuhr, daß Mary ertrunken war, Don Ambrose Angst vor Ned hatte, Ned und der Mönch verschwunden waren, zudem berichtete er ihr von Abt Richards Anschuldigungen. Sie betete darum, Owen möge Ned finden, bevor er von jemandem gefunden wurde, der weniger verständnisvoll war.

Sie blickte hoch, als sie vom Nebenhaus Geräusche hörte. John Corbetts Haus war jetzt ihres. Schließlich hatten Corbetts Kinder, zu Lucies Erleichterung, ihre Erbstücke abgeholt. Sie fühlte sich etwas unbehaglich über das großzügige Geschenk ihres Vaters – Sir Robert hatte das Haus für sie erworben, damit sie genug Platz für ihre immer größer werdende Familie hatte. Aber es gehörte jetzt nun einmal ihr, und sie mußte dafür sorgen, daß es auch wirklich ihres wurde. Sie blickte zum ersten Stock hoch, zu dem verglasten Fenster, das zum Garten lag. Das würde ihre und Owens Schlafkammer werden.

»Mistress Lucie«, rief ihr Jasper von der Küche aus zu, »Master Fortescue will seine Augentropfen holen. Soll ich sie fertigmachen?«

Lucie richtete sich auf, legte die Hand über die Augen. Der Schreiber der Wollhändlergilde war ein Stammkunde, holte immer die gleichen Augentropfen. Jasper hatte sie unter ihrer Anleitung schon zweimal zusammengestellt. »Ich glaube, du schaffst es allein, nicht wahr?« Jasper war sehr stolz und nickte. »Fein.« Als er wieder verschwunden war, bekreuzigte sich Lucie und sprach ein Stoßgebet. Sie fühlte sich so ängstlich wie ein Vogel bei seinem ersten Flug, mußte Jasper unbedingt vertrauen.

Owen war sehr wortkarg, bis sie die Grashütte erreicht und sich mit Essen und Bier gestärkt hatten. Dann schlug er vor, mit dem Hund einen Spaziergang zu machen. Ned begab sich mit Owen zum Nebengebäude.

Sobald sie außer Sicht waren, wandte sich Owen um und versetzte Ned einen Kinnhaken, der ihn umwarf. »Was für ein Spiel treibst du da, du Trottel?«

Ned rieb sich das Kinn, untersuchte seine Zähne, rappelte sich auf, bürstete sich ab und wandte sich dem bellenden Hund zu.

Owen eilte ihm hinterher und packte ihn am Ellbogen. Ned versuchte, ihn abzuschütteln, aber Owen ließ nicht los.

Ned drehte sich um, ließ die Schultern hängen. »Und nun?«

»Wie lange wolltest du mich noch an der Nase herumführen? Wie lange, hast du gedacht, würde es dauern, bis ich Heinrich erkennen würde?«

»Du hast länger gebraucht, als ich vermutet hatte.« Ned vermied es, Owen anzusehen, und zeigte eine unbewegliche Miene.

»Und was hattest du davon?«

Ned zuckte die Schultern. »Es hätte ja sein können, daß es dir entgangen wäre.«

»Und dann?« Owen hatte das Gefühl, ein unfolgsames Kind auszufragen.

Ned rieb sich über die Stirn. »Ich bin verwirrt.«

»Du bist ein schlecher Schauspieler. Was verschweigst du mir, Ned?«

»Ich muß allein sein, möchte um Mary trauern.«

»Warum wollest du, daß ich annehme, es sei Bardolph und nicht Heinrich?«

Ned zuckte die Achseln.

Owen puffte Ned gegen die Schulter. Ned ballte die Fäuste. »Laß mich in Ruhe.«

»Ich bin dein Freund, oder war es. Und dein Hauptmann. Aber du benimmst dich wie ein Fremder. Was hat Asa mit dir angestellt?«

»Sie trifft keine Schuld. Sie war freundlich zu mir.«

»Klar, sie liebt dich ja.«

Endlich flackerte Unsicherheit in Neds Blick auf. »Du weißt nichts über Asa.« Auch seine Stimme klang jetzt weniger selbstbewußt.

»Es war ein großer Fehler von Lancaster, dich als Spion einzusetzen. Du bist ja blind wie ein Maulwurf. Die Frau liebt dich von Herzen, das mußt du doch gemerkt haben.«

»Sie hat mir geholfen, weil ich mich verstecken mußte.«

Wenigstens ein Körnchen Wahrheit. »Du hast gesagt, du hättest dich verirrt. Du hast doch nicht erwartet, daß ich das glaube? Du hast Don Ambrose getötet und bist weggerannt, stimmt's?«

Neds Augen blitzten. »Du weißt, so feige würde ich mich nicht verhalten.«

Reingefallen. »Dann weißt du also, daß er tot ist.«

»Ich …«

Owen packte Ned an den Schultern. »Du hast mich lang genug zum Narren gehalten, Ned. Jetzt will ich endlich die Wahrheit wissen!«

»Du wirst mir doch nicht glauben.«

»Wie soll ich das beurteilen, wenn du mir nicht erzählst, was passiert ist? Erzähl mir endlich die Wahrheit, oder ich verprügle dich, bis ich blutige Knöchel habe.«

Ned schloß die Augen und ballte die Fäuste. Schweiß perlte über seiner Oberlippe. »In der Nacht, als ich geflohen war, kehrte ich auch wieder zu dem Gehöft zurück. Er lag im Gebüsch, seine Hände und Füße waren gefesselt, seine Brust blutverschmiert.«

»Don Ambrose?«

»Ja.«

»Und du hast gewußt, daß er es war?«

Ned starrte Owen an. »Um Himmels willen, setz deinen Zweifel sinnvoller ein. Du bist selbst schon oft nachts geritten. Du weißt, wie sich die Augen an die Dunkelheit anpassen. Und ich hatte gerade mit dem Mann gekämpft. Ich kannte seine Gestalt, seinen Geruch.«

»Und du warst sicher, daß er tot war?«

»Ich hörte keinen Herzschlag.«

»Also hast du ihn untersucht.«

»Ja. Dabei beschmierte ich mich mit seinem Blut. Und dann ist mir klargeworden, wie dumm ich war. Abt Richard hätte mich beschuldigt, sobald er das Blut gesehen hätte. Also habe ich ihn versteckt.«

»Du hast ihn versteckt?«

»Ich dachte mir, daß seine Angreifer zurückkommen würden, um das gleiche zu tun. Ich wollte den Abt bitten, eine versteckte Wache hier aufzustellen. Vielleicht Bruder Augustinus oder seinen Diener.«

»Hast du jemanden unter deinen eigenen Männern verdächtigt?«

»Zuindest mußte ich damit anfangen. Aber ich fand das Gehöft und den Stall leer vor. Ich hatte meine Männer verpaßt. Im Morgengrauen begrub ich ihn dann.«

»Du hast Don Ambrose begraben. Warum nicht auch Heinrich und Gervase?«

»Ich habe den Mönch nicht aus christlichem Pflichtgefühl begraben. Ich wollte ihn so zurücklassen, wie sein Kamerad Mary zurückgelassen hatte …im Wasser treibend …« Er schwieg und atmete tief durch. »Aber ich vermutete, daß der Abt einen Suchtrupp losschicken würde. Wenn sie nichts von Ambroses Tod wüßten, würden sie nach zwei Männern suchen. Sie würden nicht all ihre Kraft darauf verwenden, mich aufzuspüren. Und wenn sie von seinem Tod erfahren würden …« Er brummte.

»Du wolltest ihnen Angst einjagen.«

Ein zaghaftes Lächeln. Plötzlich griff Ned nach Owens Ärmel, sein Blick wirkte flehend. »Ich muß ihre Mörder finden, bevor die Spur verwischt ist.«

»Wovon redest du überhaupt?«

»Ich muß nach Windsor zurückkehren.«

»Das wirst du auch.«

Ned schüttelte den Kopf. »Ohne die Männer. Niemand erwartet mich. Ich wollte Don Paulus finden und herausfinden, wer Mary getötet hat.«

»Du verdammter Narr! Hast du noch nicht genug Ärger am Hals?«

»Ärger?« Ned zog eine Grimasse. »Mehr als das. Ich bin ein toter Mann, Owen. Egal, was ich anstelle. Laß mich zumindest ihren Tod rächen.«

Owen schüttelte den Kopf. »Nein.«

»Wenn es um Lucie ginge, würdest du genauso denken.«

Owen konnte dies nicht leugnen, doch er hoffte, seine Taktik würde besser sein als Neds, mit mehr Aussicht auf Erfolg. »Warum bist du so sicher, daß Marys Tod kein Unfall war?«

»Sie hatte sich in Windsor gefürchtet, wollte, daß ich bleibe. Wer würde sie beschützen, hatte sie mich gefragt. Ich nahm an, sie sei in Sicherheit. Als Zofe von Alice Perrers konnte ihr doch nichts geschehen.«

»Wer hätte einen Grund haben können, Mary etwas antun zu wollen?«

»Ich weiß es nicht. Sie war so gut, so freundlich. Sie konnte doch keine Feinde haben.« Ned rieb sich die Augen und wandte sich ab. »Vielleicht wollten sie im Grunde mich treffen. Vielleicht war sie ihr Pfand.«

»Wessen Pfand, Ned? Wer sind deine Feinde?«

»Ich weiß es nicht«, flüsterte Ned. »Lancaster hat viele Feinde.«

Ned wandte sich um. »Wenn sie hören, daß ich einen von ihnen für tot halte, sind sie vielleicht weniger vorsichtig und leichter zu finden.« Er hatte Tränen in den Augen, aber sein Gesichtsausdruck verriet Aufregung und Hoffnung. »Ich muß herausfinden, von wem Bardolph und Crofter ihre Anweisungen erhalten. Sie haben alles getan, damit der Verdacht auf mich fällt.«

»Du glaubst, sie haben Heinrich und Gervase ermordet?«

»Und Don Ambrose.«

»Warum?«

Ned zuckte die Schultern. »Ich bin Lancasters Mann, das genügt.«

»Das sagt gar nichts, Ned.« Aber sein Verdacht gegenüber Bardolph und Crofter war nicht so leicht zu zerstreuen.

186

An dem Abend, als Owen mit seinen Männern in der York Tavern eingekehrt war, hatte er geahnt, daß es Ärger mit ihnen geben würde. Crofter hatte Owen bewundert, weil er den Jongleur und seine Geliebte getötet hatte. Und Matthew hatte gesagt, daß es anfangs den Eindruck gemacht habe, als ob Don Ambrose Angst vor ihnen gehabt hätte, aber nicht Ned. »Bardolph und Crofter haben unter Wyndesore gekämpft.«

Ned nickte. »Und er unter dem Herzog von Clarence, Lancasters Bruder. Wyndesore hat Clarence beim König verleumdet.«

Owen schüttelte den Kopf. »Ich sehe den Zusammenhang nicht.«

Ned zuckte die Achseln.

»Und du hast bis jetzt keinerlei Beweis.«

»Ich wußte, du würdest versuchen, mich zurückzuhalten. Und jetzt weißt du, hinter wem ich her bin.«

»Warum hast du Heinrich und Gervase nicht begraben?«

»Asa und Malcolm haben sie beobachtet, wollten sehen, ob Bardolph und Crofter wegen der Leichen zurückkommen würden.«

»Nicht deinetwegen?«

Ned schüttelte den Kopf. »Ich glaube nicht, daß sie wußten, wie nah ich war. Dieser Fluß, der den Weg entlanggfließt, auf dem man zu den Abteien im Moor reitet, ist allgemein zugänglich – Abt Richard hätte bald von den Leichen erfahren. Und wen hätte er wohl beschuldigt?«

»Haben sie dich hier oben denn nicht entdeckt?«

Mit seiner schmutzigen Hand wühlte Ned in seinen verfilzten Locken. »Würdest du mich so erkennen, wenn du mich nur flüchtig kennengelernt hättest?«

Owen musterte seinen Freund von oben bis unten. »Nein. Und nicht einmal aus der Entfernung, obwohl ich dich gut kenne.«

»Da du jetzt alles weißt, mußt du mir helfen, daß sie ihrer gerechten Strafe zugeführt werden, ihre schändliche Tat aufgedeckt wird.«

Owen schüttelte den Kopf. »Es ist alles schon zu weit gediehen. Ich muß dich nach York zurückbringen, und zwar unter Bewachung.«

Ned blickte angewidert drein. »Ich werde mich aus dem Staub machen.«

»Du bist gestern auch nicht geflohen.«

»Um ehrlich zu sein, ich bin froh, daß ich zum Handeln gezwungen bin.«

»Du wirst nicht wegrennen. Du bist nicht so töricht, daß du mich hinters Licht führst.«

»Freundschaft kann eine schwere Last sein.«

Owen schüttelte den Kopf. »Ich habe mehr Grund zur Klage. Aber ich schwöre dir, Ned, ich werde alles über Mary herausfinden.«

Ned verzog das Gesicht. »Vielleicht kann ich dich noch umstimmen.«

Owen zweifelte daran. Wenn Ned so wie sonst wäre, vielleicht. Aber die Lügen und das lange Schweigen …

Noch bevor Owen und seine Männer in dem Weiler eintrafen, hatte sich die Kunde von ihrer Ankunft verbreitet. Die Männer erfuhren, daß die Witwe Digby mit ihm auf dem Pferd saß, ein Mann neben ihm ritt und ein Hund hinterherlief. Wer hatte sich ihnen angeschlossen? Die Männer warteten voller Neugier vor Asas Haus.

Matthew erkannte ihn als erster. »Hauptmann Townley!«

Ralph und Geoff traten vor, um nach den Zügeln zu greifen.

»Gott segne Euch, Hauptmann Townley«, sagte Ralph.

Ned nickte ihm zu, schwieg aber.

»Wißt Ihr etwas über die anderen, Hauptmann?« erkundigte sich Geoff.

»Zwei wurden begraben, die zwei anderen haben wir nicht gesehen«, erwiderte Owen. Ein Gemurmel erhob sich unter den Männern.

»Wen habt Ihr begraben, Sir?« wollte Geoff wissen.

»Heinrich und Gervase.«

Die Männer senkten die Köpfe und bekreuzigten sich. Ralph fragte: »Wie sind sie gestorben?«

»Sie wurden ermordet«, erklärte Owen.

Ralph wandte sich Ned zu. »Habt Ihr gesehen, wer es war?«

»Ich war nicht dabei.«

Einen Augenblick lang betrachtete Ralph Neds Gesicht. »Ah«, brummte er schließlich, nickte und zog sich zurück.

Als Owen Ralph beobachtete, erwartete er Ärger, doch er und Geoff gingen ihrer Arbeit nach. Owen, der sich immer noch unbehaglich fühlte, führte Ned in Asas Haus. Matthew, Curan und Edgar folgten ihm.

»Was geschieht als nächstes, Hauptmann Archer?« fragte Matthew.

»Wir werden Hauptmann Townley nach York geleiten, wo er die Entscheidung des Königs abwarten wird.«

Curan gesellte sich zu Ned. »Du scheinheiliger Feigling. Du hast sie und den Mönch getötet, nicht wahr? Was wußten sie über dich, sag es!«

Bevor Owen eingreifen konnte, hatte Ned Curan einen Kinnhaken versetzt. Aber damit begnügte er sich nicht. Er umklammerte ihn, stieß ihn zu Boden und schlug ihm eine blutige Nase, bevor Owen Ned zurückriß und zu Boden warf.

»Bringt Curan zu Magda«, befahl Owen Edgar und Matthew.

Ned stand langsam wieder auf, aber Owen schlug ihn wieder nieder. »Allmählich verliere ich die Geduld mit dir. Noch so ein Ausbruch von dir, und du reitest mit gefesselten Händen und Füßen nach York.«

»Bardolph und Crofter haben gute Arbeit geleistet. Jeder glaubt, ich sei schuldig.«

Owen schüttelte den Kopf. »Wenn du mit deiner Vermutung über sie recht hast, dann verhältst du dich genauso, wie sie es bezwecken, du Narr.« Er ging hinaus, um nach Curan zu sehen. Es würde ein langer Ritt nach York werden.

15

Quälende Gesichter

Owen, Ned und Matthew verbrachten die Nacht in Magdas Hütte. Ned und Matthew versorgten ihre blutigen Nasen und aufgerissenen Lippen, die sie sich bei Raufereien mit den anderen Männern zugezogen hatten, was aber auch nicht bewirken konnte, daß Neds guter Name wiederhergestellt wurde. Magda hatte die Trennung angeordnet, so daß sie ihren Frieden hatte.

In der Hütte war kein freier Platz mehr. Magda teilte sie mit einer jungen Frau, Tola, die kurz vor der Niederkunft stand. Aus diesem Grund kehrte Magda nicht mit Owen nach York zurück.

Owen hatte bis zum Abend die junge Frau nur flüchtig zu Gesicht bekommen. Er unterhielt sich mit ihr, während sie für alle fünf ein Mahl zubereitete. Ihr Mann kümmerte sich um die Schafe, die ihre Lämmer bekamen, und war froh, daß Magda Tola bei der Geburt des ersten Kindes helfen wollte.

»Warum habt Ihr wegen einer Hebamme ausgerechnet nach York geschickt?« fragte Owen. »Habt Ihr hier oben keine?«

Tola, die Owen den Rücken zugewandt hatte und die Suppe mit Kräutern würzte, zuckte die Schultern. »Wir hielten es für das beste.« Damit hatte sie Owens Versuche, sich mit ihr darüber zu unterhalten, unterbunden. Sie war sehr schweigsam. Oberflächlich betrachtet, konnte man sie für eine einfache Frau halten. Ein paarmal hatte Owen bemerkt, daß sie ihn beobachtete, hatte ihren Blick auf sich gefühlt, der so intensiv war wie der von Magda.

Als Owen später in die Dunkelheit starrte, stellte er noch etwas fest: Tola hatte starke Ähnlichkeit mit Asa.

Asa und Magda. Natürlich. Lucie hätte es früher bemerkt und die offensichtliche Verwandtschaft erkannt.

Er stand auf. Magda war hinausgegangen, nachdem sich alle für die Nacht eingerichtet hatten. Owen fand sie am Rand der Lichtung. Sie saß auf einem Stein und blickte zum Nachthimmel hoch.

»Ihr solltet bald wieder zu Eurer Familie heimkehren, Vogelauge. Seid Ihr glücklich?«

»Ihr wißt, daß ich es bin.«

»Warum könnt Ihr nicht schlafen? Das Pech des Dolchwerfers?«

»Magda, stimmt es, was Ned mir erzählt hat, weshalb er hierhergekommen ist?«

Magda schwieg. Owen warf ihr einen nachdenklichen Blick zu. Sie blickte wieder zu den Sternen hoch.

»Habt Ihr mir nichts zu sagen?«

»Nein. Es ist nicht Magdas Aufgabe, Euch zu sagen, ob Ihr Eurem Freund trauen könnt oder nicht. Ihr könnt es selbst beurteilen.«

Owen blickte ebenfalls zum Nachthimmel hoch. »Matthew glaubt, der Himmel über der Themse sei anders als dieser hier.«

»Der Junge hat Angst vor dem Moor, ja.« Magda tätschelte Owens Knie. »Das haben viele. «

»Warum lebt Eure Tochter oben im Moor? Und weshalb nennt man Euch hier Witwe Digby?«

»Magdas Tochter, eh? Und wer könnte sie sein?«

»Asa.«

Ein schnaubendes Lachen durchbrach die nächtliche Stille. »Seid Ihr jetzt unter die Spione gegangen, he? Wie habt Ihr es erraten?«

»Ich sehe Euch beide in Tola.«

»Tola sieht mehr wie Digby aus als wie Magda.«

»Wie Potter? Überhaupt nicht.«

»Nein, Vogelauge, wie Potters Vater.«

»War er Schafhirt?«

»Ja.«

»Aber es heißt, Ihr hättet immer an der Ouse gelebt.«

»Ja.«

»Habt Ihr nicht mit Eurem Mann zusammengelebt? Ihr tragt doch seinen Namen.«

Statt einer Antwort fing sie wieder an zu lachen.

»Erzählt mir von ihm.«

»Was wollt Ihr hören? Magda wurde in York gebraucht, Digby hatte seine Schafe.«

»Asa lebte bei ihrem Vater und Potter bei Euch?«

»Ja. Sie trafen die Wahl. Asa war schon immer ihres Vaters Tochter, war gern allein oben im Moor. Potter liebte den Fluß.«

»Aber auch Asa ist eine Heilerin.«

Magda schnaubte verächtlich. »Eine Heilerin? Asa spielt mit den schwarzen Künsten, als ob sie ihr nichts anhaben könnten. Zaubersprüche und Zaubertränke. Verrückte Asa. Magda warnte sie, aber sie hört nicht auf sie.« Die alte Frau erhob sich und strich ihre Kleider glatt. »Rasch ins Bett. Ihr solltet schlafen, Vogelauge. Ihr habt einen langen Ritt vor Euch, mit verdrossenen Männern.«

Owen stand ebenfalls auf. »Als ich Tola fragte, weshalb sie ausgerechnet eine Hebamme aus York wollte, sagte sie, sie hielte es für das beste. Warum hat sie mir nicht verraten, daß Ihr die Mutter ihrer Mutter seid?«

Magda stand vor Owen, die Hände in die Hüften gestemmt, und wiegte langsam den Kopf hin und her. »Ihr habt keine Ahnung von den Moorbewohnern. Warum sollte man sein Herz einem Fremden öffnen?«

»Meint Ihr die Moorbewohner oder den Digby-Clan?«

Magda schüttelte wieder den Kopf und gab ihm einen Wink, ihr zu folgen.

Owen ging hinter ihr her und wußte genau, daß er im Augenblick nicht mehr von der Flußfrau erfahren würde. Es war genug, um darüber nachzudenken, überlegte er, als er allmählich einschlief.

Erzdiakon Johannes war nach York zurückgekehrt. Owens Mann Alfred hatte ihn nicht aus den Augen gelassen, genauso wie die übrigen Männer, die nicht Owen und Abt Richard gefolgt waren. Nachdem Johannes einen

Boten zu Erzbischof Thoresby gesandt hatte, der ihm den traurigen Verlauf seiner Reise berichten sollte, widmete er sich wieder seinen Routineaufgaben. Einige Tage nach seiner Rückkehr setzte er sich einen ganzen Vormittag lang mit dem verantwortlichen Steinmetz zusammen, um mit ihm das langsame Voranschreiten der Marienkapelle des Münsters zu besprechen. Erzbischof Thoresby würde enttäuscht sein, aber das Problem war der Steinbruch und nicht die Steinmetze. Sie mußten schleunigst eine andere Quelle finden, vor allem für die großen Steine. Es gab keinen weiteren Steinbruch in der Nähe, was höhere Transportkosten bedeutete.

Auch die Geldmittel schrumpften; Johannes gestand sich verwirrt ein, daß Erzdiakon Anselm bei weitem erfolgreicher gewesen war, Geld für das Münster aufzutreiben.

Johannes empfand tiefe Enttäuschung, wollte den unangenehmen Brief an den Erzbischof noch etwas hinauszögern und entschloß sich, den Nachmittag damit zu verbringen, in der Stadt Besorgungen zu machen. Vielleicht würde er bei Lucie Wilton vorbeischauen. Er hatte sie nicht mehr gesehen, seit sie Owens Brief bekommen hatte. Vielleicht begriff sie, was geschehen war.

Der Himmel war bedeckt, aber es wehte eine wohltuende Brise. Johannes machte sich mit seinem Schreiber Harold auf den Weg. Es war Donnerstag, Markttag, und obwohl sie sich noch in einiger Entfernung vom Marktplatz befanden, sahen sie, wie sich die Menschen auf den Straßen drängten. Als sie durch das Münstertor gingen und Stonegate betraten, näherte sich ihnen ein Mann. Er hatte die Kapuze ins Gesicht gezogen, hielt den Blick gesenkt und die Hände auf dem Rücken verschränkt. Er fiel Johannes auf, da er so gedankenverloren wirkte, eine Insel der Ruhe inmitten all der geschäftigen Menschen. Der Mann spürte wohl, daß man ihn anblickte, denn plötzlich hob er den Kopf. Als er Johannes' Blick begegnete, stieß er einen leisen Schrei aus und drehte sich um, um wegzurennen. Johannes machte sich Vorwürfe, daß er den Mann in seinen Gedanken gestört hatte.

Dann machte der Mann plötzlich wieder kehrt, fiel vor Johannes auf die Knie, verneigte sich und hob die gefalteten Hände hoch. »Ich bitte Euch, Vater, gebt mir Euren Segen«, sagte er.

Johannes fand diese Bitte nicht ungewöhnlich. Was ihn verblüffte, waren der Schrei und das schnelle Wegrennen. Er legte dem Mann die Hand auf den Kopf und erteilte ihm seinen Segen.

»Möge Gott mir meine Sünden vergeben«, murmelte der Mann und bekreuzigte sich. Er stand auf und küßte Johannes die Hand. »Gott segne Euch, Vater.«

»Wollt Ihr zu mir ins Münster kommen und Eure Beichte ablegen?«

Der Mann schüttelte den Kopf. Seine Kapuze rutschte herunter.

Irgend etwas in seinen Augen, seiner Stimme kam Johannes bekannt vor. Vielleicht erklärte dies das seltsame Verhalten? Ein verwirrender Gedanke, daß er sich vielleicht gescheut hatte, sich Johannes zu nähern. »Kenne ich Euch?« fragte Johannes.

Der Mann schüttelte den Kopf, zog sich wieder die Kapuze über den Kopf und verschwand in der Menge.

»Harold, wer war das?«

»Ich habe ihn nicht erkannt.«

Die Menge schob sie weiter. Es war unklug – und schwierig –, am Markttag auf der Straße stehen zu bleiben. »Komm, Harold, wir wollen Mistress Wilton unsere Aufwartung machen, bevor wir zum Markt gehen.« Johannes hoffte, daß er im Gespräch mit Lucie Wilton den Vorfall vergaß und sich vielleicht wieder erinnerte, wo er den Mann schon einmal gesehen hatte.

Lucie saß an einem Tisch vor dem Gartenfenster, hielt im linken Arm die schlafende Gwenllian und machte sich Notizen in ihr Geschäftsbuch, als Erzdiakon Johannes in der Küchentür stand. Lucie hatte die Tür nur angelehnt, um frische Luft zu bekommen.

»Wie reizend! Verzeiht mir, daß ich nicht aufstehe, um Euch zu begrüßen, Vater, aber wie Ihr seht, kann ich es nicht.«

»Verzeiht, daß ich Euch störe, Mistress Wilton.« Johannes trat zurück, als wolle er sich zum Gehen anschicken.

»Oh, bitte, geht nicht schon wieder. Tildy ist auf dem Markt, Jasper kümmert sich um den Laden, und ich kann eine Aufmunterung gebrauchen. Bitte, setzt Euch und erzählt mir, wie Owen aussah, als Ihr ihn das letzte Mal gesehen habt. Es sind schon über drei Wochen, daß er mit Euch nach Norden ritt, und ich brenne auf Nachrichten von ihm.«

»Ihr habt den Brief doch bekommen?« fragte Johannes und trat ein. Harold folgte ihm.

»Ja, aber er berichtete mir nicht, wie er aussah, und auch nur wenig darüber, wie er sich fühlte.« Johannes war dieses Thema sichtlich unangenehm. »Wie er sich wegen Ned Townley fühlte.«

»Oh, der arme Mann.«

Lucie nickte Harold zu. »Wie geht es Euren Ohrenschmerzen?«

Der junge Schreiber legte die Hand auf sein rechtes Ohr und nickte. »Viel besser, Mistress Wilton. In den letzten Nächten hatte ich keine Schmerzen mehr.«

»Ich hoffe, Ihr geht nie ohne Kopfbedeckung aus dem Haus, wenn ein solch starker Wind herrscht. Es ist wichtig, daß Ihr Eure Ohren schützt.«

»Das werde ich tun, Mistress Wilton.«

Johannes setzte sich Lucie gegenüber. »Erzählt mir, warum Ihr eine Aufmunterung braucht.«

Lucie hätte diese Bemerkung gern zurückgenommen. Es kam ihr töricht vor, dem Erzdiakon von York zu erzählen, daß sie ihren Gatten vermißte. Schweigend beobachtete sie, wie Johannes behutsam über Gwenllians Hand strich. Als das Baby seine molligen Finger um Johannes' Zeigefinger klammerte und ihn gegen ihr Gesicht preßte, strahlte er. Lucie entspannte sich. Dieser Mann hatte ein Herz.

»Ich empfinde bittersüße Traurigkeit, denn ich vermisse meinen Mann.«

Johannes lächelte freundlich. »Hat er Euch in seinem Brief von dem Vogel erzählt, der in Fountains im Mittelschiff gefangen war?«

»Nein.«

Johannes erzählte ihr die Geschichte, wobei Gwenllian immer noch seinen Finger umklammert hielt.

»Konnte der Vogel entkommen?«

»Als ich später am Tag zurückkehrte, hörte ich nichts mehr. Und die Tür war immer noch angelehnt.«

Lucie lächelte. Diese kleine Geschichte hatte sie aufgeheitert. »Wollt Ihr Gwenllian auf den Arm nehmen?«

Der Erzdiakon wirkte überrascht. »Erschrecke ich sie denn nicht?«

»Es kommt auf einen Versuch an.« Lucie stand auf und legte ihm das Baby in den Arm.

Gwenllian öffnete die Augen und verzog das Gesicht, um zu schreien. Johannes wiegte sie sanft hin und her, als ob er das schon oft getan hätte. Gwenllian entspannte sich, blinzelte ein paarmal, schloß die Augen und schlief wieder ein.

»Ihr könnt gut mit Kindern umgehen.«

»Ich liebe sie.«

»Ihr wart für Jasper ein guter Freund, als er in Not war.«

»Er ist ein aufgeweckter Junge. Ihr habt gut getan, ihn aufzunehmen.«

Dieses Kompliment mußte erwidert werden. Lucie schloß ihr Geschäftsbuch und bot Johannes und Harold Bier an. Während sie es einschenkte, schwiegen sie. »Ist eine böse Geschichte mit Ned«, sagte Lucie und setzte sich wieder.

Johannes' Blick verdunkelte sich. Er stellte den Becher, den er schon an die Lippen geführt hatte, wieder ab. »Ich spreche mir selbst Schuld zu. Ich hätte zu Owen und Ned gehen sollen, nachdem Don Ambrose mich aufgesucht hatte. Der Himmel möge verhüten, daß mein Fehler böse Folgen hat.«

Lucie bedauerte, das Thema angeschnitten zu haben. Sie hatte vergessen, welche Rolle der Erzdiakon dabei spielte. Aber da es nun schon einmal geschehen war ... »Ihr habt Neds Männer gesegnet, als er in York aufbrach, nicht wahr?« fragte sie.

»Ja.« Johannes starrte in sein unberührtes Bier.

»Hat Don Ambrose sich seltsam verhalten?«

Er runzelte nachdenklich die Stirn. »Ein wenig. Nachträglich ist mir das jetzt klar. Aber zu der Zeit hatte ich einfach angenommen, er fühle sich unter den Soldaten unbehaglich. Sie können so ...« Er zuckte die Achseln.

Lucie lachte. »Owen fragte mich erst kürzlich, ob er bei unserer ersten Begegnung grobe Manieren und eine rauhe Sprache an den Tag gelegt hätte. Fühlte Don Ambrose sich allen Männern gegenüber unbehaglich?«

Johannes zuckte die Schultern. »Nicht an dem Tag, aber bei einer anderen Gelegenheit bemerkte ich, daß er sich von Bardolph fernhielt und ...« Johannes riß den Kopf hoch und machte große Augen. »Er war das heute!«

»Wer?«

»Bardolph.« Johannes berichtete ihr von der Begegnung in Stonegate. »Ich wußte nicht, woher ich ihn kannte, aber irgendwie kam mir der Mann bekannt vor. Und jetzt ist es sonnenklar. Kein Zweifel möglich.« Er trank einen Schluck.

»War es wirklich Bardolph? Nicht vielleicht einer der anderen?«

»Nein, er war es. Was hat er hier in York gewollt? War er allein? Nicht im Dienst?«

»Ihr müßt es herausfinden.«

Johannes nickte.

Lucie nahm ihm Gwenllian ab, die sofort zu schreien anfing. Lucie sagte: »Ihr müßt jemanden auf die Suche nach Bardolph schicken, bevor er Zeit findet, die Stadt zu verlassen.«

Johannes erhob sich und schickte sich zum Gehen an. »Was bin ich doch für ein Narr.«

Lucie schüttelte den Kopf. »Ihr seid kein Narr, Vater. Gott segne Euch für Euren Besuch. Bitte, kommt wieder und berichtet mir, was geschehen ist.« Als sie den beiden Männern nachblickte, wie sie durch den Hof eilten, wunderte sie sich darüber, daß sich ihre Stimmung deutlich gebessert hatte. Aber vielleicht erfuhren sie nun endlich etwas.

John Thoresby gefiel das Gerücht gar nicht. Es hieß, Wykeham und der König hätten sich mit dem Herzog von Burgund, einem wertvollen Kriegsgefangenen, der in London in komfortablen Gemächern gefangengehalten wurde, getroffen. Den Gerüchten zufolge hatte der König dem Herzog die Freiheit geboten. Dafür sollte dieser seinen Einfluß auf Papst Urban hinsichtlich der Besetzung des Bischofsstuhls von Winchester geltend machen. Thoresby wunderte sich nicht darüber; der König hatte eine Vorliebe für solche Geschäfte. Thoresby wurmte es nur, daß, wenn die Gerüchte stimmten, der ganze Ärger in der Abtei Fountains umsonst gewesen war. Das brachte sein Blut in Wallung.

Und wie chaotisch war das Treffen mit den Äbten in Fountains abgelaufen. Johannes hatte einen Bericht darüber geschrieben. Zwar entsprach das Ergebnis – die Weigerung der Äbte, Wykeham zu unterstützen – genau seinem Wunsch, doch Thoresby beunruhigten die Komplikationen mit Ned Townley und dem Augustinermönch. Gewiß würde man sie finden, doch die Situation erforderte es, daß Archer im Norden blieb, und dabei hatte Thoresby gehofft, er könne ihn zurück an den Hof locken. Irgend etwas stimmte nicht. Es hatte mit dem Tod von Wyndesores Pagen begonnen, und Thoresby wollte der Sache auf den Grund gehen.

Archers Brief war interessanter als der von Johannes. Archer wollte Einzelheiten über den Tod von Alice Perrers' Zofe wissen und gab den Inhalt von Don Paulus' Brief an den vermißten Don Ambrose wieder. Thoresby mußte eine Gelegenheit finden, mit Mistress Perrers zu reden. Es hieß, sie trauere um ihre Zofe; ihr Tod wäre ein heikles Thema, aber er vermutete, ihre Neugier würde stärker als ihre Trauer sein, sofern diese überhaupt aufrichtig war.

Eines nach dem anderen. Thoresby mußte mehr über die Mönche herausfinden. Zweifellos verheimlichten die beiden einiges. Wykeham – vielleicht wußte er etwas; er beabsichtigte schließlich, Don Ambrose in seinen Haushalt aufzunehmen.

Thoresby wartete, bis der König den hohen Tisch verließ und allgemeine Unruhe entstand, als die erste Gruppe der Höflinge aufbrach – sie eilten nach Hause oder zu etwas intimeren Treffen – und die, die dageblieben waren, sich in kleinere Gruppen teilten. Er beauftragte Michaelo, Wykeham, der an einem Nebentisch saß, einzuladen, sich zu Thoresby zu gesellen. Während er wartete, amüsierte Thoresby sich dabei, Alice Perrers' Höflinge zu beobachten, die sich überschlugen, um ihr zu gefallen. Sie hielt sich kerzengerade, den Kopf hocherhoben, und Edelsteine funkelten in ihrem goldenen Reif; auch ihr bernsteinfarbenes Seidengewand war mit Edelsteinen bestickt, genauso ihr Schleier. Im Schein der Fackeln sprühten ihre verschlagenen, wissenden Katzenaugen Funken. Oft zeigte jemand, der traurige Berühmtheit erlangt hatte, eine demütige Haltung, nicht jedoch Alice Perrers. Als ihre Dienerin am Ende des Saals die Vorhänge hochhielt, wandte Alice Perrers sich um und richtete die Katzenaugen direkt auf Thoresby. Sie lächelte, neigte leicht den Kopf und schlüpfte durch dieselbe Öffnung, durch die auch Edward verschwunden war. Wie hatte sie seinen Blick auf sich gespürt, da ihr doch so viele Blicke galten? Thoresby bekreuzigte sich.

Wykeham näherte sich in nervöser Haltung; sein Gesicht war hochrot.

Thoresby straffte sich und verdrängte die Perrers aus seinen Gedanken. »Ich freue mich, daß Ihr mir die Ehre erweist.«

Wykeham nickte. »Es ist sehr freundlich von Euch, mich einzuladen.« Der Ratgeber des Königs plazierte seine hochgewachsene, eckige Gestalt in den Stuhl neben Thoresby und arrangierte seine weiten Ärmel. Wohl waren die Farben dunkel und gediegen, aber der Schnitt war elegant.

»Stimmt das mit dem Burgunder?« fragte Thoresby. Wykehams Überraschung brachte den Erzbischof zum Lächeln. »Ich sehe, daß es noch niemand weiß.«

»Ich dachte, Euer Spion sei oben im Moor?«

»Ein kluger Kanzler hat seine Ohren überall. Aber wenn Ihr lieber nicht darüber reden wollt, kein Problem. Ich wollte mich mit Euch sowieso über etwas anderes unterhalten.«

»Wie habt Ihr es erfahren?«

Thoresby gab Michaelo ein Zeichen, Wein zu bringen. »Es ist schwer, sich dem Klatsch gegenüber taub zu stellen.«

Wykeham zog ein besticktes Taschentuch heraus und betupfte sich damit die Oberlippe. Diese Geste war so anmutig, daß man kaum den eigentlichen Zweck erkennen konnte. Doch Thoresby sah die Schweißperlen in seinem Gesicht. Wykehams Manieren wurden immer höfischer, aber ebenso wuchs die Anspannung, die mit seiner Stellung verbunden war. Lohnte sich das? fragte Thoresby sich. Michaelo stellte einen Becher Wein vor Wykeham und einen vor Thoresby.

»Die Boten, die nach Fountains geschickt wurden, waren vom Pech verfolgt«, sagte Wykeham und steckte das Taschentuch wieder in seinen Ärmel.

»Pech?« Thoresby nippte an seinem Wein. »Wahrscheinlich steckte etwas mehr dahinter, nehme ich an.«

Wykeham ignorierte seinen Becher und wandte sich interessiert Thoresby zu. »Es steckte mehr dahinter?« Er sah sich um, als befürchte er, jemand könne ihnen zuhören.

»Wir sind hier am hohen Tisch ganz allein, das versichere ich Euch.«

Wykehams Lächeln war erfrischend einfältig. »Verzeiht mir. Aber wie Ihr gerade angedeutet habt, verbreiten sich Gerüchte bei Hof mit Windeseile.«

Thoresby lachte. »Ihr habt recht. Doch nun zur Sache. Abt Monkton hat an Seine Majestät geschrieben, und Ihr habt seinen Bericht gelesen. Als gründlicher Mann hat der Abt eine Abschrift des Briefes beigefügt, den Don Paulus Eurem Freund, Don Ambrose, geschickt hatte. Darüber möchte ich mit Euch reden.«

»Mein Freund Don Ambrose?« Wykeham schüttelte den Kopf. »Ich wollte ihn in mein Haus aufnehmen, aber …« Er machte eine abfällige Geste. »Egal. Nun zu dem Brief.« Er griff jetzt nach dem Becher und genehmigte sich einen Schluck. »Ich fand ihn unbegreiflich, das Verhalten von Don Paulus verwerflich. Aber Ihr seht ganz offensichtlich etwas … Böswilligeres darin?«

Böswillig, ein passendes Wort. »Findet Ihr es nicht seltsam, daß die Mönche so großes Interesse am Tod von Ned Townleys Braut haben?«

»Seiner Braut?« Wykeham lehnte sich zurück, hielt immer noch seinen Becher umklammert. »Davon weiß ich nichts.«

Thoresby wurde ungeduldig. Hatte Wykeham vor, ihm jedes Wort im Mund umzudrehen? »Vielleicht war sie nicht offiziell seine Braut, vielleicht war das mehr eine private Angelegenheit. Aber das interessiert mich nicht.« Wykeham geruhte, unbehaglich dreinzublicken. »Entscheidend ist, daß Don Ambrose von dem Augenblick an, da er den Brief in York erhalten hatte, sich so verhielt, als ob er von Townley Ärger erwarte. Woran lag das, Eurer Meinung nach?«

»Ehrlich gesagt, ich verstehe Don Ambroses Verhalten nicht. Ich bin begierig, mich mit ihm zu unterhalten. Er muß mir einige Erkärungen liefern, bevor ich ihn bei mir aufnehme.«

»Vielleicht war ihm nicht wohl dabei, Euch gegen seine Mitbrüder zu unterstützen? Kann es sein, daß er in York auf Mißfallen gestoßen ist?«

Wykeham wirkte plötzlich geistesabwesend, verheddertе sich in einem seiner weiten Ärmel und arrangierte ihn so, daß er über die Stuhllehne gebreitet war. Thoresby konnte sich nicht erinnern, daß er in der Vergangenheit seiner Kleidung soviel Aufmerksamkeit geschenkt hatte. Endlich, als er damit zufrieden zu sein schien, sah Wykeham Thoresby an. »Ich nehme die ganze Schuld für all den Ärger über die Gunst, die mir der König schenkt, auf mich.«

Der Himmel schenke mir Geduld. Thoresby preßte seine Zeigefinger gegen den Nasenrücken. »Recht und gut, gehört aber nicht zum Thema. Ich suche Tatsachen, keine Entschuldigungen.«

Wykeham zog eine Grimasse. »Ich weiß nie, wie ich mit Euch dran bin, Kanzler.«

Thoresby lachte. Wykeham stimmte ein. Sie hoben die Becher und prosteten sich zu.

»So.« Wykeham zog das bestickte Taschentuch wieder aus dem Ärmel und tupfte sich die Lippen ab. »Tatsachen. Don Paulus ist verschwunden. Wußtet Ihr das?«

»Ich habe davon gehört. Bei Hof wird es allmählich Mode, einfach zu verschwinden.«

»Dieser Paulus scheint sich eine Gewohnheit daraus zu machen, zu verschwinden. Ein Kräutersammler, der keine Diskretion wahrt.«

Ein Kräutersammler. Thoresby ging nicht näher darauf ein. »Wißt Ihr, wann er von Windsor aufgebrochen ist?«

Wykeham schüttelte den Kopf. »Leider nein. Als ich nach ihm sehen wollte, war er verschwunden. Aber wie lange vorher ...« Er zuckte die Achseln.

Entsprach das der Wahrheit? Thoresby nahm es an. »Schade.«

»Ich habe den König um ein paar Männer gebeten, die mir bei der Suche nach ihm helfen sollen. Seine Majestät war einverstanden.«

»Der König ist sehr großzügig. Warum seid Ihr daran so interessiert? Weil Ihr Euch verantwortlich fühlt?«

»Und um meine Feinde kennenzulernen, wenn es solche geben sollte.«

»Ihr lernt schnell.«

Wykeham nippte an seinem Wein. »Ich habe gehört, daß Townley Don Ambrose beschuldigte, ihn angegriffen zu haben?«

»Ja, das stimmt.« Worauf wollte er hinaus? Und wann hatte Wykeham die Kontrolle über die Befragung übernommen?

Wykeham rieb einen unsichtbaren Fleck auf seinem Ärmel. »Um ehrlich zu sein, dies erscheint mir so unwahrscheinlich, daß ich auch den Rest bezweifle.«

Der gesenkte Blick verriet etwas anderes. »Ich bitte Euch. Sogar Abt Richard von Rievaulx bestätigt Don Ambroses seltsames Verhalten. Was gibt es da zu zweifeln?«

»Daß Townley den Brief erst an diesem Abend gesehen hatte und dadurch von Marys Ertrinken erfuhr und Paulus erst nach Ambroses angeblichem Angriff fähig war zu handeln.«

»Habt Ihr irgendwelche Beweise für diese Vermutungen?«

»Nein.«

Thoresby beunruhigte es, daß er erleichtert war. Er hatte Angst, Wykeham könnte mehr wissen als er. Was um Himmels willen war los mit ihm? »Was für einen Unterschied würde es machen, wenn Townley bereits vor diesem Abend darüber Bescheid gewußt hätte, daß seine Braut ertrunken war?«

»Townley neigt zu Jähzorn, heißt es. Er hat ein hitziges Temperament.«

»Er ist eben ein typischer Soldat.«

»Das gilt aber nicht für Augustiner, würde ich sagen.«

»Nein. Die schleichen sich weg.«

Wykeham schniefte.

Thoresby hatte ein Kichern erwartet. Nun denn, der Mann war in die Enge getrieben. »Was vermutet Ihr also?«

»Es ist viel wahrscheinlicher, daß Townley den Mönch angegriffen hat, vielleicht auch nur deshalb, weil er die Kleider des Mannes trug, der seine Braut in der Themse hatte treiben sehen und sie dort den Fischen zum Fraß überlassen hatte.« Wykeham wand sich unter seinen unfeinen Worten. »Verzeiht mir.«

Es war faszinierend, die Metamorphose eines gediegenen Mannes in einen abgebrühten Höfling zu beobachten. »So seid Ihr also geneigt, anzunehmen, daß Ned Townley Don Ambrose angriff, ja?«

Wykeham seufzte. »Dann habe ich also eine Auseinandersetzung gewonnen. Ein unbedeutender Sieg.« Wykeham drückte die Hände gegen die Schläfen und stand auf. Unter seinen Augen lagen jetzt dunkle Schatten, die vorher noch nicht vorhanden gewesen waren. »Ich werde Euch berichten, wenn ich etwas über Don Paulus erfahre. Und jetzt muß ich mich verabschieden.«

Thoresby saß noch lange nach Wykehams Abschied da, nippte an seinem Wein und prüfte seine Gefühle. Es war ihm nicht entgangen, wie sich in Wykehams Gesicht ein regelrechtes Wechselspiel der Gefühle abgezeichnet hatte – Stolz, Angst, Ehrgeiz, Unsicherheit und Bedauern. Fast hätte man Mitleid mit ihm haben können. Aber wie scheinheilig war Thoresby, wenn seine eigene Unsicherheit ihn dazu gebracht hatte, ein schnödes Spiel mit dem Mann zu treiben? Wann hatte sich auch Thoresby zu einem solchen Höfling entwickelt?

16

Eine Einladung zum Mahl

Thoresbys Gemächer in Windsor befanden sich im neuen Flügel des Palastes in der Nähe der Gemächer des Königs. Sie waren geräumig und gemütlich, und es gab einen Ofen, der sowohl das Schlafgemach als auch den Salon beheizte. Königin Philippa hatte ihn herbeischaffen lassen, eine ihrer vielen großzügigen Gesten ihm gegenüber. Alice Perrers bewohnte die Spiegelgemächer am anderen Ende des langen Flurs. Auch hier hatte ihre Königin die Hände im Spiel gehabt. Ob Philippa es jemals bedauert hatte, Alice in ihren Haushalt aufgenommen zu haben?

Heute abend würden Thoresby und Alice im Salon des Erzbischofs speisen. Ganz zivilisiert würden die beiden miteinander Verfeindeten die Speisen aus der königlichen Küche und den köstlichen Wein aus Thoresbys Keller genießen. Die Fackeln an der Wand würden die eleganten Tapisserien beleuchten, die höfische Szenen wie Turniere und Feste im großen Saal zeigten. Würde Alice die Wandteppiche bemerken? Er erinnerte sich an Archers ersten Besuch in seinen Londoner Gemächern. Mit seinem Falkenauge hatte er die Jagdszenen auf den Tapisserien studiert, die für den Salon entworfen worden waren. Thoresby konnte sich nicht erinnern, daß Alice Interesse daran bekundet hätte, als sie ihn in seinem alten Quartier im unteren Trakt besucht hatte. Er wußte jedenfalls, daß er, als er ihr einen Gegenbesuch in ihrem Salon abgestattet hatte, der Einrichtung keinerlei Aufmerksamkeit geschenkt hatte; sie selbst hatte ihn völlig gefangengenommen.

Doch heute abend würde ihr das nicht gelingen. Er wollte sie durch seine formvollendeten Manieren beeindrucken, ihr jede Gelegenheit bieten, ihren infamen Verstand auszuspielen. Er würde sich zurücklehnen und beobachten und zuhören und alles tun, damit sie sich so behaglich fühlte, daß sie mit ihm über Marys Tod sprechen würde.

Adam, Thoresbys Page, stolperte herein. Er trug einen Korb, der Zubehör für das Abendessen enthielt. Michaelo folgte ihm. Über den Tisch war eine Leinendecke gebreitet, und er war bereits gedeckt: mit Thoresbys kostbarsten italienischen Bechern, Silbertellern, Löffeln. Man hatte auch nicht vergessen, eine Schale getrockneter duftender Kräuter aus Lucie Wiltons Garten aufzustellen, damit sich im Raum ein angenehmer Duft verbreitete. Adam entnahm dem Korb mehrere Flaschen, einen reifen Käse und einen großen Laib Brot.

Thoresby war sehr zufrieden.

Michaelo entkorkte eine hohe, schmale Flasche.

»Ist das Euer Familienlikör?« fragte Thoresby.

»Ich dachte, das wäre das Passende für diese Gelegenheit.« Michaelo blickte ihn fragend an. Seine Familie war berühmt für dieses köstliche Getränk, doch als Thoresby zuletzt davon gehört hatte, hatte jemand dessen intensiven Geschmack ausgenutzt, um einen geschmacklosen, gefährlichen Zusatzstoff zu überdecken.

Thoresby behagte der Gedanke durchaus, daß Alice Perrers ein schnelles Ende finden könnte, doch ein Mann in seiner Position mußte umsichtiger vorgehen. »Ist das Getränk in Ordnung?«

Michaelo grinste verschmitzt. »Ja, ich versichere es Euch. Ein Gemisch aus Kräutern und Honig, das ist alles. Aber solltet Ihr …«

»Nein.«

Michaelos Lächeln verschwand.

Thoresby betrachtete die übrigen Dinge. »Ihr beide habt Euch selbst übertroffen.«

Michaelo, der noch ein wenig schmollte, weil sein Versuch, witzig zu sein, zurückgewiesen worden war, verbeugte sich steif. »Das sind lediglich die Zutaten, Euer Gnaden. Wenn Mistress Perrers eingetroffen ist, wird

Adam die Küchenmägde holen, damit sie die warmen Gerichte auftragen.«

»Hoffen wir, daß sie unsere Gastfreundlichkeit zu schätzen weiß.«

»Wenn alles in Ordnung ist, überlasse ich Adam den Rest«, sagte Michaelo und verharrte an der Tür, bis Thoresby ihm ein Zeichen gab, daß er sich zurückziehen könne.

Adam öffnete die Tür mit elegantem Schwung und verneigte sich tief vor Gilbert und seiner Herrin. Der junge Diener trat zur Seite, um Mistress Perrers hereinschweben zu lassen. Sie war in purpurfarbenen Samt und Seide gekleidet, Perlen funkelten auf ihrem üppigen Gewand, ihrem Haar und ihrem durchsichtigen Schleier. Ihr Auftritt war höchst eindrucksvoll. Thoresby wußte, daß sie diese Farbe gewählt hatte, um zu provozieren. Und das war ihr auch voll gelungen.

»Ihr erweist mir eine große Ehre, Mistress Perrers«, sagte Thoresby.

»Die Ehre ist ganz meinerseits, Eure Lordschaft.« Ihre Stimme entsprach ganz ihrem Gewand, seidig und samten. »Aber wollt Ihr mich nicht Alice nennen? Ihr habt mich doch auch so genannt, als ich Euch in meinen Gemächern empfing.« Ihr Lächeln war neckisch.

Thoresby hatte Alice Perrers nicht eingeladen, um mit ihr Katz und Maus zu spielen. Er überlegte, ob er durch Aufrichtigkeit dem Spiel Einhalt gebieten konnte. »Damals war ich betrunken und unhöflich«, erwiderte er. »Ich habe Euch heute abend nicht eingeladen, um mein schamloses Benehmen von damals zu wiederholen, sondern um nochmals von vorn anzufangen.« Das stimmte nicht ganz, klang aber einleuchtend und diente seinem Zweck.

Die Katzenaugen blitzten amüsiert. »Ihr seid ein Mann voller Überraschungen.«

»Versuchen wir, nochmals von vorn anzufangen?«

»Aber ja, Euer Gnaden.« Sie verstand es, diese förmliche Anrede wie eine Intimität klingen zu lassen.

Während des Essens plauderte Thoresby über den Hof, über den Wein, gab einige Anekdoten aus York zum besten. Auch Alice hielt sich an unverfängliche Themen, konnte es aber anscheinend nicht lassen, mit ihren Augen und Bewegungen zu flirten. Erst nachdem der Fisch und das Reh abgeräumt worden waren, kam Thoresby zur Sache.

»Ich hatte noch keine Gelegenheit, Euch mein Beileid zum Tod Eurer Zofe Mary auszusprechen.« Schlagartig verdüsterte sich Alices Blick. »Wie ich weiß, war sie mehr ein Mündel für Euch als eine Zofe.«

Alice senkte den Kopf, ließ sich mit ihrer Antwort Zeit. »Ich mochte Mary.«

»Sie erwartete Euch in Eurem Stadthaus, als es geschah?«

Ohne aufzublicken, schüttelte Alice den Kopf. »Nein.« Jetzt hob sie den Kopf. Die Katzenaugen glitzerten, aber nicht aus Belustigung, sondern wegen der Tränen, die darin standen. Thoresby konnte sich nicht erinnern, sie jemals so erlebt zu haben. »Das dumme Mädchen hatte sich in Ned Townley verliebt, was Ihr ja bestimmt wißt«, sagte Alice mit gepreßter Stimme. »Ich war gegen die Verbindung, aber ich überspannte den Bogen, und sie rannte weg.« Sie senkte erneut den Blick.

»Ihr macht Euch Vorwürfe?« Eine unerwartete Wendung.

Alice deutete auf Adam. »Wenn Euer Diener weglaufen würde, hättet Ihr da keine Schuldgefühle?«

»Verzeiht, daß ich es erwähnt habe.« Seine Entschuldigung war überraschend ehrlich gemeint.

Alice griff nach ihrem Becher und nippte an dem Likör. »Warum unterhalten wir uns über Marys Tod?«

Trotz ihrer Trauer war sie wachsam. »Ich überlegte, ob Ihr von Ned Townleys Verschwinden erfahren habt, nachdem Ihr einen verwirrenden Brief über Marys Ertrinken gelesen habt?«

Eine leichte Röte des Unmuts huschte über ihre Wangen. »Ich habe von den Gerüchten gehört. Habt Ihr den Brief gelesen?«

Also kannte sie ihn nicht. Interessant. »Ja. Einer meiner Männer hat ihn abgeschrieben. Soll ich ihn Euch vorlesen?«

Ein kurzes Zögern. »Ja, bitte.«

Thoresby fand die Pause, die gepreßte Stimme höchst faszinierend. Hatte sie Angst? Konnte es sein, daß der König diese Information seiner Geliebten vorenthielt? Oder deutete es auf einen ernsthafteren Zwist hin? Thoresby nickte Adam zu, der nach nebenan verschwand, um den Brief zu holen. Er hatte dies so inszeniert, damit weder Alice noch ihr Diener sehen konnten, wo Thoresby seine Papiere aufbewahrte. Vielleicht war das eine übertriebene Vorsichtsmaßnahme. Trotzdem ...

Während sie auf den Brief warteten, berichtete Thoresby Alice von Don Ambroses Verhalten auf der Reise nach Rievaulx.

»Don Ambrose?« Alice griff sich an die Kehle, ihr Blick verriet die Überraschung in ihrer Stimme.

Es war ihm jetzt wirklich gelungen, Alices Panzer zu durchdringen. »Ihr habt nicht erfahren, welche Rolle Don Ambrose dabei gespielt hat?«

Alice schüttelte den Kopf. »Ich weiß nur, daß er ein Augustiner ist. Das ist alles.«

Adam kehrte mit Owens Brief zurück. Thoresby las seine Abschrift von Don Paulus' Brief vor. Als er damit fertig war, blickte er hoch, direkt in Alices aschfahles Gesicht. »Ihr seid entsetzt.«

»Wie konnte er so grausam zu ihr sein und sie dort zurücklassen?« Ihre Stimme war nur noch ein Flüstern, ihre Katzenaugen weit aufgerissen. Sie bemühte sich krampfhaft, die Tränen zu unterdrücken.

Thoresby widerstand der Versuchung, sie zu trösten. »Genau deshalb wollte ich, daß Ihr es erfahrt, Mistress Perrers. Ich hoffte, Ihr könntet mich aufklären, weshalb Don Paulus einen solchen Brief geschrieben hat. Zwei Dinge irritieren mich – die Vermutung, daß Don Ambrose wußte, weshalb er weder Mary aus dem Fluß gezogen noch irgend jemandem erzählt hatte, was er gesehen hatte, und warum Ambrose und Paulus überhaupt Interesse an Mary hatten.«

»Wo ist Paulus?« fragte Alice.

»Er ist verschwunden.«

»Und Ambrose ebenfalls?«

Thoresby nickte. »War einer der Mönche mit Mary verwandt?«

»Verwandt?« flüsterte Alice und schüttelte den Kopf. »Ich glaube, das hätte ich gewußt. Wir haben ja miteinander geredet. Das hätte sie mir bestimmt gesagt.«

»Könnt Ihr Euch das alles erklären?«

Alice umklammerte die Tischkante. Diese Geste schien ihr Kraft zu geben. Ihr Gesicht gewann wieder Farbe. »Diese Mönche müssen gefunden werden.« Ihre Stimme war jetzt wieder klar, klang verärgert.

»Soviel ich weiß, hat der Staatsrat eine Suche nach Paulus veranlaßt. Ich habe Männer beauftragt, Ambrose zu suchen.«

»Der Staatsrat? Was für ein Interesse hat Wykeham an dieser Angelegenheit?«

»Don Ambrose und Ned Townley waren in seinem Auftrag unterwegs, als sie verschwanden.«

Alice nickte. »Das hatte ich vergessen.« Sie nahm den letzten Schluck von ihrem Likör. »Ich wäre dankbar für jede Nachricht.«

Thoresby nickte. »Ich hatte eine Idee und würde gern Eure Meinung hören.«

»Natürlich.«

»Kann es sein, daß Marys Tod etwas mit dem Tod von Sir William von Wyndesores Pagen Daniel zu tun hat?«

Die Bernsteinaugen blitzten. »Weder Mary noch Ned hatten etwas mit Daniels Unfall zu tun.«

»Seid Ihr davon überzeugt, daß es wirklich ein Unfall war?«

Alice erhob sich. »Ehrlich gesagt, habe ich mir wenig Gedanken darüber gemacht. Daniel war nicht mein Problem.«

Das stimmte nicht. Sie zitterte vor Erregung. Aber was bedeutete das? »Ihr habt Euch für Ned Townley verbürgt.«

»Ich war überzeugt von seiner Unschuld. Ned war in jener Nacht mit Mary zusammen.«

»Kennt Ihr Sir William of Wyndesore gut?«

Alices Wangen waren jetzt so purpurrot wie ihr Gewand. War er vielleicht ihr Liebhaber gewesen? Thoresby verspürte einen unerklärlichen Stich von Neid. »Ich kenne ihn«, bemerkte Alice. Das Kinn energisch vorgereckt, gab sie Gilbert ein Zeichen, daß sie aufbrechen wolle. »Ich ging zu ihm, als seine Männer Ned Townley vorwarfen, er bringe Daniel durch Einschüchterung dazu, zuviel zu trinken.«

»Das warfen sie ihm vor?«

Die Katzenaugen waren wachsam. »Was meint Ihr?«

Thoresby zuckte die Achseln. »Nicht, daß er ihn vom Turm gestoßen hätte?«

Alice schloß die Augen, schüttelte den Kopf. »Davon war nie die Rede.« Sie stand da, als warte sie auf die nächste unangenehme Frage.

War es möglich, daß nur Michaelo die Spuren an den Handgelenken des Jungen aufgefallen waren? »Sir William zweifelte nie daran, daß es ein Unfall war?«

Alice öffnete langsam die Augen. »Das entzieht sich meiner Kenntnis, Euer Gnaden.« Diese Mal klang die Anrede eisig förmlich.

Patt. Thoresby verneigte sich. »Vergebt mir, daß ich den Abend mit einem unangenehmen Thema beendet habe.«

»Ich danke Euch, daß Ihr mir den Brief vorgelesen habt, Euer Gnaden. Ich bedaure, daß ich Euch nicht helfen konnte. Das ausgezeichnete Essen, der Wein und die angenehme Gesellschaft entschädigen mehr als genug für eine kleine Unannehmlichkeit.« Sie lächelte höflich, konnte aber nicht die Spannung in ihrem Blick und ihrer Stimme verbergen.

Als die Tür zu Thoresbys Gemächern geöffnet wurde, erhob Michaelo sich. Er lächelte in der Dunkelheit, als er hörte, wie Thoresby sich verabschiedete, sah Alice Perrers' Profil in der Türöffnung.

Er beobachtete, wie Alice und Gilbert den durch Fackeln erleuchteten Gang hinuntergingen. Als sie in den nächsten Korridor einbogen, ging er ihnen nach. Er war enttäuscht, als Gilbert die Tür zu Alices Gemächern öffnete. Aber vielleicht benötigte sie einen Umhang.

Michaelo versteckte sich in einem Alkoven und wartete. Endlich ging die Tür abermals auf, aber es war nur Gilbert, der sich zum Dienerquartier im unteren Stock begab. Michaelo folgte ihm, um sicher zu sein, daß er sich wirklich dorthin begab. Aber Gilbert zog sich in seine Kammer zurück und tauchte nicht wieder auf.

Thoresby saß zusammengesunken auf seinem Stuhl neben dem Feuer. Sein Magen rebellierte, eine Reaktion auf das üppige Mahl und die angespannte Unterhaltung und sein Bemühen, Alice Perrers' Anziehungskraft zu widerstehen. Michaelos enttäuschenden Bericht tat er mit einem Achselzucken ab. Es wäre praktisch gewesen, noch jemanden zu finden, der in dieser Angelegenheit besonderes Interesse zeigte, aber es spielte keine Rolle. Es genügte ihm schon festzustellen, daß Alice Perrers sich unbehaglich fühlte.

Adam hüstelte diskret. Thoresby blickte hoch. Der Junge hielt ein Trinkgefäß, das in ein Tuch gehüllt war. Es war etwas Heißes.

»Was ist das?«

»Mistress Wiltons Heiltrank für den Magen, Euer Gnaden. Ich dachte, nach dem üppigen Mahl ...«

Thoresby rang sich ein Lächeln ab, als er das warme Getränk entgegennahm. »Du bist bestimmt müde, Junge. Ins Bett mit dir. Der Rest kann morgen früh erledigt werden.«

»Seid Ihr schon so weit, Euch zurückzuziehen, Euer Gnaden?«

»Noch nicht ganz. Richte mein Bett, dann geh schlafen. Ich werde das trinken und noch etwas nachdenken. Ich kann mich selbst entkleiden, Adam. Wichtiger ist, daß du morgen früh bereit bist, mir beim Ankleiden zu helfen, ja?«

Adam nickte, löschte die Kerzen und verschwand dann in seiner Schlafkammer.

Thoresby nippte an dem nach Pfefferminz riechenden Trank und versuchte, an etwas Angenehmes zu denken, an seine Patentochter, an ihr herzerfrischendes Lachen. Aber es gelang ihm nicht. Die unglücklichen Gesichter von William von Wykeham und Alice Perrers gingen ihm nicht aus dem Sinn. Zwei intelligente Menschen, die ihr Ehrgeiz ins Unglück trieb. Es war kein Wunder, daß Alice Perrers sich bei Hof nicht wohl fühlte; die Position als Geliebte des Königs war nur so stark wie der König selbst, und Edward war ein alter Mann, dessen Kräfte nachließen. Doch Thoresby hatte nicht erwartet, daß auch Wykeham seinen Seelenfrieden so schnell einbüßen würde.

Neuerdings schien das schlechteste Los eines Höflings darin zu bestehen, das Vertrauen des Königs zu genießen. Aber wer würde es wagen, jemandem davon abzuraten?

17

Wem kann man trauen?

Es war ein warmer Maitag, als die Männer südwärts ritten. Als die Türme des Münsters von York in Sicht kamen, spürte Owen seinen Rücken und erwog, seinen Umhang abzulegen, ließ es aber dann doch bleiben. Er wollte keine Ablenkung. Wenn Ned vorhatte, zu fliehen, war dies seine letzte Gelegenheit, und Owen wußte, die Männer warteten nur darauf, hofften sogar darauf. Es war offensichtlich, daß sie glaubten, Ned hätte ihre Kameraden verraten, und sie dürsteten nach Rache. Ned ritt zwischen Owen und Matthew.

Aber Ned machte keine Anstalten, zu fliehen. Er starrte vor sich hin, ritt unbewegt auf die Stadt zu, ohne ein Wort zu verlieren.

»Wir reiten bei Bootham Bar in die Stadt«, sagte Owen, »direkt in den Bezirk des Münsters. Dort tun dir die Männer nichts.«

Als Ned ihn anblickte, bemerkte Owen seine tiefliegenden Augen, die Besorgnis verrieten. »Willst du es wirklich tun? Mich dem Erzdiakon ausliefern?« Mit einer nervösen Geste strich er sich das Haar zurück.

»Johannes ist ein gerechter Mann, Ned.«

»Nicht der Erzdiakon von York entscheidet über mein Schicksal.«

Owen, der das nicht leugnen konnte, schwieg, starrte auf Bootham Bar, den solide gebauten Wachtturm. Er erinnerte ihn an das Verlies des Erzbischofs. Würde Johannes Ned hier einsperren?«

Ned beugte sich zu Owen hinüber. »Bist du wirklich dazu entschlossen?«

»Was für eine Wahl habe ich denn?«

»Bring mich zu Erzbischof Thoresby.«

214

Owen warf seinem Freund einen Blick zu, erkannte die Verzweiflung in den hellen Augen. »Diese Angelegenheit betrifft den König, Ned.«

»Und Thoresby ist sein Kanzler.«

»Ja, das stimmt. Aber ich habe geschworen, daß ich dich, wenn ich dich finden würde, sofort dem Erzdiakon von York übergeben würde.«

»Seit du das geschworen hast, ist viel passiert.«

»Nichts, was mich dazu bringen könnte, meinen Eid zu brechen.«

Nach kurzer Pause fuhr Ned fort: »Du hast dich immer noch nicht entschieden, ob du mir glaubst.«

Der Teufel hole Ned, weil Owen es zugeben mußte. »Nein, das habe ich noch nicht.«

»Die Männer des Königs werden mich abführen.«

»Ja, so ist es.« Neds Aussichten waren alles andere als erfreulich.

Johannes wies Harold an, Ralph, Curan, Geoff und Edgar zu den Baracken neben dem Verlies des Erzbischofs zu geleiten.

»Als erstes sollten wir Townley ins Verlies stecken«, sagte Ralph.

Johannes stand am Ende der Tafelrunde, die sich hier versammelt hatte. Er vergrub die Hände in seinen Ärmeln. »Nein. Hauptmann Townley wird hier bleiben.«

Ralph schüttelte den Kopf. »Er sollte unter Bewachung gestellt werden. Ihr wißt nicht, was er getan hat.«

»Ihr auch nicht«, erwiderte Owen. »Ihr verdächtigt ihn, habt aber keinen Beweis.«

»Gibt es sonst noch etwas, Hauptmann?« wollte Johannes wissen.

»Ja, aber das möchte ich mit Euch persönlich besprechen.« Obwohl Owen nur ein Auge hatte, fing er Ralphs höhnischen Blick auf, nahm ihn aber so lange ins Visier, bis dieser den Blick senkte.

Johannes nickte den Männern zu. »Matthew wird Hauptmann Townley bewachen.«

Owen hatte seine Zweifel an Matthews Fähigkeit, seinen Herrn zu bewachen, und wollte ein paar seiner eigenen Männer vorschlagen, die Gefolgsmänner des Erzbischofs waren, behielt aber vorläufig seine Absicht noch für sich.

Ralph war nicht so diplomatisch. »Ihr wollt Townley Matthew überlassen, der ihm den Treueeid geleistet hat?« schleuderte er dem Erzdiakon entgegen; er wäre am liebsten über den Tisch gesprungen, und sein rötliches Gesicht war dunkel angelaufen vor Wut. »Warum vergeuden wir Zeit? Warum führen wir ihn nicht gleich aus der Stadt und lassen ihn frei?«

»Du hältst dich an die Befehle, Ralph. Halte dich zurück«, warnte Owen ihn.

Ralph grollte, wich Owens Blick aus, aber er setzte sich wieder auf seine Bank.

»Ich habe nicht vor, ihn freizulassen«, erwiderte Johannes mit ruhiger, bestimmter Stimme. »Genausowenig habe ich vor, zuzulassen, daß Ihr eigenmächtig das Gesetz in Eure Hand nehmt. Ich verstehe Eure Verärgerung. Hauptmann Townley hat sich seinen Pflichten entzogen, Ihr nicht. Aber das allein macht ihn noch nicht zu einem gefährlichen Mann.«

»Sie hätten ihn gleich in Windsor unter Anklage stellen sollen, als man ihn erwischte, mit Daniels Blut an den Händen«, murmelte Curan.

Ned, der zwischen Owen und Johannes saß, verschränkte die Hände und erhob sich.

Owen hielt ihn zurück. »Folge Harold«, forderte er ihn auf. »Ich suche dich morgen früh auf.«

»Es ist nicht richtig«, protestierte Edgar.

»Ich frage euch nicht um eure Meinung, keinen von euch«, erklärte Owen mit einem Blick, der die Männer zum Schweigen brachte.

Mit grimmigen Gesichtern stapften die Männer aus dem Haus des Erzdiakons. Als sie sich entfernt hatten, strich Johannes sich über die Stirn.

Owen bewunderte das Schauspiel, das Johannes geboten hatte. Nach außen hin war nicht erkennbar gewesen, wie nervös Johannes gewesen war. »Das habt Ihr gut gemacht.«

Johannes wischte sich erneut den Schweiß von der Stirn. »Ich schätze solche Treffen überhaupt nicht. An Euren Gesichtern konnte ich sehen, daß es viel zu erzählen gibt. Ein Raum voller Soldaten, die nach Blut dürsten ...« Er schüttelte den Kopf.

Ned warf seine Kappe auf den Tisch. »Gemeiner Hund.« Er ließ sich auf einen Stuhl fallen, verschränkte die Arme und warf Owen und Johannes einen lauernden Blick zu. Er trug seine Uniform, und Asa hatte ihm die Haare gekämmt, bevor sie aufgebrochen waren, so daß er jetzt wieder manierlicher aussah. Abgesehen von den Augen, die einen wilden Ausdruck zeigten, den Owen noch nie zuvor an ihm gesehen hatte.

»Wer ist der gemeine Hund? Meinst du einen von uns?« bemerkte Owen bewußt amüsiert. Er wollte Johannes nicht noch mehr erschrecken.

»Treib keine Spiele mit mir, Owen. Du weißt genau, daß ich Ralph und seine Köter meine.«

»Sie sind gute Männer«, konterte Owen und nahm gegenüber von Ned Platz.

Ned lachte gehässig. »Und wie siehst du das, mein Freund?«

»Sie hätten mich unterwegs jederzeit überwältigen können, aber sie haben es nicht getan, Ned. Sie sprechen nur leere Drohungen aus. Dadurch fühlen sie sich besser. Aber sie haben sich zurückgehalten, auch wenn sie nach Blut dürsten.«

Johannes nahm die Kappe in die Hand, die Ned auf den Tisch geworfen hatte, und fuhr mit dem Finger über das Abzeichen. »Gestern habe ich Bardolph in der Stadt gesehen«, unterbrach er das dumpfe Schweigen.

»Bardolph!« Ned straffte sich und beugte sich vor. »Wo ist dieser mordende Schweinehund?«

Johannes legte die Kappe wieder auf den Tisch zurück und blickte angewidert drein. »Er ist ein Mörder?«

»Ned hat einen Verdacht, nicht mehr«, sagte Owen. »Wo habt Ihr ihn gesehen? War Crofter bei ihm?«

Johannes berichtete ihnen von der Begegnung.

»Versteht Ihr?« fragte Ned. »Er wollte Vergebung für seine Sünden.«

Johannes bekam einen entrückten Blick und nickte langsam. »Er schien Angst zu haben. Wenn einem eine solche Sünde auf der Seele lastet, hat man auch allen Grund dazu. Aber wie gesagt, ich erklärte ihm, ich könne ihm auf der Straße keine Absolution erteilen, er müsse mich aufsuchen, um die Beichte abzulegen.«

Owen erhob sich. »Meine Männer haben ihn nicht gefunden?«

Johannes nickte. »Ich sandte nach der Wache Seiner Gnaden, wie Mistress Wilton es vorgeschlagen hatte.«

Owen versetzte dem Stuhl, von dem er gerade aufgestanden war, einen ungeduldigen Tritt, begab sich zur Tür, überlegte es sich aber anders und kehrte wieder um. »Ihr seid direkt zu meinem Haus gegangen? Wie lange seid Ihr dort geblieben?«

Johannes zuckte die Achseln. »Solange, wie man braucht, um einen Becher Bier zu leeren. Also nicht besonders lang.«

»Dann erkannte er, daß es falsch war, daß er zu Euch gekommen war. Doch er verspürte den Drang, um Vergebung zu bitten.«

»Versteht Ihr?« bemerkte Ned. »Er hat ein schlechtes Gewissen.«

»Wir sind doch keine Einfaltspinsel, Ned. Es gibt doch nicht nur einen Grund, Schuldgefühle zu haben.«

»Ich wünschte, ich wäre schnell genug gewesen, ihn festzuhalten«, sagte Johannes.

Owen schüttelte den Kopf. »Ich zweifle daran, ob das besser gewesen wäre, es sei denn, Ihr hättet Eure Männer in Reichweite gehabt, die ihn festgenommen hätten. Macht Euch keine Vorwürfe, Johannes. Zumindest wissen wir jetzt, daß Bardolph noch lebt und daß ihn etwas quält.« Er nahm sein Bündel. »Ich schicke ein paar Männer, die Matthew bei der Bewachung unterstützen sollen.«

»So bin ich also ein Gefangener?« bemerkte Ned.

»Ist nicht nötig, Owen«, sagte Johannes. »Matthew schafft es auch allein, seinen Hauptmann zu bewachen.«

»Streng dich an, Matthew«, warnte ihn Owen.

»Das werde ich, Hauptmann Archer. Ihr könnt mir vertrauen.«

Jasper stand auf einem Hocker und rührte in einer kleinen Schale mit Wein, während Lucie Kreuzbeerensirup hineingoß. »Warum mischt Ihr ihn mit dem Wein?« wollte der Junge wissen.

»Mein Lehrling hat mich erwischt«, erwiderte Lucie mit erschrecktem Blick. Verwirrt hörte Jasper auf zu rühren. Lucie lachte, als sie die Flache zustöpselte. »Ich erkläre es dir, wenn wir fertig sind.« Sie nahm einen Trichter und gab Jasper eine Flasche. »Halte sie unter den Trichter, während ich eingieße.« Er half ihr stillschweigend. Als sie fertig waren, sagte Lucie: »Wenn du Tildy die Schüssel bringst, damit sie sie auswäscht, erzähl ihr, was wir hier gemischt haben. Kreuzbeerensirup ist ein schnell wirkendes Purgativum. Nichts, was wir einfach so zum Abendessen zu uns nehmen sollten.«

Jasper verzog das Gesicht. »Wollt Ihr mir jetzt sagen, weshalb Ihr den Wein vermischt habt?«

Lucie setzte sich auf den Hocker, auf dem vorher Jasper gesessen hatte, warf einen Blick zur Tür, um sich zu überzeugen, daß keine Kunden anwesend waren. Dann flüsterte sie ihm zu: »Das ist für Master Maldon. Was habe ich dir über ihn gesagt?«

Jasper ließ das Kinn sinken und kaute nachdenklich an der Oberlippe. Nach ein paar Minuten zuckte er resigniert die Achseln.

»Er hat eine Vorliebe für Arzneien, meint, wenn wenig schon gut sei, dann sei viel noch besser. Auch wenn ich ihn noch so warne, nimmt er stets mehr, als er sollte.« Lucie zuckte die Achseln. »So sorge ich für einen Ausgleich.«

»Das ist Betrug.«

Lucie lächelte. »Glaubst du wirklich? Der Wein, den

ich benutze, ist fast genauso kostbar wie der Saft. Aber ich berechne ihm weniger als den anderen Kunden für die gleiche Arznei.«

»Die Methoden des Apothekers sind geheimnisvoll, nicht wahr, Jasper?«

Lucie hob ruckartig den Kopf. »Owen!«

Er stand mit seinem Bündel in der Tür. Lucie sprang hoch und eilte um den Ladentisch. Owen ließ sein Bündel fallen, lief auf sie zu und riß sie in die Arme. Sie vergrub ihr Gesicht in seinem staubigen Haar. Nichts liebte sie so sehr wie Owens Geruch, nichts bereitete ihr mehr Behagen, als in seinen Armen zu liegen.

»Ich habe dich vermißt, Liebster«, flüsterte sie ihm zu.

Er drückte sie fest an sich, ließ sie wieder auf den Boden hinunter und faßte sie um die Schultern. »Hast du meinen Brief aus Rievaulx erhalten?«

»Nein. Nur einen aus Fountains.«

»Die Pest über sie. Ich bin zum Moor hinaufgeritten und wieder herunter, und sie waren nicht fähig, dir in der ganzen Zeit einen Brief zu übermitteln?« Owens Gesicht wirkte erschöpft, Furchen hatten sich von seiner Nase zu den Mundwinkeln eingegraben.

Lucie strich zart darüber. »Was ist los? Hast du Ned gefunden?«

»Ja.« Owen zuckte müde die Achseln. »Ich habe dir viel zu berichten.«

Und nichts Gutes, vermutete Lucie. »Zuerst mußt du dich erfrischen. Komm.«

Jasper stand hinter dem Tisch, war immer noch mit der Schale beschäftigt. »Willkommen zu Hause, Hauptmann.«

Owen zauste sein Haar und kniff ihn ins Kinn. »Eines Tages werde ich zurückkommen und dich nicht mehr wiedererkennen, weil du so schnell gewachsen bist. Komm mit in die Küche, und ich zeige dir, was ich dir mitgebracht habe.«

Nachdem Jasper und Tildy zu Bett gegangen waren, zogen Lucie und Owen sich in ihre Schlafkammer zurück. Lucie setzte sich ans Fenster und stillte Gwenllian. Owen streckte sich auf dem Bett aus, legte sich zur Seite und betrachtete sie.

»Ihr seid wunderschön, ihr beiden«, sagte Owen zärtlich.

»Du hast deine Tochter noch gar nicht im Arm gehalten.«

Owen seufzte, legte sich auf den Rücken und streckte die Arme aus. »Denk daran, ich habe den ganzen Tag auf dem Pferd gesessen, habe nur kurz in Johannes' Haus Rast gemacht. Jeder Rückenmuskel tut mir weh. Wie kann ich da ruhig dasitzen und Gwenllian halten«, stöhnte er. »Aber wenn du meinen Rücken mit einer deiner beruhigenden Salben behandelst, kann ich bestimmt morgen früh meine Tochter auf den Arm nehmen.« Er grinste.

Lucie lachte. »Du hättest es nur zu sagen brauchen.«

»Ich wappne mich nur für unseren üblichen Streit. Ich kann noch nicht erraten, wann er ausbricht, aber wenn ich dich um einen Gefallen bitte, dürfte das genügen, dich zu verdrießen.«

»Wagst du es, mir vorzuwerfen, ich würde Streit anfangen?«

»Nun ...«

Lucie hielt Gwenllian hoch, um sie zu wickeln. »Erzähl mir von Ned.«

Gwenllian meldete sich mit einem herzhaften Rülpser.

Owen lachte. »Sie hat keine Scheu.«

»Deine Tochter? Natürlich nicht.« Lucie bettete Gwenllian in den Korb neben ihrem Bett. Sie hatte bereits die Augen geschlossen. »Ich muß schnell unten die Salbe holen.«

»Laß es. Es reicht auch noch morgen früh.«

Lucie zögerte, wäre am liebsten ins Bett geschlüpft. Aber ihr Verantwortungsgefühl ließ es nicht zu. »Dein Rücken wird steif sein, wenn du aufwachst. Es ist besser, ich reibe dich gleich ein. Ich habe eine gute Salbe zusammengestellt, ich bin zurück, bevor du mich vermissen kannst.«

Als Lucie zurückkehrte, lag Owen auf ihrer Bettseite

und ließ den Arm hinunterbaumeln; Gwenllian hielt einen Finger fest umklammert. Lucie lächelte, dankte dem Himmel. Sie hatte schon gefürchtet, Owen würde sich aus irgendeinem Grund scheuen, seine Tochter anzufassen. »Sie gleicht dir so sehr, wenn sie schläft«, bemerkte sie.

»Nein, dir gleicht sie.«

Lucie entkleidete sich.

»Was ist los? Hast du die Salbe nicht gefunden?«

»Doch.« Lucie wies mit einer Kopfbewegung auf den Topf auf dem kleinen Nachttisch. »Ich möchte kein Öl auf mein Hemd bringen.«

»Welch praktisch denkende Frau ich doch habe.«

Lucie schlüpfte unter die Decke und streichelte Owens Brust.

Er legte sich auf sie und biß sie in die Schulter.

»Ich dachte, dein Rücken müsse eingerieben werden.«

»Eins nach dem anderen.«

Mitten in der Nacht fing Gwenllian an zu schreien, weil sie Hunger hatte. Lucie hüllte sich in einen Schal und holte Gwenllian ins Bett, um sie zu stillen.

Owen richtete sich auf, strich seiner Tochter über ihre feuchten Locken. »Sie ist ganz heiß.«

»Wie ihr Vater.«

»Wird sie bald durchschlafen?«

Owen haßte es, aufgeweckt zu werden; nächtliche Ruhestörung bedeutete, daß der ganze nächste Tag dadurch beeinträchtigt war. Lucie zeigte kein Mitgefühl. »Ich bete auch darum, daß sie bald nachts durchschläft, aber man kann nicht voraussagen, wann ein Kind Hunger hat.« Um weitere Bemerkungen zu unterbinden, fragte Lucie schnell: »Hat Johannes dir erzählt, daß er Bardolph gesehen hat?«

»Ja.« Lucie hörte die Enttäuschung in Owens Stimme.

»Ich hatte gehofft, das sei eine gute Nachricht. Da scheint es aber noch ein Problem zu geben?«

»Ned würde sagen, nein. Er glaubt …« Owen schüttelte den Kopf. »Wir sollten nicht darüber reden, solange du Gwenllian stillst.«

Männer hatten die seltsamsten Vorstellungen von Ordnung, überlegte Lucie. »Wie hast du Ned gefunden?«

Owen setzte sich etwas auf. Sie hatte ein gutes Thema gewählt. »Du wirst es nicht glauben, wer ihn für mich gefunden hat.« Seine Stimme klang jetzt wieder viel klarer.

Lucie hatte keine Ahnung. Sie sagte den ersten Namen, der ihr einfiel. »Don Ambrose?«

Owen reagierte nicht sofort.

»Nun? Habe ich recht oder nicht?« Sein Schweigen irritierte sie. »Was ist los, Mann?«

»Nichts.« Er zwang sich, seine Stimme zu beherrschen. »Rat noch einmal.«

Lucie maulte. »Ich mag das Spiel nicht. Erzähl`s mir.«

Owen kraulte ihren Nacken. »Du willst es nicht erraten?«

»Mmmmmm …« Sie lächelte. »Ich errate es doch nicht. Ich kann mir nicht vorstellen, wer Ned gefunden hat.«

»Bist du sicher?«

»Owen …«

»Steht unser Streit kurz bevor?«

»Nicht wenn du's mir einfach erzählst. Du willst es mir doch erzählen und tust es schließlich auch. Warum quälst du mich, wo ich doch unschuldig bin?«

»Du wirst noch ganz jähzornig vor lauter Arbeit.«

Lucie lachte. »Erzähl's mir, oder ich verrate Gwenllian, daß du es magst, wenn sie mitten in der Nacht zu schreien anfängt.«

»Du lieber Himmel, wie grausam du doch bist.«

»Nun?«

»Magda Digby hat Ned für mich gefunden.«

»Ehrlich?« Darauf wäre Lucie nie gekommen. »Wie ist das möglich?«

Owen erzählte ihr, wie Nym ihnen nach Rievaulx nachgeritten war.

»Ich wundere mich nicht, daß Magda ins Moor hinaufreitet, bin nur erstaunt, daß sie zu dieser Zeit oben ist, in einer solch unsicheren Jahreszeit«, sagte Lucie.

»Sie will ihrer Enkelin bei der Geburt helfen, etwas, das ja seine eigene Zeit hat«, erklärte er mit blasiertem Lächeln.

»Ihrer Enkelin? Owen, du Ungeheuer, wie kannst du so eine ungeheuerliche Geschichte so lange für dich behalten.«

Owen lachte und klärte Lucie über Magdas Familie auf.

Lucie war begeistert. Sie und Bess hatten sich oft Gedanken über Magdas Vergangenheit gemacht, darüber, wer wohl Potters Vater gewesen sein mochte. »Hast du das selber herausgefunden?«

»Keine der Frauen hat ein Wort darüber verloren.«

»Ich frage mich nur, warum.«

»Es besteht eine Spannung zwischen Magda und ihrer Tochter.«

Lucie legte die schlafende Gwenllian in ihren Korb zurück. Sie sprach ein Stoßgebet, daß solche Spannungen ihren Kindern erspart blieben.

»Sie schläft jetzt schneller ein«, bemerkte Owen.

»Heute nacht, ja. Morgen nacht kann das schon wieder anders sein.« Lucie schmiegte sich an ihn. »Du meinst wohl, der schwierigste Teil wäre nach der Zeugung eines Kindes schon vorbei.«

»Reibst du mir jetzt den Rücken ein?«

Lucie hatte es ganz vergessen. Sie kämpfte gegen ihre Schläfrigkeit, setzte sich wieder im Bett auf. »Während ich deinen Rücken einreibe, erzählst du mir von Ned.«

»Willst du denn unbedingt schlechte Nachrichten hören?«

»Ich will wissen, was meinen Mann bekümmert.«

»Ich weiß nicht, was ich dir erzählen soll, was ich von dem Ganzen halten soll.«

»Dann erzähl mir alles.«

Und Owen berichtete ihr, was vorgefallen war. Während Lucie seinen Rücken massierte, die verkrampften Muskeln lockerte, erzählte er ihr von seiner Verwirrung, als er Ned zuerst in der Hütte des Schafhirten gesehen hatte, er ihm Halbwahrheiten aufgetischt hatte über die Art und Weise, wie er dorthin gekommen war, und daß er über Ambroses Tod Bescheid gewußt hatte.

»Und du kannst nicht sagen, ob er lügt oder einfach nur durcheinander ist?«

»Nein. Ich glaube beides, aber ich weiß es nicht.« Owen stöhnte unter ihren Griffen. »Don Ambroses Tod ist das schlimmste, was Ned zustoßen konnte. Es sei denn ...«

Lucie wurde erst jetzt klar, wie weit sein Verdacht ging.

»Du nimmst doch nicht an, daß Ned ihn getötet hat?«

Es folgte ein langes Schweigen. »Es wäre möglich. Aber ich kann es einfach nicht glauben. Dann hätte er sich ja wie ein Feigling benommen, das paßt nicht zu Ned.«

Lucie war entsetzt, daß Owen überhaupt die Möglichkeit erwog. »Da er weggelaufen ist, fingst du an, an ihm zu zweifeln.«

»Ja. Auch das hätte ich ihm nie zugetraut.«

Wenn erst einmal solche Zweifel bohrten, wo führten sie dann hin? »Du machst es dir zum Vorwurf, daß du Ned das Kommando über die Männer zugeteilt hast.«

»Ja. Und Johannes werfe ich vor, daß er nichts von dem Mönch und seiner Bitte erzählte.«

Seine linke Schulter war ganz verhärtet und leicht geschwollen. Owen ächzte, als Lucie sie massierte. »Ist wohl ziemlich kühl und feucht da oben im Moor?«

»Ja.«

Sie würde mit Bruder Wulfstan, dem Arzt des Klosters St. Mary, reden und auch mit Magda; vielleicht kannte einer der beiden eine Salbe, die in dieser Jahreszeit die Schulter besser aufwärmen würde. Sie lockerte jetzt ihren Griff, was ihm zu helfen schien. »Warum hat Johannes nichts gesagt?«

»Vermutlich aus Unerfahrenheit und einer gewissen Bockigkeit, weil dieser Mönch einen ungünstigen Zeitpunkt gewählt hatte, um seine Bitte vorzubringen.«

»Glaubst du nicht, daß Johannes etwas verschweigt?«

»Nein. Das entspricht nicht seinem Wesen.«

»Hat Ned dich schon mal angelogen?«

Owen überlegte. »Wie kann ich das genau wissen? Aber ich glaube nicht. Er ist ein Aufschneider, kein Lügner. Ich hätte auf dich hören sollen. Du hast mich ja gewarnt.«

Dieser Traum. Was hatte er zu bedeuten? Er schien ihr damals lediglich Angst vor irgend etwas symbolisiert zu haben. Aber jetzt? »Ich hätte mich gefreut, wenn ich mich geirrt hätte.« Lucie lehnte sich wieder zurück.

Owen drehte sich auf den Rücken. »Ich fühle mich schon besser.« Er streckte die Arme nach ihr aus; sie ließ sich in seine Arme fallen, küßte ihn, drehte sich dann aber zur Seite, gähnte und rekelte sich. »Ich halte dich wach«, flüsterte Owen, und die Enttäuschung in seiner Stimme war unüberhörbar.

»Ich habe mit Gwenllian viele schlaflose Nächte verbracht. Ich kann mich nicht erinnern, wann ich das letzte Mal eine Nacht durchgeschlafen habe.«

»Ich hätte dich mit meinem Rücken heute nicht mehr belästigen sollen. Es hätte ja bis morgen Zeit gehabt.«

»Nein, du dummer Kerl. Ich möchte, daß du morgen früh ohne Schmerzen aufstehst.«

Owen küßte Lucie auf die Stirn. Dann schwieg er für einen Moment. Lucie war schon halb eingedöst, als er sagte: »Auch Gervase und Heinrich sind tot.«

»Was?« Lucie öffnete die Augen. »Wo?«

»Ned hat sie im Bach in der Nähe der Stelle gefunden, wo er seine Herde hütete.«

Lucie richtete sich auf. »Glaubst du, Ned …« Sie schüttelte den Kopf. Sie konnte es nicht aussprechen. Aber warum würde jemand so weit gehen, nur um den Verdacht auf Ned zu schieben?

»Ich halte es für ziemlich unwahrscheinlich, daß ein einziger Mann beide Männer hätte überwältigen können.«

»Aber, Owen. Ned war doch weit entfernt von Rievaulx oder Fountains. Weshalb hielten sich Gervase und Heinrich auch dort auf?« Die Tatsache, daß es nicht das Werk eines einzelnen Mannes war, bedeutete noch keine Entlastung für Ned, es fehlte nur noch der Komplize.

»Ned glaubt, ihre Leichen wurden dort zurückgelassen, in der Nähe eines Weges zwischen den Abteien, so daß Abt Richard Kunde davon erhalten würde. Somit würde alles auf jenen Mann hinweisen, der nach Meinung des Abts Don Ambrose ermordet hatte.«

»Wer würde so weit gehen?«

»Bardolph und Crofter, meint Ned.«

»Bardolph! Deshalb war Ned so froh über die Begegnung des Erzdiakons.«

Owen schwieg.

»Aber Heinrich und Gervase waren ihre Kameraden.«

»Nur auf dieser Reise.«

»Warum sollten sie Ned dies antun?«

Owen seufzte. »Das weiß er nicht.«

»Oder will es nicht sagen?«

»Ich glaube, er kann es nicht sagen.«

»Eine gewagte Theorie.«

»Ich befürchte, Marys Tod hat Ned um den Verstand gebracht.«

»Ich würde gern mit ihm reden.«

»Das wäre gut.«

18

Ned handelt

Regen trommelte gegen das Flügelfenster über Thoresbys Schreibtisch. Er war froh, nicht in seinem undichten Palast in Bishopthorpe zu sitzen; die schweren Regengüsse im vergangenen Sommer und die Schneefälle dieses Winters waren durch jede undichte Stelle im Dach gedrungen und hatten ihm große Sorgen bereitet. Hoffentlich war das Dach gerichtet, wenn er zurückkehrte. Da er sich um Archer kümmern mußte, der Leichen und entflohenen Soldaten hinterherjagte, fand er kaum noch Zeit, sich seinen Pflichten als Haushofmeister zu widmen. Bevor Archer nach Fountains aufgebrochen war, hatte er zwar Handwerker beauftragt, das Dach zu reparieren, aber wer sorgte dafür, daß seine Anweisungen auch ausgeführt wurden? Thoresby nahm sich vor, in seinem Brief an Owen daran zu erinnern.

Er runzelte die Stirn, als er die Papiere studierte, die er vor sich liegen hatte – es waren Briefe, die er Michaelo diktiert hatte: einer für Erzdiakon Johannes und einer an Hauptmann Archer. Michaelo hatte eine schöne, gleichmäßige Handschrift. Thoresby fand wohl an der äußeren Form der Briefe Gefallen, aber nicht am Inhalt, doch das lag nicht an Michaelo. Diese Briefe würden von einem Boten überbracht werden, der heute noch mit den Gefolgsmännern des Königs nach Norden, nach York, reiten würde, um Ned Townley wegen des Mordes an Don Ambrose festzunehmen.

Thoresby fand die Festnahme absurd. Es war offensichtlich, daß Townleys Schuld nicht bewiesen werden konnte; aber da Johannes gegenüber dem König seine Unsicherheit geäußert hatte, war Abt Richard von Rievaulx überzeugend für die Festnahme des Mannes eingetreten. Und der König, der diese Lösung der Unge-wißheit vorzog, hatte sich dafür entschieden. Townley war entbehrlich, die Aufrechterhaltung der Moral der königlichen Gefolgsmänner wichtiger. Thoresby erklärte dies in seinen Briefen an Johannes und Archer, bat sie, nicht zu verzweifeln, sondern weiterhin nach dem wahren Schuldigen zu suchen. Er hatte ihnen versprochen, er werde eine Entscheidung über Townleys Schicksal so lange wie möglich hinausschieben. Er mußte zugeben, daß er wenig Hoffnung hatte, Townley zu retten, aber nichts war unmöglich. Thoresby seufzte, runzelte die Stirn und überlegte, wie er den Nachsatz formulieren sollte, ohne den Eindruck zu erwecken, daß ihn der Zustand der Dächer in Bishopthorpe mehr interessierte als Ned Townleys Festnahme.

Aber vielleicht war Archer sogar froh, daß er an etwas anderes als an Townley denken konnte. Archer hatte ihm geschrieben, daß er Ned Townley oben im Moor gefunden habe sowie die Leichen der beiden Männer, die damit beauftragt gewesen waren, Townley und Don Ambrose zu suchen. Thoresby fand, daß die Lage für Archers Freund immer kritischer wurde.

Es sei denn, man befaßte sich näher mit dem angeblichen Motiv. Don Ambrose war vorzuwerfen, daß er ihm Marys Tod verschwiegen und vielleicht Heinrich und Gervase getötet hatte, um sie zum Schweigen zu bringen. Nur ein sehr verängstigter Mann wäre so töricht, jemanden zu töten, von dem jeder wußte, daß er ihn gefürchtet hatte. Und es war ja wohl auch nicht anzunehmen, daß Townley so dumm war, Archer, nachdem dieser eingetroffen war, absichtlich zu den Leichen zu führen, die er so dilettantisch weggeschafft hatte? Und was war mit den anderen Männern des Suchtrupps? Wo hatten sie gesteckt, als Townley ihre Kameraden umgebracht hatte? Thoresby glaubte nicht an Townleys Schuld. Aber er war sich mit Archer darüber einig, daß man Townleys Verhalten nur schwer verstehen konnte.

Was war mit den beiden anderen Männern, die zurückgelassen worden waren, um sich auf die Suche zu begeben? Bardolph, der vor Johannes auf die Knie gefallen war – was sollte das bedeuten? Und wo steckte Crofter?

Archer hatte einen vertrauenswürdigen Boten, Walter von Coventry, eiligst nach Windsor geschickt. Er hatte Anweisung, von Sir William von Wyndesore und dem Herzog von Clarence, unter denen die beiden Männer in Irland gedient hatten, so viel wie möglich in Erfahrung zu bringen. Thoresby hatte in seinem Brief an Archer eingestanden, daß er nicht viel über Wyndesore wußte, aber mehr erfahren wollte. Und der Herzog von Clarence hatte wohl kaum etwas mit dieser heiklen Angelegenheit zu tun.

Die Sonne spiegelte sich auf den Briefen, die vor ihm lagen. Thoresby hatte soviel Zeit darauf verwendet, zu überlegen, ob er Archer etwas über die Reparaturen in Bishopthorpe schreiben sollte, daß der Regen aufgehört hatte. Es war unsinnig. Warum trug er nicht einfach Walter auf, er solle Archer daran erinnern? Das würde zudem Thoresby die passende Gelegenheit bieten, mit Walter zu reden, um herauszufinden, ob er in York etwas über Bardolph erfahren hatte oder etwas über die Augustinermönche wußte. Als Bote erfuhr Walter mehr als andere Leute.

Thoresby kicherte, als er die Briefe aufnahm. Er fing an, Spaß an dieser Detektivarbeit zu finden; vielleicht sollte er Archer öfters unterstützen. Das würde einen weiteren Dorn in Archers Krone treiben, die bereits schon schwer genug war.

Der Regen hatte den unteren Trakt des Palastes in einen Schlammsee verwandelt. Thoresby hatte das nicht bedacht. Er bereute es, diesen Ausflug unternommen zu haben, insbesondere, da er, nachdem er Walters Quartier verlassen hatte, auch nicht klüger war. Doch er wurde anderweitig entschädigt. Als er in Richtung Nordosten über den Hof eilte und seine Stiefel unangenehm quietschten, hörte er, wie jemand unbeholfen hinter ihm hereilte. Er wandte sich um. Es war Gilbert, Mistress Perrers' Diener.

»Euer Gnaden.« Der junge Mann war atemlos, sein Gesicht feuerrot.

»*Benedicte*, Gilbert. Ihr seid doch nicht etwa gerannt, um mich einzuholen? So schnell gehe ich ja nicht, insbesondere in diesem Matsch.«

Gilbert fuhr sich mit dem rechten Ärmel über die Stirn und nickte. »Master Walter sagte, ich hätte Euch gerade verpaßt.«

»Walter? Ja, ich war gerade bei ihm.«

Gilbert blinzelte, weil ihm der Schweiß in die Augen perlte, und verneigte sich leicht. »Ja, Euer Gnaden. Er sagte, ich könnte Euch noch einholen.«

»Hattet Ihr mit Walter zu tun?«

Gilbert zog einen versiegelten Brief aus seinem Lederbeutel und reichte ihn dem Erzbischof. »Ich überbrachte ihm einen Brief, und dieser hier ist für Euch, Euer Gnaden.«

Thoresby warf einen Blick darauf. »Eure Herrin war sehr fleißig.« Er lächelte Gilbert an. Dieser war immer noch rot im Gesicht, und seine Haare an den Schläfen waren feucht. »Seid Ihr von Walters Haus bis hierher gelaufen?«

»Ja, Euer Gnaden.«

»Hatte Eure Herrin Euch befohlen, Euch zu beeilen?«

Der junge Mann ließ den Kopf hängen, wich seinem Blick aus. »Nein, Euer Gnaden. Ich wollte Zeit sparen.«

Thoresby wollte nicht fragen, weshalb. Gilbert interessierte ihn nicht. »Ist sie eine gute Herrin?« Er steckte den Brief in den Ärmel.

Gilbert beobachtete besorgt, wie der Brief verschwand. »Wenn es Euer Gnaden beliebt, soll ich Eure Antwort abwarten.«

»Ah.« Thoresby zog den Brief wieder heraus und erbrach das Siegel. Es war eine Einladung zu einem geheimen Treffen in Mistress Perrers' Stadthaus. Er konnte den Termin bestimmen. Faszinierend. Aber er wollte nicht den Eindruck der Neugier erwecken. »Ich könnte morgen abend nach der Vesper kommen. Wäre dies Eurer Herrin genehm, Gilbert?«

Der junge Mann hatte sich wieder gefangen und schien über Thoresbys Antwort erfreut zu sein. »Ganz bestimmt, Euer Gnaden.« Er verneigte sich und eilte davon.

Thoresby sah Gilbert hinterher. Er verschwand in Richtung Stadttor. Alice wollte also etwas mit ihm besprechen, fern von den lauernden Blicken und aufmerksamen Ohren bei Hof. Das bereitete ihm sowohl Vernügen als auch Angst.

Die Sonne und ein kühler Lufthauch hatten Owen an den Schreibtisch unter dem Fenster der Schlafkammer gelockt. Der Tisch hatte die ideale Höhe, so daß er die kühle Brise im Nacken verspürte. Nachts hatte Lucie die Läden geschlossen, damit Gwenllian sich nicht erkältete, und deshalb mangelte es in der Schlafkammer immer an frischer Luft. Owen wartete mit verschränkten Armen darauf, bis Lucie in das Gewand geschlüpft war, das sie beim Besuch beim Erzdiakon tragen wollte. Jetzt wirbelte sie herum, gespannt auf sein Urteil.

Gütiger Gott, wußte sie, wie gut sie aussah? Owen starrte auf die weißen Rundungen ihrer prallen Brüste in dem engen Mieder.

Lucie legte den Kopf zur Seite. »Warum schaust du so finster?«

»Willst du Ned verführen oder mit ihm reden?«

Sie blickte an sich hinunter und errötete. »Ich hatte mich schon gewundert. Das Stillen hat meine Figur verändert. Vielleicht finde ich einen Einsatz, aber heute morgen habe ich keine Zeit dafür.«

Owen wußte nicht, was er sagen sollte. Als Lucies Ehemann hätte er es vorgezogen, daß sie entweder den Besuch verschieben würde oder ein altes Gewand wählte. Als Hauptmann der Garde des Erzbischofs konnte er es als klugen Schachzug ansehen: Man schickt eine begehrenswerte Frau zu einem Schurken, der soeben seine Herzensdame verloren hat, und läßt sie die Wahrheit aus ihm herauslocken.

»Ich habe ja noch die Gewänder, die ich im Garten und

im Laden trage«, sagte Lucie. »Findest du sie etwas geeigneter?«

Das hing davon ab, ob sie ihn als Ehemann oder als Hauptmann ansprach. Er mußte herausfinden, in welcher Stimmung sie war. »Deine Schönheit könnte Ned vielleicht dazu bringen, die Wahrheit zu sagen ...«

Lucie hob ruckartig den Kopf, ihre blauen Augen blitzten. »Also willst du mich benutzen, Mann?«

Ah. Nun wußte er, wie er dran war. »Ich?« Er grinste und schüttelte den Kopf. »Wie wenig kennst du mich doch, um eine solche Frage zu stellen. Dein Mann würde dich bitten, eines deiner alten Gewänder anzuziehen oder den Besuch zu verschieben.«

Als Owen Lucie nachschaute, wie sie in ihrem alten Gewand Stonegate hinuntereilte, ein helles Tuch um die Schultern geschlungen, schalt er sich einen Narren. Das Gewand erinnerte ihn an das, das sie getragen hatte, als er ihr zum erstenmal begegnet war, und ihr Haar war unter einem weißen Kopftuch verborgen, genau wie damals, und enthüllte ihren langen, schlanken Hals. Er hatte keinen Sieg errungen. Und der Gedanke, daß Ned sich ihr offenbaren würde, war auch nur ein schwacher Trost.

Als Matthew im Haus des Erzdiakons die Tür öffnete, war Lucie froh über das Gewand, das sie gewählt hatte. Er brachte kein Wort hervor und errötete. Hätte sie das andere Gewand getragen, wäre er wohl noch verlegener gewesen. Matthew eilte davon, um Ned zu holen. Ann, das Hausmädchen des Erzdiakons, platzte herein, um Lucie zu fragen, ob sie eine Erfrischung wolle. Lucie bat um Wasser. Sie ging im Salon auf und ab und lauschte auf Schritte von oben. Als sie sie vernahm, eilte sie zum Fuß der Treppe.

Aber nur Matthew erschien und sah verängstigt aus.

»Will mich Ned nicht sprechen?« fragte Lucie.

»Mistress Wilton, ich ...« Matthew schluckte, blickte die Treppe hoch. »Der Hauptmann ist nicht mehr da,

Mistress.« Er stieg wieder die Treppe hinauf. Sein Blick war starr. »Das Fenster. Er ist wohl … Oh, Mistress Wilton, was habe ich getan?«

Lucie schloß einen Moment die Augen, nahm sich vor, den Grünschnabel behutsam zu befragen, sonst würde er vielleicht aus dem gleichen Fenster springen, durch das Ned entkommen war. Aber es fiel ihr schwer. Denn wenn Ned geflohen war … Der Teufel sollte ihn holen. Wie konnte er das tun? Wie konnte er Johannes' Vertrauen so mißbrauchen? Und auch das von Owen. Liebe Muttergottes im Himmel. Verdammt. Owen, der erst einen Tag wieder zu Hause war, würde Ned hinterherjagen, und sie würde wieder allein sein. Würde sie ihren Mann denn nie für sich haben?

Ihr Schweigen mußte Matthew wohl beunruhigt haben, denn er rannte wieder die Treppe hinunter. »Mistress Wilton? Werdet Ihr ohnmächtig?«

Heilige Maria Muttergottes, gib mir die Kraft, diesen Tag zu überstehen. Lucie öffnete die Augen. »Nein, Matthew, mir geht's gut. Bringt mich zur Kammer des Hauptmanns. Zeigt mir, was Ihr gefunden habt.«

Es war wenig zu sehen. Johannes hatte Ned so sehr vertraut, daß er ihm sogar eine Kammer mit einem Fenster gegeben hatte, das nicht zur Straße lag, so daß er hinausklettern konnte, ohne gesehen zu werden. Ein Obstbaum reichte bis zum zweiten Stockwerk, also eine wunderbare Gelegenheit zur Flucht. Lucie hatte im Kloster St. Clement gelernt, wie man Bäume zur Flucht benutzte. Sie stellte sich vor, wenn man hinauskletterte, sich auf den Sims stellte und am Dach festhielt und sich dann mit einem Gebet und dem Versprechen, es nie mehr zu tun, abstieß und nach dem unteren Zweig griff, hatte man hier über den Baum einen idealen Fluchtweg gefunden. Hatte Erzdiakon Johannes im Ernst angenommen, Ned würde der Versuchung widerstehen und darauf warten, bis er in Ketten nach Windsor zurückgebracht werden würde?

»Er stand nicht unter Bewachung?« fragte Lucie Matthew.

Matthew errötete und ließ den Kopf hängen. »Ich sollte ihn bewachen.«

»Dann geschah es, als Ihr heruntergekommen seid, um die Tür zu öffnen? Beeilt Euch, vielleicht …«

Matthew schüttelte den Kopf. »Es ist eher anzunehmen, daß er geflohen ist, nachdem ich ihn vor ein paar Stunden verlassen hatte. Er hat mir erzählt, er habe die ganze Nacht kein Auge zugetan und möchte das jetzt nachholen. Dafür müßten die Fensterläden geschlossen sein. Aber ich brauchte Licht, weil ich meine Stiefel einölte. Er fragte mich, ob ich annehme, daß er im Schlaf flüchten würde. Warum also würde ich nicht meine Stiefel nehmen und sie woanders putzen? Er würde jedenfalls bis Mittag schlafen.« Matthew blickte traurig drein, nicht verärgert. »Es war grausam von ihm, mich so zu hintergehen.«

»Ja, ein bißchen schon. Aber Ihr wart auch töricht, Matthew. Habt Ihr wirklich geglaubt, er würde nichts unternehmen, um sich die Demütigung zu ersparen, als Gefangener nach Windsor gebracht zu werden?«

»Mistress Wilton?« Ann stand in der Tür und hielt einen Becher mit Wasser in der Hand.

Lucie hatte Ann ganz vergessen. Sie warf einen Blick aus dem Fenster und wandte sich dann dem Mädchen zu. Selbst wenn Ned behutsam auf den Zweig gesprungen wäre, hätte man ihn unten in der Küche gehört und ihn bestimmt gesehen, wenn er auf dem Boden gelandet wäre. »Wann ist der Hauptmann geflüchtet, Ann?«

Die junge Frau ließ den Kopf hängen und blickte zaghaft hoch. »Mistress?«

»Womit hat Hauptmann Townley dein Schweigen erkauft?«

Röte stieg ihr ins Gesicht. Ann war eine hochgewachsene junge Frau, die in dieser Demutshaltung keineswegs überzeugte. »Was meint Ihr, Mistress?«

Lucie ging auf Ann zu, nahm ihr den Becher mit dem Wasser ab und hob ihr Kinn, so daß sie nicht anders konnte, als ihr, zumindest für einen kurzen Augenblick, in die Augen zu sehen. Ihr Blick wirkte unsicher. »Hauptmann Townley ist aus diesem Fenster geklettert und verschwunden, Ann. Ich glaube nicht, daß du an einem Tag wie heute die Küchentür geschlossen hattest. Du mußt ihn gesehen haben.«

»Ich war beschäftigt, Mistress. Mußte Euer Wasser holen.«

Ann war keine geübte Lügnerin. Sie hatte vergessen, sich über die Flucht erstaunt zu zeigen. »Hältst du mich für so eine Närrin, daß ich dir abkaufe, du hättest nicht bemerkt, wie ein gutaussehender Soldat im Garten vor deiner Küche einen Baum herunterkletterte?«

Ann versuchte, sich das Lachen zu verbeißen. Sie schüttelte den Kopf. »Nein, Mistress.« Sie warf Matthew einen Blick zu und ließ wieder den Kopf hängen.

Es ging um einen Kuß, vermutete Lucie. Sie sah keine Notwendigkeit, die junge Frau in Verlegenheit zu bringen. »Ist auch egal, Ann. Sag mir einfach, wie lange es her ist und was er anhatte und was er bei sich trug.«

»Nach der Uhr am Münster eine Stunde, Mistress Wilton.« Ann verzog das Gesicht. »Ich werde meine Arbeit verlieren.«

Lucie seufzte ungeduldig. Sie hatte keine Zeit, das dumme Mädchen zu trösten. »Wenn ich dem Erzdiakon sage, daß du hilfsbereit warst, wird er dich wegen einer Verfehlung nicht feuern. Aber du mußt mir helfen.«

»Er trug die Farben des Königs und sein Bündel. Oh, er blutete schrecklich, Mistress. Er hätte zu Euch kommen sollen.«

»Er blutete schrecklich?«

Ann nickte. »Ein Zweig riß sein Bein auf. Er sprang trotzdem, rannte los und sah nicht nach, wie schlimm die Wunde ist. Hauptmann Townley ist sehr stark.«

Vielleicht nicht stark genug, um zu reiten. Oder zu rennen. Lucie befahl Matthew, zu den Männern des Erzbischofs zu eilen, damit diese die Bailiffs und die Torwächter alarmierten und Ned aufhielten, wenn er versuchen sollte, hier durchzuschlüpfen. Sie sollten Ausschau halten nach einem verwundeten Mann.

Sie blieb nicht, um Johannes' Reaktion auf die Neuigkeit abzuwarten.

Bess Merchets gestärkte Haube mit den glatten Bändern wogte auf und ab, als sie ein neues Mädchen den Gang hinunterscheuchte, um ihr eine Lektion in Geschirrwaschen zu erteilen. Plötzlich blieb sie im Türbogen der Küche stehen und wunderte sich über ihre hübsche Nachbarin, die mit kummervollem Gesicht am Gatter vorbeieilte. Bess rannte mit ausgebreiteten Armen hinaus und bekam die verblüffte Lucie gerade noch zu fassen. »Meine Liebe, was ist los? Doch hoffentlich nichts mit meinem Patenkind?«

Lucie versuchte, den Kopf zu schütteln, aber Bess hielt sie zu fest an ihre weiche Brust gepreßt. »Gwenllian geht's gut. Es geht um Ned. Er ist aus der Kammer des Erzdiakons geflüchtet.«

Bess war beruhigt. »Nun, das ist ja nicht so schlimm. Owen wird losreiten und ihn schnell finden. Du kennst ja deinen Mann.«

Ja, das stimmte. »Das ist ja das Problem. Owen wird sich noch heute auf die Suche nach Ned machen.«

Bess schob Lucie etwas von sich und betrachtete sie forschend, dann schüttelte sie den Kopf. »Und so muß es auch sein, Lucie Wilton. Wie kannst du etwas anderes annehmen? Wie könntest du den Kerl noch lieben, wenn er seinen Freund im Stich ließe?« Bess nahm ihren Arm und führte sie in die Küche der Schenke.

Lucie ließ sich auf eine Bank neben der Tür nieder. »Ned hat kein Ehrgefühl.«

Bess zuckte die Achseln und gab dem Mädchen ein Zeichen, nach draußen zu gehen und sich um die Wanne mit dem eingeweichten Geschirr zu kümmern. »Zeig mir, was du damit machst«, sagte sie und wartete, bis die junge Frau die Ärmel hochgekrempelt hatte. Dann wandte sie sich wieder Lucie zu. »Die Ehre kann oft eine tödliche Tugend sein; die Frage ist, wie man überlebt. Ned ist klug genug, um zu erkennen, daß er eine Marionette ist, die weder für den Erzbischof noch für den König Bedeutung hat. Sie sind begierig darauf, jemanden zu finden, den sie bestrafen können. Dabei spielt es keine Rolle, ob sie den richtigen Mann anklagen.«

»Ned weiß, daß Owen ihm nachreiten wird.«

»Vielleicht ist es das, was er hofft. Er und Owen könnten kurzerhand die wahren Schuldigen finden.« Bess verschränkte die Arme über der Brust und wunderte sich über Lucies Schweigen. »Habe ich recht, Lucie Wilton?«

Lucie blickte Bess an und zuckte die Achseln. »Natürlich hast du recht, Bess, aber das macht mich auch nicht glücklicher.«

Bess setzte sich zu Lucie. »Du hast mir gesagt, du seist damit einverstanden, daß Owen für den Erzbischof arbeitet. Warum bist du dann so niedergeschlagen?«

Ja warum? Weshalb spürte sie diesen brennenden Schmerz in der Magengegend? War es immer noch wegen des Traums von dem brennenden Dorf? »Bevor Owen zu den Abteien aufbrach, hatte ich einen Alptraum.« Sie erzählte Bess von dem Traum, den aufgebrachten Menschen, die Owens und Neds Blut verlangten.

Bess bekreuzigte sich. »Ein solcher Traum ist mehr ein Fluch als ein Segen.«

Lucie nickte. »Erst später werde ich wissen, wie er zu deuten ist. Aber er geht mir nicht aus dem Kopf, ich kann ihn nicht vergessen.«

»Ich verstehe. Und doch muß Owen Ned hinterherreiten, und du weißt das.«

Lucie seufzte. »Ich weiß. Aber zuerst muß Owen ihn finden. Ned ist verletzt. Vielleicht versteckt er sich in der Stadt, weil er nicht weiterkann. Wer könnte ihn hier verstecken?«

Bess runzelte die Stirn. »Wo soll man anfangen? Als er das letzte Mal hier war, hat er alle möglichen Herzen gebrochen. Aber als er letzten Monat zurückkehrte, ging er zu Matilda. Ihr Vater hat die Ställe in der Nähe von Micklegate.«

Eine Krankenschwester und dann ein Pferd. Ideal. »Kannst du deinen Burschen zu ihr schicken?«

Bess nickte eifrig. »Bis du Owen deine schlechte Nachricht überbracht hast, hat Simon schon dafür gesorgt, daß sie in deiner Küche aufkreuzt.«

Lucie umarmte Bess voller Dankbarkeit und eilte nach Hause.

Owen hieb mit der Faust auf den Tresen. Er schäumte vor Wut, und sein Gesicht wirkte so angespannt, daß die Narbe auf seiner linken Wange deutlich hervortrat. »Und wenn du dich nicht verletzt hättest, wärst du jetzt über alle Berge, he?«

Ned sah bestürzt drein. »Nein, das stimmt nicht. Ich habe es dir doch gesagt. Ich habe einen Plan, um die Misthunde aus ihrem Versteck zu locken. Dafür brauche ich aber deine Hilfe.«

»Du springst also aus dem Fenster des Erzdiakons? Wäre es nicht besser für dein Bein gewesen, wenn du darum gebeten hättest, mit mir zu reden? Zum Donner, Ned, heute morgen hat Lucie dich aufgesucht, um mit dir zu reden. Sie hätte dir zugehört.«

»Der Erzdiakon ist ein Feigling. Er würde mir nicht die Freiheit gewähren, die ich brauche.«

»Ah. Wir sollen dich freilassen, damit du Bardolph und Crofter auflauern kannst, stimmt's?«

»Ja.« Ned wand sich unter Owens Blick. »Dein Auge ist unerbittlich, mein Freund.«

»Sind wir noch Freunde?« fragte Owen ruhig.

»Gott steh mir bei. Wenn du in diesem Ton sprichst ...« Ned und Owen blickten hoch, als Lucie eintrat.

»Du liebe Güte!« Sie eilte zu Ned. »Ich bin ja so erleichtert. Ich dachte ...« Sie warf Owen einen kurzen Blick zu und sah seinen Gesichtsausdruck. »Ah, du hast es getan. Nun, macht nichts.« Sie wandte sich wieder Ned zu. »Das Mädchen erzählte mir, Ihr hättet Euch verletzt. Laßt mich sehen.« Lucie nahm ein kleines Messer aus einer Schublade, kniete nieder und schnitt die blutgetränkte Gamasche auf. »Heilige Muttergottes ...«

»Er verdient deine Hilfe nicht, Lucie«, brummte Owen. »Er will uns überreden, ihn freizulassen.«

Lucie blickte zu Ned hoch. »Mit diesem Bein geht Ihr nirgendwohin.«

»Nicht gleich, ich weiß. Ich war ein Narr. Aber ich habe einen Plan, wie man sie fangen könnte – die Bas ... die Männer, die mich hängen sehen wollen. Die Männer, die meine Mary ermordet haben.«

Owen grollte. »Du überredest mich nicht, indem du an das weiche Herz meiner Frau appellierst.«

Lucie schloß die Augen und rief: »Ruhig. Wir werden darüber reden, wenn ich diese Wunde versorgt habe. Es sind mehrere Wunden, denn Ihr habt auch noch eine alte aufgerissen.«

»Ja.«

»Ein Messerstich?«

»Von Don Ambrose. Wir haben an dem Abend, an dem er verschwand, miteinander gekämpft.«

Lucie erhob sich. »Ich brauche etwas warmes Wasser und ein Tuch, um die Wunden zu reinigen.« Sie trat etwas zur Seite, um nicht mit Owen zusammenzustoßen, der auf und ab ging, aber er griff nach ihrer Schulter. »Mann ...«

»Während ihr beide euch seelenruhig über Wunden unterhaltet, befindet sich wahrscheinlich der Haushalt des Erzdiakons schon in hellem Aufruhr. Oder, Frau? Oder hast du nichts gesagt, als du seine Kammer leer vorgefunden hast?«

»O Gott.« Sie starrte ihn mit weit aufgerissenen Augen an. »Du lieber Himmel, ja, ein Aufruhr. Ich habe Matthew losgeschickt, um deine Männer zu warnen. Sie werden dafür sorgen, daß die Torwächter und die Bailiffs nach Ned Ausschau halten.«

Owen ließ sie los und versetzte einem Hocker einen Tritt, daß er gegen den Ladentisch knallte. »Du hast diesen quäkenden Matthew losgeschickt, meinen Männern Befehle zu erteilen? Er wird Ralph und seine Männer benachrichtigen. Wenn sie Ned hier finden, hängen sie ihn.«

»Owen, ich bitte dich. Gehst du immer so mit einem Boten um? Nicht ich habe Ned aus dem Fenster entkommen lassen. Nicht ich habe zugestimmt, daß Matthew ihn bewachen soll. Ich habe genau das getan, was auch du getan hättest, oder? Ich habe die Stadt und die Torwächter alarmiert.«

»Ich bitte euch«, schrie Ned und bemühte sich aufzustehen. »Ich will nicht, daß ich Anlaß zu Streit zwischen euch gebe. Ich gehe.«

Owens Wut verrauchte genauso schnell, wie sie aufgeflammt war. »Setz dich hin, Ned.« Ned folgte ihm. Owen schnappte sich den Hocker und ließ sich darauf fallen, stemmte die Ellbogen auf die Knie, stützte sich auf und zog die Stirn in Falten. »Ich habe vor, in dieser Sache meine Hände in Unschuld zu waschen, Lucie. Johannes hat das Durcheinander verursacht, da er zuerst Ned losschickte, ohne ihn wegen der Bitte von Don Ambrose zu warnen und ihn dann in seinem Haus unter Matthews Aufsicht stellte. Es ist jetzt Johannes' Angelegenheit. Er soll dem Erzbischof und dem König Rechenschaft ablegen.«

Lucie runzelte die Stirn, schüttelte leicht den Kopf, legte einen Finger auf die Lippen und lächelte einer Kundin zu, die gerade den Laden betrat. »Vorsicht«, flüsterte sie, »Mistress Tarrington würde gern überall herumerzählen, daß wir hier streiten und daß Ned hier ist. Ich bring' ihn in die Küche, bevor sie ihn entdeckt.« Lucie nickte der Frau zu und half Ned, hinauszuhumpeln. »Kümmere dich um sie.«

Owen stand auf und setzte ein strahlendes Lächeln auf. »Wie geht es Wills Bein heute, Mistress Tarrington?«

»Leidlich. Könnt Ihr ihm nicht etwas Stärkeres gegen Schmerzen geben?«

Der Mann war von einem wilden Eber angegriffen worden. Master Saurian hatte die Amputation bis zum Knie empfohlen, doch Will Tarrington wollte es erst mit Gebeten versuchen und einem Zeitaufschub.

»Er ist unruhig und wirft sich immer herum, und das hemmt die Heilung«, sagte seine Frau. »Wenn Ihr ihm etwas Stärkeres geben würdet, könnte er ruhiger werden und sich erholen.« Sie war eine kleine Frau mit krächzender Stimme und den Knopfaugen eines Frettchens.

Lucie hatte dem armen Will bereits ein Mittel gegeben, das häufig benutzt wurde, um einen Patienten vor einer Operation zu betäuben. Owen konnte ihm nichts anderes geben, ohne ihn zu gefährden. »Meine Frau hat ihm bereits ihr stärkstes Schmerzmittel gegeben, Mistress Tarrington.«

»Ich wünschte mir, Master Wilton wäre noch am Leben, er hätte meinem Will geholfen.«

Owen biß sich auf die Zunge und wartete, daß Mistress Tarrington weiterredete.

Doch die Frau reagierte anders, als er erwartet hatte. Ihre Knopfaugen füllten sich mit Tränen, und ihre spitze Nase rötete sich. »Er wird das Bein verlieren, nicht wahr?«

Owen wünschte sich, Lucie wäre hier. Er war nicht sehr begabt für solche Situationen. »Ich hoffe, daß es nicht so weit kommt.«

»Was sollen wir tun, wenn er nicht mehr in der Mühle in St. Clement arbeiten kann?«

»Mancher Mann hat ein Bein im Kampf verloren und dennoch Mittel und Wege gefunden, sich zu bewegen. Und wie steht's mit Euch selbst? Habt Ihr etwas zur Beruhigung und zum Schlafen?«

Die Frau schüttelte den Kopf. »Nein, Hauptmann Archer. Ich muß doch auf seine Schreie achten, oder?«

»Aber ein Beruhigungstrank könnte Euch gut tun und Euch erlauben, zu ruhen, wenn er schläft.« Owen wandte sich um und holte einen Tiegel von einem Regal. »Melisse, Minze und etwas Baldrian. Ein Teelöffel voll wird in einem Becher Wasser erhitzt, durchgeseiht und in kleinen Schlucken getrunken. Dies wird keinen Tiefschlaf bewirken, aber Euch beruhigen. Ihr müßt etwas Ruhe haben, sonst seid Ihr nicht stark genug, Euren Mann zu stützen.«

Mistress Tarrington ließ den Kopf hängen und fuhr sich mit dem Ärmel über die Nase und die Augen. »Gott segne Euch«, flüsterte sie.

Nachdem sie hinausgegangen war, dachte Owen über die verängstigte Frau nach. Hätte er sie angeschnauzt, hätte er nicht erfahren, was sie für Befürchtungen hatte. Er verzog sich in die Küche. Lucie, die sich mit Neds Wunde beschäftigte, blickte ihn besorgt an. »Mistress Tarrington ist zufrieden von dannen gezogen«, beruhigte

Owen sie. Mit einem Blick auf Ned fuhr er fort: »Hat er gesagt, was er vorhat?«

»In etwa. Du mußt ihm zuhören, Owen.«

»Wofür hältst du mich? Natürlich höre ich zu.«

Die Küchentür sprang auf. Ned duckte sich, erkannte dann aber Bess Merchet.

»Die Göre behauptet, sie hätte ihn nicht gesehen ...« Bess hielt inne, als sie Ned erkannte. »Ihr habt uns also für nichts und wieder nichts in Atem gehalten?«

Owen und Ned blickten sich verblüfft an.

»Ich habe Bess gefragt, wer wohl Ned bei der Flucht helfen könnte«, sagte Lucie. »Sie hat Simon zu den Ställen in der Nähe von Micklegate geschickt.«

»Ah.« Ned nickte. »Matilda. Ich hoffe, Ihr habt nicht meinen Namen in Anwesenheit ihres Vaters erwähnt?«

»Ich bin sicher, ich weiß es nicht.« Bess stand mit verschränkten Armen da und betrachtete Ned mit dem strengen Ausdruck, den sie immer bei ihren Mädchen aufsetzte.

»Arme Matilda. Sie wird es mir übelnehmen.«

Bess schüttelte den Kopf. »Diese Mädchen. Ich habe die Nase voll von Mädchen mit Spatzenhirnen.«

»Bist du nicht zufrieden mit deinem neuen Küchenmädchen?« fragte Lucie.

Bess schnaubte. »Das ist sehr milde ausgedrückt. Ein Hund hat mehr Verstand.« Sie wandte sich Ned zu. Die Bänder ihrer Haube wippten auf und ab. »Und Ihr habt auch keinen Verstand. Was soll Hauptmann Archer dem Erzdiakon sagen?«

Ja was? »Etwas von Toms Bier könnte uns dabei helfen, uns zusammenzusetzen und alles in Ruhe zu besprechen, Bess«, schlug Owen vor. Es versprach, ein langer Nachmittag zu werden.

19

Don Paulus verstellt sich

Thoresbys neue Gemächer in Windsor lagen in der nord-
östlichen Ecke des oberen Burghofs. Dort wurden für
Mitglieder des Hofs laufend Unterkünfte gebaut, die sich
entlang der östlichen und südlichen Mauern zum Black
Tower erstreckten.

Von seinem Fenster aus konnte Thoresby durch einen
Spalt in der Ostmauer, die gerade repariert wurde, ein
kleines Stück des sonnenüberfluteten Weinbergs erspähen. Nachdem es eine Woche häufig geregnet hatte,
gab es heute morgen kaum Nebel, und im Laufe des Vormittags wurde es warm und freundlich. Obwohl die vor
kurzem gestutzten Reben noch kaum Blätter hatten,
würde sich die Erde durch die Sonne erwärmen. Thoresby
konnte den durchdringenden Geruch fast einatmen. »Ich
mache einen Spaziergang durch den Weinberg«, teilte er
Michaelo mit.

Bruder Michaelo neigte den Kopf. »Euer Gnaden, soll
ich die Bittsteller anweisen, nach dem Mittagsoffizium
wiederzukommen?« Die schmalen Lippen verzogen sich
zu einem dünnen Lächeln. Michaelo fand zwei Gewohn-
heiten seines Herrn seltsam: sein häufiges Baden und
seine langen Spaziergänge.

Thoresby dagegen störte sich an der Trägheit seines
Sekretärs. »Ihr könnt mich begleiten, Ihr müßt Euch ja in
diesen Gemächern wie ein Gefangener fühlen.«

Ein leichtes Blähen der Nasenflügel. »Keineswegs,
Euer Gnaden. Ich bin Euer ergebener Diener.« Michaelo
lächelte. »Und natürlich sind da die Bittsteller.«

»Zur Hölle mit den Bittstellern, Michaelo. Adam kann
ihnen genausogut wie Ihr auftragen, daß sie später wiederkommen sollen. Kommt, begleitet mich.«

»Und was ist mit Bruder Florian? Seinem Brief nach könnte er noch heute eintreffen ...« Michaelo verzog das Gesicht, als langweile er sich, kehrte ein paar Brosamen von dem Tisch, vor dem er stand, und zuckte die Achseln. »Aber er wird erschöpft sein und froh, sich etwas erholen zu können, bevor er sich zeigt.«

Thoresby war froh, daß sein Sekretär ihn nicht anblickte, sonst hätte dieser die Verwirrung seines Herrn gesehen. Er hatte Florians Brief, der vor ein paar Tagen überbracht worden war, völlig vergessen. Der Mönch hatte lange in seinem Dienst gestanden und besaß ein besonderes Geschick, Leute aufzuspüren, die glaubten, in London untertauchen zu können. Florian hatte mitgeteilt, ein gewisser Don Paulus sei vor kurzem in einem Hospital in der Stadt eingetroffen und er würde ihn am Tag darauf aufsuchen und ihn in Windsor abliefern, falls er derjenige sein sollte, den Thoresby suchte.

Thoresby hatte genau diese Nachricht erwartet. Er erinnerte sich, wie erregt er gewesen war, als er den Brief gelesen hatte. Und dann hatte er ihn völlig vergessen. Eine unangenehme Alterserscheinung, die Thoresby schwer erschütterte, da er immer stolz auf sein gutes Gedächtnis gewesen war. »Ich glaube kaum, daß Florian so früh kommen wird, aber wenn doch, dann kann ihn ja Adam zum Weinberg hinausbegleiten.«

»Mit dem Mönch, wenn er ihn gefunden hat?«

Thoresby nickte eifrig. »Um so besser, wenn ich mit ihm reden kann, ohne daß der ganze Hof mithört.«

Michaelo lächelte. »Ich habe meine Zweifel, daß Ihr der einzige seid, der bei diesem Wetter im Weinberg spazierengeht.«

Don Paulus war so rund wie ein Faß, sein Gesicht rötlich, aber angenehm. Thoresby hatte ihn sich nicht so vorgestellt. »Ihr kommt bereitwillig hierher und wollt mir alles erzählen, was Ihr wißt?«

Der Mönch verbeugte sich. »Gott hat mir offenbart, worin meine Pflicht besteht, Euer Gnaden.«

Es war eher anzunehmen, daß der Rang derjenigen, die ihn suchten, ihn dazu gebracht hatte. Wie auch immer. »Gott segne Euch, Don Paulus. Wir sind dankbar, daß Ihr wohl und sicher bei uns seid. Wollt Ihr spazierengehen oder würdet Ihr lieber in meine Gemächer zurückkehren?«

Die scharfen Augen betrachteten die ordentlich bepflanzten Reihen von Rebstöcken, die Menschenleere. »Das hier ist ein idealer Ort für die gefährlichen Mitteilungen, die ich Euch zu machen habe, Euer Gnaden. Wir könnten jeden Eindringling ausmachen, noch bevor er die Gelegenheit hätte, uns zu hören.« Paulus griff in seine Ärmel und straffte die Schultern.

Gefährlich? Thoresby fand die Vorstellung, daß dieser kleine korpulente Mann gefährliche Botschaften mit sich trug, beinahe amüsant. »Und Ihr, Bruder Florian?« fragte Thoresby den weißhaarigen Mönch. »Macht es Euch etwas aus, die frische Luft zu genießen?«

»Ich füge mich Euren Anordnungen, Euer Gnaden. Aber ich wäre gerne mit dabei. Ihr wißt, daß Ihr auf meine Verschwiegenheit bauen könnt.«

»Das dürfte in diesem Fall nicht reichen«, mischte sich Don Paulus ein, wobei er einen wenig freundlichen Ton anschlug.

»Sprecht nicht so herablassend zu mir, Don Paulus«, beschwerte Florian sich.

»Ich versichere Euch, das war nicht meine Absicht«, erwiderte der Mönch schnell.

»Dann, meine Herren, laßt uns weitergehen«, sagte Thoresby voller Ungeduld. Doch er schlug ein langsames Tempo an, bemerkte die Knospen an den Rebstöcken, den guten Boden. »Darunter befindet sich Kalkstein, der dem Wein offensichtlich gut tut. Ein glücklicher Zufall, nicht?«

Don Paulus hielt einen kurzen Vortrag über die Kalksteinregionen Frankreichs und den ausgezeichneten Wein, der dort gedeiht. »Auch wenn jetzt das Wetter hier milder ist, würde man es in Bordeaux als kühl empfinden.«

»Ihr seid ein Kräutersammler, der im Boden gräbt«, bemerkte Thoresby.

»Ich habe selten die Gelegenheit, aber ja, ich arbeite gern im Garten.« Der Mönch hatte inzwischen die Hände wieder aus den Ärmeln gezogen und verschränkte sie auf dem Rücken. Er wirkte nachdenklich. »Doch Bruder Florian hat mich nicht aufgesucht und hierher zitiert, damit ich mit dem Erzbischof von York und Lordkanzler von England über Gartenarbeit spreche. Bitte, Euer Gnaden, stellt mir Eure Fragen.« Paulus betrachtete lächelnd die Düngerhaufen unter einigen Rebstöcken. »Der Winzer hier liebt Experimente.«

Thoresby fand die Ruhe des Mannes recht beeindruckend. »Warum seid Ihr verschwunden, Don Paulus?«

Er zuckte mit den Achseln. »Ich fand, daß das, was ich wußte, gefährlich war, ebenso die Tatsache, daß ich Kontakt mit einem Mann hatte, der vom Tode gezeichnet war.« Don Paulus schwieg und wandte sich dann mit ernstem Gesicht Thoresby zu. »Um ehrlich zu sein, auch wenn es nicht für mich spricht: Angst trieb mich dazu, Stillschweigen über die junge Frau zu bewahren, die in der Themse trieb. Ich wußte, ich konnte ihr nicht helfen, denn ich sah, daß sie tot war – ich habe schon genug Tote gesehen, um das beurteilen zu können –, doch ihre Seele schwebte vielleicht zwischen Leben und Tod. Und ich tat nichts anderes, als sie zu segnen und für ihre Seele zu beten.« Paulus schloß die Augen und schüttelte den Kopf.

»Und jetzt tretet Ihr hervor?«

»Hervortreten?« Paulus kicherte. »Bruder Florian hatte alle Mühe, mich aufzustöbern. Aber dann war ich höchst erleichtert, ihn zu sehen. Ich fühlte mich unrein. Und ich befürchtete, wenn man erst einmal solcher Feigheit nachgibt, wird dies bald zur Gewohnheit. Ich betete darum, daß es nicht so sei, aber ich fürchtete, es würde das unvermeidliche Ergebnis sein. Wenn man einmal beschmutzt ist, ist man nie mehr richtig sauber. Der Fleck bleibt im Gewebe.«

Thoresby begann zu vermuten, daß sich hinter dem angenehmen Gesicht ein Heuchler verbarg. »Sagt, Don Paulus, war die Entdeckung, daß ich Florian geschickt hatte, nicht beruhigend? Daß jemand in meiner Stellung sich darüber Sorgen machte?«

Don Paulus zuckte die Schultern. »Wie ich schon sagte, einmal beschmutzt ...«

Thoresby warf Bruder Florian einen Blick zu. Dieser reagierte mit einem Blick von der Seite, der bestimmt eine gute Geschichte versprach, wenn sie allein waren. Thoresby ging weiter. »Wie habt Ihr Don Ambrose kennengelernt?«

Die Hände schlüpften wieder in die Ärmel. »Wir haben zusammen in Oxford studiert.« Paulus achtete jetzt auf den Weg. Er trug Sandalen.

»Wart Ihr gute Freunde?«

Don Paulus seufzte. »In unserem Orden ist es schwierig, dauerhafte Freundschaften zu schließen. Wir kommen viel herum und ...«

Ungehalten räusperte sich Thoresby.

»Nein, Euer Gnaden. Wir waren keine guten Freunde.«

»Wie kam es, daß er sich Euch anvertraute?«

»Ich war in dem Leprahaus in der Nähe. Er suchte mich auf, weil er sich daran erinnerte, daß ich mich mit Kräutern auskenne. Er fragte, ob ich eine Methode kenne, wie man Gift in Speisen oder Getränken feststellen kann.«

Gift? »Und wofür brauchte er diese Information?«

»Zuerst erzählte er mir, daß er in den Haushalt von Don William von Wykeham wechseln wolle, der viele Feinde hätte.«

»Wykeham? Feinde, die ihn vergiften wollen? Das kann ich mir nicht vorstellen.«

Paulus nickte. »Ich erklärte ihm, daß jemand, der den Mut habe, den Favoriten des Königs zu vergiften, jeden Preis zahlen würde, um in den Besitz eines subtilen Gifts zu gelangen, das von Laien nicht entdeckt werden kann, nicht einmal von mir.«

»Stimmt das wirklich?«

»Ja, das denke ich schon, Euer Gnaden. Aber es ist nur eine Theorie. Auf jeden Fall kehrte Ambrose ein paar Tage später wieder zurück. ›Und was wäre, wenn das Opfer nicht so hochgestellt wäre? Wenn es einer von uns wäre?‹

fragte er. Gott vergebe mir, aber das machte mich neugierig, denn es war eindeutig, daß Ambrose Todesangst hatte. Er war Kaplan im Palast von Windsor. Ich überlegte, wodurch ein solcher Kaplan in Gefahr geraten konnte. Also fragte ich ihn, vor wem er Angst habe.« Paulus blickte sich um und entdeckte einen Gärtner, der in der nächsten Reihe arbeitete. »Vielleicht reden wir dort drüben weiter?«

Schweigend durchquerten sie den Weinberg.

»Fahrt fort, Don Paulus«, befahl Thoresby, doch der Mönch stand da, mit hinter dem Rücken verschränkten Armen, starrte völlig entrückt auf die noch unvollendete Palastmauer und machte keine Anstalten zu reden.

Doch dann raffte er sich auf, lächelte unbefangen. »Verzeiht, Euer Gnaden. Der Anblick des Palastes ist überwältigend ...«

»Sagt mir, vor wem Ambrose Angst hatte, bevor ich mit Euch die Mauer fülle«, grollte Thoresby.

Paulus faltete die Hände über der Brust und nickte. »Er hatte Angst vor Sir William von Wyndesore und Mistress Alice Perrers, Euer Gnaden.«

Thoresby erinnerte sich daran, daß er einmal Alice auf Windsor Castle gesehen hatte, wie diese im Hof mit einem Mann stritt. Vielleicht war es Wyndesore gewesen. Er erinnerte sich auch noch, wie sie errötet war, als sie geantwortet hatte: *Ich kenne ihn.* Ein interessantes Paar. »Warum hatte er Angst vor ihnen?«

»Weil er sie vermählt hat, Euer Gnaden. In einer geheimen Zeremonie.« Der Mönch lächelte süffisant.

Thoresby war fassungslos. »Unmöglich.«

Don Paulus warf die Hände hoch. »Das könnte man denken, aber Don Ambrose hat es geschworen, und er sagte auch den Tod der Zofe der Perrers voraus, nachdem Wyndesores Page tot war. Sie waren die Trauzeugen gewesen.«

Thoresbys Magen verkrampfte sich. Eine logische Verbindung, Priester und Trauzeugen. Aber diese Kaltblütigkeit. »Dann gibt es also keinerlei Aufzeichnung über die Heirat?«

»Eine schriftliche Aufzeichnung, Euer Gnaden, die noch zuverlässiger zum Schweigen gebracht werden kann als Menschen.«

»Als Ambrose Euch diese Geschichte erzählt hat, waren da noch alle Trauzeugen am Leben?«

»Nein, der Junge war schon tot.«

»Ambrose hatte Angst, vergiftet zu werden. Als er erfuhr, daß er für den König nach Norden reiten müsse, hatte er da immer noch Angst vor einem Giftanschlag?«

Ein Achselzucken. »Wie kann ich alle seine Gedanken kennen? Er bat mich, wenn ich Nachricht über Mary hätte, dies unserem Haus in York zu übermitteln; er wußte, daß sie Angst hatte. Sie hatte ihn mehrere Male aufgesucht, um ihre Sünden zu beichten, da sie fürchtete, der Tod stehe ihr bevor.«

»Armes Kind«, sagte Bruder Florian und bekreuzigte sich.

Ah ja, der Rangunterschied; Bruder Florian konnte sich Mitleid leisten. Thoresby mußte versuchen, alles, was er hörte, aufzunehmen und die richtigen Fragen zu stellen. Erst dann hatte er Zeit für Mitleid. Er wollte, daß das Gespräch mit Paulus bald zu Ende ging, damit er den schrecklichen kleinen Mann wegschicken konnte. »Ihr sagt, Ambrose habe sich vor Wyndesore und der Perrers gefürchtet? Sie trugen ihm auf, Schweigen zu bewahren?«

»Und er hat es geschworen.«

»Und doch hat er Euch davon erzählt.«

»Wie ich Euch schon sagte, wollte er von mir wissen, wie man Gift entdeckt.«

»Vor wem fürchtete er sich? Wer, glaubte er, könnte ihn vergiften?

»Er wußte es nicht. Er berichtete mir, wie Mistress Perrers, sofort nachdem der Page tot aufgefunden worden war, Townley für unschuldig erklärt hatte – vielleicht ein wenig vorschnell? Deshalb bekam Ambrose Angst, als er hörte, daß Townley mit ihm nach Norden reiten würde. Vielleicht stand er in irgendeiner besonderen Beziehung zu Mistress Perrers? Hinzu kam, daß zwei von Wyndesores Männern mitreiten würden.«

250

Wyndesore. Immer wieder dieser Name. »Nachdem Ambrose Euren Brief in York erhalten hatte, konzentrierte sich seine Angst ganz auf Townley. Vielleicht hätte er aber eher vor den anderen auf der Hut sein müssen?«

»Das glaube ich nicht. Einer unserer Mönche in York berichtete mir, daß ein Hauptmann Archer die Männer angeführt habe, nicht nur ein Spion und Townleys Freund, sondern auch der Gemahl einer Apothekerin, die Zugang zu Giften hat. Don Ambrose wußte dies bestimmt.«

»Don Ambrose wurde nicht vergiftet.«

Kurzes Zögern. »Nein?«

Thoresby schüttelte den Kopf. »Und wie verhält es sich mit Marys Tod? Ihr glaubt doch wohl nicht, daß Townley seine Geliebte ermordet hat?«

»Wie echt war seine Liebe? frage ich mich. Don Ambrose erzählte mir, daß Townley Lancasters Mann war. In unserem Orden weiß man, daß der Herzog Don William nicht ausstehen kann; wir betrachten ihn als Freund. Es scheint einleuchtend, daß Townley sich auf diese Verschwörung einließ, um Wykehams Ambitionen zu vereiteln, indem er die Mission zum Scheitern brachte.«

»Durch Mord? Townley würde nicht so kaltblütig handeln.«

Don Paulus zuckte die Achseln. »Ich bin nur hierhergekommen, Euer Gnaden, um Euch zu berichten, was ich weiß, und nicht, um mich für irgend etwas einzusetzen.«

»Schon gut. Laßt uns weitergehen, und ich denke über das nach, was Ihr mir berichtet habt. Vielleicht habe ich noch Fragen an Euch.« Thoresby mußte seine Zweifel verdrängen und über die Geschichte des Mönchs nachdenken. Wenn es tatsächlich stimmte, daß Alice Perrers sich ohne die Erlaubnis des Königs vermählt hatte – denn weshalb sonst sollte dies geheimgehalten werden –, wo lag dann der Schwachpunkt in der Geschichte des Mönches? Vielleicht in der Verschwörung gegen Ambrose? Die anderen waren schnell weggeschickt worden. »Warum sandte man Ambrose nach Norden? Warum riskierte man, daß er floh?«

»Ich befürchte, darüber hat mich niemand aufgeklärt, Euer Gnaden«, erwiderte er und grinste.

Thoresby stellte fest, daß er die Fäuste geballt hatte; er lockerte sie wieder. »Wie denkt Ihr über die ganze Angelegenheit?«

»Ambrose hatte einen höheren Rang als die Zofe oder der Page. Sein Tod hätte wohl eine Untersuchung gerechtfertigt.«

»Aber das tut er immer noch.«

»Vielleicht könnten drei Todesfälle auf Windsor zu viel Geschwätz verursachen?« Paulus zuckte die Schultern.

Weshalb ging Thoresby bereits diese kleine Geste auf die Nerven? Was verachtete er so sehr an diesem kleinen Mann? Als sie ihre Unterhaltung aufgenommen hatten, fand Thoresby Don Paulus viel angenehmer, als er ihn sich vorgestellt hatte, viel ruhiger. Er war ein Schauspieler, aber er war nützlich. Sie hatten ihn aus seinem Versteck gelockt, aber dann hatte er mitgespielt, als ob er nie etwas anderes im Sinn gehabt hätte. Und er schien sich zu amüsieren. Bruder Florian hatte Mitleid mit der Zofe gehabt, die er nie gesehen hatte; dieser Mann … Ah. Das war alles höchst mysteriös.

»Don Paulus, wie konntet Ihr die Zofe der Perrers im Fluß erkennen? Wann habt Ihr sie kennengelernt?«

Paulus hob den Zeigefinger. »Genau die Frage, die ich erwartet habe. Ich hatte sie mit ihrer Herrin in der Stadt gesehen. Nachdem ich Ambroses Geschichte gehört hatte, war meine Neugier geweckt, ich wollte mehr über Mistress Perrers erfahren. Eine mächtige junge Frau.« Er schüttelte den Kopf. »Aber wie kann ich darüber urteilen? Ich stellte fest, daß sie ein Haus in der Stadt hatte, in der Nähe des Flusses. Ich verkaufte ihrem Koch ein paar Kräuter und lungerte dort lange genug herum, bis die Geliebte des Königs auftauchte. In ihrer Begleitung befand sich ihre Zofe, die blond war. Es war zum Erbarmen, sie im Fluß treiben zu sehen, ihre Zöpfe anmutig wie ein Vorhang ausgebreitet.«

Thoresbys Abneigung gegen den Mönch wuchs mit jedem Wort, das er sagte. »Ihr bleibt hier im Palast, Don

Paulus, bis ich Euch ziehen lasse. Für den Fall, daß sich noch Fragen ergeben.«

Der Mönch betrachtete Florian stirnrunzelnd. »Aber Ihr habt doch gesagt ...«

»Tut in dieser Zeit Buße, Don Paulus. Eine junge Frau so im Fluß liegen zu lassen ...« Florian schüttelte den Kopf.

»Kommt zu mir, wenn Ihr den Mönch untergebracht habt«, rief Thoresby Florian über die Schulter zu, als er zu seiner Wohnung zurückeilte. Er verspürte den unbändigen Wunsch, seine Hände zu waschen.

Am Spätnachmittag lenkte Tom Merchet den Eselskarren über die Ouse-Brücke. Auf der anderen Seite bog er von Micklegate in die St. Martin`s Lane ab und hielt vor einem kleinen Haus, das fast in die dahinterliegenden Ställe überging. Owen kroch unter einem Stapel Mehlsäcke hervor und verschwand im Schatten. Eine junge Frau öffnete die Haustür, verschwand einen Augenblick, trat dann ins Freie, mit einem Korb in der Hand, blickte sich um, schloß die Tür, legte die Hand auf Owens Arm und ging den Weg hinunter. Tom gab dem Esel ein Zeichen und folgte langsamer nach. Sie trotteten die Fetter Lane hinunter und dann die Skeldergate hinauf in Richtung des Old Baile.

Das Old Baile war das Gegenstück von York Castle auf der anderen Seite des Flusses gewesen, bevor es baufällig geworden war. Es stand jetzt unter der Rechtsprechung des Erzbischofs, diente manchmal als Verlies, und der Hof wurde gelegentlich als Rummelplatz benutzt. Die letzten größeren Reparaturen am Gebäude und den Mauern waren vor über vierzig Jahren vorgenommen worden, als König Edward den Regierungssitz nach York verlegt hatte, während er gegen die Schotten kämpfte. An den Mauern und Toren standen Wachen, aber ein entschlossener Eindringling konnte durchaus Einlaß finden.

Genau wie Matilda, die sich ihren Weg über die morastigen Steine des Burggrabens bahnte und durch eine

Mauerlücke hinter dem Farnkraut schlüpfte. Auch Owen schlüpfte durch, obwohl sich ein Stein glitschiger als vermutet erwiesen hatte. Aber es gelang ihm, sich zu fangen, wofür er sich jedoch einen nassen Stiefel holte.

Im Burghof stank es nach Feuchtigkeit und Urin. Owen blieb stehen und versuchte, mit seinem Auge im trüben Licht etwas zu erkennen. Er glaubte, er habe Matilda verloren. Doch dann hörte er sie direkt neben sich flüstern: »Hier ist das Tor, Hauptmann. Ihr müßt Euch anstrengen, um es zu öffnen.«

Er konnte nur eine Rebranke erkennen. Matilda nahm seine Hand und lenkte sie zu einem Eisenring. Er zerrte daran, jedoch ohne Erfolg, trat zurück, rieb sich die Hände an seinen Gamaschen, blies hinein, rieb sie gegeneinander und stellte sich fest auf den Boden und zerrte erneut daran. Die Tür gab ein kleines Stück nach. Er wiederholte das Ganze noch einmal, mit etwas mehr Erfolg.

»Das dauert ja den ganzen Nachmittag«, murmelte er.

»Ich drücke und du ziehst«, zischte Tom von der anderen Seite.

»Gott segne dich, Tom.«

Bald hatten sie es offen, dann führte Tom den Eselskarren vorsichtig über die morschen Bretter. Matilda holte die Lampe aus dem Karren und ging ihnen zu einer Wachhütte voraus. Sie entzündete die Lampe, um ihnen die kleine Kammer zu zeigen, die eine Liege, einen Tisch, einen Stuhl und einen kleinen Ofen enthielt.

»Wer versteckt sich hier?« fragte Owen.

Matilda schüttelte den Kopf. »Zeigt mir, wie ich ihn versorgen soll.«

Owen und Tom halfen Ned in das Wachhaus und betteten ihn auf die Liege. Owen holte die Salben aus seinem Bündel. »Bring das Licht her.«

Matilda kroch heran, als Owen den Verband löste. »Oh, Ned«. Sie kniete sich neben die Liege und besah sich mit der Lampe sein Bein. »Tut es sehr weh?«

Ned knurrte. »Erst als dieser Metzger es mit Nadel und Faden bearbeitete.«

Matilda warf Owen einen Blick zu. »Ich glaube nicht, daß ich das könnte.«

»Dazu braucht man einen guten Magen, das stimmt«, erwiderte Owen. »Aber du mußt die Wunde nur reinigen und dann die Salbe auftragen. So.« Er zeigte es ihr. »Und achte auf das Fieber, bring ihm viel Wasser, und schicke nach mir, wenn sich sein Zustand verändern sollte. Oder wenn es Ärger gibt.«

Sie nickte. »Ihr könnt mir vertrauen.«

»Das weiß ich«, sagte Owen. »Ist der rechtmäßige Bewohner dieser Behausung nicht so schnell zu erwarten?«

»Nein.«

»Bist du sicher?«

Sie sah Owen mit großen Augen an. »Haltet Ihr mich für eine Närrin oder eine Verräterin?«

»Verzeih mir. Ich mache mir nur Sorgen um meinen Freund.«

»Er ist sicher bei mir.«

Owen stand auf.

Matilda verstaute die Tücher und Salben in ihrem Korb. »Ein Mann in der Livree des erzbischöflichen Haushalts wird dich heute abend hier erwarten«, erklärte ihr Owen, als sie sich erhob. »Alfred wird Wache stehen, solange Ned hier ist.«

Matilda nickte. »Ich kenne Alfred.«

Bruder Florian rieb sich die Nase und verbarg ein Grinsen. Aber Thoresby entging es nicht. »Was amüsiert Euch?«

»Das Ego von Paulus, der glaubte, er könne Euch austricksen. Er wußte doch bestimmt, daß ich Euch erzählen würde, wie ich ihn erwischt habe. Er versuchte zu entfliehen, indem er sich hinter einer Leiche verbarg, die vom Hospital weggebracht werden sollte, um bestattet zu werden.«

»Du lieber Himmel, nein.«

Florian hob seinen Becher, nickte, trank und wischte sich den Mund an seinem Ärmel ab. »Ich bestand darauf, daß er sich für die Reise ein sauberes Gewand borge, und erzählte seinen Oberen, daß er Euch aufsuchen sollte, Euer Gnaden.«

»Habt Ihr verraten, was ich beabsichtigte?«

»Nein, Euer Gnaden. Ich deutete an, daß Ihr noch einen Schreiber benötigt.«

»Wer würde annehmen, daß mir dieser Mann gefallen könnte?«

»Die übrigen Augustiner, Euer Gnaden.« Er verzog sein schlaues Gesicht zu einem Grinsen.

Aber Thoresby konnte sich kein Lächeln abringen. Er schwenkte den Wein im Becher hin und her und überlegte.

»Findet Ihr seine Geschichte nicht glaubwürdig, Euer Gnaden?«

»Ja und nein. Das ist die einzige Erklärung, die ich habe und die den größten Teil der Ereignisse begründet. Der entscheidende Punkt ist, daß Townley mit dem Mönch losgeschickt wurde.«

Sie schwiegen.

Thoresby ergriff als erster wieder das Wort. »Sollte das stimmen, dann verfügen wir jetzt über gefährliche Informationen.«

Florian runzelte die Stirn. »Er hat mich gewarnt.«

»Ich zweifle daran, daß Euch irgend jemand damit in Zusammenhang bringen würde. Soweit es mich betrifft, habt Ihr nichts gehört.«

»Natürlich.« Bruder Florian leerte seinen Becher und erhob sich langsam von der Bank, auf der er Platz genommen hatte. Nie setzte er sich auf einen Stuhl mit Rücken- und Seitenlehne, da es ihm schwerfiel, sich daraus wieder zu erheben.

»Wollt Ihr gehen?«

»Ich habe hier noch viel zu erledigen, Euer Gnaden. Und um ehrlich zu sein, ich bin Euch im Augenblick keine große Hilfe. Ich finde die Leute für Euch, aber ich behaupte nicht, daß ich sie verstehe.«

Ein glücklicher Mann, der es schaffte, sich auf das zu beschränken, was er gut konnte. Auch Thoresby sollte das versuchen. Doch es war schon zu spät, sich zu ändern, viel zu spät.

Florian wandte sich an der Tür nochmals um. »Gott möge Euch beschützen, Euer Gnaden.«

»Euch auch, alter Freund.«

Nachdem Florian den Raum verlassen hatte, ging Thoresby auf und ab. Sein Geist war voller Fragen. War es möglich? Würde Alice Perrers ihre Stellung bei Hof für den tölpelhaften Wyndesore aufs Spiel setzen? Thoresby freute sich auf den Abend mit ihr. Wie überrascht sie sein würde, wenn er ihr erzählte, welche Gerüchte über sie kursierten. Sollte er es überhaupt erwähnen? Aber wie sonst sollte er die Wahrheit herausfinden?

Zuerst aber mußte er ein sicheres Versteck für Don Paulus finden. Ob die Geschichte stimmte oder nicht, auf jeden Fall schwebte der Mann in Gefahr und war gefährlich.

Lucie ließ Jasper im Laden und folgte Owen in die Küche. »Was wirst du Johannes erzählen?«

Owen ließ sich auf einen Stuhl neben dem Herd fallen und fuhr sich mit der Hand durch sein staubiges Haar. »Ich weiß nicht, Lucie. Spiele ich den Narren?«

Sie beugte sich zu ihm hinunter und küßte ihn auf die Stirn, nahm eine Hand und küßte die Innenfläche. »Du würdest keine Ruhe finden, wenn du Ned einfach seinem Schicksal überlassen würdest.«

»Setze ich sein Leben nicht trotzdem aufs Spiel, indem ich ihn als Köder benutze, um zwei Mörder anzulocken, die nach seinem Blut dürsten?«

»Vielleicht sind sie gar keine Mörder.«

»Dann bin ich ein Narr.«

»Nein. Du bringst Ned sicher nach Windsor, wo du bald die Wahrheit herausfinden wirst. Ich glaube an dich, Liebster.«

Owen zog sie auf den Schoß und vergrub sein Gesicht an ihrem Hals. »Ich verdiene dich nicht.«

»Vielleicht trifft das auf Ned zu, mein Herz, aber nicht auf dich.«

»Armer Johannes.«

»Du mußt morgen früh zu ihm gehen und versuchen, alles zu erklären.«

»Ja. Das ist der schlimmste Teil dieses verrückten Unternehmens.«

20

Alices Fehler

Die Sonne war bereits untergegangen, als Thoresby durch die Palasttore ritt, die belebte Bishop Street entlang, die im Schatten der Palastmauern und der überhängenden Obergeschosse der Häuser lag. Er bog in die New Street ein, wo die Häuser weiter auseinander standen; Alice Perrers Haus war das letzte in der Straße, mit Blick auf die Themse. Die Fackeln, die den Eingang beleuchteten, zeigten ein solide errichtetes Gebäude aus Stein mit einem Holzdach. Die Fenster waren verglast, der Bereich vor dem Eingang war mit Kopfsteinpflaster ausgelegt – wohl wegen der Besuche des Königs, vermutete Thoresby. Er überlegte, wie lange sie wohl noch in diesem Haus wohnen würde, wenn Don Paulus' Bericht der Wahrheit entsprach.

Gilbert öffnete die Tür, führte Thoresby in einen gemütlichen Salon mit einer kleinen Feuerstelle, massiven Eichenmöbeln und einem bis zur Decke reichenden Schrank, in dem Silbergeschirr zu sehen war. Thoresby war sehr verblüfft, hier einen flachsblonden kleinen Jungen zu sehen, der mit einem Welpen vor dem Feuer herumtollte, der seinen Herrn spielerisch in die Hand biß. Thoresby hatte Alice Perrers und des Königs Sohn nur einmal kurz nach der Geburt gesehen, seither nicht mehr.

»Mistress Perrers hat mir aufgetragen, mich darum zu kümmern, daß Ihr es Euch gemütlich macht, Euer Gnaden«, sagte Gilbert. Er geleitete Thoresby unter Verbeugungen zu einem Stuhl in der Nähe des Feuers.

Das Kindermädchen stand auf. »Euer Gnaden«, begrüßte sie ihn mit einem Knicks. Dann griff sie mit einem Arm nach dem Welpen, und mit dem anderen zog sie den

Jungen hoch. »Sagt *Benedicte* zu Seiner Gnaden, dem Lordkanzler von England, Master John«, forderte ihn die junge Frau auf.

Der Junge lutschte an seinem Finger, versteckte sich hinter dem Kindermädchen, spähte dann vorsichtig wieder hinter ihrem Rücken vor und flüsterte etwas Unverständliches, was ein Lächeln in das reizende Gesicht des jungen Mädchens zauberte.

»*Benedicte*, Master John«, erwiderte Thoresby. Da er jetzt Pate war, bemühte er sich um Kinder. Hier zeigte sich ein weiteres Risiko, das die Perrers auf sich genommen hatte, wenn die Geschichte stimmte: Der König würde ihr nie erlauben, ihren Sohn aufzuziehen, wenn sie ihn betrogen hatte. Bestimmt wußte sie das. Würde es ihr nichts ausmachen?

»Bring ihn in sein Schlafgemach, Katie«, befahl Alice Perrers von der Tür her: Sie hielt die Hände zu beiden Seiten des Türrahmens ausgestreckt; ihr dunkelgrünes Gewand schimmerte im Feuerschein. Sogar zu Hause bemühte sie sich um Eleganz. Alice lächelte zu ihrem Sohn hinunter, trat zur Seite, um ihn vorbeizulassen, schreckte kurz vor dem neugierigen Welpen zurück.

»Ihr liebt Hunde nicht sonderlich, Mistress Perrers?« erkundigte sich Thoresby, als sie auf einem Stuhl Platz nahm, der halb zu ihm gedreht war.

Ein unmerkliches Lächeln huschte über ihr Gesicht, als sie den Kopf neigte und den Fall ihres Gewands studierte. Dann hob sie wieder den Kopf, begegnete Thoresbys Blick und rümpfte die Nase. »Katzen sind viel reinlicher, Euer Gnaden. Aber Welpen ertragen die Grausamkeit von Kindern mit mehr Gelassenheit.«

Eine verwirrende Mischung aus Künstlichkeit und Freimütigkeit.

»Mit Gelassenheit? Der kleine Hund schien an der Hand Eures Sohnes zu knabbern.«

»Bestimmt hat John etwas viel Schrecklicheres mit dem Tier angestellt.« Alice lächelte erst Thoresby, dann Gilbert an. »Wein, Gilbert.« Dann wandte sie sich wieder Thoresby zu. »Ich danke Euch, daß Ihr gekommen seid,

Euer Gnaden. Ich weiß, mein Ersuchen muß Euch befremdet haben.«

»Keineswegs. Ich nahm an, daß es um ein Gespräch unter vier Augen geht.«

Das Lächeln wirkte unsicher. Thoresby fragte sich, welch undurchschaubares Gefühl sich hier offenbart hatte. »Ihr werdet mich für eine törichte Frau halten, wenn ich Euch gestehe, worum es geht. Es ist weniger geheim als – schmerzlich.« Sie führte ihre beringte Hand an ihren schönen Hals und senkte den Blick. Alles war wieder mit üblicher Sorgfalt inszeniert. Thoresby sollte sich geschmeichelt fühlen. Alice Perrers betrachtete ihn als jemanden, den man mit Vorsicht behandeln mußte. Und das stimmte auch.

»Ich bin froh, wenn ich mich ab und zu vom Hof entfernen kann«, sagte er mit der freundlichsten Stimme und dem charmantesten Lächeln. Er konnte sich genauso gekünstelt benehmen. »Selbst wenn das der einzige Grund sein sollte, mich bei Euch einzuladen, würde ich mich darüber freuen.« Es war ihm selbst unverständlich, aber er meinte es wirklich. Ein hübsches Haus, interessante Gesellschaft, tödlich, aber interessant.

Alice schwieg, bis Gilbert den Wein eingeschenkt hatte. Beide nippten daran, lehnten sich zurück und entspannten sich.

Thoresby blickte sich um. »Ihr habt ein hübsches Haus. Obwohl es in der Nähe des Flusses liegt, ist es hier weniger feucht als bei mir oben im Palast.«

»Breite Steinmauern halten die Feuchtigkeit, wenn sie erst einmal eingedrungen ist«, erklärte Alice.

»Ihr habt Architektur studiert?«

Alice verzog das Gesicht. »Nicht freiwillig.« Sie nickte Gilbert leicht zu, der sich sofort geräuschlos zurückzog. »Wykeham gefällt sich darin, dem König über seine Wunderwerke zu berichten. Bescheidenheit gehört nicht zu seinen zahlreichen Tugenden.«

»Ihr habt Euren Diener gut angelernt.«

»In meiner Lage muß ich zuverlässige Bedienstete haben, die über jeden Tadel erhaben sind.« Alice stellte den

Becher auf einen lackierten Tisch neben ihrem Stuhl und entfernte eine Fussel von ihrem Gewand. Eine ungewohnte Geste. Alice Perrers war nervös. »Dieses schmerzliche Thema ...« Sie holte tief Luft. Heute war der Ausschnitt ihres Gewands weniger tief als sonst, ihr Brustansatz, den sie sonst immer zur Schau trug, um ihn an seine menschliche Schwäche zu gemahnen, war bedeckt. Damit er sich nicht unbehaglich fühlte? »Ich würde gern wissen, was Euer Späher in York Euch über Ned Townley berichtet hat«, sagte sie. »Hauptmann Archer ist Neds Freund, nicht wahr?«

Obwohl Thoresby klar gewesen war, daß sich diese Unterhaltung um Marys Tod drehen würde, hatte er diese Frage nicht erwartet. »Seine Majestät wurde genau unterrichtet, Mistress Perrers.« Man würde ihm nicht vorwerfen können, er habe Informationen zurückgehalten.

Alice blickte hoch, ihre Katzenaugen wirkten ehrlich überrascht. »Ihr glaubt ...? Verzeiht mir, Euer Gnaden, ich wollte Euch nicht unterstellen ... ich bin ungeschickt, weil ...« Sie preßte zwei Finger gegen die Stirn und schüttelte den Kopf. »Der König erzählt mir nichts. Er spricht nicht über Ned.« Sie mied seinen Blick, starrte auf seine Amtskette.

War sie im Begriff, ihre Macht über Edward zu verlieren? Noch gestern hätte diese Vorstellung Thoresbys Stimmung noch mehr aufgeheitert als der Wein, auch wenn dieser sehr gut war. Doch jetzt verwirrte es ihn. Stimmte die Geschichte des Mönchs? »Seine Majestät erzählt Euch nichts?« Thoresby runzelte die Stirn, tat so, als überlege er, ob er weiterreden solle, dann zuckte er die Achseln. »Ich sehe keinen Grund, es vor Euch zu verbergen. Habt Ihr gehört, daß der König Männer nach Norden schicken wird, um Townley festzunehmen?«

Die Katzenaugen begegneten seinem Blick. Sie waren dunkel vor Erregung. War es Angst, Furcht? Das war das Problem. Bei ihrem künstlichen Gehabe war es schwierig zu erkennen, ob es sich um echtes Gefühl handelte oder nicht. Er wurde nicht klug daraus. »Was wirft man ihm vor?« fragte sie.

Bestimmt wußte sie es schon. »Den Mord an Don Ambrose, dem Augustinermönch, der die Männer von Windsor aus begleitet hatte.«

»Du lieber Himmel«, flüsterte Alice, neigte den Kopf und bekreuzigte sich.

»Verzeiht, aber ich kann mir nicht vorstellen, daß Ihr das nicht gewußt habt.«

»Ich habe es wohl gehört, aber ich habe es nicht geglaubt.«

Das war Zeitvergeudung. »Mistress Perrers ...«

Sie hob die Hand, damit er schweige. »Sieht es schlecht für Ned aus?«

»Ist der Brief, den Gilbert heute nachmittag Walter von Coventry überbracht hat, ein Versuch, Townley zu helfen?«

Alice blickte kurz verblüfft drein, verbarg dies aber schnell durch ein Lächeln. »Nein. Walter wird mit meinem Brief weiter als bis York reiten.«

War dies der richtige Augenblick? Wann wäre die Gelegenheit ideal, Alice Perrers in die Enge zu drängen? »Ah. Der Brief wird nach Norden gebracht, zur Grenzmark? Ist er für Euren Gemahl bestimmt?«

»Mein ...« Alices Lächeln konnte nicht täuschen. »Soll das eine Beleidigung sein?«

»Ist es eine Beleidigung, einen Gatten zu haben?«

»*Keinen* zu haben und doch Mutter zu sein.«

»Liebe Mistress Perrers, würde ich jede Frau, die einen Bastard geboren hat, und jeden Mann, der einen gezeugt hat, beleidigen, käme ich zu nichts anderem mehr.«

Alice nestelte an ihrem Gewand. »Zur Grenzmark, sagtet Ihr?«

Thoresby setzte seinen Becher ab, stützte die Ellbogen auf die Stuhllehnen und faltete die Hände. »Ja.«

Die Katzenaugen blickten zu ihm hoch, blitzten. »Wer ist da oben?«

Dieses Katz-und-Maus-Spiel würde ihn bald langweilen. »Mir wurde berichtet, Wyndesore sei Euer Gemahl.«

Alice drückte die Hand auf die linke Hüfte und fragte ruhig: »Wer hat Euch das erzählt?«

Thoresby wünschte inständig, daß aus dem Geplänkel eine Beichte würde. »Ein dicker Mönch. Derjenige, der den Brief an Don Ambrose schrieb, der schließlich in Townleys Besitz gelangte. Wie hieß er gleich noch?« Er blickte nach oben, dann ließ er den Blick zum Feuer gleiten, ließ ihn dann auf ihr ruhen und schüttelte den Kopf. »Die Widrigkeiten des Älterwerdens ...«

Sie hob ihre bernsteingelben Augen zu ihm hoch. »Don Paulus.«

»Ah. Genau der. Don Paulus berichtete mir von Eurer Vermählung.«

»Wo ist dieser Mann?«

»An einem sicheren Ort. Ich will keinen weiteren Toten in Eurem Kielwasser sehen.«

Alice, die bereits von Natur aus sehr blaß aussah, war jetzt so weiß wie ein Leichentuch. Sie bog den Kopf nach hinten und schloß die Augen. »Ich verfluche den Tag, an dem ich William kennengelernt habe.« Ihre Stimme klang gepreßt. »Er ist der Teufel persönlich.«

»Vielleicht könntet Ihr mich aufklären, was dies zu bedeuten hat?«

Sie blickte hoch und machte große erstaunte Augen. »Allmächtiger, haltet Ihr mich für verrückt? Glaubt Ihr, ich sei so weit gekommen, nur um mich von einem solch verräterischen Misthund zerstören zu lassen?« Alice stand auf und entfernte sich von ihm.

Thoresby stellte seinen Becher zurück und erhob sich ebenfalls. »Dann werde ich mich jetzt verabschieden.«

Alice rief nicht nach Gilbert. Statt dessen kniete sie sich neben den Spielsachen, die vor dem Feuer verstreut auf dem Boden lagen, nieder, hob zwei Holzklötze hoch, dann einen dritten, vierten, ließ sie dann wieder zu Boden fallen. Dann erhob sie sich, strich sich über ihr Gewand und nahm wieder in ihrem Stuhl Platz. »Ich habe doch nach Euch geschickt.« Sie legte die Hände über ihre bleichen Wangen, ließ sie dann wieder sinken. »Ich habe keine Freunde, John«, sagte sie flüsternd, faltete die Hände im Schoß und starrte darauf.

»Keine Freunde? Aber Ihr habt doch mächtige

Freunde. Der König und die Königin – ihre Freundschaft ist von unschätzbarem Wert.« Wenn sie glaubte, ihn mit diesem melodramatischen Getue und durch die vertrauliche Anrede zum Bleiben zu bewegen, dann hatte sie sich gründlich in ihm getäuscht.

Alice schüttelte den Kopf, den Blick immer noch gesenkt. »Der König ist nicht mein Freund. Liebende sind nie Freunde. Er benutzt mich und läßt mich fallen, wann es ihm beliebt.«

Ja, das stimmte. Thoresby hatte schon lange damit gerechnet. »Aber die Königin?«

Ein tiefer Seufzer. Wollte sie damit ihre Rührung verbergen? »Königin Philippa wird sterben, dagegen gibt es kein Mittel. Und dann? Der König wird älter. Bald wird er der Königin folgen. Und welche Stellung besitzt die Geliebte eines toten Königs?« Jetzt begegneten die Katzenaugen seinem Blick. Was drückten sie aus? Schmerz? Furcht? »Die Gunst des Königs hat das Königreich gegen mich aufgebracht. Es heißt, ich beleidige die Königin, die von allen geliebt wird. Noch schlimmer ist, daß ich aus einfachen Verhältnissen stamme und unscheinbar bin.«

Welches Spiel trieb sie? Sie gab Thoresbys oft wiederholte Meinung über sie mit solcher Genauigkeit wieder, als habe sie sich diese Worte für einen bestimmten Zweck eingeprägt. Thoresby zwang sich zu lachen.«Unscheinbar, Mistress Perrers? Wollt Ihr den Geschmack des Königs anzweifeln?«

Alice verzog das Gesicht. »Die Untertanen des Königs zweifeln ihn an. Sie behaupten, ich sei unscheinbar. Mein Haar hat ein ganz gewöhnliches Braun; meine Augen sind zu sehr geschlitzt, ich bin zu groß, habe eine zu scharfe Zunge.« Sie lächelte und reckte das Kinn vor. »Sie verstehen nicht, weshalb der König mein Lager teilt, mir vertraut.«

Oh, der Himmel vergebe ihm, aber Thoresby verstand sie. Alles, was sie sagte, stimmte, doch aufgrund irgendeiner teuflischen Alchimie war diese im Grunde unscheinbare Frau durch eine tief verwurzelte Sinnlichkeit schön. Leider spürte Thoresby ihre Ausstrahlungskraft nur allzu deutlich. Aber er würde Alice nicht in das Netz gehen, das sie um ihn gesponnen hatte. Er würde sich heute abend nicht von seinem Vorhaben abbringen lassen. »Ich gestehe, ich bin immer noch verwirrt, Mistress Perrers. Gesteht Ihr die Heirat ein?«

Alices Gesicht war ausdruckslos. »Weshalb sonst wurden Mary, Daniel und Don Ambrose ermordet?«

Thoresby nahm langsam wieder seinen Platz ein, faltete die Hände und rieb sich den Nasenrücken. Wenn dies ein Scherz war, wenn sie plötzlich anfing zu lachen, ob er sich dann würde beherrschen können? »Ihr wußtet, daß alle drei ermordet wurden und habt darüber geschwiegen?«

Alice schüttelte ihren mit Juwelen geschmückten Kopf, als ob sie ein Kind wegen seiner törichten Worte tadelte. »Ich weiß nicht viel mehr als Ihr. Ich hatte einen Verdacht. Aber Ihr müßt verstehen, daß ich viel zu verlieren hatte, wenn ich mich dem Falschen anvertraute.«

»Gewiß.« Thoresby griff nach seinem Becher, nahm einen Schluck und wartete.

Die Katzenaugen hielten seinem Blick stand. »Und jetzt ist mir klar, daß ich Euch vertrauen muß. Sehr gut. Mary war Trauzeugin bei meiner Vermählung. Sie und Daniel, Sir Willliams Page. Meine Vermählung mit dem Teufel persönlich.« Völlig unerwartet füllten sich ihre Augen mit Tränen.

Es stimmte. *Deus juva me.* »Ich kann das nicht verstehen. Ihr hattet es geschafft, die Mätresse des Königs zu werden, und jetzt werft Ihr all das weg wegen Wyndesore, einem Soldaten?«

Alice holte tief Luft. »Meine Onkel hatten den Plan ausgeheckt, daß ich ins Schlafgemach des Königs gelangen solle, wie Ihr ja sehr wohl wißt.«

»Aber das Schlafgemach des Königs war doch wohl außerhalb ihrer Reichweite?«

Alice neigte leicht den Kopf. »Ich habe nur meinen Seelenfrieden eingebüßt. Der König hat mich nicht zur Seite gestoßen.«

Thoresby kicherte. »Und doch habt Ihr mich hierherbestellt, weil er Euch nicht über Townley unterrichtet hat?«

»Ich glaube, William hat Stillschweigen über die Angelegenheit verlangt.«

Die Frau war ja nicht bei Verstand. »Wollt Ihr behaupten, der König tanze nach Wyndesores Pfeife? Meine liebe Mistress Perrers, er hat seinen Entschluß, Euch fallen zu lassen, lediglich hinausgeschoben, obwohl mich sein Zögern verwunderte.« Thoresby führte den Becher an die Lippen und stellte enttäuscht fest, daß er leer war. »Aber weshalb Wyndesore?«

Alice stand auf und holte den Krug, den Gilbert auf dem Tisch hatte stehen lassen, und schenkte Thoresby und sich selber ein. Mit dem Wein in der Hand trat sie ans Fenster, verweilte eine Weile dort und starrte in die Dunkelheit. »William hat sich sein Leben lang bemüht, auf krummen Wegen zu Reichtum zu kommen. Er ist verschlagen, skrupellos. Natürlich wißt Ihr, wie er Clarences Verärgerung ausnutzte, um beim König Gehör zu finden.« Ja, der ganze Hof wußte Bescheid. »Und doch machten William und der Herzog in Irland gemeinsame Sache, da sie das Geld für sich behielten. Der Herzog war recht großzügig gegenüber seinem Finanzberater.« Sie lächelte. »Ich bin ebenfalls in Irland zu etwas Geld gekommen.«

Thoresby musterte Alice Perrers von der Seite. Ihr Gesicht war wie gemeißelt, hatte nichts Weiches, Weibliches. »Er hat Euch gekauft?«

Alice wirbelte herum. Ihr Lächeln war wie erstarrt, ihre Augen kalt. »Eine reizende Frage. Sieht Euch ganz ähnlich. Aber nein. Das Geld in Irland war eine andere Sache.«

Das war schwer zu verstehen. Thoresby hatte seine Schwierigkeiten damit. Alice Perrers hatte sich mit William von Wyndesore vermählt. »Ich habe gehört, daß die Frauen Wyndesore für einen gutaussehenden Mann halten.«

Alice lächelte immer noch. »Ich würde nie das Lager eines Mannes teilen, wenn es mir nicht Spaß machen würde. William sieht gut aus, ist stark, recht stattlich für sein Alter ...« Das Lächeln verschwand. »Der König war wütend, als er davon erfuhr. Er wollte mich nicht sehen. Er drohte, William in die Verbannung zu schicken. Aber William ließ sich nicht aus der Ruhe bringen, ersuchte den König um eine Audienz. Er fiel vor dem König auf die Knie, bat ihn um Vergebung, schwor, er hätte nicht gewußt, daß der König mich immer noch liebe.«

Thoresby hatte eine wenig schmeichelhafte Vorstellung von dem Paar. Zwei unübertreffliche Schauspieler, die alle Welt an der Nase herumführten. »Wyndesore behauptete, Ihr hättet über die Zuneigung des Königs gelogen?«

Alice zuckte die Schultern. »Es war nicht Williams Absicht.« Sie nahm wieder Platz. »Er hat eine Art, wie ein aufgeblasener Dummkopf zu wirken, während er ein raffiniertes Netz um seine Opfer spinnt. Seine Augen blicken unschuldig, seine Worte sind voller Entschuldigungen, er stottert, wenn er Besserung verspricht.« Ein unangenehmes Lachen. »Als William das Audienzgemach des Königs verließ, erweckte er den Anschein, als ob er durch sein Stottern dem König gezeigt hätte, inwiefern die Vermählung diesem nützen könnte.«

Wyndesore war ein Mann, den man nicht aus den Augen verlieren durfte. »Und inwiefern?«

»Es ist ein Geheimnis, das nur gelüftet werden soll, wenn es unumgänglich ist.«

»Und wann könnte das sein?«

»Wenn der König noch ein Kind mit mir zeugt. Dann kann er leugnen, daß es seines sei, behaupten, es stamme aus meiner Ehe mit Wyndesore.« Alice warf den Kopf zurück und trank ihren Becher aus.

Es stimmte, daß der König sich, nachdem Alice John geboren hatte, über das gehässige Geschwätz bei Hof geärgert hatte. Aber es war undenkbar, daß er so weit gehen würde, daß er seine Mätresse mit einem anderen Mann teilte. Das sah Edward gar nicht ähnlich. »Hat der König deshalb Wyndesore nach Norden geschickt? Um ihn von Euch fernzuhalten?«

Alices Katzenaugen ließen Thoresby frösteln. »Es ist

keine Verbannung, wenn Ihr das meint. Als Verantwortlicher für die westliche Grenzmark nach Schottland zu ziehen bedeutet für ihn eine große Beförderung und befriedigt seinen Ehrgeiz. Er ist ein guter Anführer, der rücksichtslos ist, wenn es sein muß. Der König braucht es nicht zu bedauern, wenn er William fördert. Allein ich werde Grund haben, etwas zu bedauern.«

»Ihr zeigt ihm gegenüber wenig Zuneigung. Weshalb habt Ihr Euch mit ihm vermählt?«

»Ich wollte meine Zukunft sichern, einen Beschützer haben, wenn der König sterben sollte – oder meiner überdrüssig werden würde.« Alice lachte, aber es klang nicht fröhlich.

»Warum habt Ihr nicht gewartet?«

Alice wiegte den Kopf hin und her. »Bis der König mich fallen läßt? Ich bitte Euch, wer würde mich dann noch wollen?«

Thoresby nickte. »Ihr sagt, Daniel und Mary seien gestorben, weil sie bei der geheimen Vermählung dabei waren? Wer führte den Mord aus?«

Spielte die Phantasie Thoresby einen Streich, war es ein Lichtreflex, oder war Alices bleiches Gesicht plötzlich verzerrter, ihre Augen tiefliegender? »Natürlich nicht der König. Er wollte sie vom Hof verbannen, aber ich hatte ihn davon überzeugt, daß Mary mir treu ergeben war und daß ich sie durch eine gute Heirat noch mehr an mich binden wollte, für die sie mir dankbar sein würde.«

»Dann verdächtigt Ihr also Euren Gemahl, die Morde ausgeheckt zu haben?« Ihr Blick war kalt. Er deutete dies als ja. »Habt Ihr irgendwelche Beweise?«

Alice schloß die Augen, führte den Becher an die Stirn, als wolle sie ein Fieber kühlen. »Mein einziger Beweis ist das eindeutige Motiv und die Vorgehensweise. Unsere Zeugen, der Priester ...« Sie zuckte mit den Achseln. »William will unbedingt, daß dies ein Geheimnis bleibt, weil er durch eine Entdeckung unserer Vermählung nicht die Gunst des Königs verlieren will.«

»Warum sollte der König wollen, daß die Heirat geheim gehalten werde?«

Alice blickte amüsiert. »Ihr glaubt, der König würde sich freuen, wenn er mich loshätte?« Sie schüttelte langsam den Kopf. »Nein, er begehrt mich noch immer. Aber er würde sich nicht zum Hahnrei stempeln lassen. Und er erklärte mir im Spaß, wenn es bekannt würde, daß ich Williams Frau sei, müßte ich mich auch so verhalten.«

»Aber diese Neuigkeit verbreitet sich bereits. Ich frage mich, wie viele Menschen außer Don Paulus und mir schon informiert sind.«

»Und wer weiß, daß Ihr es wißt?« Ein knappes Lächeln.

»Bestimmt ist dem König auch zu Ohren gekommen, daß diese Morde miteinander in Zusammenhang stehen?«

Alice rollte mit den Augen. »Der König zieht es vor, den Kopf in den Sand zu stecken, wenn es bei Hof Intrigen gibt, es sei denn, diese erscheinen ihm verräterisch.«

Thoresby konnte das nicht leugnen. »Wißt Ihr, was ich mich oft frage, Mistress Perrers?«

»Wie kann ich es wissen?«

»Wodurch übt Ihr Macht über ihn aus? Gott hat mir keine Einsicht dafür gegeben.«

Ein rätselhäftes Lächeln. »Warum verlieben sich zwei Menschen ineinander? Was lieben wir an einem Menschen? Ein offenes Ohr? Ein intimes Wissen, das Erkenntnis vermittelt? Würde es Euch amüsieren, wenn ich Euch versicherte, daß ich ihn in Dingen berate, die nichts mit dem Beischlaf zu tun haben?«

»Liebt Ihr ihn?«

Sie hob die Augenbrauen. »Auf meine Art, ja.«

Auf ihre Art – eine faszinierende Vorstellung, über die er nachdenken mußte. »Und Wyndesore?«

Alice wirkte ernst.»Ich glaubte, ich hätte meinen Haß deutlich gezeigt.« Ihre Stimme drückte dies unmißverständlich aus. Sie stand auf, um ihren Becher wieder zu füllen. Aber der Krug war leer. »Ich muß mich darum kümmern.«

Thoresby bemerkte ihre Abwesenheit kaum, da er so in Gedanken versunken war. Von oben hörte er Stimmengemurmel, das Gequengele eines müden Kindes, das eigensinnig beschlossen hatte, wach zu bleiben, den Wind im Kamin.

Als Alice zurückkehrte, bemerkte Thoresby, daß sie an den Schläfen feucht war. Hatte sie ihre Schläfen mit Wasser abgekühlt? Sie schenkte ihren Wein mit einer Anmut ein, die der Mätresse eines Königs würdig war. Er mußte ihre Selbstbeherrschung bewundern.

»Kehren wir zu dem anderen Thema zurück«, sagte er, als er den Becher hob. »Hat Ned Townley Don Ambrose ermordet?«

»Wie kann ich das wissen? Ich weiß nicht, was William beabsichtigte, als er sie zusammen nach Norden schickte. Aber es klingt so, als ob Don Ambrose den Eindruck hatte, Ned hätte den Auftrag, ihn zu erledigen, und er versuchte, Ned zuvorzukommen und ihn zu töten.«

»Also habt nicht Ihr Townley für die Reise ausgesucht?«

»Ich?« fragte Alice stirnrunzelnd. »Ich gebe zu, ich war froh, daß er weg von Mary war; ich wollte die Zeit nutzen, um einen passenderen Freier für sie zu finden, aber nein, ich hatte dabei nichts zu sagen.«

»Hat Townley Daniel ermordet?«

Alice zuckte die Schultern. »Mary schwor, er sei bei ihr gewesen, und das war er auch, als ich zurückkehrte, aber er hätte ja einmal verschwinden oder später wiederkommen können. Wir werden es nie erfahren.«

»Warum sollte Townley sich in dieser Angelegenheit mit Wyndesore verschwören?«

»Ich kannte ihn nur als Marys Geliebten. Ich weiß nicht, welche Information William benutzt hat, um ihn … zu rekrutieren.«

»Und wer hat Mary in den Fluß gestoßen?«

Alice wandte den Blick ab. »Ich befürchte, ich bin in dieser Angelegenheit keine große Hilfe. Williams Männer sind sehr loyal.«

»Loyal genug, um eine junge Frau zu ertränken?«

Sie schüttelte energisch den Kopf. »Ich will nicht über Marys Tod reden.«

»Sollen auch noch andere sterben?«

Alice erhob sich, goß sich noch Wein ein und holte den Krug, um auch Thoresbys Becher zu füllen. Als sie mit ruhiger Hand den Wein einschenkte, sagte sie: »Wir achteten darauf, daß die Zahl der Mitwisser beschränkt blieb.«

Thoresby nippte an seinem Wein und beobachtete, wie Alice wieder ihren Platz einnahm. Aber es wußten doch einige mehr Bescheid. Er, Paulus, Florian … »Wußtet Ihr, daß einige der Zeugen in Gefahr schwebten?«

Alice legte den Kopf zur Seite, als würde sie über diese Frage nachdenken. »Man steigt nicht so weit nach oben, ohne sich ab und zu umzudrehen, um auf das Land hinunterzublicken und die Ausrüstung der anderen zu studieren, die hinter einem hochklettern. Ich wußte nicht, worin die Gefahr bestand, aber ich wußte, daß sie vorhanden war. Und daß sie von William ausging.«

»Aber es heißt, Ihr hättet Zuneigung für Mary empfunden. Warum habt Ihr sie als Trauzeugin eingeweiht?«

Ein rätselhaftes Lächeln. »Ich wollte eigentlich Cecily oder Isabeau, am liebsten beide. Es ist schade, daß ich nicht darauf bestanden hatte. Aber William wußte, keine der beiden würde das Geheimnis für sich behalten. Er wählte Mary.«

»Und Ihr wart einverstanden?«

»Ich hatte keine Wahl. Er versprach mir …« Sie schüttelte den Kopf, Tränen glitzerten in ihren Bernsteinaugen.

Thoresby stählte sich innerlich gegen ihre Tränen. »Eine seltsame Art, eine Vermählung zu planen – indem man gleich die Morde, die sich daran anschließen könnten, ins Auge faßt.«

»So sind eben die Zeiten.«

»So sind immer die Zeiten, wenn der Ehrgeiz das Gewissen erstickt.«

»Meine Onkel haben meinen Lebensweg geplant.«

»Und Ihr hättet gern ein anderes Leben geführt? Hat Euch denn nicht vorgeschwebt, einmal die Leman des Königs zu werden?«

Alice warf den Kopf in den Nacken und lachte. »Es soll ein Traum von mir gewesen sein, mit einem alten Mann das Lager zu teilen? Das kann doch wohl nicht Euer Ernst sein?«

»Aber da Ihr jetzt die Macht gekostet habt …«

»Wollt Ihr wissen, ob ich wieder diesen Weg gehen würde?« Alice strich über die Perlen an ihrem Ärmel. »Wie kann ich das wissen? Ich werde nie einen friedlichen Tag haben. Aber die Macht ist ein Aphrodisiakum, das mich trunken vor Freude macht.« Sie blickte durch ihre langen Wimpern zu ihm hoch. »Und Ihr, John? Würdet Ihr so hart arbeiten, um die Gunst des Königs zu erlangen, wenn Ihr wüßtet, welchen Preis dies hat?«

Thoresby brummte. »Wie Ihr schon sagtet, wie kann ich das wissen?« Es wurde spät; er merkte, wie seine Konzentration nachließ. Er stellte seinen Becher auf den Tisch zurück und beugte sich vor, um einen letzten Vorstoß zu versuchen. »Aus welchem Grund hätte Ned Townley sich dazu bereitfinden sollen, Don Ambrose zu ermorden?«

Alice glättete ihren Ärmel. »Er ist Lancasters Gefolgsmann, dazu verpflichtet, gegen Wykeham vorzugehen. Ich halte ihn für gerissen genug, daß er vorausgesehen hat, daß der Mord die Mission des Königs in bezug auf die Zisterzienser vereiteln und Wykehams Position unterminieren würde. Aber er stolperte in seine eigene Falle. Er kannte Williams Motive nicht …«

»Ihr glaubt also nicht, daß sich irgend jemand bei Hof anständig verhält? Ihr findet wohl den königlichen Hosenbandorden recht amüsant.«

»Die Männer haben mich nie anständig behandelt, Euer Gnaden. Weshalb sollte ich anders denken?«

Ja weshalb? Thoresby erhob sich. Sein Steißbein war steif, seine Knie schmerzten, er war todmüde. »Ich muß über vieles nachdenken.«

»Auch über die Gefahr, die damit verbunden ist, daß Ihr mein Geheimnis kennt.«

»Werdet Ihr es Wyndesore sagen?«

»Nicht, wenn Ihr mich auf dem laufenden haltet.«

Thoresby nickte. »Das werde ich.«

Michaelo hob die Augenbrauen. »Ich soll nach York reiten?«

»Ihr kennt den Inhalt des Briefes«, erklärte ihm Thoresby. »Archer muß ihn sobald wie möglich in Händen halten. Er muß wissen, vor wem er Townley schützen muß und wie groß die Gefahr ist.«

»Aber warum ich, Euer Gnaden?« Michaelo sprach wieder einmal in seinem quengeligen Ton, den Thoresby nicht ausstehen konnte. Der Sekretär war in einem Stuhl neben dem Feuer eingedöst, als Thoresby aus der Stadt zurückgekehrt war. Seine Augen brannten, nachdem er eine Stunde lang damit beschäftigt gewesen war, den Brief zu schreiben, den Thoresby diktiert hatte. »Und heute abend noch? Ich habe nicht geschlafen.«

»Ihr hattet mehr Schlaf als ich. Ich brauche einen Boten, dem ich trauen kann, Michaelo, auf dessen Loyalität und Schläue ich mich verlassen kann. Das seid Ihr. Und ich habe Euch ja auch erklärt, weshalb es noch heute abend sein muß.«

»Ihr braucht mich auch hier.«

»Wen würdet Ihr sonst vorschlagen?«

»Bruder Florian.«

Thoresby schüttelte den Kopf. »Er ist zu alt, um so schnell reiten zu können.«

Michaelo blickte finster. »Vielleicht schickt Ihr mich in den Tod.«

»Vielleicht ist es gefährlicher, wenn Ihr hier bleibt.« Der Sekretär blickte überrascht drein. »Ihr seid nun über Dinge unterrichtet, deretwegen Menschen getötet wurden.« Michaelos Augen weiteten sich, als er begriffen hatte. »Reitet so schnell Ihr könnt. Ich habe die Wache darüber unterrichtet, daß Ihr Don Paulus zurück nach London geleitet und eine wichtige Aufgabe für mich erledigt.«

»Don Paulus, Euer Gnaden?«

»Ihr sollt ihn nach Bishopthorpe bringen. Sagt den Bediensteten, er müsse dort die Dachreparaturen beaufsichtigen.«

»Ich muß mit diesem widerlichen Mönch nach Norden reiten?«

»Seht es als Buße an, Michaelo.«

»Ich ebne Euch den Weg zum Himmel, Euer Gnaden.«

Thoresby lächelte. »Ich danke Euch, daß Ihr mich am Ende eines sehr anstrengenden Tages so aufheitert, Michaelo.«

Michaelo wirkte jetzt völlig verdutzt. »Muß ich Don Paulus wieder zurückbringen?«

»Nein. Ich hoffe, Ihr bringt Hauptmann Archer mit. Ich brauche ihn hier.«

»Warum begleitet Ihr mich nicht? Ihr befindet Euch in größerer Gefahr als ich, Euer Gnaden.«

Thoresby schüttelte den Kopf. »Ich habe Pflichten. Meine Abwesenheit würde bemerkt werden. Haltet Euch in Archers Nähe auf, helft ihm, so gut Ihr könnt, damit er bald nach Windsor kommt.«

21

Unwillkommener Ratschlag

In der kalten grauen Dämmerung kniete Thoresby in der Kapelle St. George und lauschte dem Meßgesang. Er fand keinen Schlaf mehr. Sein Geist kam nicht mehr zur Ruhe. Er war unruhig, wollte etwas tun. Er beneidete Michaelo, der unterwegs war nach Norden – doch um seinen Reisegefährten beneidete er ihn nicht. Thoresby hatte seine Meinung über Don Paulus nicht geändert, auch nachdem sich dessen Geschichte als wahr erwiesen hatte.

Heilige Maria Muttergottes, ich muß weg von diesem Hof. Das Königreich wurde von einem lüsternen alten Mann regiert, der nicht den Rat seines erfahrenen und juristisch beschlagenen Kanzlers suchte, sondern auf die Einflüsterungen seiner jungen intriganten Mätresse hörte. War der König mittlerweile vielleicht schon zu alt, um mit Umsicht und Klugheit zu regieren? Vor vierzig Jahren hatte man Edward auf den Thron gesetzt, als sein Vater noch lebte, und er hatte sich rasch als ein würdiger Nachfolger erwiesen. Doch in den letzten Jahren hatte er das Vermögen Englands verschleudert durch seinen vergeblichen Versuch, auch noch die französische Krone zu erringen, hatte die meisten seiner Ratgeber durch die deutliche Bevorzugung Wykehams gegen sich aufgebracht und die Königin durch die Anwesenheit von Alice Perrers gedemütigt.

Mehrere Augustinermönche, Giles von Rom als erster, später Fitzralph, hatten gepredigt, die Autorität eines Herrschers sei null und nichtig, wenn er sich nicht im Stande der Gnade befinde. War Edward im Stand der Gnade? Thoresby bezweifelte es. Wenngleich es vielleicht eher eine Frage der Macht im allgemeinen war und nichts mit den besonderen Schwächen Edwards zu tun hatte.

Konnte ein Mann Macht ausüben und dabei integer bleiben? Schon vor langer Zeit war Thoresby zu dem Schluß gekommen, daß dies nicht möglich war.

Auch war er nicht überzeugt, daß er selbst sich im Stande der Gnade befand, ein Umstand, der ihn besonders schmerzte, nun, da er sein Alter immer unerbittlicher zu spüren begann. Archer hatte mit Enttäuschung darauf reagiert, daß Thoresby imstande war, sich nach dem Winde zu drehen, insbesondere da er den Dienst unter Thoresby jenem unter Lancaster vorgezogen hatte, weil er Thoresby für einen gottesfürchtigen und aufrichtigen Mann gehalten hatte. Er hatte offenbar einen gegenteiligen Eindruck gewonnen, und er hatte auch Thoresbys Erklärung nicht akzeptiert, daß er als Erzbischof von York bei seinen Entscheidungen das Wohl aller seiner Schutzbefohlenen zu berücksichtigen habe und deshalb die Gerechtigkeit eine komplizierte Angelegenheit sei.

In jüngster Zeit jedoch fragte sich Thoresby, ob er sich als Erzbischof nicht doch zuallererst um die geistigen Fragen kümmern solle. Liefen darauf nicht auch die Bestrebungen Papst Urbans hinaus? Ihm ging es nicht um einen kleinen Sieg über Edward, sondern um eine neugeordnete Kirche, die von frommen Männern geleitet wurde, die sich um das Seelenheil der Menschen bemühten. Diesem Ziel fühlte sich Seine Heiligkeit verpflichtet. Deshalb mißtraute er Wykeham, einem Mann, der alles, was er besaß, seinem weltlichen Herrn verdankte. Und deshalb mißtrauten auch die Zisterzienseräbte Wykeham.

Was jedoch von einer gehörigen Portion Heuchelei zeugte, denn auch die Äbte waren schon korrumpiert. Sie waren mächtige Persönlichkeiten im Königreich und gewiefte Geschäftsleute, deren Finanzgebaren keineswegs über alle Zweifel erhaben war. Während der Regierungszeit des Großvaters des Königs hatten die Äbte sich auf spekulative Wollgeschäfte eingelassen und dabei die Abtei fast finanziell ruiniert.

Man konnte sagen, was man wollte, doch Wykeham,

zweifellos der mächtigste Inhaber mehrerer Kirchenämter im Reich, war keineswegs der schlimmste Sünder von allen.

War es Alice Perrers? Sie behauptete, ihre Onkel hätten sie auf diesen Weg gebracht. Thoresby wußte, daß dies zutraf. Er wußte, daß eine Kaufmannsfamilie sie erzogen hatte, bis ihre Onkel sie für sich beansprucht hatten, um sie auf eine Karriere bei Hofe vorzubereiten. Und so hatte sie das Beste aus den Umständen gemacht. Galt dies nicht auch für die meisten anderen intelligenten, ehrgeizigen Menschen? Hätte Thoresby nicht dasselbe getan, wäre er in seiner Familie der Zweitgeborene gewesen? Vielleicht wäre er ein besserer Mensch geworden, hätte er die Klosterlaufbahn eingeschlagen. Aber wie konnte ein so junges Mädchen wie Alice Perrers derart verschlagen werden? Würde sie nun mit dieser Heirat ins Stolpern geraten? Hatte ihr Glück sie verlassen?

Als er den Kopf hob, weil es um ihn herum still geworden war, bemerkte Thoresby, daß die Prim zu Ende war und die Kapelle sich inzwischen geleert hatte. Während er sich langsam erhob und die Schmerzen in seinen Gelenken spürte, die das lange Knien hervorgerufen hatte, sah er, wie eine hochgewachsene, ihm wohlvertraute Gestalt aus der Tür schlüpfte. Thoresby folgte Wykeham aus der Kirche. Er wollte mehr erfahren über diesen Soldaten, über William von Wyndesore.

Wykeham begrüßte Thoresby mit einem verwunderten Lächeln. Seine Hände steckten in seinen Ärmeln, seine Nase war aufgrund der morgendlichen Kühle gerötet, und er sah nicht aus, als habe er gerade an der Messe teilgenommen, sondern als sei er soeben erst aufgestanden. Er hatte keine besondere Mühe auf sein Äußeres verwendet und trug ein dunkles Priestergewand mit einem geflickten Ellbogen. »Ihr seid früh auf den Beinen, Euer Gnaden.«

»Ich habe nicht geschlafen. Deshalb ist es für mich eher ziemlich spät.«

278

»Ihr habt nicht geschlafen, Euer Gnaden? Was hat Euch wachgehalten?«

»Um ehrlich zu sein, etwas, worüber ich mit Euch reden möchte. Aber nicht hier, sondern in Euren Gemächern.«

Wykeham lächelte. »Wollt Ihr auch mir schlaflose Nächte bereiten?«

»Ob ich es nun möchte oder nicht, Ihr werdet sie über kurz oder lang ebenfalls bekommen.«

»Für jemanden, der erst vor kurzem aufgestanden ist, ist es noch zu früh, um eine schlaue Erwiderung zu finden.«

»Worüber ich mit Euch sprechen möchte, hat nichts mit Schlauheit zu tun.«

Wykeham verbeugte sich leicht. »Dann kommt mit. Wir können zusammen frühstücken.«

Bevor Wykehams Diener Peter die Tür öffnete, warnte Thoresby den Ratgeber des Königs, daß ihre Unterhaltung niemand mithören dürfe. Wykeham trug Peter auf, ihnen zu servieren und sich dann zurückzuziehen, und sagte ihm, er könne in den folgenden paar Stunden tun, was er wolle. Peter wirkte enttäuscht, tat jedoch, wie ihm geheißen, und verließ den Raum, nachdem er die beiden mit einem warmen Feuer und einem üppigen Mahl versorgt hatte.

Ohne Umschweife kam Thoresby zum ersten Punkt, den er sich vorgenommen hatte. »Was wißt Ihr über Sir William von Wyndesore?«

Während er an dem Käse roch, der vor ihnen stand, nickte Wykeham, schnitt sich ein Stück ab und nahm noch etwas Brot. »Weshalb fragt Ihr mich nach Wyndesore?« Er biß von dem Stück Käse ab, dann von dem Brot und kaute, während er ein Auge auf Thoresby gerichtet hielt.

»Er ist eine Verbindung mit Mistress Alice Perrers eingegangen. Ich möchte mehr erfahren über diesen Ränkeschmied.« Das entsprach zumindest einigermaßen der Wahrheit.

Wykeham schluckte, spülte das trockene Essen mit einem Schluck Bier hinunter und dachte einen Augenblick nach. »Eine unauffällige Familie. Ein guter Soldat. Er machte zum ersten Mal von sich reden, als er sich nach den irischen Unruhen gegen den Herzog von Clarence stellte.«

»Erzählt mir mehr darüber.«

Stirnrunzeln. »Ihr seid darüber bestimmt schon informiert.«

»Ich weiß, daß der König wütend war auf den Herzog von Clarence, weil er die Iren so sehr gegen uns aufgebracht und soviel Geld verschleudert hatte. Doch worin bestand dabei Wyndesores Rolle?«

Wykeham betrachtete aufmerksam den Käse. »Ich habe keinen Zweifel daran, daß er sich aus der Kriegskasse bediente. Das gleiche gilt für Clarence. Als die beiden an den Hof zurückkehrten, waren sie viel besser gekleidet und hatten auch bessere Pferde. Doch als der König Wyndesore wegen der irischen Unruhen zur Rede stellte, schob dieser alles auf Clarence und dessen Dickköpfigkeit und Selbsttäuschung.« Wykeham nickte, als Thoresby die Stirn runzelte. »O ja, Wyndesore ist ein angenehmer Zeitgenosse, wie ich schon einmal sagte. Sehr passend, daß er sich mit Alice Perrers zusammentut.«

»Weshalb sollte der König Wyndesores Worten mehr Glauben schenken als seinem Sohn?«

Wykeham schüttelte den Kopf. »Als Wyndesore das erste Mal Clarence beschuldigte, wurde der König wütend. Aber dann hörte ich plötzlich, daß der König Wyndesore nicht nur verziehen habe, sondern ihm auch seine Schulden erlassen und ihn erneut als Markgrafen in der Westmark zu Schottland eingesetzt habe. Hatte der König Beweise für die Schuld von Clarence entdeckt? Lag ihm aus irgendeinem anderen Grund etwas daran, Wyndesore weiterhin in seinen Diensten zu belassen?« Wykeham zuckte seine dürren Schultern.

Thoresby, der gerade seinen Becher an den Mund führte, hielt inne, denn er erkannte, wie nahtlos alles zusammenpaßte. Anscheinend hatte Alice Perrers recht mit

ihrer Vermutung, daß Wyndesore den König davon überzeugt hatte, daß diese tollkühne Heirat sich einmal als
nützlich erweisen würde, wenn man sie so lange wie
nötig geheimhielt.

»Konnte ich Euch mit meinen Ausführungen zufrie-
denstellen?« fragte Wykeham.

Als ihm bewußt wurde, welchen Anblick er bieten
mußte, stillte Thoresby schnell seinen Durst und setzte
den Becher ab. »Ich glaube, ich weiß, was den Sinneswan-
del des Königs bewirkt hat. Doch bevor ich darüber spreche, muß ich Euch ehrlicherweise davor warnen, daß
einige Leute vor nichts zurückschrecken würden, um
dies geheimzuhalten.«

»Tatsächlich?«

»Ihr hattet recht mit Euren Zweifeln über den Tod von
Wyndesores Pagen.«

Wykeham schob sein Essen zur Seite und stützte sich
auf den Tisch. »Ist es das, was Euch um den Schlaf gebracht hat?«

Thoresby nickte. »Ich hatte zwei beunruhigende Gespräche, seit ich das letzte Mal geschlafen habe. Das eine
mit Don Paulus, das andere mit Mistress Perrers.«

Die umwölkten Augen weiteten sich, und ein Lächeln
trat auf das lange, schmale Gesicht. »Das interessiert
mich. Mit Don Paulus? Ist er hier im Palast?«

Jedermann war begierig darauf, mit Don Paulus zu reden. Thoresby war überzeugt, das Interesse der Leute
würde nachlassen, wenn sie diesen unmoralischen, anmaßenden Mönch erst einmal persönlich kennengelernt
hatten. »Er *war* hier.«

»Ah.« Wykeham nickte. »Und Ihr habt dafür gesorgt,
daß er wieder verschwand.«

»Das stimmt. Und Ihr werdet gleich verstehen, weshalb ich dies für wichtig hielt.«

Das Lächeln verschwand. »Ich möchte dieses Geheimnis gern erfahren.«

Thoresby nickte, schenkte sich Bier nach, machte es
sich auf seinem Sessel bequem und berichtete Wykeham
so knapp wie möglich, was er erfahren hatte. Es bereitete

ihm große Genugtuung zu sehen, wie die Augen des Ratgebers des Königs immer runder und runder wurden. Er hatte nichts gewußt von dieser Affäre.

»Weshalb erzählt Ihr mir das?« fragte Wykeham, als Thoresby seinen Becher zum Mund führte und damit andeutete, daß er mit seiner Geschichte fertig war.

»Ihr wolltet es doch wissen.«

»Dies ist in der Tat eine sehr gefährliche Information. Ihr riskiert viel dadurch, daß Ihr sie weitergebt. Weshalb vertraut Ihr darauf, daß ich nicht schnurstracks zum König gehe und ihm berichte, was Ihr mir erzählt habt? Oder zu Wyndesore?«

»Weil ich glaube, daß Ihr nicht zu jenen gehört, die jemanden verraten, der Euch eine vertrauliche Mitteilung gemacht hat, zumal wenn dies in Eurem eigenen Interesse geschah.«

Wykeham neigte den Kopf und musterte Thoresby. »In meinem eigenen Interesse? Was meint Ihr damit?«

»Um darauf zu antworten, muß ich weiter ausholen und erklären, wie es um mein Seelenheil bestellt ist.«

Wykeham beugte sich über seine Platte mit kaltem Fleisch und schob auch sie zur Seite. »Ihr wollt mich als Beichtvater benutzen? Bei Tisch?«

Thoresby lachte. »Ich möchte nur, daß Ihr versteht, weshalb ich Euch von der Angelegenheit mit Mistress Perrers berichtet habe.«

»Und es hat etwas mit Eurer Seele zu tun?«

»Wenn ein Mann in das Alter kommt, in dem ihm die Knochen nicht nur weh tun, wenn es regnet, oder ihm sein Gedächtnis Streiche spielt und er meint, etwas hierhin gelegt zu haben, während es in Wirklichkeit ganz woanders ist« – Thoresby schüttelte den Kopf – »dann denkt er viel und lange über sein Seelenheil nach und fragt sich, wie er vor Gott treten soll, wenn er plötzlich aus der Welt abberufen werden sollte.«

Wykeham hob seinen Becher an die Lippen und hielt inne. »Ihr denkt doch nicht schon ans Sterben?«

»Doch, natürlich. Ein kluger Mensch denkt schon in jungen Jahren daran, daß er eines Tages sterben wird.

Doch in meinem Alter berührt mich diese Frage viel unmittelbarer. Und ich fühle mich unbehaglich bei dem, was ich sehe.«

»Ihr seid ein guter Mensch, Kanzler.«

Thoresby deutete gegenüber Wykeham eine leichte Verbeugung an. »Gott danke Euch für Eure Worte, Staatsrat. Doch ich kenne meine Sünden. Ich habe schon häufig darüber nachgedacht. Ich weiß, daß ich das Leben bei Hofe aus reiner Eitelkeit gewählt habe. Meine Eltern dachten, ich würde zu den Zisterziensern oder zu den Benediktinern gehen oder vielleicht ein Laienpriester werden. Niemals jedoch wäre es ihnen in den Sinn gekommen, daß ich Erzbischof werden könnte. Und sie hatten auch nie beabsichtigt, mich Recht studieren zu lassen.«

»Eure Eltern waren enttäuscht über Euch?« Wykehams Augen verrieten mehr als seine Stimme, daß er nicht glauben wollte, was er hörte.

»Nein, ich möchte nicht sagen, daß sie nicht erfreut gewesen wären darüber, daß ich es soweit gebracht habe. Im Gegenteil, sie waren stolz auf mich, freuten sich über das Ansehen, das ich unserer Familie verschafft habe. Nein, ich selbst glaube, ich wäre ein besserer Mensch, ein gottesfürchtigerer Mensch geworden, hätte ich mich aus der Welt zurückgezogen und in ein Kloster begeben.«

Wykeham wischte sein Messer mit einem Leintuch ab. »Ihr wart kürzlich in Fountains, wie ich hörte. Ihr wißt, daß die Zisterzienser sehr weltlich leben in ihrer Abtei. Jedenfalls ganz anders, als man es von einer weltabgeschiedenen Gemeinschaft erwarten würde.«

»In der Tat. Aber die Intrigen am Hof. Die Kompromisse, die man eingehen muß, um den König zufriedenzustellen, um den Pflichten im Bistum nachzukommen ...« Thoresby hob die Hände. »Ihr erkennt doch gewiß den Unterschied?«

Nachdem er das Messer im Schein der Kerzen hin und her gewendet hatte, war Wykeham zufrieden und steckte es in die Scheide an seinem Gürtel. »Die Zisterzienseräbte haben Eure Sendboten schnell durchschaut, so daß sie nun ihre Macht ausspielen werden, um zu verhindern, daß ich Bischof von Winchester werde.«

»Ja. Bischof von Winchester. Und dann Lordkanzler.«

Wykeham lehnte sich zurück, faltete die Hände im Schoß und bedachte Thoresby mit einem kühlen Blick. »In der Tat, ich glaube, dies ist die Absicht des Königs.«

Thoresby nickte. »Und deshalb möchte ich, daß Ihr versteht, welches Schlangennest der Hof mittlerweile geworden ist.«

Es trat eine unangenehme Stille ein, während Wykeham Thoresbys Blick standhielt und sich sein bleiches Gesicht mit Zornesröte überzog. »Ihr versucht zu verhindern, daß ich Kanzler werde? Ihr seid ziemlich gerissen, das weiß ich. Ich dachte schon fast, Ihr würdet mich unterstützen.«

Der Argwohn des königlichen Ratgebers überraschte Thoresby nicht. Sie waren keine Vertrauten. »In den letzten Monaten habe ich Euch beobachtet, Staatsrat, und ich bin zu der Auffassung gelangt, daß ich Euch früher falsch eingeschätzt habe. Ihr seid ein aufrichtiger Mann, dem das Wohlergehen der Menschen am Herzen liegt, und auch ihr Seelenheil. Und ich möchte Euch sagen – wie seltsam und wenig überzeugend es aus meinem Munde auch klingen mag –, daß Ihr begreifen müßt, was es bedeutet, der Bischof des Königs zu sein, und daß es in dieser Position unmöglich ist, gegen den Willen des Königs zu handeln. Denn Ihr werdet ihm alles verdanken, und er wird nicht zögern, Euch gegebenenfalls daran zu erinnern.«

Wykeham schüttelte den Kopf, als grübele er über ein Kind nach, das ihm eine unvorhergesehene Enttäuschung bereitet hatte. »Es ist nicht in erster Linie Eure Amtskette, Lordkanzler, die ich anstrebe. Es ist der Bischofssitz von Winchester. Ich bin dort aufgewachsen, Bischof Eddington war mein Lehrer, und er hat mich all jene Tugenden gelehrt, die ich mir zugutehalte.«

Thoresby hob die Augenbrauen. »Ihr würdet die Kanzlerschaft ablehnen?«

»Nein. Aber es geht mir nur um das Amt in Winchester.«

284

Thoresby glaubte ihm nicht. Obgleich es hieß, der Bischofssitz von Winchester sei der einträglichste im gesamten Königreich. »Ich wußte nicht …«

»Nein. Es ist eine persönliche Angelegenheit, und über Derartiges haben wir bisher noch nicht miteinander gesprochen.«

Thoresby verbeugte sich und schickte sich an, aufzustehen. »Ich verstehe. Ihr habt das Gefühl, ich hätte die Grenze überschritten, die Ihr zwischen uns gezogen habt.« Er zuckte die Schultern.

Wykeham hob eine Hand, um Thoresby zurückzuhalten, und deutete auf den Tisch. »Gott hat uns dieses prächtige Mahl geschenkt. Sollen wir dafür nicht dankbar sein und es genießen?«

»Ihr wünscht, daß ich bleibe?«

»Ja.«

Thoresby setzte sich wieder.

Sie beendeten das Mahl und unterhielten sich dabei über die Gebeine, die unter dem Fußboden eines alten Gebäudes entdeckt worden waren, das man für die Erweiterung des oberen Burgtrakts abgerissen hatte.

Als Thoresby schon an der Tür stand und sich verabschieden wollte, sagte Wykeham: »Es wundert mich, daß Mistress Perrers dem König nichts von ihrer Vermutung berichtet hat, ihr Ehemann könnte für diese Todesfälle verantwortlich sein.« Sein mageres Gesicht war angespannt, fast verkniffen. »Den König würde dies bestimmt interessieren.«

Thoresby legte Wykeham eine Hand auf die Schulter. »Mein ehrenwerter, guter Wykeham. Diese Information gehört zu jener Art von Mitteilungen, die der König gar nicht schätzt. Ihr tätet gut daran, sie für Euch zu behalten. Es genügt, sie zu kennen. Und wachsam zu sein.«

»Das ist unmöglich. Wir müssen etwas tun.«

»Was denn? Wir haben keinerlei Beweise. Und selbst wenn wir welche hätten: Was wäre, wenn der König diese geheime Ehe für wichtiger halten würde? Was könnten wir dann noch unternehmen?«

»Das würde er nicht tun.«

Der Mann hatte Thoresby nicht zugehört. »Wenn Ihr erst einmal der Bischof des Königs seid, werdet Ihr es verstehen.«

Er spürte, daß Wykehams Blicke ihm folgten, als er die steinerne Treppe hinabstieg. Doch er drehte sich nicht um und kehrte auch nicht zurück, um es ihm zu erklären zu versuchen. Er wollte einfach nur schlafen.

Owen erwachte, als Gwennllian lautstark nach ihrer mitternächtlichen Fütterung verlangte. Während er ruhig dalag und Lucie dabei bobachtete, wie sie ihre Tochter stillte, überkam ihn eine schreckliche Befürchtung. Er hatte so viel zu verlieren; was war, wenn er Ned nun doch nicht trauen konnte? Wenn er Don Ambrose tatsächlich ermordet hatte? Hatte Ned den Mönch vielleicht in einem Wutanfall angegriffen, wie Abt Richard glaubte?

Nein. Das würde nicht zu Neds Wesen passen. Er neigte zum Jähzorn und zu unüberlegten Handlungen, das konnte man nicht bestreiten. Schon häufig hatte er jemandem das Gesicht blutig geschlagen oder die Nase gebrochen. Meistens, wenn er zuviel getrunken hatte. Darin bestand das Problem. Matthew hatte gesagt, Ned sei an diesem Abend betrunken gewesen. Doch der Mönch war erst danach verschwunden, nicht davor. Erst nachdem Ned von Marys Tod erfahren hatte.

Und wie hätte er es tun können? Ambrose war von Anfang an bei der Reisegruppe gewesen.

Lucie legte Gwennllian in die Wiege zurück und wandte sich an Owen. »Du seufzt wegen Ned.« Sie strich seine feuchten dunklen Locken zurück und küßte ihn zärtlich auf die Stirn.

»Ich riskiere viel dadurch, daß ich ihm helfe.«

»Ich würde dasselbe für Bess tun.«

»Auch Ned hat mir schon einige Male das Leben gerettet, da bin ich sicher.«

»Dann bin ich ihm verpflichtet.«

»Du kannst dir das gar nicht richtig vorstellen. Du hast noch nie an der Seite von Bess gekämpft.«

Ein plötzliches Kichern.

Owen hob den Kopf und runzelte die Stirn. »Was amüsiert dich daran?«

»Ich habe mir gerade Bess in einem Gefecht vorgestellt.«

Auch Owen konnte sich ein Grinsen nicht verkneifen. »Sie würde einen guten Hauptmann abgeben.«

»Das stimmt.«

»Ich möchte sie nicht als Gegnerin haben.«

»Nein, ich auch nicht. Ich frage mich, ob … ob sie vielleicht auch auf dem Schlachtfeld Schleifchen an ihrer Haube tragen würde?«

Owen zog Lucie an sich. »Danke, daß du mich ein bißchen aufheiterst.«

Lucie drückte sich an ihn. »Es ist mir ein Vergnügen. Nun schlaf, Liebster. Stell dir vor, wie Bess in einer Rüstung und mit grimmigem Gesichtsausdruck in den Kampf zieht.«

Alfred sprang von seinem Lager auf, den Dolch in der Hand.

Owen versetzte ihm einen Tritt, so daß er gleich wieder auf den Stuhl zurücksank. »Hier ist dein Hauptmann, du Schlafmütze. Was tust du denn hier drinnen? Du solltest doch draußen Wache stehen!«

»Ich war doch wach, oder nicht? Bin sofort hochgeschnellt, als Ihr hereingekommen seid.«

Alfred rieb sich die Leiste und spuckte auf den Boden neben sich.

»Eine schöne Gesellschaft hast du mir hier verschafft«, meinte Ned. Er lag auf dem Rücken auf seiner Pritsche und war voll angekleidet.

»Hinaus mit dir, Alfred!« bellte Owen. »Ich will nicht, daß da draußen vielleicht jemand im Schatten lauert und uns belauscht.«

»Da draußen gibt's keinen Schatten, Hauptmann«, maulte Alfred.

Owen drehte sich langsam zu ihm, einen warnenden Ausdruck im Gesicht.

Alfred griff nach seinem Umhang, einer abgedunkelten Laterne und schlurfte hinaus.

Owen setzte sich auf den Stuhl, den Alfred freigemacht hatte, und öffnete seine Laterne ein wenig weiter, um seinen Freund besser sehen zu können. »Schläfst du immer in Stiefeln?«

»Nur wenn die Umgebung besonders grauenhaft ist. Hier ist es schlimmer als im Kerker.« Ned stützte sich auf einen Ellbogen. »Also, was stimmt nicht?«

»Was nicht stimmt? Mein Mann weiß nicht, wie man Wache steht. Das stimmt nicht.«

Ned grunzte. »Ich kenne dich, Owen. Wenn du schon so früh auf den Beinen bist, dann haben dir Sorgen und schlimme Gedanken den Schlaf geraubt.«

»Ich muß Johannes aufsuchen und ihm erklären, was ich getan habe.«

»Aha.«

Owen streckte seine Beine aus und kippte die Hinterbeine des Stuhls nach hinten in Richtung der Mauer. »Erzähl es mir noch einmal. Warum hat man dich für diese Reise in den Norden ausgewählt?«

Ned ließ sich zurücksinken und starrte die feuchten Steine an der Decke an. »Das Dach hat ein Leck, weißt du das schon?« Er rieb sich die Wangen mit den Händen, als wolle er den Schlaf abschütteln. »Ich vermute, Alice Perrers hat das engagiert, um mich von Mary zu trennen.«

»Wer hat dir das gesagt?«

»Niemand. Aber alles andere würde keinen Sinn ergeben.«

»Glaubst du, daß Mistress Perrers etwas zu tun hatte mit Marys Tod.«

Ned schloß die Augen und ballte die Fäuste. »Wenn sie sich nicht eingemischt hätte, hätte es nicht passieren können. Ich wäre dort gewesen, um Mary zu beschützen, so wie sie es wünschte. Sie hat mich sogar darum angefleht.«

Owen sah die Anspannung im Gesicht seines Freundes und überließ ihn einen Augenblick lang seiner Trauer. Er stellte die Aufrichtigkeit der Gefühle, die sein Freund für Mary empfand, nicht in Frage.

»Du willst unbedingt die Mätresse des Königs beschuldigen. Was weißt du über Alice Perrers?«

»Viel mehr, als du vielleicht denkst.«

»Ist Lancaster am Thron interessiert?«

»Sie ist die Mätresse seines Vaters.«

»Aber es stehen viele bevorrechtigte männliche Erben zwischen Lancaster und dem Thron. Weshalb entwickelt er ein solch starkes Interesse?«

»Er glaubt, daß einer es tun muß. Sein Bruder Edward wartet nur auf die erstbeste Gelegenheit, seine schwarze Rüstung an den Nagel zu hängen, und Lionel hat immer genug damit zu tun, aus seinen selbstverschuldeten Schwierigkeiten herauszukommen.«

»Dann erzähl mir etwas von ihr.«

»Mistress Perrers war ein Kind der Pest; sie wurde in dem Jahr geboren, als der Tod unser Land zum ersten Mal heimsuchte. Es heißt, solche Kinder besitzen eine unheilige Kraft. Oder unheilige Fähigkeiten. Manche glauben, die Mätresse des Königs verfügt über beides. Sie hat die Königin verhext, die sie in ihre Gemächer aufnahm, von wo sie dann bald den Weg zum Bett des Königs fand.«

»Was ist mit ihren Eltern?«

»Kleine Grundbesitzer. Bescheidenes Einkommen. Beide Elternteile starben an der Pest. Ihre Onkel haben sie bei einem Kaufmann untergebracht, der eine Tochter durch die Pest verloren hatte. Die Kaufmannsfamilie hat sie wie ihr eigenes Kind behandelt und aufgezogen und dafür von den Onkeln einen kleinen Zuschuß erhalten. Nach einer plötzlichen Aufwallung familiärer Gefühle haben die sie ihren Stiefeltern wieder entrissen, den einzigen Menschen ihrer Kindheit, an die sie sich erinnert. Dann haben sie sie in eine Klosterschule gesteckt, wo sie lesen und schreiben lernen mußte.«

»Eine glückliche junge Frau.«

»Das würdest du nicht sagen, wenn du sie hören würdest.«

»Das hat deine Mary gesagt, nicht wahr? Hast du sie

deswegen umworben, damit sie hinter Alice Perrers herspioniert?«

»Gott vergebe mir, aber es stimmt. Es war genauso, aber dann habe ich mein Herz an Mary verloren. Ich habe sie geliebt, Owen. Ich hätte alles für sie getan. Aber das eine, um das sie mich gebeten hat ...«

»Sie hat dir nicht gesagt, warum sie wollte, daß du bleibst?«

Ned schüttelte den Kopf. »Ich wünschte, ich wüßte es. Was hat sie nur davon abgehalten, sich mir anzuvertrauen und mir ihre Angst zu gestehen?«

»Wyndesores Page. Was war mit ihm?«

»Sie hat sich mit ihm angefreundet. Als ich sie fragte, warum, hat sie das als Beleidigung aufgefaßt.« Ned drückte die Finger an seine Schläfen.

»Hast du Schmerzen?«

»Nichts, das nicht auch wieder heilt.«

»Der Tod von Wyndesores Pagen und von Perrers Zofe. Besteht dazwischen irgendein Zusammenhang?«

»Wenn es einen gibt, dann bin ich der letzte, der ihn kennt.«

»Bardolph und Crofter, Wyndesores Männer. Wieso bist du sicher, daß sie hinter dir her sind?«

»Als wir die Reise antraten, hatte Don Ambrose schon Angst vor ihnen. Nach York, nachdem er sich gegen mich gestellt hatte, ermutigten die beiden ihn darin und brachten ihn dazu, anzunehmen, ich würde ihn einer Gefahr aussetzen.«

»Warum?«

»Vieleicht glauben sie, ich hätte Daniel ermordet? Ich weiß es nicht.« Ned schüttelte den Kopf. »Nur Gott kennt ihre schwarzen Seelen.«

»Glaubst du immer noch, es hängt damit zusammen, daß du Lancasters Späher bist?«

»Spielt das eine Rolle?«

»Wenn sie dich nicht weiter verfolgen, gibst du mir dann dein Wort, daß du mit nach Windsor kommst?«

Kurzes Zögern. »Du wirst mich dem Lordkanzler ausliefern?«

»Ja, das werde ich tun.«

Ned nickte. »Ich verspreche dir, nach Windsor mitzukommen.«

Johannes, der Erzdiakon von York, stapfte in seinem Salon auf und ab, die Hände hinter dem Rücken verschränkt. »Gott gebe mir Kraft. Das ist eine unmögliche Situation, Owen! Einfach unmöglich!«

Owen wünschte, er könnte auch aufstehen und hin und her laufen, doch einer von ihnen mußte Ruhe bewahren. Er hatte seine Ellbogen auf die Knie gestützt und drückte mit einer Hand die Klappe an sein linkes Auge, durch das unangenehme Nadelstiche zuckten. »Wir versuchen nur, Ned am Leben zu erhalten, bis die Männer des Königs eintreffen, um ihn abzuholen«, sagte er langsam, in dem ruhigsten Tonfall, den er zustandebrachte.

Im Nu stand Johannes vor ihm und blickte ängstlich auf ihn hinab. »Ihr seid sicher, daß sie kommen?«

Owen lehnte sich zurück und streckte die Beine aus. »Habt Ihr irgendwelche Zweifel daran?«

Der Erzdiakon seufzte erschöpft, zog sich einen Stuhl heran und ließ sich hineinsinken. »Sie werden ihn nach Windsor bringen und dort hinrichten, Owen. Der König schickt nicht Männer aus, um einen Hauptmann zu holen, wenn er nicht genau dies beabsichtigt.«

Owen nickte. Was sollte er dagegen sagen?

Johannes legte seine Handflächen an seine Wangen, ließ dann die Hände wieder herunterfallen. »Das kann ich nicht zulassen, solange wir nicht sicher wissen, ob er auch wirklich den Tod verdient.«

»Was?« Owen setzte sich auf, verblüfft darüber, was der Erzdiakon soeben angedeutet hatte.

»Nun.« Johannes nickte vor sich hin. »Falls der Erzbischof nicht Vorbereitungen getroffen hat, um einzugreifen …« Er schüttelte den Kopf. »Ich kann mich nicht erinnern, dem König jemals den Gehorsam verweigert zu haben.«

Owen grinste. »Betrachtet es einfach als eine Möglichkeit, einigen blutrünstigen Soldaten einen Strich durch die Rechnung zu machen.«

»Ralph war gestern abend hier und warnte mich, daß Townley mich für gefährlich halten könnte. Daß ich sein nächstes Opfer werden könnte.«

Dieser elende Misthund. »Er machte doch einen ganz vernünftigen Eindruck.«

Johannes zuckte die Achseln. »Er glaubt, daß Townley seine Kameraden umgebracht hat. Es ist durchaus vernünftig, daß er ihn deswegen für gefährlich hält. Es wäre aber unvernünftig, das Recht in die eigenen Hände zu nehmen, um die Gefahr zu beseitigen.«

»Ja, es wäre unvernünftig, würde aber zu einem Soldaten passen«, murmelte Owen, während er überlegte, wie lange es dauern würde, bis Ralph und seine Kameraden in den Laden kommen würden. »Es besteht keine Notwendigkeit, daß Ihr Matthew weiter verköstigt.«

Johannes hatte sich dem Fenster zugewendet, nun aber wirbelte er herum. »Ihr wollt ihn wieder zur Bewachung Townleys einsetzen?«

»Nein. Aber ich werde ihn vielleicht brauchen.«

»Ihr wollt mir nicht sagen, wo Ihr Townley versteckt?«

»Ihr wißt doch, daß Ihr über Euch selbst stolpert, wenn Ihr zu lügen versucht.«

Johannes drückte die Finger auf die Knochen unterhalb der Augenbrauen. »Was soll ich also den Männern des Königs sagen?«

»Sagt Ihnen, daß ich Ned nach Bishopthorpe gebracht habe.«

Stirnrunzeln. »Nach Bishopthorpe?«

»Mehr braucht Ihr ihnen nicht zu sagen.«

Johannes nickte. »Geht in Frieden, Owen. Möge Gott Euch behüten.«

22

Michaelo reitet nach Norden und sorgt für Unruhe

Crowder rollte mit einem Tuchknäuel über den Boden, während Jasper sich auf die Lippen biß und zerriebene Schwertlilienwurzeln in einen Mörser schüttete und dabei versuchte, keinen Staub aufzuwirbeln, der ihn zum Niesen bringen und das Mittel zerstören würde, mit dessen Herstellung er an diesem Vormittag beschäftigt war. Lucie kümmerte sich um Kunden und tat so, als höre sie Jaspers kurze, entsetzte Ausrufe nicht, denn sie wußte, daß diese Rufe in der Regel seine Angst vor einem Mißgeschick zum Ausdruck brachten und nicht bedeuteten, daß er tatsächlich einen Fehler gemacht hatte. Owen befand sich bei Ned und beseitigte die Fäden. Nach vier Tagen juckten diese Stellen Ned fürchterlich, ein Zeichen für eine beginnende Heilung.

Als die Tür aufging, blinzelte Lucie und dachte, ihre Augen spielten ihr einen Streich. Doch die Gestalt, die hereintrat, sah immer noch wie Bruder Michaelo aus, wenngleich er nicht so sorgfältig gekleidet war wie sonst. »Ich dachte, Ihr wärt in Windsor bei Seiner Gnaden.«

Michaeleo schloß seine blutunterlaufenen Augen und nickte. »Ich habe Seine Gnaden vor vier Tagen verlassen mit einer dringenden Botschaft für Hauptmann Archer. Ist er da?«

Lucie überlegte, wem sich Michaelo wohl mehr verpflichtet fühlte, dem König oder der Gerechtigkeit. »Er ist draußen. Kann ich den Brief sehen?«

Michaelo beugte sich zu ihr. »Verzeiht, Mistress Wilton, aber er ist für Euren Gemahl bestimmt. Wenn er, nachdem er ihn gelesen hat, entscheidet, daß auch Ihr mit seinem Inhalt vertraut gemacht werden sollt, dann soll er ihn Euch überlassen. Doch das habe nicht ich zu entscheiden.«

Lucie gefiel der ernste Ton des Sekretärs nicht. »Ich vermute, das Schreiben hat mit Ned Townley zu tun?«

»Gott stellt Hauptmann Townley eine schwere Prüfung. Ich muß Euch warnen, daß die Männer des Königs nur einen Tag hinter mir sind. Sie kommen, um Euren Freund festzunehmen.«

Nur einen Tag. So wenig Zeit. »Deshalb seid Ihr so schnell geritten, daß Eure Augen blutunterlaufen sind, und habt in der Stadt keinen Aufenthalt eingelegt, um Euch umzuziehen?«

»Richtig. Ich habe in Bishopthorpe eine kleine Erfrischung zu mir genommen, aber ich wollte keine längere Pause riskieren.«

»Werden sie den Hauptmann nach Windsor bringen?«

»So lautet ihr Befehl, Mistress Wilton. In ihrer Begleitung befindet sich ein Schreiber mit einem Brief von Seiner Gnaden an Hauptmann Archer. Doch der Brief, den ich bei mir trage, ist jüngeren Datums.«

Offenbar hatte der Erzbischof etwas erfahren, über das er Owen unverzüglich in Kenntnis setzen wollte. »Geht in die Küche, Bruder Michaelo. Tildy wird Euch eine Erfrischung reichen, während ich Owen hole.«

»Und was ist mit dem Laden?«

»Jasper kann sich darum kümmern. Ich werde nicht lange wegbleiben.«

Lucie traf Owen auf der Brücke. Die Neuigkeit, die sie ihm überbrachte, gefiel ihm gar nicht.

»Kann Ned reiten?« fragte sie.

»Wenn er muß. Aber sein Bein wird danach um so schlimmer sein.«

Sie kehrten Arm in Arm zur Apotheke zurück. Lucie ließ Owen dort allein; er führte Michaelo hinüber in die Küche des neuen Hauses, wo sie sich ein Plätzchen für sich selbst eingerichtet hatten unter all den Vorräten, die Tildy nach und nach herbeischaffte. Michaelo schaute in den Garten der Apotheke hinaus, während Owen den Brief las.

Thoresby schrieb, daß Don Ambrose um sein Leben gefürchtet hatte, berichtete von Alice Perrers geheimer Heirat, ihrem Verdacht gegenüber ihrem Ehemann, er könne mit dem Tod der beiden Zeugen etwas zu tun haben, und von der Gefahr, in der alle schwebten, die davon wußten. Owen überflog den Brief schnell, las ihn dann ein zweites Mal.

»Nun, Michaelo, dann ist Mistress Perrers vielleicht ein Opfer ihrer eigenen Seele geworden, oder?«

»Ihrer Seele? Ich würde eher sagen, sie ist ein Opfer ihres Ehrgeizes geworden.« Er setzte sich zu Owen. »Die Männer des Königs werden morgen erscheinen, um Hauptmann Townley zur Verhandlung nach Windsor zu bringen. Ich bin schnell geritten, um vor ihnen hier zu sein, und habe nur kurze Pausen eingelegt, um ein paar Stunden zu schlafen und meinem Pferd ein bißchen Ruhe zu gönnen.«

»Ihr seid allein unterwegs?«

»Bedauerlicherweise nein. Don Paulus hat mir Gesellschaft geleistet.«

»*Jesus.* Er ist hier in Bishopthorpe?«

Michaelos Nasenflügel bebten erregt. »Ich bin überzeugt, er wird die Speisekammer leer essen und den Weinkeller austrinken, wenn man ihn zu lange dort läßt.«

»Was schlägt der Erzbischof vor? Was soll ich tun?«

»Er möchte, daß Ihr einige seiner Gefolgsleute nehmt und mit ihnen Hauptmann Townley nach Windsor bringt.«

Ihre Pläne stimmten genau überein. »Wird er für Ned tun, was in seinen Kräften steht?«

»Seiner Gnaden ist sehr daran gelegen, daß Ihr kommt, Hauptmann. Er möchte Euch an seiner Seite wissen. Dafür wird er Townley helfen.«

Owen schlug sich auf die Schenkel und stand auf. »Ich muß mich wegen der Reisevorbereitungen mit meiner Frau besprechen. Wir müssen aufbrechen, bevor am Abend die Tore geschlossen werden.«

»Wollt Ihr Mistress Wilton alles erzählen, was Ihr erfahren habt?«

Owens Auge fing Michaelos Blick auf. »Ich werde die Gefahr berücksichtigen, das kann ich Euch versichern. Nun, sprechen wir über den Plan.« Es freute ihn, daß Michaelo sich einverstanden zeigte.

»Bardolph und Crofter.« Michaelo schüttelte den Kopf. »Sie haben Daniels Leiche aus dem Wassergraben geholt. Ich habe keinen Zweifel daran, daß sie hinausgelaufen sind, um zu verhindern, daß jemand die Striemen an seinen Handgelenken sah.«

»Was war mit seinen Fußgelenken?«

»Die anderen waren auch an den Fußgelenken gefesselt?« Als Owen nickte, schüttelte Michaelo den Kopf. »Ich bedaure, ich hatte nicht die Zeit, ihn genauer zu untersuchen, Hauptmann Archer. Ich befürchtete, die Männer könnten durch mein Interesse mißtrauisch werden.«

»Hat Euch Seine Gnaden deshalb geschickt? Weil er fürchtete, Ihr könntet in Gefahr schweben?«

Michaelo verbeugte sich leicht. »Das ist seltsam, nicht? Er nennt mich seine Buße, die ihm auferlegt ist, dennoch versucht er, mich zu schützen.«

Ja, das war seltsam. Doch Owen war die Veränderung des Sekretärs nicht entgangen. Kaum zu glauben, daß er früher der Gespiele von Erzdiakon Anselm gewesen war. »Kehren wir zur Apotheke zurück.«

Als Michaelo und Owen durch den Garten gingen, klagte der Sekretär über seine Reise mit Don Paulus. Der Mönch hatte mehr gegessen und getrunken, als ihm zustand, war immer nur schwer wachzubekommen gewesen und war anfällig für Mißgeschicke ...

»Ihr dürft nicht erwähnen, daß er sich in Bishopthorpe befindet, solange Ned noch nicht weggeritten ist.«

»Ich bin kein Dummkopf, Hauptmann.«

»Das wollte ich damit auch nicht sagen, Bruder Michaelo.«

Während Owen seine Sachen packte, schoß Lucie im Laden umher, vergaß den Namen eines Kunden, ließ einen Stößel fallen und antwortete auf Fragen nur einsilbig. Sie hatte Owens düsteren Gesichtsausdruck bemerkt. Es gab noch eine weitere Gefahr, von der sie noch nichts wußte. Offenbar hing es mit dem Brief zusammen, den Michaelo gebracht hatte. Als sie es schließlich nicht länger aushielt, übergab sie Jasper den Laden, sagte ihm, er solle nach ihr rufen, wenn er sie brauche, und eilte die Treppe hinauf zu Owen.

Ihr Mann stand in der Nähe der Tür und hatte sich bereits sein fertig gepacktes Bündel über die Schulter geworfen.

Lucie schloß die Tür und stellte sich ihm in den Weg. »Du solltest nicht weggehen, bevor du mir nicht gesagt hast, welche Gefahren auf dich lauern.«

Owen schloß die Augen und schüttelte den Kopf. »Nicht jetzt, Lucie. Wenn du es wüßtest, könntest du selbst in Gefahr geraten.«

»Meinst du, daß irgend jemand mir glaubt, wenn ich sage, daß ich nichts weiß?«

»Viele Männer sprechen nicht über ihre Angelegenheiten.«

»Was hast du mit dem Brief gemacht?«

»Ich habe ihn eingepackt. Später werde ich ihn vernichten.«

»Wie leicht es dir fällt, mir das vorzuenthalten. Du bist nicht jemand, der zu Hause sitzt und wartet. Und sich Sorgen macht.«

Owen rollte die Augen. »Es gibt niemanden, der sich mehr Sorgen macht als ich.« Er versuchte, nach ihrer Hand zu greifen.

Sie hielt ihre Arme verschränkt und die Hände unter den Ellbogen und erzählte ihm von ihren Mißgeschicken im Laden. »Sie werden zunehmen und immer schlimmer werden, wenn du weg bist. Es ist besser, ich kenne die Wahrheit. Sonst male ich mir schreckliche Dinge aus …«

Owen nahm sein Bündel ab und zog Lucie an sich. »Ich möchte dich nicht in Gefahr bringen, Liebes. Und auch nicht die Kinder.«

Ihre Hände lösten sich und schlangen sich um Owen. Lucie spähte zu seinem geliebten Gesicht hinauf, das im

Augenblick so grimmig wirkte. »Wir sind eine Familie, Owen. Wenn jemand dich zum Schweigen bringen will, dann wird er auch zu uns kommen. Wir können dieser Bedrohung nicht entrinnen, indem du mir alles verschweigst.«

Er öffnete den Mund, um ihr zu widersprechen, fluchte aber statt dessen. Nachdem er sie losgelassen hatte, setzte er sich, öffnete sein Bündel und reichte Lucie Thoresbys Brief. Sie las ihn am Fenster im Licht der Frühlingssonne und versuchte, das Zittern ihrer Hände zu unterdrücken, nachdem sie die Tragweite der Nachricht erkannt hatte. »Aber inzwischen wissen bestimmt schon viele Leute darüber Bescheid. Man kann sie nicht alle zum Schweigen bringen«, flüsterte sie.

»Beten wir darum, daß es so ist, Lucie.« Sie gab ihm den Brief zurück, und er verstaute ihn wieder in seinem Gepäck. »Verzeih mir, daß ich unser Heim immer wieder in Gefahr bringe.«

»Wieso machst du dir Vorwürfe? Der Erzbischof hat doch damit angefangen. Aber jetzt geh. Beeile dich. Bring Ned sicher nach Windsor.«

»Ich weiß nicht, wieviel Sicherheit Thoresby ihm bieten kann.«

»Jedenfalls mehr, als er auf der offenen Landstraße erwarten kann, davon bin ich überzeugt.«

Sie hielten sich lange fest umschlungen.

»Sie werden auch hierher kommen, um nach Ned zu suchen.«

»Sie werden ihn nicht finden.« Lucie versuchte, zu lächeln. »Was soll ich ihnen sagen?«

»Sag ihnen, ich hätte gehört, daß zwei übel aussehende Burschen sich nach seinem Verbleib erkundigt hätten und daß ich ihn deswegen nach Bishopthorpe gebracht hätte, wo ich Haushofmeister bin.«

Lucie holte tief Luft. »Von dort brechen Ned und Matthew also auf?«

»Ja. Ned glaubt, daß Bardolph und Crofter ihn beobachten und ihm folgen werden, wenn er sich von mir trennt. Michaelo, Alfred und ich werden die Nacht in

Bishopthorpe verbringen und ihnen dann schnell nachreiten, um sie von hinten zu überraschen.«

»Das ist ein sehr riskanter Plan.«

»Stimmt.«

Lucie biß sich auf die Lippen. »Und wie willst du dem Torwächter die bewaffnete Eskorte erklären?«

»Ich werde ihm sagen, ich hätte gehört, daß sich ein Augustiner in Bishopthorpe versteckt und ich ihn holen möchte.«

»Was ist mit Johannes? Was willst du ihm sagen?«

Owen schüttelte den Kopf. »Nichts. Das ist meine Vergeltung dafür, daß er mich nicht informiert hat.«

»Der arme Mann. Sie werden ihm das Haus auf den Kopf stellen.«

Owen grinste.

»Wäre es nicht besser, mehr Männer mitzunehmen?« fragte Michaelo, als sie fünf Pferde aus dem Stall von Matildas Vater holten.

»Mehr Männer zu haben wäre schon hilfreich, aber ich kann nicht mit einem großen Trupp aufbrechen, ohne Ralph und seine Kameraden aufzuschrecken. Sie würden uns sofort verfolgen, da könnt Ihr sicher sein.«

Sie führten die Pferde langsam durch die schmalen Straßen zum Old Baile.

Tom Merchet hatte bereits Alfred, Matthew und Ned informiert, so daß sie reisefertig sein würden, wenn Owen und Michaelo ankamen. Die drei krochen unter der von wildem Wein bewachsenen Mauer hervor und kämpften sich durch den Schlamm des alten Wassergrabens, wobei Alfred und Matthew Ned stützten, damit er nicht ausrutschte und dadurch vielleicht seine Wunde wieder aufbrach.

»Der Wirt hat uns nicht gesagt, warum wir uns so beeilen sollen«, beklagte sich Matthew.

»Er kennt den Grund nicht, und du wirst ihn auch nicht erfahren, Matthew. Wenn du meinen Befehlen folgst und keine Fragen stellst, ist es am besten für dich.«

Matthew straffte sich. »Jawohl, Hauptmann. Ich wollte nicht ...«

»Je weniger wir reden, desto besser.« Owen reichte ihm einen Zügel. »Wir reiten durch Micklegate nach Bishopthorpe. Führe dein Pferd am Zügel, bis wir das Tor hinter uns haben.« Die Gruppe setzte sich langsam in Bewegung.

Harold öffnete den Männern des Königs mit zitternden Händen die Tür. Der Erzdiakon hatte ihn verständigt, daß sie bald erscheinen würden.

»Gott sei mit Euch«, rief Johannes aus dem Salon. »Kommt herein.« Es waren sechs Soldaten, alle groß, breitschultrig und gut bewaffnet. Sie waren noch ein wenig starr vom Reiten, und ihre Kleidung war staubbedeckt. Johannes bot ihnen Bier an und ein Mahl aus Gemüseeintopf, kaltem Fleisch, Käse und Brot.

»Wo ist Hauptmann Townley?« fragte der Sprecher der Gruppe schroff. Es war ein stämmiger Rotschopf namens Rufus.

»Der Hauptmann befindet sich an einem sicheren Ort«, erwiderte Johannes, froh darüber, daß er vor Nervosität bereits schwitzte; Rufus würde wahrscheinlich nicht auffallen, daß seine Stirn nun noch feuchter wurde.

Die Männer setzten sich und aßen.

Diese Verzögerung war nicht unbedingt nötig, doch Johannes wollte seiner Dienerin Ann Zeit geben, Lucie Wilton zu warnen, daß die Männer bald vor ihrem Haus erscheinen würden.

»Wurde der Herzog von Lancaster über die bevorstehende Verhaftung dieses Mannes informiert?« fragte Johannes, als die Männer ihren größten Hunger gestillt hatten.

»Das ist eine Angelegenheit des Königs und geht den Herzog nichts an«, erwiderte Rufus, während er sich erhob und den Schwertgürtel um seinen mächtigen Bauch lockerte. »Doch auch Herzog Lancaster würde nicht wünschen, daß ein Mörder ungeschoren davonkommt, ob er nun sein Gefolgsmann ist oder nicht. Wir möchten jetzt Hauptmann Townley sehen, wenn es Euch recht ist, Sir.«

Johannes nickte. »Ihr müßt wieder nach Süden reiten, fürchte ich. Zur Residenz des Erzbischofs in Bishopthorpe.«

Rufus schüttelte den Kopf. »Uns wurde gesagt, er befinde sich in Eurem Gewahrsam.«

Johannes dachte rasch nach und sagte: »Er ist aus meinem Haus entwischt, als er sich hier befand. Deshalb hielt ich es für ratsam, ihn jemandem anzuvertrauen, der besser auf ihn aufpassen kann.«

»Und wer ist das, Sir?«

»Hauptmann Archer, der Hauptmann der Garde des Erzbischofs.«

Rufus runzelte die Stirn. »Seid Ihr verrückt? Die beiden haben unter Heinrich von Grosmont zusammen gekämpft!«

Johannes nickte. »Das weiß ich. Doch Hauptmann Archer ist ein verläßlicher Mann.«

Rufus murmelte etwas, das zu verstehen sich Johannes nicht die Mühe machte, und stapfte hinaus, nachdem er seinen Männern zugerufen hatte, ihm sofort zu folgen.

Lucie begrüßte die Soldaten im Laden und sagte ihnen, Owen sei bereits am gestrigen Tag nach Bishopthorpe aufgebrochen. »Wartet«, sagte sie und trat zu einem der Soldaten, dessen eine Hand eingebunden war, und nickte einem anderen zu, der schlimm hustete, »laßt mich erst Eure Männer versorgen, bevor Ihr weiterreitet.«

»Wo ist Euer Ehemann, Mistress Wilton?« wollte Rufus wissen.

Lucie bemühte sich, verwirrt dreinzublicken. »Ich habe es Euch doch gesagt. Er ist gestern nach Bishopthorpe geritten.«

»Wie viele Männer hat er bei sich?«

»Hauptmann Townley, dessen Untergebenen Matthew und einen seiner eigenen Männer. Drei sind es, Hauptmann.« Es erschien ihr unklug, Michaelo zu erwähnen.

Rufus wandte sich an seine Männer und befahl zweien, sich zur Unterkunft der Garde des Erzbischofs zu begeben. »Findet heraus, ob vielleicht noch weitere Männer mitgeritten sind.«

Lucie war aufgebracht wegen dieser Unverschämtheit. »Ich wäre Euch sehr verbunden, wenn Ihr meinen Worten Glauben schenken würdet, Hauptmann. Ich bin Apothekenmeisterin in dieser Stadt. Ich bin es nicht gewohnt, daß man meine Worte in Frage stellt.«

»Ich bitte Euch um Verzeihung, Mistress Wilton, aber es gefällt mir nicht, was ich hier erfahren habe. Ich werde selbst die Wahrheit herausfinden.«

Lucie verkniff sich eine Erwiderung. Je früher dieser arrogante Ritter die Apotheke wieder verließ, um so besser.

Plötzlich erschien Johannes in der Tür, während Rufus im Laden hin und her stapfte. »Ihr habt viele Leute in Eurem Haus, Mistress Wilton«, murmelte Rufus. »Schade nur, daß der Mann nicht dabei ist, den wir suchen.«

Erzdiakon Johannes trat in den Raum. »*Benedicte*.« Er segnete alle Anwesenden. »Ich muß Euch warnen, Hauptmann Rufus. Mistress Wilton und ihre Familie stehen unter dem Schutz von Erzbischof Thoresby, der auch Pate der kleinen Gwenllian ist.«

Rufus funkelte den Erzdiakon an. »Mistress Wilton kümmert sich um meine Männer, bevor wir wieder aufbrechen, Sir. Ich würde niemals der Familie eines Soldaten ein Leid zufügen, ganz gleich, was er angestellt hat.«

Johannes ließ sich auf einen Schemel sinken und fächelte sich Luft zu. Lucie fürchtete schon, er könnte ohnmächtig werden. »Geht in die Küche. Tildy wird Euch etwas zu trinken geben«, sagte sie zu ihm. »So lasse ich Euch nicht gehen.« Auch sie freute sich schon auf einen Schluck Branntwein, den sie zu sich nehmen würde, wenn die Männer wieder verschwunden waren.

23

Ungewöhnliche Bündnisse

Ralph trommelte an die Tür des Erzdiakons. Harold teilte ihm und den drei Männern, die hinter ihm standen, mit, daß gerade die Männer des Königs das Haus durchsuchten und sein Herr im Augenblick nicht zu sprechen sei.

»Hauptmann Rufus möchte ich sprechen«, knurrte Ralph unfreundlich.

Harold wich zurück. Ralph stand mit geballten Fäusten vor ihm und wartete, bis die massige Gestalt des rothaarigen Soldaten in der Tür erschien. »Wir gehörten zu dem Trupp, der von Windsor hierher geschickt wurde, Hauptmann. Wir möchten Euch bei Eurer Suche unterstützen und mit Euch zu unserem Posten zurückkehren.«

Rufus spähte an ihm vorbei. »Wie viele?«

»Curan, Edgar, Geoff und ich, Hauptmann.«

Rufus überlegte. »Ihr habt eigene Pferde?«

»Jawohl, Hauptmann.«

Er nickte. »Dann kommt bei Tagesanbruch. Es ist schon zu spät, um heute noch aufzubrechen.«

Als am Vormittag das Tor von Bishopthorpe in Sicht kam, machte die Gruppe halt. Owen lenkte sein Pferd an die Seite von Neds Roß. »Keine unnötigen Risiken, hörst du? Wir sind unmittelbar hinter dir und können sofort aufschließen, wenn sie kommen. Du sollst sie anlocken, nicht verscheuchen.«

Ned grinste und schlug Owen auf den Schenkel. »Soll ich sie nicht gleich an ein paar kräftigen Eichen aufknüpfen?«

»Nein.«

»Schade.« Ned bemerkte Matthews ängstlichen Gesichtsausdruck und schüttelte den Kopf. »Du müßtest mich doch inzwischen kennen, Dummkopf.«

Owen beobachtete die beiden sorgenvoll, als sie davonritten. Aber sie mußten weiter.

Die drei passierten das Tor von Bishopthorpe und ritten in den Hof der Lieblingsresidenz des Erzbischofs, ein eindrucksvolles Steingebäude mit einer Kapelle und einem weitläufigen Stall. Owen nahm erfreut zur Kenntnis, daß auf dem Dach Männer arbeiteten. Weniger freute ihn die Nachricht, daß Don Paulus schon einen Tag vorher abgereist war.

»Wie ist das möglich?«

Maeve, die Köchin des Erzbischofs, kam aus der Küche geeilt, wischte sich die Hände an ihrer Schürze ab und schüttelte den Kopf. »Ich hatte meine Zweifel, Hauptmann Archer, aber die beiden trugen die Livree des Königs. Und ich kann nicht sagen, daß ich es bedauert hätte, den dicken Mönch von hinten zu sehen.«

Ihre Beschreibungen paßten auf Bardolph und Crofter. »Sie haben einen Tag Vorsprung vor uns«, überlegte Owen und fragte sich, ob sie sich nun bereits auf der Flucht befanden und den Köder gar nicht mehr wahrnehmen würden. »Verdammt. Sie müssen die Männer des Königs gesehen und gedacht haben, sie seien hinter dem Mönch her.«

Michaelo war niedergeschlagen. »Heißt das, wir reiten heute abend?«

Owen starrte den Sekretär an. »Ich würde Ned und Matthew sofort nacheilen, um sie zu warnen, wenn sie wegen Neds Verletzung nicht ohnehin langsam reiten würden. Wir bleiben nur kurz und packen ein paar Vorräte ein, die Maeve erübrigen kann. Um Mitternacht brechen wir auf.«

Am Mittag des zweites Tages nach ihrem Aufbruch in York traf Owens Gruppe auf zwei ihnen bekannte Männer und einen dritten, die abgestiegen waren, um Rast zu machen und etwas zu essen. Owen, Michaelo und Alfred schlichen sich vorsichtig an den Lagerplatz heran, als die Männer sich anschickten, wieder aufzusitzen. In der Gesellschaft von Bardolph und Crofter befand sich ein schwarzgekleideter Mönch. »Erkennt Ihr den Bruder, Michaelo? Ist es Don Paulus?«

Michaelos feine Nasenflügel bebten. »Riecht Ihr denn nicht die Verderbtheit?«

Es war seltsam, daß Wyndesores Männer den Mönch nicht gefesselt hatten; außerdem schienen sie mehr damit beschäftigt zu sein, auf ihre eigene Sicherheit zu achten, als Don Paulus zu bewachen. Der Mönch machte es sich im Sattel bequem, sein Gesichtsausdruck war vergnügt. Die drei Männer trieben ihre Pferde an, als sie die Straße erreichten.

»Sollen wir sie uns schnappen, Hauptmann?« fragte Alfred.

»Sie rechnen mit einem Überfall«, erwiderte Owen und zügelte sein Pferd. Seine Gefährten taten dasselbe. »Es ist am besten, sie im Auge zu behalten. Wenn sie auf ihr Opfer treffen, werden wir sie überraschen, so wie sie glauben, ihn zu überraschen.«

»Wieso sind wir früher auf sie gestoßen als Ned und Matthew?« fragte sich Michaelo.

Owen schüttelte den Kopf. »Vielleicht ist Ned doch schneller geritten, als ich dachte? Vielleicht haben sie Ned und Matthew vorüberziehen lassen? Gott helfe mir. Ich wünschte, ich wüßte es.«

Die Nächte, in denen Thoresby nicht oder kaum geschlafen hatte, forderten schließlich eines Abends ihren Tribut, als er im großen Saal von Windsor speiste. Thoresby lauschte hingebungsvoll einem walisischen Harfenspieler, der eine schwermütige Melodie zum besten gab. Bald jedoch begannen Thoresbys Augenlider herunterzufallen, er nahm seine Umgebung nur noch verschwommen wahr, und dann sank sein Kopf vornüber. Am schlimmsten jedoch war, daß er noch bemerkte, wie Alice Perrers ihn amüsiert beobachtete.

Sie wandte sich an die Königin. »Majestät, ich möchte mich gerne mit dem Lordkanzler über eine juristische Frage unterhalten, über die wir bereits früher einmal gesprochen haben.«

Königin Philippa, die aufgrund des Weins, den sie genossen hatte, und des Rauchs, der über dem Saal hing, ebenfalls nur noch mit Mühe ihre Augen offenhalten konnte, schaute hinüber zu Thoresby und neigte sich zu Alice. »Sprich mit ihm, mein Kind, und komm dann in mein Schlafgemach, um mich zu unterhalten, bevor ich mich zur Ruhe begebe.« Mühsam erhob die Königin sich vom Tisch. Sofort eilte ein Diener herbei, um sie zu stützen.

Der König lächelte Alice und Philippa zu. Thoresby stand auf, denn er fühlte sich nun wieder munter. Er hatte sich vorgenommen, Alice auszuforschen. Es war ihm letzte Nacht eingefallen, als er gegen sein einstmals so bequemes Bett gestoßen war, daß Alice ihm etwas Wichtiges verschwiegen hatte: Wer hatte den König über ihre Heirat informiert?

»Gehen wir hinaus in den Hof, um ein wenig frische Luft zu schnappen«, schlug Alice ihm vor. »Ich würde gerne mit Euch über eine bestimmte juristische Angelegenheit sprechen.«

Thoresby verneigte sich und bedeutete ihr, sie solle ihm vorausgehen. Viele Köpfe wandten sich um, und Münder begannen zu reden, als die beiden an den Tischen im niedrigeren Teil des Saals vorübergingen. Gilbert und Adam lieferten sich einen Wettlauf, um ihnen die Tür aufzuhalten. Gilbert gewann. Thoresby rechnete es sich hoch an, daß sein Diener bei ihm nicht hatte lernen müssen, schnell zu sein, um körperlichen Züchtigungen zu entgehen. Er wußte, daß Gilbert schon öfter geschlagen worden war.

Die kühle, feuchte Abendluft war erfrischend. Thoresby zog seinen Umhang enger um sich und begann auszuschreiten.

»Langsamer bitte, Euer Gnaden«, rief Alice. »Ich trage Tanzschuhe, keine Stiefel.«

Thoresby hielt inne.

Alice hob ihren Rock an, um ihm im Licht der Laterne, die Gilbert sofort entzündet hatte, ihre fein bestickten Samtschuhe zu zeigen.

Thoresby verneigte sich. »Verzeiht, Mistress Perrers. Offenbar bin es gewohnt, Euch in Stiefeln ausschreiten zu sehen.«

Gilbert hob die Laterne nicht hoch, so daß Thoresby den Gesichtsausdruck der Mätresse nicht sehen konnte.

»Ich bin überrascht, daß ein Mann, der soeben noch über seinem Wein einzuschlafen drohte, nun mit solcher Energie und Zielstrebigkeit auzuschreiten vermag«, flötete Alice mit gespielter Liebenswürdigkeit.

Genug mit diesem Geschwätz. »Ich habe lange über die Angelegenheit nachgedacht, über die wir sprachen, Mistress Perrers, und mir sind dazu noch viele Fragen eingefallen.«

»Oh?« Eine kurze Pause. »Du kannst gehen, Gilbert. Unterhalte dich mit Adam.«

Dadurch kam Thoresby auf eine weitere Frage. »Wieso wurde eigentlich Gilbert verschont?« fragte er. »Warum war er nicht auch Zeuge der Heirat?«

»William sagte, er brauche nur zwei Zeugen, je einen aus den beiden Haushalten.« Ihre Stimme klang hohl.

»Aha.«

»War das Eure Frage, Euer Gnaden?«

»O nein, es fiel mir nur eben ein. Nein, ich habe überlegt ... wißt Ihr, mir kam es vor, als hättet Ihr großen Wert auf die Geheimhaltung gelegt, und dann ... mein Gott, Mistress Perrers, wer hat Euch gegenüber dem König verraten?«

Alice räusperte sich. »Diese Frage habe ich mir auch schon oft gestellt, Euer Gnaden. Wer könnte es gewesen sein?«

»Wirklich? Ihr seid doch viel zu schlau, um auf eine solche Frage keine Antwort zu finden, Mistress Perrers. Viel zu schlau.«

»Ich schwöre, ich weiß es nicht, Euer Gnaden. Ich hoffe, ich finde es noch heraus. Ich würde gern meine

Feinde kennen. Aber wo soll ich mit der Suche anfangen?« Alice seufzte. »Euer Gnaden, wie ich sehe, seid Ihr entschlossen, Licht in diese Angelegenheit zu bringen.« Sie machte eine Pause und berührte kurz seinen Arm, eine flüchtige, intime Geste. »Ich bitte Euch, wenn Ihr etwas herausfindet – sagt es mir.«

Ja, er sollte ihr sagen, was sie bereits wußte, ihm aber nicht mitteilen wollte. »Natürlich. Es wäre nachlässig von mir, es Euch vorzuenthalten. Nun, welche juristische Frage wollt Ihr mit mir besprechen?«

»Es handelt sich um mein Eigentum und darum, wie sich meine Ehe darauf auswirkt.«

»Das ist eine schwierige Frage. Es kommt auf den Wortlaut der Vereinbarungen an. Ich vermute, der König hat große Sorgfalt walten lassen, so wie auch ich es getan habe, als ich den Vertrag für Euer Haus in Windsor aufsetzte.«

»Würdet Ihr vielleicht diese Frage für mich prüfen?«

»Mit Vergnügen.«

»Gott segne Euch. Gilbert wird Euch die Unterlagen morgen früh bringen.«

Thoresby lächelte, als sie sich verabschiedeten. Es würde sehr aufschlußreich sein, Einblick in Alice Perrers Besitztümer zu bekommen.

Am nächsten Morgen trug Thoresby Adam auf, Alice zu beobachten. Als sie die Gemächer der Königin zu einem Botengang verließ, erschien Thoresby im Empfangssalon der Königin. Philippa hatte ihre Beine auf ein weiches Kissen gebettet, und über ihre Füße war eine seidene Tagesdecke gebreitet. Offensichtlich bereiteten Schuhe ihr Qualen, denen sie sich nur noch aussetzte, wenn es unbedingt nötig war. Ihr Gesicht war angeschwollen und unnatürlich rot. Dennoch begrüßte die Königin Thoresby mit ihrem üblichen süßen Lächeln. »Kommt, setzt Euch zu mir. Man sieht Euch immer seltener in diesen Gemächern, werter Freund. Der König nimmt Euch Tag und Nacht in Anspruch, nicht wahr?«

»Und jetzt auch noch Mistress Perrers.«

»Ah, ja. Ich habe ihr versichert, daß sie sich Euch guten Gewissens anvertrauen kann.«

Thoresby warf einen Blick auf die Hofdame, die in einer Ecke des Raumes saß. »Ich betrachte es als eine große Ehre, daß Ihr soviel Vertrauen in meine Diskretion setzt, Majestät.«

»Ich weiß, daß Ihr Alice nicht mögt.« Philippa unterband seinen Widerspruch. »Es ist sehr freundlich, daß Ihr Euch trotzdem meinetwillen dieser Angelegenheit annehmt.« Philippa wandte sich an die Hofdame und bat sie, für einen Augenblick den Raum zu verlassen. »Geh zum Gärtner. Versuche, ihm ein paar Blumen abzuluchsen.«

Als sie in dem großen, doch recht angenehm wirkenden Gemach allein waren, grinste Thoresby die Königin an. »Ihr genießt diese Intrige.«

Die blutunterlaufenen Augen leuchteten auf. »Es verschafft mir Zerstreuung.«

»Sir William von Wyndesore. Was für eine unschöne Wahl Mistress Perrers getroffen hat. Hättet Ihr sie in dieser Absicht bestärkt? Falls Ihr es gewußt hättet?«

Die Königin schloß die Augen und verzog die Lippen. »Dieser Fehler haftet Frauen häufig an, die ansonsten recht schlau sind: Sie treffen irgendeinen Schurken, spüren die Gefahr, die von ihm ausgeht, und halten es für Liebe.« Sie schüttelte den Kopf. »Zum Glück habe ich mich damals in den besten aller Männer verliebt.«

»Ihr hattet großes Glück mit Eurer Heirat.«

»Ja, sie hat Seltenheitswert, diese Vollkommenheit.« Philippa lächelte. »Sogar jetzt noch, da ich keinen angenehmen Anblick mehr biete und mich nur noch mühsam fortbewegen kann.«

»Ihr seid so schön wie immer, meine Königin.«

Philippa tätschelte Thoresbys Hand. »Alice ist unglücklich. Nein, das ist eine zu schwache Bezeichnung. Sie ist verflucht. Sir William ist ein skrupelloser Mann. Er hat meinen geliebten Sohn Lionel verleumdet.« Tränen schimmerten in ihren Augen, ihre spröden Lippen zitterten. Sie empfand eine besondere Zuneigung für ihren zweiten Sohn.

Thoresby wagte den Versuch. »Dann habt Ihr diese Heirat also nicht abgesegnet? Wer besaß die Kühnheit, Euch darüber zu informieren? Wer hat es dem König gesagt?«

»Dieser Augustinermönch, von dem der Ratgeber des Königs eine solch hohe Meinung hatte.« Sie runzelte die Stirn, weil ihr der Name entfallen war.

»Don Ambrose?«

Philippa nickte. »Ja, der arme Mann. Möge er in Frieden ruhen.« Sie bekreuzigte sich. »Er hat es Edward gesagt. Es war der Wunsch von Alice. Sie hat aber ihren Fehler sofort eingesehen. Sie hoffte, Edward würde befürchten, die Heirat könnte wie eine Gegenleistung für Sir William aussehen dafür, daß er Lionels Fehler in Irland aufgedeckt hatte, und er würde deshalb ihre Auflösung anordnen. Doch leider kam Edward zu der Auffassung, daß er sich diese Ehe sehr wohl zunutze machen konnte. Anstatt sie aufzulösen, entschloß er sich, sie geheimzuhalten, bis die Schwierigkeiten in Irland vergessen sein würden.«

Don Ambrose war in der Tat ein bedauernswerter Mann. Er mußte viele Male um sein Leben gefürchtet haben, bevor es ihm tatsächlich genommen wurde.

24

Ein Plan, der sich in Rauch auflöst

Owens Trupp ritt weiter nach Süden und folgte Wyndesores Männern und dem Mönch. Sie mußten eine zügige Gangart anschlagen. Owen überlegte, ob Ned im Wald schlief, wie sie es taten, oder ob er in den leerstehenden Bauernhäusern übernachtete, die über das Land verstreut waren, düstere Erinnerungen an die Opfer, die die Pest gefordert hatte. Sie hatten gerade ein Dorf mit verfallenen Häusern passiert, einige davon nur noch zum Teil überdacht, andere von Unkraut überwucherte Hütten. Owen spürte, wie seine Beine am Sattel scheuerten, und er wußte, daß Ned dieses Tempo große Schwierigkeiten bereiten mußte. Wenn es ihm nicht gelungen war, irgendeine schonende Reitposition zu finden, mußte seine Wunde mittlerweile wieder aufgebrochen sein. Blutverlust, ständige Schmerzen – wie kräftig würde Ned noch sein, wenn Bardolph und Crofter ihn aufspürten? Doch nicht sie bestimmten das Tempo. Ned mußte wissen, was er tat.

Da ihn fürchterliche Kopfschmerzen plagten, hätte Ned gern eine Pause eingelegt, doch an diesem Morgen hatte der Wind ihnen den Rauch eines Feuers zugetragen. Ned und Matthew hatten sich näher herangeschlichen und ihre Verfolger entdeckt – Bardolph und Crofter, die genau das getan hatten, was sie erwartet hatten. Doch Ned kannte ihren Begleiter nicht, den schwarzgekleideten Mönch. Konnte das Don Paulus sein, der Mistkerl, der Mary in der Themse treiben hatte lassen? Sollte er sie jetzt gleich angreifen? Es reizte ihn. Aber sie waren zwei gegen drei, und Ned war geschwächt wegen seiner Wunde, die seinen Verband mit Blut durchtränkte, wenngleich er sich bemühte, ihn so fest wie möglich zusammenzuziehen. Die Narbe war schon längst aufgebrochen, und die Wunde hatte sich wieder geöffnet. Ned bedauerte, Owen dazu überredet zu haben, hinter ihm zu bleiben. Zusammen wären sie sofort über die drei hergefallen, ohne sich Gedanken über den Ausgang des Kampfes zu machen. Doch mit Matthew allein wagte er den Angriff nicht – er war zu zaghaft im Kampf.

Nun, da sie weiterritten, träumte Ned davon, an einer Schenke haltzumachen, für ein paar Münzen eine schöne Kammer zu mieten, seinen fürchterlichen Durst zu stillen und dann seine Augen zu schließen, um die sich drehende, viel zu grelle Welt zu vergessen und seinen hämmernden Kopf zur Ruhe zu betten. Er fürchtete, sie würden langsamer werden, und seine häufigen Pausen an den Bächen, um seinen Wasserschlauch nachzufüllen, würden sie wertvolle Zeit kosten. Es verwunderte ihn auch, warum Bardolph und Crofter sie noch nicht überholt hatten. Sie hatten doch letzte Nacht so nahe bei ihnen ihr Lager aufgeschlagen. War es möglich, daß sie noch gar nicht gemerkt hatten, wie nahe sie ihnen inzwischen gekommen waren?

Und dann erblickte er eine Ansammlung heruntergekommener Gebäude, eines davon schon eine vollständige Ruine. Er und Matthew konnten sich mit den Pferden darin einen Tag verstecken, um wieder zu Kräften zu kommen und dann weiterzureiten, um nun ihrerseits ihre Verfolger zu verfolgen. Ned unterbreitete Matthew diesen Vorschlag, der ihn für ein geschicktes Manöver hielt.

Als die Abenddämmerung einsetzte, die aufgrund des Blätterdaches im Wald rasch in Dunkelheit überging, wies Michaelo darauf hin, daß sie seit geraumer Zeit keine Anzeichen mehr von Reitern gesehen hatten, die vor ihnen waren. Alfred und Owen bestätigten dies. Alle drei beschlich Unbehagen. Sie zügelten ihre Pferde, um darüber zu sprechen.

»Glaubt Ihr, sie wissen, daß wir ihnen folgen? Vielleicht haben sie sich versteckt, um uns passieren zu lassen?« meinte Michaelo.

Alfred kratzte sich zwischen seinen strohblonden Haaren und zog an seiner Nase. »Es war an dem unkrautüberwucherten Bauernhaus, an dem wir heute mittag vorbeigekommen sind.« Er nickte. »Da habe ich zum letzten Mal eine Bewegung vor uns gesehen.«

Owen wußte, welches Bauernhaus er meinte. Es hatte ihn an ein Haus in der Normandie erinnert, das durch Feuer zerstört worden war. Gemeinsam mit Ned, Gaspare, Bertold und Lief hatte er eine höllische Nacht darin verbracht, sich zwischen Asche und zersplittertem Holz versteckt und darauf gewartet, daß die feindlichen Späher vorüberzogen. Vielleicht hatte sich auch Ned daran erinnert gefühlt und sich entschlossen, dort Rast zu machen und seinem Bein Ruhe zu gönnen. Die Ruine eignete sich durchaus als Versteck.

Michaelo nickte. »Auch ich habe seitdem nichts mehr bemerkt.« Er und Alfred schauten zu Owen, da sie von ihm eine Entscheidung erwarteten.

»Wir kehren um und suchen uns in der Dunkelheit den Weg.«

Walter von Coventry erreichte endlich das Lager William von Wyndesores, bis auf die Knochen durchnäßt und völlig erschöpft. In den letzten Stunden seines Ritts hatte er im Geist einen Beschwerdebrief an Mistress Alice Perrers entworfen, in dem er eine großzügigere Bezahlung dafür verlangte, daß er diesen Brief so weit befördert hatte. Der Gerechtigkeit halber mußte er zugeben, daß sie nicht wissen konnte, daß Sir William inzwischen Alnwick Castle verlassen hatte, um mit seinen Männern zu einem Erkundungsritt in die Cheviot Hills aufzubrechen. Walter war nicht vorbereitet gewesen auf die späten Schneefälle in den Hochlagen. Er würde Fieber bekommen, davon war er überzeugt. Das zusätzliche Geld von Mistress Perrers würde den Einkommensausfall wieder ausgleichen. Das

Geld hätte eigentlich von Sir William kommen sollen, doch da er wußte, daß mit dem Soldaten nicht zu spaßen war, zog er es vor, seine Beschwerde an die Dame zu richten.

Sir William begrüßte ihn knurrend, riß ihm den Brief aus seinen behandschuhten Händen, stellte sich mit dem Rücken zur Zeltöffnung, wo noch ein wenig Tageslicht hereindrang, und untersuchte das Siegel. »Gut.« Er erbrach das Siegel und las den Brief mit dem Blinzeln und den Lippenbewegungen eines Menschen, dem das Lesen nicht leichtfällt. Walter, der gerne gewußt hätte, was die Mätresse des Königs mit diesem zwar stattlichen, aber recht mürrischen Soldaten zu schaffen hatte, trat näher, weil er hoffte, vielleicht von den Lippen des Mannes etwas ablesen zu können.

Zu spät. Ein Schnauben. »Weiber. Immer lamentieren sie über Dinge, von denen sie nichts verstehen. Pah. Ich bin schon mit Schlimmerem fertiggeworden.« Wyndesore blickte hoch und bemerkte, daß Walter ihn aufmerksam anblickte. »Du bist ja immer noch da.«

Walter räusperte sich. »Es geht noch um meine Verpflegung, Sir William. Ich hatte mich nicht für einen Ritt in die Berge eingedeckt ....«

»Alan! Gib dem Boten, was er will. Ich möchte nicht, daß er in den Bergen umkommt. Er hat mir einen guten Dienst geleistet.«

Nachdem er aufgestanden war, um dem Knappen zu folgen, verbeugte sich Walter vor Wyndesore. »Gott möge es Euch danken, Sir William.«

»Schon gut. Geh jetzt.«

Als sie durch den Schneematsch zum Zelt des Kochs gingen, fragte Alan: »Der Brief, den Ihr gebracht habt – kam er von Mistress Perrers?«

»Ja.«

Alan nickte. »Ich bin froh, daß er Euch Vorräte mitgibt. Das ist ein gutes Zeichen für uns alle.«

Walter konnte sich durchaus vorstellen, in einem solchen Lager zu leben unter einem Kommandeur wie Wyndesore.

Nachdem Matthew Neds Wunde gereinigt und so gut wie möglich wieder verbunden hatte, hatte Ned etwas Wein getrunken und sich hingelegt, um ein Nickerchen zu machen. »Behalte den Waldrand im Auge, Matthew. Sie werden von dort kommen, wenn sie kommen.«

Doch das taten sie nicht. Bardolph und Crofter kamen direkt von der Straße hereingeritten. Als Matthew sie entdeckte, wie sie ihr Lager aufschlugen, war es schon zu spät, und Ned und er konnten das Haus nicht mehr verlassen, ohne gesehen zu werden.

Ned verfluchte Matthew, während er zu dem moosüberwachsenen Loch kroch, das früher ein Fenster gewesen war. Als er die beiden erblickte, zuckte er die Achseln. »Sie ahnen wahrscheinlich nicht, wie nahe wir sind. Sie wollen nur frühzeitig ihr Lager für die Nacht aufschlagen. Das wäre eine Möglichkeit, um unseren Plan auszuführen, Matthew, wenn Owen und die anderen hinter ihnen hergeritten sind. Wir müssen uns fertigmachen zum Kampf.«

Sie zogen sich wieder in den Schatten zurück, aßen etwas Trockenfleisch, tranken nur gerade soviel Wein, um ihren Durst zu stillen, und setzten sich nieder, um zu warten. Es begann zu dämmern. Ned kroch wieder zum Ausguck. Ein kleines Lagerfeuer erhellte das Zwielicht. Nur eine Person saß vor dem Feuer.

»Ich fürchte, wie haben uns in eine Falle gesetzt, Matthew.« Ned zog seinen Dolch. »Komm. Nutzen wir die Dunkelheit.«

Als Owen und seine Begleiter sich dem verfallenen Bauernhaus näherten, setzte sich Alfred von ihnen ab, um die Gegend zu erkunden. Die drei hatten etwas entdeckt, das wie ein großes Lagerfeuer aussah, und vermuteten, daß vielleicht die Männer des Königs hinter ihnen her waren.

Als Alfred näher an diese Stelle heranritt, wuchs sein Unbehagen. Er bemühte sich, in der rauchgeschwängerten Luft nicht zu husten; was er schließlich vor sich sah, war mehr als nur ein Lagerfeuer. Nachdem er abgestiegen war und sein Pferd an einem Baum am Waldrand angebunden hatte, drückte er sich ein Tuch vor das Gesicht und schlich sich zwischen anderen eingestürzten Gebäuden zu dem Bauernhaus. Als das schiefe Häuschen vor ihm auftauchte, blieb er stehen und bekreuzigte sich. Das brennende Holz war unmittelbar vor der Tür aufgeschichtet; es bestand aus einer dicken Grundschicht aus trockenem Holz, die soviel Hitze entwickelt hatte, daß man nun auch feuchtes Holz darauf verbrennen konnte, was ein sehr rauchiges, langsam brennendes Feuer ergab. Eine Art Feuer, die man benutzte, um jemanden auszuräuchern, der sich in einem Gebäude oder einem geschlossenen Raum verschanzt hatte. Während Alfred die Szene beobachtete, fing auch das morsche Holz des Türrahmens Feuer.

Geschürt wurden die Flammen von Don Paulus in seiner schwarzen Kutte.

Alfred duckte sich hinter einem Nebengebäude. Irgendwo vor sich, wahrscheinlich im Haus, hörte er die verschreckten Pferde.

Klopfenden Herzens schlich Alfred zurück zu seinem Pferd und führte es in den Wald, wo er aufstieg und zu Owen und Michaelo zurückgaloppierte.

Vorsichtig einen Fuß vor den anderen setzend, pirschten Owen und Michaelo sich durch den dunklen Wald. Alfred hatte sich vor der Vorderfront des Hauses postiert; seine Aufgabe bestand darin, Don Paulus auszuschalten, dann ein Tuch in einem Tümpel, der zwischen den Nebengebäuden lag, mit Wasser zu tränken und damit das Feuer zu ersticken. Für Owen war dieser Weg doppelt schwierig, denn auch ein Mann mit zwei Augen fand sich nachts in einem Wald nur schwer zurecht, aber ein Mann, der nur ein Auge besaß, war in dieser Situation nahezu blind. Und in dem dichter werdenden Rauch mußte er zudem immer häufiger blinzeln.

Bald war Michaelo weit vor Owen. Wirklich seltsam, daß er auf die Hilfe von Thoresbys Sekretär angewiesen war, um Ned zu retten. Owen drückte sich ein feuchtes Tuch gegen die Nase und den Mund, als der Rauch immer beißender wurde. Gütiger Himmel. Hoffentlich erwischten sie die elenden Schweinehunde, bevor Ned an dem Rauch in seinen Lungen starb.

Michaelo war stehengeblieben, die Hände nach vorne ausgestreckt. Owen beeilte sich, zu ihm aufzuschließen. Sie befanden sich nun am Rand der Lichtung unmittelbar hinter dem Haus. Es war eine Szene wie aus einem Alptraum. Die Ruine war eingehüllt in hellen Feuerschein, der den aufsteigenden Rauch grotesk illuminierte. Hin und wieder wurde das Prasseln des Holzes übertönt durch die Schreie der Pferde im Haus.

»Geht weiter«, sagte Michaelo.

Als Owen tat, wie ihm geheißen, verstand er, weshalb Michaelo zögerte. Es hatte zu regnen begonnen. Ein kräftiger, stetiger Regen. »Beten wir, daß er ausreicht, um das Feuer zu löschen.«

»Zwei Männer«, sagte Michaelo und zeigte in die Dunkelheit. Owen konnte nichts erkennen, da sein Auge noch immer vom Feuerschein geblendet war.

Sie gingen vorsichtig weiter und hielten sich dabei im dichten Rauch. Owen entdeckte nun die zwei Gestalten, die an beiden Seiten einer gähnenden Öffnung in der Mauer kauerten, durch die man die Flammen sehen konnte.

»Die Bastarde lauern Ned und Matthew auf.«

Michaelo bekreuzigte sich. »Und sie warten auf ihre Pferde.«

Plötzlich kam ein Pferd in panischer Flucht durch das Loch geschossen und rannte einen der Männer über den Haufen. »Jetzt!« rief Owen und machte einen Satz nach vorn. »Werfen wir den anderen zu Boden!«

Owen sprang zur Seite, als das zweite Pferd durch eine brennende Mauer brach. Schlamm bespritzte ihn, als er in einer Pfütze landete. Er blickte hoch und konnte gerade noch rechtzeitig mit einem Bein ausschlagen, um einen Mann abzuwehren, der sich auf ihn stürzte. Owen packte den Mann, um ihn auf den Rücken zu rollen, zuckte jedoch zusammen, als er seinen Dolch sah. Er kniete sich auf die Kehle des Mannes und drückte seine Arme zu Boden, packte seine Waffe und hielt sie ihm an den Hals.

Ein Stöhnen. »Du brichst mir den Arm.«

Erst jetzt erkannte Owen seinen Gegner. »Nur die Handgelenke, Crofter.« Er war versucht, ihm die Kehle durchzuschneiden, doch Crofter sollte ihm noch einiges erzählen. »Ist Townley noch im Haus?«

»Schau doch selber nach.« Crofter spuckte ihm ins Gesicht.

Owen fuhr mit dem Messer über den Hals des Mannes, sanfter, als er es gern getan hätte, verlagerte dann sein Gewicht auf Crofters Lenden, drückte kräftig darauf und grinste, als Crofter zu fluchen begann.

In der Nähe schlang jemand einen Strick um einen reglosen Körper. Owen betete, daß es Bardolph war, der auf dem Boden lag.

Die Männer des Königs beklagten sich, als sie bei Einbruch der Dämmerung nur eine kurze Pause einlegen durften, um sich zu erfrischen.

»Wir müssen weiter«, sagte Rufus. »Es kommt ein Sturm auf, und es liegt ein Geruch in der Luft, der mir gar nicht gefällt.«

Er schickte die Späher voraus, die eine noch kürzere Pause gehabt hatten als die anderen. Sie kehrten bald wieder zurück und berichteten, ein Mönch liege vor einem brennenden Haus, und zwei Pferde irrten durch den Wald.

Als sie bei Don Paulus ankamen, nahm er sie zunächst nicht wahr. Schließlich aber hob er zitternd den Kopf. An seiner Stirn klebte geronnenes Blut. Geoff half ihm aufzustehen, doch der Mann fiel gleich wieder auf die Knie und rief: »Gott segne Euch, Männer, aber ich komme schon zurecht. Laßt mich allein. Findet die zwei, die mir das angetan haben. Es ist der Wille Gottes, daß Ihr sie ufhaltet, bevor sie auch noch andere Unschuldige umbringen.«

»Wo sind sie?« fragte Rufus.

Don Paulus schloß die Augen und drückte seine Hand auf die Stirn. »Hinter dem Haus.«

Nachdem er dem verwundeten Mönch einen Weinschlauch überlassen hatte, führte Rufus seine Männer um das Haus herum.

Es goß jetzt in Strömen, und dadurch wachte Alfred auf. Er stöhnte, rollte sich auf die Seite und hustete, bis ihn die Lungen schmerzten.

»Gleich wird es dir wieder besser gehen.« Jemand kniete neben ihm im feuchten Stroh und reichte ihm einen Eimer. »Das ist Regenwasser. Trink, soviel du kannst.«

Hauptmann Townley. Alfred versuchte, den Namen auszusprechen, brachte aber nur ein Krächzen zustande.

»Nicht reden. Nur trinken. Du hast viel Rauch geschluckt beim Kampf mit dem Mönch.«

Alfred griff nach dem Eimer und trank daraus. »Muß ihnen helfen«, konnte er schließlich flüstern, nachdem er etwas Wasser getrunken hatte.

»Es ist alles in Ordnung, Alfred. Die Männer des Königs sind gekommen. Matthew hilft Owen und Michaelo. Trink einfach nur und ruh dich aus. Du hast viel geleistet heute abend.«

Neben dem Feuer stand Owen und bewachte die gefesselten Männer. Nebenan schlugen Rufus' Männer ihre Zelte für die Nacht auf. Plötzlich hörte Owen das Geräusch von zwei Paar Stiefeln, die sich näherten.

»Also, wo ist Euer Freund?« fragte Ralph.

Owen spähte unter dem regenschweren Umhang hervor, den er sich über den Kopf hielt, um sein Auge vor dem Rauch und dem unablässigen Regen zu schützen. Er knurrte, als er Ralph und Curan erblickte. »Wieso seid Ihr hier?«

»Wir reiten mit den Männern des Königs, wenn's Euch recht ist. Wo steckt Townley?«

»Er ist irgendwo in der Nähe, glaube ich. Haltet Ihr ihn

noch immer für schuldig? Nach all dem, was Wyndesores Männer heute abend hier angerichtet haben?«

»Das zeigt nur, daß sie Townleys Tod wollten«, erwiderte Curan. »Und wenn er Gervase und Henry umgebracht hat, dann werden wir dort weitermachen, wo sie aufhören mußten.« Er trat näher zu Ralph.

Rufus, der spürte, daß Ärger drohte, stapfte durch den mit Asche vermischten Schlamm, rief Ralph und Curan zu, sie sollten den Mönch holen und ihn irgendwo sicher unterbringen, während der Rest der Truppe nach den fehlenden Männern suchen sollte. Die beiden zogen murrend davon.

»Hauptmann Archer. Ich möchte mich mit Euch und Euren Begleitern in meinem Zelt unterhalten.« Rufus winkte zwei seiner Männer nach vorn. »Sie werden ab jetzt Wyndesores Männer bewachen.«

Owen, Bruder Michaelo und Matthew folgten ihm ohne Widerrede, froh, zumindest für eine Weile dem Regen entrinnen zu können.

»Was ist hier geschehen? Warum hattet Ihr Euch geteilt?« wollte Rufus wissen.

»Townley und sein Knappe haben sich in Bishopthorpe von uns getrennt, um Bardolph und Crofter auf ihre Fährte zu locken«, antwortete Owen.

»Warum?«

»Townley ist überzeugt, daß sie die Morde begangen haben, die man ihm anzuhängen versucht, und daß sie deshalb hinter ihm her waren.«

»Warum?«

Gütiger Himmel. Was sollte Owen sagen? »Es geht um Politik. Um irgendwelche Streitigkeiten zwischen Lancaster und Clarence.«

Rufus knurrte. »Das wollte ich nicht wissen.« Er wandte sich zu Matthew. »Wo ist dein Hauptmann?«

Matthew bot einen mitleiderregenden Anblick; sein gebrochener Arm steckte in einer schmutzigen Schlinge, und sein Haar war zur Hälfte verbrannt. »Er hat Hauptmann Archers Mann vom Feuer weggezogen und in einen der Schuppen gebracht. Zu viel Rauch.«

320

»Und dann ist er abgehauen, möchte ich wetten.«

»Erlaubt uns, nach ihm zu suchen«, sagte Owen ruhig.

Rufus grunzte. »Nein. Meine Männer sollen ihn suchen. Ich möchte, daß Townley gefesselt wird. Curan hat recht. Was Wyndesores Männer getan haben, beweist noch lange nicht, daß Townley unschuldig ist.«

Michaelo trat vor, und obwohl seine Kleider zerlumpt und seine Lippen aufgesprungen waren und er humpelte, brachte er es fertig, seine übliche Geziertheit an den Tag zu legen. »Ich verfüge über Schreiben des Lordkanzlers, in denen Hauptmann Townley Hauptmann Archer zur Bewachung anvertraut wird.«

Rufus musterte Michaelo. »Ich glaube, ich kenne Euch. Der Sekretär des Kanzlers.«

Michaelo verbeugte sich leicht.

»Also, wo sind diese Schreiben?«

»In meinen Satteltaschen.«

Rufus nickte Michaelo zu. »Dann war es also der Kanzler, der mich zum Narren gehalten hat?«

»Seine Gnaden wünscht, daß Hauptmann Townley die Möglichkeit bekommt, sich von den Anschuldigungen reinzuwaschen.«

»Das hat allein der König zu entscheiden. Wir werden Euch nach Windsor begleiten.«

»Ich habe nichts dagegen einzuwenden«, erwiderte Owen. »Doch ich bitte Euch, Hauptmann Townley zu erlauben, ungefessel reiten zu dürfen.«

Rufus zuckte die Schultern. »Falls wir ihn finden. Aber Ihr werdet für ihn verantwortlich sein.«

»Wir werden ihn finden. Und ich werde auf ihn aufpassen.«

Rufus nickte. »Er kann sich nicht so einfach davonmachen.« Er deutete zu einigen Holzstühlen neben einem behelfsmäßig gezimmerten Tisch. »Setzt Euch, trinkt etwas Wein. Es war eine lange Nacht, und sie ist noch nicht zu Ende.«

Kurz nachdem der Wein eingeschenkt war, tauchten Ned und Alfred auf, wobei es schien, als versuche jeder, den anderen zu stützen.

»Eure Männer werden gleich kommen und Euch mitteilen, daß Don Paulus geflohen ist«, rief Ned. Er lehnte sich gegen einen Zeltpfosten und holte tief Luft. Alfred jedoch sank keuchend zu Boden.

Am Morgen stellte man fest, daß Don Paulus mit seinem Pferd geflohen war und die Pferde von Bardolph und Crofter mitgenommen hatte.

»Wie sollen wir wissen, wohin er unterwegs ist?« Rufus rieb sich die kalten Hände über dem Feuer, das vor seinem Zelt brannte, und gähnte. »Er geht uns nichts an. Wir müssen ihn vergessen und uns nach Windsor aufmachen.«

Ned fluchte zwar, aber Owen wußte, daß Rufus recht hatte. »Soweit wir wissen, hat Don Paulus keine Verbrechen begangen, sondern nur versucht, seinen eigenen Kopf zu retten.«

»Er hat das Feuer geschürt, der Mistkerl«, protestierte Alfred.

»Wir wissen nicht, ob er es freiwillig oder nur gezwungenermaßen getan hat«, sagte Rufus. »Ich nehme nicht an, daß Ihr ihn danach fragen werdet, bevor Ihr ihn niederschlagt, oder?«

25

Eine bemerkenswert tapfere Frau

Die Männer verbrachten die Nacht in einer Herberge nördlich der Themse, um sich zu waschen und ihre Wunden zu versorgen; am nächsten Morgen würden sie den Fluß überqueren und nach Windsor weiterreiten.

Im Lauf des Tages wurde Ned immer nervöser. Er zog es jetzt vor, auf seinem Strohsack zu liegen, statt mit seinen Kameraden ein Bier zu trinken.

»Der Fluß, Owen, der Geruch. Ich sehe sie dort liegen.« Er vergrub den Kopf in den Händen.

Owen hatte nicht bedacht, wie es Ned zumute sein würde, wenn sie in Windsor angelangt wären. »Du wirst dich besser fühlen, wenn du an ihrem Grab gewesen bist, alter Freund.«

Ned schwieg.

»Laß mich noch dein Bein anschauen, bevor ich zu den Männern hinuntergehe.« Als Owen den verkrusteten Verband abnahm, schüttelte er den Kopf. »Das gibt eine häßliche Narbe, mein Freund. Was werden wohl deine Verehrerinnen sagen?«

»Hör auf damit. Nach Marys Tod gibt es keine anderen Frauen mehr für mich. Keine kann mich trösten.« Ned zuckte zusammen, als Owen ein heißes Handtuch auf die Wunde drückte. Er stützte sich auf die Ellbogen, um Owen zu beobachten. »Was machst du da?«

»Ich ziehe das Gift heraus.« Owen musterte das Gesicht seines Freundes, während er wartete, daß die Wunde durch die Hitze weich werden würde. Ned sah jetzt wieder gesünder aus, war wieder fast ganz der alte, kein Vergleich zu seinem Zustand, als Owen ihn im Moor gefunden hatte. Seine braunen Augen blickten jetzt wieder klar, aber sein Blick wanderte immer noch unbehaglich hin und her. »Was heckst du jetzt wieder aus?« fragte Owen.

Ned ließ sich auf den Strohsack zurückfallen, schloß die Augen. »Ich hecke nichts aus, in Dreiteufels Namen. Habe ich dir nicht mein Wort gegeben, daß ich, ohne Schwierigkeiten zu machen, mit nach Windsor kommen würde?«

»Ja, das stimmt.« Owen nahm das heiße Tuch von der Wunde, wusch sie mit einer Calendula-Spülung aus, um die Blutung zu stoppen und die Vernarbung zu fördern, und bestrich sie mit einer beruhigenden Salbe aus echtem Eibisch.

»Das war so ein stechender Schmerz, als ob du mich erneut aufschlitzen würdest. Allmählich frage ich mich, ob du mich heilen oder umbringen willst.«

»Ich habe nicht den ganzen Weg zurückgelegt, um dich zu verlieren, du Narr. Ich habe für dich gekämpft und kann es auch durch meine Wunden beweisen. Lucie wird dir das übelnehmen.«

»Wie soll sie das bei all deinen Narben bemerken?« fragte Ned. Er hatte jetzt die Augen geöffnet und richtete sich auf. »Ich stehe in deiner Schuld, Kamerad. Ich weiß nicht, wie ich es dir danken soll.«

»Ich hoffe, ich muß nie darauf zurückkommen.«

»Wie bist du auf die Idee gekommen, zu dem Bauernhaus zurückzukehren?«

»Es hat mich an ein Haus in der Normandie erinnert.« Ned schwieg, sein Blick wirkte abwesend.

Owen stopfte alles in seinen Beutel und erhob sich seufzend. »So, und nun brauche ich dringend ein Bier. Matthew wird dich heute abend bewachen, was bedeutet, daß ich dir vertraue.«

»Wir haben lange und erfolgreich zusammen gekämpft, Owen.«

»Ja, das kann man sagen.«

»Ich werde Matthew mit Rittergeschichten unterhalten«, sagte Ned zu dem davoneilenden Owen.

Michaelo konnte nicht schlafen. Er erhob sich von seinem von Ungeziefer wimmelnden Bett und schlüpfte geräuschlos aus der Herberge, um einen Spaziergang im Hof zu machen und die Starrheit aus seiner Hüfte und seinem Knie zu vertreiben. Die Nacht war klar und kühl. Erfrischend.

»Wer ist da?«

»*Benedicte*. Hier ist Bruder Michaelo. Ich möchte einen Spaziergang im Hof machen.«

»Gott mit Euch.« Die Wache ging weiter.

Die Aufregungen der letzten Woche hatten Michaelos Blut in Wallung gebracht, ihn ruhelos werden lassen. Aber warum? Viele hielten sein Leben für aufregend, abwechslungsreich. Was fehlte ihm denn? Wollte er vielleicht ständig durch die Lande reiten, um Bösewichte aufzuspüren? Wirklich nicht. Gott hatte ihn auf dieser Reise beschützt; aber die meisten Soldaten fanden einen qualvollen Tod. Und auch wenn sie überlebten, kehrten sie mit Wunden heim, oder es fehlten ihnen Gliedmaßen ... Das Alter wurde mit einem durch jahrelanges Hinken mißgebildeten Körper zu einer einzigen Qual. Wenn man nur noch eine Hand hatte, mußte man jede Arbeit annehmen, die sich bot, und die alten Wunden und Narben schmerzten bei feuchtem Wetter, wurden starr bei Kälte.

Man brauchte nur Hauptmann Archer als Beispiel zu nehmen. Er war ein gutaussehender Mann, hatte aber eine große Narbe auf der Wange und war auf einem Auge blind. Michaelo hatte bemerkt, wie oft Archer über die Narbe fuhr, das Auge unter der Klappe rieb. Auch seine linke Schulter machte ihm zu schaffen. Jeden Morgen ging er hin und her und ließ die Schulter rollen, um sie aufzuwärmen, bevor er auf sein Pferd stieg.

Sogar Erzbischof Thoresby hatte Wunden aus jener Zeit davongetragen, als er König Edward auf seinen Feldzügen begleitet hatte und als Unterhändler quer durchs Land gereist war.

Doch was hatte Michaelo mit seinem Leben angefangen? Wo war er gewesen? War sein noch intakter Körper das Indiz für kluges, vorsichtiges Verhalten oder für ein Leben, das noch gar nicht richtig angefangen hatte?

Michaelo ging hin und her. Ihm war kalt, aber er verspürte kein Verlangen, wieder ins Bett zu gehen. Weshalb war er so ruhelos? Lag es an seinem Gelübde? Wollte er frei davon sein? Und warum? Das Mönchsleben war doch ganz nach seinem Geschmack, bequem und organisiert. Er hatte noch nie Frauen begehrt; und seine Zuneigung zu Männern hatte sich auf die züchtige Bewunderung ihrer Schönheit beschränkt. Vielleicht war es seltsam, daß er die Benediktinerkutte trug, da er ja nicht mehr im Orden lebte, aber immer noch zu ihm gehörte. Was würde geschehen, wenn der Erzbischof starb? Michaelo hatte einen Sonderdispens erhalten, um Erzbischof Thoresby als Sekretär dienen zu können. Würde er ins Kloster St. Mary zurückgeschickt werden? Es fröstelte ihn, und er bekreuzigte sich bei der Vorstellung, wie kühl er dort empfangen werden würde – zu viele lebten noch, die sich an seine Vergangenheit erinnerten ... Seine Mitbrüder erfreuten sich eines langen Lebens.

Die Wache ging schweigend an ihm vorbei und verschwand hinter der Herberge. Sobald der Mann außer Sichtweite war, knarrte eine Tür. Michaelo rührte sich nicht, hielt den Atem an. Ein Mann mit Kutte eilte über den Hof zum Stall und blickte sich nach allen Seiten um. Offensichtlich wollte er nicht gesehen werden.

Michaelo, der Gefahr witterte, folgte ihm.

Zwei leere Strohsäcke, zwei fehlende Pferde und ein Mann, der keine Anstalten machte, endlich aufzuwachen. »Was habt ihr letzte Nacht angestellt, was habt ihr getrunken, daß ihr nichts gesehen habt?« schnauzte Rufus die drei Männer an, die die Nachtwache übernommen hatten.

»Ich habe den Mönch gesehen«, erwiderte einer von ihnen mit hochrotem Kopf. »Er ist im Hof hin und her gegangen. Ich habe mir nichts dabei gedacht.« Er zuckte zusammen, als Rufus die Hand hob, als wolle er ihm einen Schlag versetzen.

Aber Rufus führte die Hand zur Stirn, strich sich darüber, wie um seine Gedanken zu ordnen. »Warum sollte der Sekretär Seiner Gnaden mit Eurem Freund fliehen wollen, Hauptmann Archer?«

Owen saß auf dem Tresen, trank gerade einen Humpen Bier aus und stellte ihn geräuschvoll zurück. »Er ist nicht mein Freund. Nie mehr wird er das sein. Ich habe Höllenqualen gelitten, um ihn sicher nach Windsor zu bringen, und er dankt es mir, indem er flieht.« Owen sprang hinunter, versetzte einer Bank einen Tritt und verließ die Schenke. Aber wohin sollte er gehen?

Alfred und Rufus folgten ihm vorsichtig.

»Ich dachte, er hat geschworen, daß er ohne Schwierigkeiten zu machen nach Windsor mitkommen würde«, sagte Alfred.

Owen betrachtete den Dunst über dem Fluß. »Eine klare Nacht und ein diesiger Morgen. Ich frage mich, was Gott damit bezweckt?« Und welcher Teufel hatte Owen geritten, gestern nacht Ned mit Matthew allein zu lassen? »Ich war ein Narr, weil ich ihm vertraute.«

»Wohin kann er geritten sein, Hauptmann?« fragte Rufus. »Wir können wohl nicht damit rechnen, daß er in Windsor in irgendeiner Schenke sitzt und einen zur Brust nimmt.«

Owen rieb die Narbe unter seiner Augenklappe. »Ja, wohin? Er kann nicht darauf hoffen, den Schwierigkeiten zu entfliehen, in denen er steckt.« Windsor. Ned hatte geschworen, nach Windsor mitzukommen. Aber meinte er damit, in den Palast oder in die Stadt? »Befindet sich Mistress Perrers zur Zeit bei Hof, oder ist sie woanders, Rufus?«

»Beides. Im Palast grenzen ihre Gemächer an die Seiner Majestät. In der Stadt besitzt sie ein Haus am Fluß. Man kann es von der Brücke aus sehen.«

Ein Haus am Fluß. Ned kannte dieses Haus von Mary her. In der Stadt. »Der Herr will mich in Verwirrung stürzen«, brummte Owen. »Los, Männer. Wir müssen so schnell wie möglich zu Mistress Perrers' Haus reiten. Dort gibt es doch eine Fähre vor der Brücke?«

»Glaubt Ihr, er könnte versuchen, die Brückenwache zu umgehen?«

Owen nickte. »Zur Fähre, Hauptmann Rufus.«

Kurz vor der Morgendämmerung geleitete eine Palastwache Bruder Michaelo zu den Gemächern von Erzbischof Thoresby. Adam, verdutzt über diesen seltsamen Aufzug, weckte seinen Herrn und bat ihn um Anweisungen.

»Michaelo ist hier?« murmelte Thoresby und rieb sich die Augen. »Ja und? Weshalb weckt man mich mitten in der Nacht?«

»Verzeiht mir, Euer Gnaden. Aber er kommt mit einer bewaffneten Eskorte, die ihn in die Stadt begleiten soll – zu Mistress Perrers' Haus.«

Nun war Thoresby hellwach. Michaelo und Alice Perrers? »Will er, daß sie sie festnehmen, Adam?«

Der Diener zuckte die Achseln.

Nun, mit dem Schlaf war es vorbei. »Hilf mir beim Ankleiden, Junge. Aber sag ihnen zuerst, daß ich komme.«

Während Thoresby auf Adams Hilfe wartete, entstand Bewegung im Salon, und Michaelo steckte den Kopf herein. »Darf ich Euch beim Ankleiden helfen, Euer Gnaden, während wir uns unterhalten?«

»Ihr?« Michaelo hatte es immer für unter seiner Würde gefunden, Thoresby beim Ankleiden zu helfen. »Nein. Das macht Adam. Aber bleibt hier und erzählt mir, was los ist. Ich hörte, Ihr wollt mit einer bewaffneten Wache zum Haus der königlichen Dirne reiten?«

»Ich möchte sie retten, Euer Gnaden.«

»Von wem droht ihr Gefahr?«

Michaelo trat in den Raum, gefolgt von Adam und dem Soldaten.

»Bleibt draußen«, raunzte Thoresby die Wache an. »Aber zögert nicht, die Tür einzutreten, wenn ich rufe.«

Der Wächter wirkte beunruhigt, als er den Raum verließ.

Thoresby gab Adam ein Zeichen, seine Kleider zurechtzulegen. »Also los, Michaelo, kurz und unpathetisch.«

Michaelo nahm Platz, glättete sein Gewand. »Hauptmann Archer und seine Männer befinden sich immer noch jenseits der Themse und entdecken vielleicht gerade, daß Hauptmann Townley und ich verschwunden sind. Ich war die ganze letzte Nacht hellwach. Ein Fluch, unter dem ich leide, wie Ihr wißt ...« Als Thoresby ihm einen Blick zuwarf, nickte Michaelo. »Verzeiht mir, ich schweife ab, Euer Gnaden. Ich war gerade im Hof, als Hauptmann Townley zum Stall schlich und dort etwas herausholte, von dem ich nicht weiß, was es war. Dann ging er zum Fährmann, weckte ihn und verlangte, nach Windsor übergesetzt zu werden.«

»Wirklich? Warum ist er nicht über die Brücke gegangen?«

»Ich nehme an, er vermutete, man würde ihn nicht passieren lassen, Euer Gnaden.«

»Und Ihr seid ihm gefolgt?« Thoresby schmunzelte bei der Vorstellung, wie Michaelo am Rumpf der Fähre hing und durch das brackige Wasser gezogen wurde. Aber er war völlig trocken, auch wenn die Reise bestimmt beschwerlich gewesen war. »Habt Ihr angeboten, Euren Anteil zu zahlen, wenn Ihr aufgefordert worden wärt, ihn zu begleiten?«

Michaelo schniefte. »Nein. Ich hatte keine Bedenken wegen der Brückenwache.«

Thoresby starrte seinen Sekretär verblüfft an. »Seid Ihr allein geritten. Nachts? Ihr?«

Michaelo zuckte die Schultern. »Ich wartete auf der anderen Seite auf Townley und folgte ihm zum Haus von Mistress Perrers. Er ist davon überzeugt, daß sie der Grund für seine Schwierigkeiten ist. Ich hatte Angst, er könne sie töten. Also eilte ich zum Palast, um Wachen zu Hilfe zu holen. Aber statt dessen haben sie mich zu Euch geführt, wie ein unartiges Kind, das bestraft werden muß, weil es nachts ausgebüchst ist.«

Thoresby war hellhörig geworden. »Mein Umhang,

Adam.« Er nahm Michaelos Arm. »Habt Ihr den Wachen Eure Geschichte erzählt?«

Michaelo schüttelte den Kopf. »Natürlich nicht. Sie brauchen ja nicht alles zu wissen. Ich habe lediglich gesagt, ich benötigte eine bewaffnete Eskorte, die mich zum Haus von Mistress Perrers begleiten soll.«

»Es ist viel Zeit vertan worden. Kommt.«

Adam öffnete die Tür, und der Erzbischof und sein Sekretär eilten hinaus.

Das Mädchen, das Ned die Tür öffnete, erkannte ihn sofort. »Master Townley! O Gott. Oh. Wißt Ihr denn nicht, daß die arme Mary ...? Sie ist ...« Sie rang die Hände »... nicht hier.«

»Ich weiß, Agnes. Ich weiß alles, was hier geschehen ist.« Ned ballte die Fäuste und bemühte sich, ruhig zu bleiben. Der Dunst vom Fluß, der ihn einhüllte, drang ins Haus. »Ich möchte deine Herrin sprechen.«

Agnes umklammerte das Tuch unter ihrem Kinn. »Es ist mitten in der Nacht. Ich kann sie nicht wecken.«

»Du brauchst nur zurückzutreten. Ich werde sie wecken.« *Ich werde sie wecken, damit sie weiß, daß der Tod ihr bevorsteht.*

»*Ihr* wollt sie wecken? Das tut Ihr nicht!« Agnes stellte ihre Lampe geräuschvoll ab und wollte dem Eindringling die Tür vor der Nase zuschlagen.

Ned drückte dagegen, und Agnes taumelte zurück. »Setz dich und benimm dich, Agnes, dir wird nichts geschehen.«

Wimmernd sank Agnes auf eine Bank in der Nähe der Tür.

Ned griff nach der Lampe und blickte sich im Raum um. In dem schwachen Licht konnte er kaum etwas erkennen, aber das war auch nicht wichtig. Er sah alles vor sich, Mary, wie sie am Herd saß, über ihre Stickarbeit gebeugt ... »Mistress Perrers schläft oben im Söller?«

»Ja.« Agnes schniefte. »Mit dem kleinen John. Ihr dürft ihm nichts tun.«

Hätte Mary wohl einen Sohn mit rabenschwarzem Haar geboren?

»Schläft das Kind im gleichen Raum?«

»Der Raum ist durch eine Trennwand abgeteilt. Auf der einen Seite schläft meine Herrin, auf der anderen die Amme mit John.«

Ned gab sich damit zufrieden. Er stieg mühsam die leiterähnliche Treppe hinauf, zog dabei sein verwundetes Bein nach. Noch etwas, das er der Perrers übelnahm. Oben stand er ihr schließlich Auge in Auge gegenüber.

»Hinunter mit Euch!« zischte Alice und bedrohte ihn mit einem Messer. »Ich lasse nicht zu, daß Ihr den Jungen erschreckt.«

Trotz des Messers wirkte sie ohne ihren üblichen höfischen Putz sehr jung und verletzlich auf Ned. Aber während er die Treppe wieder hinunterstieg, suchte er nach einer Halterung für die Lampe, damit er seine beiden Messer hervorkramen konnte. Er hatte sein Ziel erreicht und würde Rache nehmen.

Der Fährmann fluchte, als er erneut von seiner übelgelaunten Frau aus tiefem Schlaf hochgescheucht wurde. »Kümmere du dich um sie, Frau. Ich muß jetzt schlafen. Ist mir egal, wer sie sind.«

»Es sind Männer des Königs, Colm. Sie wollen wissen, wen du heute nacht übergesetzt hast. Und sie sagen, du mußt sie sofort rüberbringen, sonst läßt der König deinen Kopf rollen.«

»Er hat ja sonst schon alles, warum nicht auch noch meinen Kopf«, brummte Colm, aber er stand auf. In der Tür stand ein Fremder. »Ein Mann des Königs, ein einäugiger Schurke?« Colm spuckte auf den Boden.

Owen packte Colm am Kragen. »Du wirst uns auf die andere Seite bringen, sobald du angekleidet bist, und du wirst kein Sterbenswörtchen sagen, Fährmann«, knurrte er. »Der Mann, den du heute hinübergebracht hast, bringt vielleicht in diesem Augenblick gerade eine der Hofdamen der Königin um.«

Alice befahl Agnes, das Feuer zu schüren; es brannte jetzt lichterloh, erzeugte jedoch viel Rauch. Aber es wurde wenigstens warm im Raum. Trotzdem hüllte sich Alice in einen Schal, genau wie Agnes. Ihr braunes Haar war aus dem Gesicht gekämmt und unter einer bestickten Haube verborgen. Doch im Nacken fiel es ihr in weichen Wellen auf die Schultern. Ihr Haar war nicht so prachtvoll wie Marys schwarzes Haar. Aber das aufgelöste Haar ließ sie jung erscheinen, wenn auch nicht unschuldig. Ihre Katzenaugen wirkten bei Gott nicht harmlos.

»Ich verstehe, weshalb Ihr mir Vorwürfe macht, Ned«, sagte Alice. »Aber ich bin selber das Opfer von Sir William.«

»Warum waren Wyndesores Männer hinter mir her?«

Sie hob eine gezupfte Augenbraue, wirkte ganz ruhig. »Hat Hauptmann Archer nichts gesagt?«

Was sollte das? Owen kannte den Grund und hatte ihn nicht verraten? »Was meint Ihr damit?«

»Meine heimliche Heirat. Die arme Mary und Daniel waren meine Trauzeugen. Ich habe keinen Beweis, aber …«

»Ihr habt Wyndesore geheiratet?«

Sie senkte leicht den Blick und nickte knapp. »Der König würde es als Verrat bezeichnen, darüber zu reden.«

Ned glaubte zu träumen. »Was habe ich damit zu tun?«

Alice zuckte die Schultern. »Es hätte ja sein können, daß Mary es Euch anvertraut hat.«

Ned schloß die Augen, wischte sich den Schweiß von der Stirn.

»Und Don Ambrose?«

»Hat die Trauuung vorgenommen.«

Ned schüttelte den Kopf. »Egal. Ihr habt Mary Wyndesore ausgeliefert, das reicht mir.«

»Ich hatte dies nicht geplant.«

»Oh, ich verstehe. Ihr wolltet sie mit jemandem verheiraten, der besser ist als ich. Sie hat es mir erzählt. Aber Wyndesore hat sich zuerst an sie herangemacht.«

»Ich wollte Mary helfen, dafür sorgen, daß sie ein gutes Leben hat.«

»Warum habt Ihr sie dann als Trauzeugin gewählt? Ihr hättet doch auch Cecily oder Isabeau nehmen können.«

»Sir William hat sie ausgewählt, nicht ich.«

»Verdammtes Frauenzimmer.« Ned trat einen Schritt auf sie zu. Sie zückte das Messer. Er schlug es ihr aus der Hand und genoß den ängstlichen Ausdruck auf ihrem Gesicht. »Wer hat Mary ermordet?«

Alice hüllte sich fester in ihren Schal und schüttelte den Kopf. »Einige von Sir Williams Männern oder angeheuerte Männer. Ich schwöre, ich weiß es nicht.«

»Ich glaube Euch nicht, Mistress Perrers.« Ned ließ die beiden Messer von einer Hand in die andere gleiten.

Thoresby befahl den zwei Wachen, die sie begleiteten, auf beiden Seiten der Tür Position zu beziehen, dabei aber außer Sicht-, nicht jedoch außer Hörweite zu bleiben. Er würde so tun, als sei er mit Michaelo allein gekommen.

Ein weinendes Mädchen öffnete die Tür. Thoresby befürchtete schon das Schlimmste und schob sie zur Seite.

»Euer Gnaden, seid Ihr gekommen, um mich zu retten?« fragte Alice mit bebender Stimme. Sie saß auf einer Bank in der Nähe des Kamins. Ned stand hinter ihr und hatte ein Messer an ihren Hals gedrückt, das andere auf ihre Brust gerichtet. Ihre Arme schienen an beiden Seiten mit einem Stück Stoff an die Bank gebunden zu sein.

Thoresby bedauerte seinen dramatischen Auftritt. Wie konnte man mit einem Mörder vernünftig reden, wenn man genau wußte, was er vorhatte? Warum sollte Ned annehmen, Thoresby würde ihm gegenüber Milde walten lassen? Wie konnte er ahnen, daß Thoresby ihm für den Mord an der Geliebten des Königs vielleicht sogar dankbar sein würde? Doch würde er wirklich Dankbarkeit empfinden? Der Teufel sollte das Weib mit dem weichen braunen Haar und hauchdünnen Gewand holen. »Verzeiht, Mistress Perrers, aber ich möchte Ned Townley retten.«

»Mich?«

»Ich habe Hauptmann Archer versprochen, daß ich Euch größtmöglichen Schutz bieten und dafür sorgen würde, daß die Angelegenheit untersucht werden kann. Aber ich warne Euch, Townley: Solltet Ihr Mistress Perrers Gewalt antun, wird der König Euren Kopf fordern, ungeachtet Eurer Argumente oder meiner.«

»Er glaubt, er ….« Ned hielt inne, als Thoresby ihn mit einer Handbewegung zum Schweigen brachte.

»Wenn mein Sekretär die Wahrheit sagt, habt Ihr doch Bardolph und Crofter, die Männer, von denen Ihr behauptet, sie könnten Eure Unschuld bezeugen. Spielt bei anderer Gelegenheit den Märtyrer, für eine würdigere Sache. Mistress Perrers ist es nicht wert, daß Ihr Euer Leben für sie hingebt.«

Neds Blick wanderte plötzlich zur Tür. »Euer Sekretär? Also hat Michaelo mich verraten?«

Michaelo betrat das Haus. »Ich bin Euch von der Schenke aus gefolgt.«

Alice fröstelte leicht und stieß einen kurzen Schrei aus, als der Dolch ihren Hals streifte. »Du lieber Himmel, wenn Ihr mir die Kehle aufschneiden wollt, macht es schnell!«

Die angeritzte Stelle blutete. Ned bemerkte es und grinste. »Nicht mehr lange, Mary«, flüsterte er.

Thoresby mußte versuchen, Townley davon abzubringen, Alice zu verletzen. Er wußte, es war schwierig, denn die Versuchung war für Ned zu groß.

»Gott segne Euch für Eure Bemühungen um mich, Bruder Michaelo«, sagte Alice, »auch wenn es wohl nichts mehr nutzt. Könnte Agnes bitte ein Tuch bringen und sich um meinen Hals kümmern?«

Thoresby starrte Alice an. Die Frau war wirklich bemerkenswert kühl.

Nachdem sie die Themse überquert hatten, hatte Rufus Owen und seine Männer sofort zu Alice Perrers' Haus geleitet, wo sie auf die diensthabenden Wachen stießen. Owen gab sich als Thoresbys Hauptmann zu erkennen.

»Der Lordkanzler ist drinnen, Hauptmann Archer«, flüsterte der Soldat, »und auch sein Sekretär.«

»Und Mistress Perrers?«

»Auch. Hauptmann Townley ist bei ihr. Er droht, sie umzubringen.«

»Warum seid ihr nicht drinnen?«

»Seine Gnaden hat uns befohlen, draußen zu bleiben und auf seine weiteren Anweisungen zu warten. Aber er hat bis jetzt noch nicht nach uns gerufen.«

»Townley kann gut mit Messern umgehen«, bemerkte der andere Wachmann. »Wenn wir hineingingen, würde er sie bestimmt benutzen.«

»Gibt es eine Hintertür?«

»Ja, bei der Küche.«

»Sonst noch welche?«

»Nein.«

»Alfred. Komm mit mir. Rufus, bewacht mit zwei Männern die Hintertür.«

Alfred und Owen gingen zur Rückseite des Hauses. Als sie sich einem Fenster mit geschlossenen Läden näherten, rief eine ängstliche Stimme: »Die Herrin blutet. Der Herr sei uns Sündern gnädig. Bitte, helft ihr .«

Die Hintertür, die so angebracht war, daß der Koch keinerlei Schwierigkeiten damit hatte, schwang nach innen auf. Owen und Alfred betraten geräuschlos das Haus.

Ned drückte das Messer noch stärker an Alices Hals, ritzte eine Stelle leicht an, blickte zu Thoresby auf und grinste, als dieser stöhnte. »Warum sollten Bardolph und Crofter irgend etwas gestehen?«

Thoresby versuchte, keine Miene zu verziehen, als er sah, wie Owen hinter Ned den Raum betrat. »Sie werden gestehen, um ihre Seelen zu retten.«

»Warum machen wir uns Sorgen um ihre Seelen? Sie wußten, daß sie sündigten, als sie …« Ned erstarrte, wandte sich um.

Da Owen auf dem linken Auge blind war, entschloß er

sich, Neds rechte Hand zu packen, mit der er Alice bedrohte.

Ned stolperte nach hinten. Owen wirbelte ihn herum, schlug ihm das Messer aus der Hand und warf ihn zu Boden.

»Alfred, sorg dafür, daß er unten bleibt!« befahl Owen.

Alfred stürzte sich auf Ned.

Alice war zusammengebrochen. Agnes kniete vor ihr nieder und betupfte ihren Hals mit einem Tuch.

Owen stieß das Mädchen zur Seite und entdeckte auf dem Stück Stoff, mit dem Alices Arme gefesselt waren, einen blutroten Fleck. Als er den Stoff löste, sah er, daß ihr linker Oberarm blutete.

Alice berührte die Wunde. »Es ist nichts, Hauptmann. Ich habe es mir schlimmer vorgestellt.«

»Ihr seid eine tapfere Frau, Mistress Perrers. Ich kenne mich aus mit Wunden. Diese und die Schnitte an Eurem Hals müssen ziemlich weh tun.«

Thoresby bemerkte, wie es in Alice Perrers Katzenaugen aufblitzte, als sie in das Narbengesicht schaute, das über sie gebeugt war.

»Ein wenig, ja, Hauptmann, aber es läßt sich aushalten.«

26

Owen führt ein Verhör durch

Da Owen keinen Schlaf fand, ging er in seinem Gemach im weitläufigen Palast von Windsor auf und ab. Seine Schlaflosigkeit rührte nicht etwa von einem Mangel an Behaglichkeit. Ihm war ein Offiziersquartier im unteren Trakt zugewiesen worden, mit einem Kohlenbecken, das den Raum heizte, und zwei kleinen Fenstern, durch die er belüftet wurde. Es war vielmehr Neds Schicksal, das ihn beunruhigte. Ned hatte die Geliebte des Königs angegriffen, sie verletzt, auch wenn es sich nur um geringfügige Wunden handelte, und war deshalb in Gewahrsam genommen worden. Er würde nicht auf Gnade hoffen können, der Narr. Wäre er doch bei dem Trupp geblieben, hätte sich seine Unschuld vielleicht erwiesen, und er wäre wieder freigelassen worden.

Aber vielleicht gab es für ihn noch eine Chance. Da Bardolph und Crofter im Winchester Tower hinter Schloß und Riegel waren, bestand die Möglichkeit, daß sie gestanden. Owen setzte seine Hoffnung vor allem auf Bardolph. War er in jenem Augenblick, als er in York Johannes um seinen Segen gebeten hatte und riskierte, entdeckt zu werden, von der Angst getrieben worden? Mit den richtigen Worten, der richtigen Mischung aus Mitgefühl und Suggestion konnte man vielleicht die Wahrheit aus ihm herausbekommen. Owen mußte es versuchen.

Thoresby spielte gedankenverloren mit den Papieren, die vor ihm lagen, und hörte sich Owens Vorschlag an. Allmählich hellte sich seine Miene auf, und er lächelte.

»Ihr amüsiert Euch?« fragte Owen.

Thoresby schob die Papiere zur Seite und lehnte sich über den Tisch. »Wenn Ihr ein Geständnis bekommen und Namen erfahren könntet ...« Seine tiefliegenden Augen leuchteten. »Tut Euer Bestes, Archer. Wenn Ihr ihn dazu bringen könntet, auszusagen, daß Wyndesore ihm die Anweisungen gab ...« Er warf den Kopf in den Nacken und kicherte kehlig.

Owen fragte sich, ob der Erzbischof den Verstand verloren hatte. »Ich verstehe Eure Stimmung nicht, Euer Gnaden.«

Die dunklen Augen richteten sich auf Owen. »Der König könnte eine solche Beschuldigung nicht einfach vom Tisch wischen. Dies würde Wyndesore zu Fall bringen.«

»Ich wußte nicht, daß Ihr ihm gegenüber so feindselig eingestellt seid.«

»Es geht mir eigentlich mehr um Alice Perrers. Die ehrgeizigen Pläne der beiden waren bei diesem tödlichen Spiel gefährdet. Der König würde seine Mätresse verstoßen.«

Aha, er war wieder mit seinen widerlichen Hofintrigen beschäftigt. »Ich tue dies für Ned und um der Gerechtigkeit willen, Euer Gnaden. Und nicht um eine Dame zu Fall zu bringen, der ich noch nie begegnet bin.«

»Ja, ja«, beschwichtigte Thoresby Owen. »Michaelo wird für Euch ein Treffen mit Bardolph arrangieren. Und wird Euer Zeuge sein. Im Winchester Tower gibt es einen Raum, der durch eine dünne Wand abgetrennt ist. Michaelo wird als Euer unsichtbarer Schreiber auf der anderen Seite fungieren.«

Bardolphs Blick wirkte gehetzt, er hatte eindeutig Angst. Als Owen ihm einen Becher Bier reichte, stöhnte er, als erwarte er einen Schlag.

»Beruhige dich. Ich will mit dir reden, sonst nichts.« Owen war dankbar für die sechs Lampen, die Michaelo besorgt hatte. Das hohe Fenster spendete weder Licht noch frische Luft. Sogar hier in der Nähe des Bodens war es feucht, dunkel und kalt. Wie erst mußte wohl das Verlies sein? Als Owen den Mann betrachtete, der die letzten Tage im Verlies verbracht hatte, hielt er den Atem an und versuchte, einen Laut von Michaelo zu erhaschen. Nichts. »Los, trink.«

Bardolph starrte Owen ungläubig an, hob mit zittrigen Fingern den Becher an seine rissigen Lippen.

»Haben sie dir nichts zu trinken gegeben?« fragte Owen.

Bardolph schluckte, wischte sich mit dem Ärmel über den Mund und schüttelte den Kopf.

»Deine Lippen. Ich dachte, vielleicht …«

»Nein. Das kommt von der Kälte.«

Wohl eher von seiner Nervosität. »Ich habe eine Salbe, die dir helfen könnte.«

»Das ist nicht wichtig.« Bardolph leerte den Becher.

Owen hob den Krug. »Noch eines?«

»Da sage ich nicht nein.« Aber als Owen ihm nachschenken wollte, runzelte Bardolph die Stirn, als erinnere er sich an etwas, und hielt die Hand über seinen Becher. »Man sagt, Ihr seid Townleys Freund.«

»Ja, das stimmt.«

Er schüttelte den zottigen Kopf, als ob er Fliegen abwehrte. »Wie kann ich wissen, daß Ihr mich nicht vergiften wollt?«

»Warum sollte ich das tun, Bardolph?«

Bardolph wandte den Blick ab. »Wenn man im Kerker sitzt, wird man wachsam.«

»Gewiß. Aber warum sollte ich dich vergiften?«

Bardolph schniefte, erwiderte aber nichts darauf.

»Hast du Hauptmann Townley etwas angetan?«

Die von dunklen Ringen umschatteten Augen blitzten. Bardolph griff nach dem Becher, wirkte einen Moment lang verwirrt. »Unsere letzte Begegnung war nicht sehr freundlich.«

Owen nickte. »Nein, das stimmt. Aber du wolltest ihn nur aufstöbern, nicht lebendig verbrennen. Trink ruhig. Ich habe diesen Krug mit dir geteilt, und außer uns ist niemand hier. Ich will wirklich nur mit dir reden.«

»Warum?«

»Ich würde gern verstehen, was meinen Freund bewog, die Geliebte des Königs anzugreifen.«

Bardolph schüttelte den Kopf. »Ich weiß nicht, was zwischen ihnen ist.« Er nahm seine Hand von dem Becher und schob ihn Owen hin.

Während Owen das Bier einschenkte, überlegte er, wie er fortfahren sollte. Bardolph war keine geistige Leuchte, aber auch kein Dummkopf.

»Ich danke Euch, Hauptmann«, sagte Bardolph, hob den Becher und leerte ihn fast auf einen Zug. Als er ihn zurückstellte, rülpste er zufrieden. Aber seine Hände zitterten immer noch.

»Was hast du in York gemacht?«

Bardolph blinzelte. »Wie?«

»Du warst doch in York?«

Der Mann wand sich. »Wer sagt das?«

»Don Johannes, der Erzdiakon von York. Hat er nicht recht?«

Bardolphs Unterlippe fing den Schweiß über seiner Oberlippe auf. »Ich bin durch York gekommen.«

»Und du hast den Erzdiakon um seinen Segen gebeten – und um Vergebung.«

Der Mann stöhnte. Sein Blick wanderte durch den Raum, und er rang nach Worten. »Wir sind alle Sünder, Hauptmann.«

»Ja, das ist richtig, Bardolph. Und du hast an jenem Tag die Last deiner Vergangenheit gespürt, stimmt's?«

»So ähnlich.«

Owen nickte. »Wir Soldaten leiden alle unter quälenden Erinnerungen.« Er rieb die Narbe unter seiner Augenklappe. »Ich habe die Frau getötet, die mir das angetan hat, und ihren Mann.«

Bardolph musterte Owen mitfühlend. »Ich erinnere mich an den Abend, als Ihr diese Geschichte in York in der Schenke erzählt habt. Ihr hattet allen Grund, sie zu töten.«

Owen nahm einen Schluck und stellte seinen Becher wieder behutsam zurück. »Trotzdem wache ich oft nachts auf und grüble über mein Seelenheil nach.«

Bardolph blinzelte. »Ja. Nachts ist es am schlimmsten.« Die Unterlippe knabberte an der schweißbedeckten Oberlippe. Sein Blick wirkte noch gehetzter.

»So, nun habe ich dir meinen Alptraum erzählt. Was hast du für einen?«

Kopfschütteln. »Ich habe Euch nicht um Eure Beichte gebeten.«

Owen lehnte sich auf der Bank zurück, lehnte den Kopf an die Wand, streckte die Beine aus und schloß die Augen. »Manchmal weckt ein Geruch Erinnerungen: Blut, salzige Luft und feuchte Erde.« Er schwieg einen Augenblick und lauschte Bardolphs schwerem Atem. »Manchmal höre ich sie im Schlaf. Ihre Schreie. Ich vermute, damit sorgt Gott dafür, daß wir unsere Sünden nicht vergessen. Die Erinnerungen, die uns quälen.«

»Viele machen sich nichts daraus.« Die Stimme zitterte.

Owen, der immer noch die Augen geschlossen hielt, schüttelte den Kopf. »Ich möchte nicht mit einem Mann ohne Gewissen zusammensein. So einer ist meiner Meinung nach nicht besser als ein Tier.«

»Tiere. So nennt er uns.«

»Wer?«

Tiefes Atemholen. »Niemand.«

»Jemand bezeichnet dich und Crofter als Tiere?«

»Er drillt uns, bis wir die Zähne fletschen wie tollwütige Hunde. Wenn wir die richtigen Leute töten, tätschelt er uns, aber geht mit der Heugabel auf uns los, wenn wir auf eigene Faust handeln. Ist immer das gleiche.«

»Hast du auf eigene Faust gehandelt?«

Bardolph runzelte die Stirn, nagte an der Oberlippe und schüttelte den Kopf. »Ich weiß nicht, was Ihr meint.«

»Jemand hat euch als Tiere bezeichnet, weil ihr auf eigene Faust gehandelt habt?«

Achselzucken. »Es gab Ärger in Dublin. Ich war betrunken. Wir wußten nicht, wer er war.«

»Und Sir William nannte euch Tiere?«

»Ich vermute, das ist mein Alptraum.«

Dann hatte also Wyndesore etwas mit ihnen zu tun. Sehr verheißungsvoll.

»Ihr würdet von Alpträumen heimgesucht werden, in denen Gervase und Heinrich auftauchen, wenn ihr die beiden gesehen hättet, nachdem man sie oben im Moor zurückgelassen hatte.« Owen beschrieb die aufgedunsenen, geschundenen Körper ausführlich. Selbst ihm drehte es dabei fast den Magen um. Bardolph schwitzte jetzt ganz deutlich in dem kühlen Raum, und sein Zittern verstärkte sich. »Ich kann nicht glauben, daß Hauptmann Townley sie ermordet hat«, fuhr Owen fort, »daß er sie so zurückgelassen und mich dann dorthin geführt hat, um mir zu zeigen, was er getan hatte. Kannst du dir das vorstellen, Bardolph?«

Der Mann ließ den Kopf sinken. »Habt Ihr sie begraben?«

»Ja. Oben im Moor.«

»Gott erbarme sich ihrer«, murmelte Bardolph und bekreuzigte sich.

»Ich kann nur nicht verstehen, weshalb? Warum sind Gervase und Heinrich gestorben?«

»Fragt Euren Freund.« Bardolph versuchte, ein hämisches Grinsen zustandezubringen, erstickte aber fast an den Worten.

»Wie kannst du so sicher sein, daß es Townley war? Hast du gesehen, wie er Don Ambrose ermordet hat? Was bringt dich darauf, ihn für so ein ... Tier zu halten? Ich kenne ihn seit« – Owen zuckte die Schultern – »seit einer Ewigkeit? Beinahe. Und soviel ich weiß, hat er in dieser Zeit noch nie eine solche Tat begangen.«

»Es heißt, er hat Mistress Perrers angegriffen.«

»Ja, das stimmt. Hat ihren Hals und Arm aufgeritzt, sonst nichts. Er macht sie verantwortlich für den Tod seiner Geliebten. Warst du jemals verliebt?«

»Ich hatte mein Vergnügen.«

»Aber Liebe?« Owen schenkte sich Bier nach und bot auch Bardolph davon an. »Du siehst durstig aus.«

Bardolph hielt ihm den Becher hin und genehmigte sich einen langen Schluck. Seine Nase rötete sich. »Ich weiß es nicht, da ich immer auf die gleichen Frauen reingefallen bin. Crofter hat eine Frau und Kinder.«

Owen nickte. »Warum hat man euch befohlen, Don Ambrose zu töten?«

Bardolph schüttelte den Kopf. »Ihr wollt mich wohl verwirren.«

»Das brauche ich nicht. Ich weiß, daß du schuldig bist, Bardolph. Ihr habt Gervase und Heinrich getötet, weil sie entdeckt hatten, daß ihr beide Don Ambrose ermordet habt. Aber warum habt ihr den Mönch umgebracht?«

»Ich habe ihn nicht ermordet, und die beiden anderen auch nicht.«

»Wir haben einen Schäfer gefunden, der schwört, daß er dich und Crofter gesehen hat, wie ihr Gervase und Heinrich zum Fluß geschleppt habt.« Das war eine Lüge, aber Gott würde sie ihm vergeben.

Bardolphs Kopf schnellte hoch, er riß entsetzt die Augen auf. »Niemand hat uns gesehen« – er verstummte – »der Herr habe Erbarmen.« Er bekreuzigte sich.

»Wenn es nicht wegen Don Ambrose war, warum habt ihr sie dann ermordet, Bardolph? Sie waren doch eure Kameraden.«

Bardolph schüttelte den Kopf. »Nein. Habe sie kaum gekannt. Aber wir hatten es nicht geplant. Ich schwöre es, Hauptmann.«

»Aber warum dann?«

Bardolph blickte grimmig in seinen Becher, atmete tief und blinzelte, als ihm der Schweiß von der Stirn in die Augen perlte. »Wir hörten, wie sie über uns redeten. Wir dachten, an dem Verschwinden des Mönchs war etwas faul. Und Crofter sagte, wenn wir Townley einholten, würden ihn diese beiden sofort nach Windsor bringen wollen. Aber wir wollten nicht, daß man ihn in den Palast brachte.«

»Warum?«

Achselzucken. »Crofter wollte es so.«

»Wer hat Crofter die Befehle erteilt?«

»Niemand.«

Doch, Wyndesore. Sag es, verdammt noch mal. »Du hast Abt Richard berichtet, daß Sir William von Wyndesore euch nach Norden gesandt habe, um Townley zu beobachten, für den Fall, daß er den Pagen ermordet hatte.«

»Ja.«

»Aber in Wirklichkeit hat er euch nach Norden geschickt, um den Mönch und Townley zu töten, ja?«

Heftiges Kopfschütteln. »Nein.«

Wen schützte er? »Du bist vom Tod gezeichnet, Bardolph. Willst du denn nicht deine Sünden beichten?«

»Ihr seid kein Priester.«

Owen holte tief Luft. »Dann habt ihr also Heinrich und Gervase in der Nähe des Mönchswegs zurückgelassen, in der Hoffnung, Abt Richard würde Hauptmann Townley anklagen?«

Nicken.

Owen erinnerte sich, daß Michaelo ja mithörte und alles aufschrieb. »Habe ich recht?«

»Ja.«

Owen stand auf, ging eine Weile hin und her, setzte sich wieder und fuhr sich mit der Hand durch sein dichtes Haar. Bardolph blickte ihn über den Becherrand an, sein Atem war nur noch ein keuchendes Röcheln.

»Nein.« Owen schüttelte den Kopf. »Es paßt nicht zusammen.«

»Was?«

»Ihr seid nach Norden gesandt worden, um Don Ambrose und Hauptmann Townley zu erledigen, stimmt's?«

Es trat Schweigen ein, als Bardolph mit dem Ärmel über sein schweißbedecktes Gesicht fuhr. »Crofter hat gesagt, wir müßten es tun.«

Endlich. »Warum?«

Bardolph wiegte bedächtig den Kopf hin und her, wie ein großes wildes Tier. »Gott ist mein Zeuge, ich weiß es nicht, Hauptmann.« Er zerrte mit seinen langen Händen an seinem fettigen Haar. Seine Augen schienen sich zu weiten, sein Gesicht zu schrumpfen. Er seufzte: »Ich bin verdammt in alle Ewigkeit, und ich weiß nicht, weshalb.« Er ließ sich auf dem Steinboden auf die Knie fallen und seufzte.

Owen fiel es schwer, mit dem Mann Mitleid zu haben,

an dessen Händen soviel Blut klebte. »Sir William hat euch dies befohlen. Und wegen dieser zufälligen Bluttat in Dublin habt ihr getan, wie er euch geheißen hatte.«

»Nein.« Bardolph warf den Kopf wild wieder hin und her. »Er wußte nichts davon.«

»Warum mußten diese Männer sterben?«

»Fragt Crofter.«

»Ich frage dich, Bardolph.«

»Hat etwas mit Ehre zu tun, mit unserer, da wir seine Männer waren. Crofter sagte, wir müßten es tun.«

»Mit Wyndesores Ehre?«

»Er ist unser Herr.«

»Und ihr habt dies alles ohne sein Wissen getan?«

»Ja. Crofter sagte, wir müßten es tun.«

»Und du tust alles, was dir Crofter befiehlt?«

»Er ist schlau.«

»Ich bin überrascht, Bardolph. Du scheinst ein Mann mit Gewissen zu sein.«

Achselzucken.

»Hast du dem Mönch etwas erzählt, damit er Angst vor Townley hatte?«

»Nein. Wir waren's nicht. Aber wir haben seine Angst genutzt.«

»Was ist mit Mary und Daniel?«

Bardolph hörte auf, den Kopf hin und her zu werfen. Sein Blick wanderte zu der Trennwand. »War da ein Geräusch?«

»Ratten. Sie besuchen dich doch sicher da unten?«

»Es ist die reinste Hölle.«

»Was hattest du mit dem Tod von Mary und Daniel zu tun?«

»Wir haben die beiden nicht angefaßt. Da gab es andere, die sich um sie kümmerten.«

»Zwei unschuldige junge Leute, und du hast dich nie gefragt, warum sie sterben mußten?«

Ein Schulterzucken. »Crofter sagte, wir müßten es tun.«

Crofter schnaubte verächtlich. »Wußte ich doch, daß er umfallen würde. Er hat Euch bestimmt erzählt, daß wir unsere Befehle hatten, aber das stimmt nicht.«

Owen verachtete diesen Mann in zweifacher Hinsicht: wegen seiner Morde und weil er Bardolph mit in den Sumpf gezogen hatte. »Was hat dich dann dazu veranlaßt?«

Ein verschlagenes Grinsen. »Sir William ist ein guter Herr. Wenn es ihm gut geht, geht es seinen Männern auch gut. Ich hatte gehört, daß ein paar Leute etwas über ihn wußten, das seinen Ruin hätte bedeuten können. Sie mußten zum Schweigen gebracht werden. Zum Besten von uns allen.«

»Sir William hat dir das gesagt?«

Der Mann verdrehte die Augen. »Er ist nicht der Mann, der klagt. Ich spitze einfach die Ohren, das ist alles.«

»Und du hast es auf dich genommen, die Morde auszuführen – wie viele waren es, Crofter?«

»Ihr seid der gewiefte Späher, Hauptmann. Ich überlasse es Euch, sie zu zählen.«

Thoresby ging in seinem Salon auf und ab. »Der Teufel soll sie holen. Wie können zwei gewöhnliche Soldaten meine Pläne durcheinanderbringen?« Er warf Michaelos Bericht auf den Tisch. »Zur Hölle mit ihnen.«

»Sie werden bald tot sein und verdammt, davon bin ich überzeugt, Euer Gnaden«, sagte Owen. Er sehnte sich nach einem Krug von Tom Merchets Bier.

»Ich befürchte, sie hat gewonnen, Archer. Sie hat den gesamten Hof verpestet.«

Der Mann war ja förmlich besessen. »Das hat nichts mit Alice Perrers zu tun. Wyndesore ist viel teuflischer als sie.«

Thoresby schüttelte den Kopf. »Darin irrt Ihr Euch. Alles hat mit ihr zu tun.«

27

Beichtvater der Verurteilten

Als Wykeham im kühlen Morgengrauen zum Winchester Tower im unteren Trakt eilte, regnete es. Er fungierte als Beichtvater für Bardolph und Crofter, die die Morde an Daniel und Mary veranlaßt und Don Ambrose, Gervase und Heinrich getötet hatten. König Edward hielt das Angebot seines Ratgebers, sich um die beiden zu kümmern, für einen harmlosen Akt der Buße, weil er wohl mehr enttäuscht war über das Ergebnis der Mission bei den Zisterzienser-Abteien als betrübt über die Morde. Doch Wykehams eigentliches Motiv war morbide Neugier.

Drei Menschen umzubringen und die Ermordung von zwei weiteren zu veranlassen, um einen Herrn zu schützen, der, wie sie behaupteten, nichts davon wußte, zeugte von einer gehörigen Portion Wahnsinn. Hatten sie gutgläubig angenommen, Wyndesore wünsche ein solches Vorgehen? Wenn nicht, was hatte sie dann zu diesen Gewalttaten getrieben? Bestimmt nicht Haß, denn sie kannten ja ihre Opfer kaum. Wykeham fand keinen Schlaf mehr, weil diese Fragen ihm Unbehagen bereiteten.

Der Wächter sprang hoch, rieb sich die Augen und begrüßte Wykeham mit einem Kopfnicken, schien nicht überrascht zu sein, ihn schon zu so früher Morgenstunde zu sehen.

Wykeham segnete den Wächter. »Ich möchte den beiden Männern, die morgen sterben werden, die Beichte abnehmen.«

Der Wächter schüttelte den Kopf. »Sie sind Diebe und Mörder, *Domine*, nehmt Euch in acht.«

Als Wykeham vorsichtig die schmale Steintreppe hinunterging, überlegte er, welche Lüge man dem Wächter aufgetischt hatte; das Ganze war noch immer reichlich mysteriös, da der König darauf bestanden hatte, daß die Heirat der Perrers mit Wyndesore geheim bleiben solle.

Der Wächter blieb vor einer schweren Tür stehen und öffnete sie mit einem großen Schlüssel. »Ich werde draußen sein, *Domine*. Ihr braucht nur zu rufen, wenn es Ärger gibt.«

Wykeham bückte sich, als er durch die Tür trat, richtete sich dann vorsichtig wieder auf, stieß aber gegen die Decke. Eine Katastrophe für einen großgewachsenen Mann. Er fragte sich, wer wohl diesen Turm entworfen hatte; war er als Gefängnis konzipiert worden? War die niedrige Decke Teil der Strafe?

Er hob die Laterne in Schulterhöhe und entdeckte, daß die verurteilten Männer sich in dem kleinen Raum gegenüberlagen, jeder auf einem Stapel sauberen Strohs. Sie schliefen. Der eine blinzelte, als das Licht auf ihn gerichtet wurde. Crofter. Der andere rührte sich nicht. Zwischen ihnen befand sich ein Tisch mit zwei Schemeln. Darauf standen ein Krug und Becher, Teller, Löffel und eine Öllampe. Die Männer waren weder angekettet noch gefesselt. Wykeham überlegte, wer wohl dafür gesorgt hatte, daß sie anständig behandelt wurden – für ein Verlies war es hier fast gemütlich.

»Wer ist da?« fragte Crofter und bemühte sich, aufzustehen.

»Sir William von Wykeham. Ich bin hier, um euch die Beichte abzunehmen.«

»Wir haben bereits gebeichtet.«

»Ich bin hier, um euch die Absolution zu erteilen.«

»Ein Mann des Königs? Sind wir so wichtige Gefangene?«

»Für den Herrn sind alle Seelen wichtig.«

»Aber nicht für den König? Oder ist Seine Majestät neugierig? Möchte gern, daß wir zu Kreuze kriechen?«

Wykeham ging nicht darauf ein. Der Mann hatte allen Grund, verbittert zu sein, da er die Verantwortung für Verbrechen übernehmen mußte, die ihm wohl befohlen worden waren. »Du kannst mir in Ruhe die Beichte ablegen, solange dein Freund noch schläft.«

»Bardolph und ich haben keine Geheimnisse voreinander.« Crofter warf Bardolph einen Blick zu. »Gut, er schläft noch.« Er zuckte die Achseln, kniete nieder und faltete die Hände. »Ich gestehe die Sünden, die mir vorgeworfen werden.«

»Empfindest du Reue für deine Sünden, Crofter?«

»Ja.«

»Warum hast du sie dann begangen?«

Crofter warf Wykeham einen erstaunten Blick zu. »Ich hielt es für meine Pflicht, Sir.«

In den letzten Tagen hatte er dies immer wieder betont, war nie davon abgewichen. »Kamen die Befehle von Sir William?«

»Er wußte nichts davon, das habe ich doch schon gesagt.«

»Wyndesore wußte also nichts von eurem Vorhaben, aber gab es andere Gelegenheiten, bei denen er euch bat, euer Seelenheil aufs Spiel zu setzen, bei denen er andeutete, daß er eine solche Lösung gutheißen würde?«

Crofter zuckte die Achseln. »Wir sind Soldaten, Sir. Das ist unsere Aufgabe. Fraglich ist wohl nur, ob auch die Kirche ihren Segen dazu gibt.«

Wykeham bekreuzigte sich.

»Habt Ihr schon mal jemanden getötet, Sir?«

»Nein. Gott hat mir dies erspart.«

Crofter nickte. »Deshalb könnt Ihr es nicht verstehen. Die Pflicht eines Soldaten ist es, seinen Herrn notfalls auch mit Gewalt zu verteidigen.«

Wykeham überlegte, wer ihm wohl diese schlichte Idee in den Kopf gesetzt hatte. »Dein Kamerad schien nicht ganz dieser Auffassung gewesen zu sein, als er den Erzdiakon von York um Vergebung bat.«

Crofter zuckte die Schultern. »Bardolph war schon immer ein Grübler, aber er ist kein Feigling, wohlgemerkt. Er denkt einfach zu viel. Vielleicht hat er um Vergebung gebeten für den Fall, daß es nicht richtig war, daß wir Sir William auf diese Weise beschützten. Aber dazu müßt Ihr ihn selbst fragen.« Crofter erhob sich, zog den Kopf ein unter der niedrigen Decke und schlurfte zu seinem

Strohsack. »Bardolph, der Kaplan ist da. Ein wichtiger Mann, er kann nicht warten.« Crofter schüttelte seinen Freund, aber dieser rührte sich nicht. »Bardolph, hast du mich gehört? Bardolph.«

Wykeham begab sich beunruhigt zu Bardolph, betastete seinen Hals, hörte seinen Puls, konnte aber kein Lebenszeichen vernehmen. Der Körper fühlte sich kalt an. Er hätte sich schon früher über den tiefen Schlaf des Gefangenen wundern müssen. »War er krank?«

Crofter hielt Wykehams Blick stand, zuckte die Achseln. »Er hat viel geschwitzt, litt unter Schlaflosigkeit. Deshalb war ich froh, daß er endlich wieder tief schlafen konnte.«

»Er schwitzte und konnte nicht schlafen?«

»Ja. Hatte Angst vor dem Sterben, fürchtete das Höllenfeuer.« Er holte tief Luft. »Er ist tot, nicht wahr?«

»Ich fürchte, ja, aber noch nicht lange.« Wykeham richtete die Laterne auf Bardolph, drehte seinen Kopf nach allen Seiten und untersuchte seine Arme. Er entdeckte keine Zeichen von Gewaltanwendung. Der Mann wirkte, als ruhe er friedlich.

Doch Crofter war zu ruhig, zu gelassen für einen Mann, der gerade entdeckt hatte, daß sein Freund tot war. Er konnte Wykeham nicht in die Augen sehen. Dieser schickte einen Boten zu Owen Archer.

Owen starrte durch die Eisenstäbe des Fensters in den grauen Aprilhimmel. Regen prasselte gegen das Fenstergitter; die Feuchtigkeit drang durch die Steinritzen und glitzerte auf den Mauern wie Schweißperlen. »Früher bin ich mir auch als Verbannter vorgekommen.«

»Aber das war nicht ganz das gleiche, oder?« bemerkte Ned müde. »Du konntest immerhin nach Wales zurückkehren.«

Owen wandte sich seinem Freund zu, der in der winzigen Zelle auf und ab ging, um seine starren Glieder zu lockern. Morgen mußte er nach Dover reiten; er würde wohl drei Tage bis dorthin benötigen und dann das Schiff nehmen. Dann war er ein Gesetzloser, das heißt, wenn man ihn aufspürte, durfte er sofort getötet werden. Es würde ein harter Ritt werden. Er würde nur gerade soviel Geld bei sich haben, um sich einschiffen zu können.

»Zuerst warst du Lancasters Spion, und jetzt bist du hier gelandet. Du warst ein Narr, mein Freund.«

Ned blieb vor Owen stehen, packte seinen Freund bei den Schultern und drückte sie. »Ich habe getan, was ich für richtig hielt. Für Mary. Ich bedauere nur, daß ich dich und deine Familie mit hineingezogen habe. Und daß mich der König nicht zu Marys Grab läßt.«

Owen konnte nicht in Neds unendlich traurige Augen blicken. »Ich habe es versucht.«

»Ich weiß, mein Freund. Ich werde nie vergessen, was du für mich getan hast.«

Owen hatte versucht, Ned in Alfreds Kleidern hinauszuschmuggeln, aber die Wachen waren zu aufmerksam gewesen.

»Wohin willst du gehen?«

»Wohin mich der Wind führt.«

Owen zwang sich, seinem Freund in die Augen zu sehen, und umarmte ihn. »Ich werde dich vermissen, trotz des verrückten Katz- und Maus-Spiels, das du mir geliefert hast.«

Sie lösten sich aus ihrer Umarmung.

Ned wanderte wieder auf und ab. »Ihre Verletzungen waren doch harmlos.«

»Schlimmer war der Schreck, den du ihr eingejagt hast, Ned. Und sie hat Einspruch erhoben gegen das ursprüngliche Urteil des Königs.« Der König hatte befohlen, daß Ned enthauptet werde, aber Alice Perrers hatte ihn um Milde angefleht.«

»Ja, das stimmt. Aber was ist mit Wyndesore? Wie kommt er dabei weg?«

Owen wandte sich wieder dem verhangenen Himmel zu. »Seine Männer haben geschworen, daß er nichts wußte von ihrem Versuch, ihn zu beschützen.«

»Er verdient sie nicht. Sie ist eine tapfere, anmutige junge Dame«, sagte Ned versonnen.

»Mistress Perrers?«

»Ja. Hast du jemals eine Frau gesehen, die soviel Mut besaß?«

Der verträumte Ausdruck in Neds Augen heiterte Owen etwas auf. Er fühlte sich an den früheren Ned erinnert. »Du hast gesagt, Frauen interessieren dich nicht mehr.«

Ned zuckte die Achseln. »Sie mochte dich, das haben ihre Katzenaugen ganz deutlich gezeigt.«

»Vermutlich wäre sie jedem freundlich gesonnen gewesen, der sie retten wollte.«

»Du leugnest es Lucies wegen?«

Owen lachte. »Wirst du ihr aus dem Exil schreiben, um es ihr zu erzählen?«

Es klopfte an die Tür. »Eine Nachricht für Hauptmann Archer«, rief die Wache.

»Du bist ein wichtiger Mann, mein Freund.«

Owen öffnete die Tür.

»Sir William von Wykeham bittet Euch, sofort zu ihm zu kommen, Hauptmann. Er hat Bardolph tot in der Zelle vorgefunden.«

»Ermordet?« fragte Owen.

»Der Bote hat nichts davon gesagt.«

Ned bekreuzigte sich. »Manche beschleunigen ihr Ende, weil sie das Henkerbeil fürchten.«

Owen schüttelte den Kopf. »In Bardolphs Fall bezweifle ich das stark. Er hatte Angst um seine Seele. Ich glaube nicht, daß er sich selbst etwas angetan hat.«

»Crofter?«

»Davon bin ich überzeugt. Diese kalten Augen. Laß uns beten, daß es weniger schmerzhaft war als das, was der König mit ihm vorhatte.«

»Ich kann dein Mitgefühl nicht teilen.«

Bardolphs Leiche war in einen helleren Raum gebracht worden. Wykeham begrüßte Owen und geleitete ihn zu dem Tisch, auf dem Bardolph lag. »Ich bezweifle, daß er eines natürlichen Todes gestorben ist, Hauptmann

Archer. Aber ich finde keine Spuren irgendwelcher Gewaltanwendung.«

»Gift?«

Wykeham zuckte die Achseln. »Ich habe darin keine Erfahrung. Aber da Eure Gattin Apothekerin ist und Ihr dieses Handwerk ebenfalls gelernt habt, hoffte ich, Ihr könntet mir helfen.«

»Nur einige Gifte hinterlassen Spuren, Sir William. Und nur ein törichter Mann verwendet solche Gifte, oder ein Mann, der keine Angst vor Bestrafung hat. Aber vielleicht liefern uns Bardolphs Verhalten und sein Aussehen vor seinem Tod mehr Aufschlüsse.«

»Sein Kamerad erzählte, er habe geschwitzt und nicht mehr schlafen können.«

»Vertraut Ihr Crofter?«

Wykeham zog eine Grimasse. »Er erscheint mir viel zu gelassen angesichts des Todes seines Freundes.«

Owen nickte, wandte sich um und blickte Wykeham in die Augen. »Vielleicht kann uns der Leibarzt des Königs weiterhelfen.«

Wykeham betrachtete seine gefalteten Hände. »Wir sollten diese Angelegenheit äußerst diskret behandeln, Hauptmann.«

Adam verteilte den Wein auf drei Becher und stellte den Krug vor Thoresby. Dann zog er sich zurück. Thoresby forderte Owen und Wykeham auf, sich zu bedienen. »Möge Gott diese grauenhafte Mordserie mit Crofters Tod im Morgengrauen enden lassen«, sagte Thoresby, »obwohl er nur aus falsch verstandener Loyalität schuldig geworden ist.« Die drei hoben den Becher an die Lippen.

Owen nahm nur einen kleinen Schluck. Es war nach dem Komplet, und er mußte dem Kanzler und dem königlichen Ratgeber berichten, was er erfahren hatte, nachdem er den Tag damit verbracht hatte, Wachen und Kameraden von Bardolph und Crofter zu befragen. Er mußte nüchtern bleiben.

»Werden wir je die Wahrheit erfahren, Hauptmann?« fragte Wykeham.

Owen betrachtete den Rat prüfend, um herauszufinden, ob er die Frage ernst gemeint hatte; bestimmt verstand er jetzt, daß die Wahrheit nicht bekannt werden sollte. Doch die tiefliegenden Augen blickten harmlos. »Crofter redet mit niemandem mehr. Weder er noch Bardolph haben sich ihren Kameraden anvertraut, und wenn diese doch etwas erfuhren, dann brachten sie sie durch Drohungen zum Schweigen. Ich habe folgendes herausgefunden: Crofters Frau wurde ein beträchtliches Grundstück im Moor übertragen, das einst den Wyndesores gehört hatte. Es soll ihrem ältesten Sohn übergeben werden, wenn dieser erwachsen ist. Es heißt, Wyndesore wollte nicht, daß die Familie für Crofters Sünden büßen müsse.«

»Er wollte nicht, daß Crofter vor seinem Tod noch preisgab, was er ihnen befohlen hatte«, betonte Thoresby voller Abscheu.

Owen überlegte, wann Thoresby so stark gealtert war. Seine Lider hingen faltig über seinen tief in den Höhlen liegenden Augen mit den ausgeprägten Tränensäcken. Sein Gesicht wirkte ausgemergelt.

Wykeham dagegen sah recht jugendlich aus. Sein Gesicht war völlig faltenlos, seine Augen klar. »Und Bardolphs Familie? Hat Wyndesore auch für sie vorgesorgt?«

»Der hatte keine.«

»Ah.« Wykeham lehnte sich zurück und runzelte leicht die Stirn.

Thoresby nickte. »Da er keine Erben hatte, war er auch nicht käuflich.«

»Was habt Ihr von den Wachen über Bardolphs Zustand in den Tagen vor seinem Tod erfahren?« wollte Wykeham wissen.

Owen nippte an seinem Becher. »Sie berichten, daß er einmal ruhig und dann wieder ganz hektisch war. Wenn er fröstelte, hüllte er sich in Decken, warf sie dann plötzlich wieder weg, schrie, er könne nicht mehr atmen, weil die Luft zu drückend sei. Ich weiß nicht genau, was er zu essen bekam, aber ich bin fast davon überzeugt, daß man ihm damit ein langsam wirkendes Gift verabreichte. Ich habe selber gesehen, wie er schwitzte, dachte aber, es sei Angst.«

»Wurde ihm das Gift von Crofter verabreicht?« fragte Thoresby.

»Das vermute ich, aber wir werden es nie genau wissen. Wie ich schon sagte, Crofter spielt den Stummen.«

»Habt Ihr Crofter und den Raum durchsucht?« fragte Wykeham.

»Ja.«

»Und?«

»Natürlich habe ich nichts gefunden.«

»Aber Ihr habt festgestellt, daß er Todesangst hatte.«

»Aber jetzt ist er tot. Und die Männer sind mit Don Paulus unterwegs gewesen, der als ein Kräuterkundler bekannt ist, der keine Fragen stellt. Es ist seltsam, daß der Mönch seine Reise mit Crofter und Bardolph überlebte. Andere hatten nicht so viel Glück.«

»Hat man Don Paulus inzwischen gefunden?« erkundigte sich Wykeham.

»Nein.«

»Sie sollen weitersuchen.«

»Weshalb?« fragte Thoresby und drückte zwei Finger auf seinen Nasenrücken. »Er wird nicht reden. Warum sollte er auch? Was könnte er dadurch gewinnen?«

»Wir müssen wissen, ob Crofter Bardolph vergiftet hat«, beharrte Wykeham.

»Um Himmels willen, gebt es auf«, rief Thoresby. »Niemand außer Euch will das herausfinden. Bardolph wäre morgen hingerichtet worden. Was spielt es für eine Rolle, wenn der Mann, der mit ihm gestorben wäre, seinen Tod beschleunigt hat? Wie können wir feststellen, ob es aus Angst vor Enthüllung oder aus Mitleid geschah? Alles Spekulationen. Wir haben keine Beweise und werden nie welche bekommen.« Thoresby nickte Owen zu. »Ihr seht todmüde aus, ich will Euch nicht länger aufhalten.«

»Ja, ich bin müde«, gab Owen zu und erhob sich. Er wunderte sich über den Ausbruch des Erzbischofs, doch seine Müdigkeit siegte über seine Neugier.

Nachdem Owen sich verabschiedet hatte, schenkte Thoresby sich Wein nach und schob den Krug Wykeham zu. »Verzeiht mir meine Unbeherrschtheit, aber sie rührt von meiner Enttäuschung her.« Er schüttelte den Kopf, als Wykeham zu einer Erwiderung ansetzte. »Der König hat mir befohlen, ich solle meine Untersuchung einstellen. Er will seine Ruhe haben, nichts mehr davon hören.«

»Wegen Prinz Edwards Krankheit?«

»Ja. Die Königin ist beunruhigt über Lancasters Bericht, daß der Prinz nicht aufstehen kann, obwohl der Prinz selber die Nachricht gesandt hat, daß es ihm gut gehe, er sich schnell erhole.«

»Es ist ein Glück, daß Lancaster bei seinem Bruder ist, so daß wir vielleicht die Wahrheit erfahren.«

»Ein Glück? Die Königin zu ängstigen, zudem sie doch selber so krank ist?« Wäre Thoresby Philippas Sohn gewesen, hätte er sie von allen schlechten Nachrichten abgeschirmt. Aber er war nicht gewillt, mit Wykeham über die Königin zu reden. »Ihr habt Euch freiwillig als Beichtvater für die verurteilten Männer angeboten, Sir William.«

Wykeham hielt den Krug umklammert und fuhr mit dem Finger über die feine Silberarbeit des Deckels. Den Blick auf den Krug gerichtet, sagte er ruhig: »Ich bitte Euch, mir zu verzeihen, daß ich Euch beschuldigte, Ihr würdet versuchen zu verhindern, daß ich die Amtskette des Kanzlers erhalte. Ich fühle mich ganz elend, wenn ich daran denke, daß sechs Menschen wegen der Eitelkeit eines alternden Königs und der Intrigen eines Soldaten ihr Leben lassen mußten.« Langsam, als befürchte er, er könne zerbrechen, stellte Wykeham den Krug auf den Tisch. Er hob seinen Becher und blickte zu Thoresby auf. »Ihr seid in Freundschaft zu mir gekommen, und ich habe Euch mißtraut. Gott segne Euch, Kanzler, und vergebe mir meine Ignoranz.«

Thoresby schüttelte den Kopf. »Es besteht kein Anlaß, um Verzeihung zu bitten. Wer würde sich denn über die Entdeckung freuen, daß das Juwel, das er gerade in einem ehrlichen, anstrengenden Kampf gewonnen hat, einen Makel besitzt, das es wertlos macht?«

Wykeham hob ruckartig den Kopf. »Wertlos? Wohl kaum. Vielleicht bedarf es vorsichtiger Handhabung, aber es ist nicht wertlos. Ich versuche, den König positiv zu beeinflussen. Seine Regentschaft ist sehr ruhmreich gewesen und soll es wieder werden.«

Thoresby fand, daß Wykeham für jemanden, der sich schon so lange am Hof aufhielt, unbegreiflich idealistisch eingestellt war. Betrübt erkannte er sich selbst in ihm – als er noch jünger gewesen war. Wykeham war eitel, aber auch naiv. Thoresby verzweifelte. Wykeham würde es wohl nicht verstehen. Er würde sich bis zum Kanzleramt durchkämpfen. Er würde hart arbeiten und der Hoffnung anhängen, er könne dafür sorgen, daß der Gerechtigkeit Genüge getan werde. Aber langsam, nachdem er sich jahrelang über die Urteile des Königs gewundert hatte, würde er erkennen, daß Edwards Entscheidungen persönlich motiviert waren, daß er das Gesetz nach eigenem Gutdünken auslegte. Und wenn der König eines Tages die Sorge in Wykehams Augen bemerkte und entdeckte, wie er mißbilligend die Lippen verzog, würde er einen anderen ehrgeizigen und klugen Mann finden, ihm ein Bistum zuweisen und die Amtskette an ihn weitergeben.

»Was bewegt Euch?« fragte Wykeham.

»Ich war ein Narr. Ich hoffte, ich könnte Euch retten, aber Ihr seid nicht zu retten.«

28

Diplomatie

Ungeduldig über das zögerliche Anprobieren und ängstliche Gemurmel des Schneiders, zerrte der König an dem kostbaren blauen Gewand, das mit goldenen Bändern für die Befestigung des Hosenbandordens bestickt war. »Seid Ihr ein Schneider oder eine Stechmücke? Sorgt dafür, daß es paßt, und laßt mich dann in Ruhe.« Edward brüllte genauso laut wie immer.

Thoresby wollte den König in einer Angelegenheit sprechen, die nicht vor dem Schneider erörtert werden konnte. Und so nahm der Kanzler neben dem Kamin Platz und versuchte, den König von dem lästigen kleinen Mann abzulenken, damit sie sich vielleicht doch noch vernünftig unterhalten konnten, bevor der Tag zu Ende ging. Der Erzbischof hatte beim gestrigen Abendessen mit Archer und dem Dichter Geoffrey Chaucer, der sich, wie er zu seiner Überraschung erfahren hatte, seit einiger Zeit am Hof aufhielt, ein paar neue Anekdoten aufgeschnappt.

»Master Chaucer besitzt einen scharfen Verstand«, meinte Edward. »Ein kluger Mann. Er hat das Auge eines erstklassigen Schneiders, wenn er das Wort eines Mannes aufnimmt.« Er warf dem ängstlichen Gesicht, das sich über seine Schultern beugte, einen vielsagenden Blick zu. »Ich finde Chaucer nützlich, aber ich warne Euch, John, Ihr braucht nicht damit zu liebäugeln, ihn in Euren Haushalt aufnehmen zu können. Philippa würde es nicht dulden.«

»Ich habe nicht vor, ihn in meinen Haushalt aufzunehmen, Euer Gnaden.«

Edward furchte die Stirn. »Nein? Hm.« Die breiten Schultern zuckten unter den forschenden Händen des

Schneiders zusammen. »Warum hat er mit Euch gespeist?«

»Ich wollte Hauptmann Archer aufheitern, denn Chaucer ist einer der wenigen Männer bei Hof, der meinen grimmigen Spion zum Lachen bringen kann.«

»Ah.« Der König nickte. »Euer walisischer Bogenschütze. Ratet ihm von dieser Freundschaft ab, John. Spione sollten keine Freunde sein. Vielleicht müssen sie schon morgen einander verraten.«

»Ich bin fertig, Majestät«, murmelte der Schneider. Umständlich faltete er das Gewand zusammen und ging rückwärts aus dem Raum, wobei er sich ständig verbeugte.

»Ein Hornochse von einem Schneider. Die Franzosen sind alle Hornochsen«, brummte Edward. »Nun.« Die blaßblauen Augen richteten sich auf Thoresbys Gesicht, das plötzlich einen gemessenen Ausdruck angenommen hatte. »Was stimmt nicht, John? Eure Stimmung ist getrübt. Euch beunruhigt etwas.«

Thoresby raffte seinen ganzen Mut zusammen und nahm die schwere Kette von den Schultern. Er hielt sie mit beiden Händen dem König entgegen und sprach die Worte, die er die ganze Nacht eingeübt hatte. »Verzeiht, Majestät, aber ich glaube, es ist Gottes Wille, daß ich das Kanzleramt niederlege. Ich bin zu alt und zu zerstreut, um Euch noch gut und weise dienen zu können.« Er reichte die Kette dem Diener, der neben dem König stand.

Der König kniff die Augen zusammen und starrte die Kette an, die der Diener durch seine Hände gleiten ließ. Langsam hob Edward den Kopf zu Thoresby. Sein faltiges Gesicht war hochrot vor Zorn. »Gottes Wille, John? Und wie steht's mit *meinem* Willen? Mit dem Willen Eures Königs? Ist Verrat in Eurem Herzen? Seid Ihr Euch mit den Augustinern einig, die behaupten, ich verwirke mein Recht zu regieren, wenn ich sündige? Ihr verurteilt mich wegen Alice, John. Ich weiß es. Und ich weiß, daß Ihr Euren Spion ermutigt habt, den Schweinehund zu retten, der Alice angegriffen hat, damit er es vielleicht noch einmal versuchen kann.«

O Gott, was konnte Thoresby darauf erwidern? »Mein Entschluß hat nichts mit Mistress Perrers zu tun. Ich habe diese Untersuchungen nicht angestellt, um Euch zu ärgern, Majestät. Ich wollte lediglich die Wahrheit herausfinden.«

Die blauen Augen verengten sich, und Edward reckte das Kinn vor. »Ihr wißt zu viel, und Ihr werdet ängstlich, John, das ist die Wahrheit. Seid Ihr deswegen so beunruhigt, weil Ihr Alices Geheimnis preisgegeben habt?«

»Ich habe in diesen vielen Jahren am Hof sehr wohl gelernt, wie wichtig und weise es ist, schweigen zu können, Majestät.« Oder geschickte Lügen zu ersinnen.

»Wer weiß über Wyndesore und Alice Bescheid? Euer Spürhund Florian? Euer walisischer Spion? Euer eleganter Sekretär?«

»Keiner von diesen, Majestät. Ich habe mich allein Eurem Ratgeber anvertraut.«

»Wykeham? Ihr seid wirklich durchtrieben. Ihr habt den Geruch des Moors an Euch. Vielleicht gehört Ihr auch dorthin. Geht.«

Als Owen an die Tür klopfte, spürte er eine seltsame Erregung. Ein privates Abendessen mit Mistress Alice Perrers. Ein seltenes Privileg. Sie hatte ihm eine Nachricht übermittelt, daß sie ihm danken wolle, weil er ihr gegen seinen Freund Ned zu Hilfe gekommen war. Wie konnte er diese Einladung ablehnen?

Thoresby hatte die Stirn gerunzelt und Owen einen tapferen Mann genannt.

»Tapfer? Ist es tapfer, mit einer schönen Frau zu speisen?«

»Mit der Geliebten des Königs, unter vier Augen.«

Owen erinnerte sich an den Ausdruck in den Katzenaugen, den Blick, den sogar Ned bemerkt hatte. Mußte er sich Sorgen machen?

Als Gilbert Owen in das hell erleuchtete Gemach führte, erhob Alice Perrers sich von einem thronähnlichen Stuhl. Ihr Seidengewand paßte zu dem Kerzenlicht; ihre Augen funkelten. Ihr Haar, das unter einem mit Amethysten verzierten Goldnetz verborgen war, leuchtete rotgolden. Ein Schimmer von Licht und Juwelen, der ganz Lucies Haarfarbe entsprach, so daß Owen sich fragte, welchen Zweck Alice damit verfolgte. Aber sie hatte ja Lucie nie gesehen.

»Gott sei mit Euch, Hauptmann Archer«, begrüßte Alice ihn. Sie hatte eine tiefe, wohlklingende Stimme. »Ich habe ein Festmahl zubereiten lassen für den tapferen Mann, der mich gerettet hat.«

Owen fühlte sich wie eine Fliege, die in einem Spinnennetz gefangen ist. Ihre Augen, ihre Stimme, ihre Bewegungen wirkten betörend auf ihn. »Es war meine Pflicht, Mistress Perrers.«

Alice lächelte reizend. »Ihr seid bescheiden, Hauptmann. Kommt, nehmt Platz. Gilbert, schenk den Wein ein.« Als sie sich anmutig bewegte, knisterte ihr Seidenkleid. Nachdem sie Owen aufgefordert hatte, sich zu setzen, kehrte sie an ihren Platz zurück.

Das Kerzenlicht spiegelte sich in den Silberlöffeln, den Tellern und den italienischen Kelchgläsern. Der Tisch, vor dem Gilbert stand, um zu bedienen, war bedeckt mit köstlich duftenden Gerichten. Owen hatte geglaubt, Thoresbys Tisch sei groß, doch im Vergleich zu diesem war er klein. Und zweifellos waren hier mehr Gerichte aufgetragen, als zwei Menschen allein verspeisen konnten.

»Wen habt Ihr noch eingeladen?«

Alices zarte Augenbrauen hoben sich erstaunt, dann lächelte sie plötzlich amüsiert. »Niemanden. Bitte, setzt Euch, Hauptmann.« Sie deutete auf den Stuhl ihr gegenüber. »Ich habe viel Faszinierendes über Euch gehört.« Als sie an ihrem Wein nippten und Gilbert die Speisen auftrug, unterhielt Alice Owen mit Geschichten, die sie über ihn gehört hatte; einige stimmten, die meisten nicht, aber alle waren schmeichelhaft.

Owen, dem es immer mehr so vorkam, als sei er in einen seidenen Kokon eingehüllt, bat Alice, auch etwas über sich zu erzählen. Sie berichtete von ihren Pflegeeltern, wie lustig ihr Leben in der großen Familie gewesen war und wie sehr es sie getroffen hatte, als ihre Onkel sie der Familie entrissen und in eine Klosterschule gesteckt hatten. Owen vermutete, daß er sie wohl bemitleiden sollte, aber beim Anblick der Pracht, die sie umgab, fiel ihm dies schwer.

»Meine Frau und ich haben einen Waisenknaben adoptiert«, sagte er.

»Aber Ihr habt doch auch ein eigenes Kind.«

»Ihr scheint viel über mich zu wissen.«

»Der Kanzler ist stolz auf sein Patenkind.«

Owens Narbe schmerzte und gemahnte ihn, daß er sich in diesem Netz behutsam bewegen mußte; es konnte tödlich für ihn werden, auch wenn die Frau, die es webte, noch so anmutig war. Alice Perrers wußte zuviel über seine Familie. Er war nicht aus reiner Höflichkeit hier.

Als sie bei einer Platte mit Datteln und Nüssen angelangt waren, bemerkte Alice: »Ich kann mir vorstellen, daß Ihr Euch wundert, weshalb ich ein Treffen unter vier Augen wünschte.«

»Ich habe mir überlegt, ob das klug ist, da doch bei Hof so gern geklatscht wird.«

Alice neigte leicht den Kopf. »Ich wollte Euch berichten, daß ich versucht habe, den König zu überzeugen, daß Ned Townley Grund hatte, so zu handeln, wie er es tat. Aber Seine Majestät fand das Motiv nicht ausreichend. Er bestand darauf, ihn ins Exil zu schicken.«

»Ich habe gehört, daß Ihr statt einer Hinrichtung eine Verbannung vorgeschlagen habt.«

Alices linke Hand, an der ein Amethyst funkelte, gab ihm mit einer Geste zu verstehen, er solle schweigen. »Da ich Ned die Verbannung nicht ersparen konnte, habe ich ihm Empfehlungsschreiben mitgegeben. Sie sollten ihm helfen, in Aquitanien Arbeit als Soldat zu finden, wenn auch nicht unter Lancaster.«

Eine großzügige Geste, würde man absehen von der Tatsache, daß Alices Ruf und ihre Stellung bei Hof durch den Tod von Mary gerettet worden waren. Owen erkannte, daß Alice Perrers von ihm Dankbarkeit erwartete;

er jedoch empfand Bitterkeit. Er hob seinen Becher. »Auf Eure Bemühungen um Ned.«

Alice neigte den Kopf und erwiderte spöttisch: »Auf meine Bemühungen? Nein. Laßt uns auf Neds Zukunft anstoßen.«

»Es ist seltsam, auf etwas so Ungewisses wie die Zukunft meines Freundes zu trinken.«

Die Bernsteinaugen musterten Owen über den Rand des kostbaren Kelchs. Alice nippte an ihrem Wein und stellte den Kelch wieder ab. »Ihr wirkt nicht gerade begeistert. Habe ich Euch gekränkt?« Ihr bestürzter Blick wirkte fast überzeugend.

»Ihr habt Ned unbeschreiblichen Schmerz zugefügt. Ihr schuldet ihm viel mehr als Briefe.«

Alice legte eine Hand auf ihren schlanken Hals. »Tatsächlich?« Wie konnte sie so schnell erröten? Oder war es beherrschter Ärger? »Was schulde ich ihm denn?«

Owen war jetzt beunruhigt. Wie weit würde sie ihre Rolle als Unschuldslamm treiben? »Ihr schuldet Ned Marys Leben. Aber natürlich kann nichts und niemand sie wieder zum Leben erwecken.«

»Ihr werft mir Marys Tod vor?« fragte sie flüsternd. In ihren Augen standen Tränen. Ihr Busen in dem freizügig dekolletierten Kleid bebte wie von unterdrücktem Schluchzen.

»Ihr hättet sie beschützen und Ned und Don Ambrose vor der Gefahr warnen müssen. Meiner Ansicht nach seid Ihr an ihrem Tod mindestens ebenso schuldig wie Euer Gemahl.«

Die geschminkten Lippen öffneten sich leicht vor Überraschung. »Mein Gemahl? Wer hat Euch von ihm erzählt?«

»Wißt Ihr, daß Ned weggeschickt wurde ohne die Chance zu haben, Marys Grab zu besuchen?« Owen schloß die Augen und neigte den Kopf.

»Ich habe getan, was ich konnte.«

Owen blickte hoch, überrascht über die Wärme in ihrer ruhigen Stimme.

Aber Alice hatte sich wieder in der Gewalt. Sie betupfte sich mit der bestickten Serviette die Lippen. »Ihr wißt bestimmt, welche Macht die Männer besitzen, die in diese Angelegenheit verwickelt waren? Nicht nur der König, sondern auch Wyndesore.«

»Wollt Ihr damit sagen, diese Macht rechtfertige Mord?«

»Ich will damit sagen, daß ich wenig Bewegungsfreiheit habe. Ich befinde mich in den Fängen von zwei mächtigen Männern.«

Owen blickte sich im Raum um. »Aber in sehr luxuriösem Rahmen, muß ich sagen.«

Röte überflutete ihr Gesicht. »Thoresby hat Euch gegen mich aufgehetzt.«

Owen setzte seinen Kelch ab und erhob sich mit einer höflichen Verbeugung. »Im Gegenteil, Mistress Perrers, Seine Gnaden redet nicht über Euch. Ich danke Euch für Eure Gastfreundschaft.«

Alice erhob sich ebenfalls. »Er redet über mich, ich weiß das. Was hat er vor, Hauptmann?«

Owen weidete sich zum letzten Mal an ihrem Anblick. »Unser König ist ein glücklicher Mann, Mistress Perrers. Ich danke Euch für einen wunderbaren Abend.«

Alice trat auf ihn zu, legte ihm die Hände auf die Schultern, blickte ihm tief in die Augen und küßte ihn flüchtig auf den Mund. Als sie sich von ihm löste, wirkte sie wie eine Katze, die gerade heimlich genascht hatte. »Mistress Wilton ist ebenfalls eine glückliche Frau.«

»Ich glaube, Mistress Perrers, Ihr habt nichts zu befürchten vom Lordkanzler. Er ist den Hof leid und würde sich gerne zurückziehen.«

»Gott mit Euch, Owen Archer.«

Als Owen über den Burghof zu seinem Quartier zurückkehrte, fand er es richtig, Ned zuliebe Alice Perrers zu hassen.

Thoresby saß ruhig da und las die Kompletandacht, als Adam auf Zehenspitzen hereinkam. »Was ist los, Junge?« fragte der Erzbischof träge.

»Die Königin schickt nach Euch. Sie bittet Euch, sofort zu kommen.«

»So spät noch?« War sie ernstlich krank? Wollte sie, daß er ihr die Beichte abnahm? »Ich komme sofort.«

Die Königin saß auf ihrem Baldachinbett und trug ein Seidengewand. Sie streckte Thoresby die rechte Hand entgegen und streichelte mit der linken einen Welpen, der sich auf ihrem Schoß eingerollt hatte. Zwei Kammerzofen arrangierten die Kissen und brachten ein Tablett mit Wein. »Setzt Euch hierher, damit ich in Ruhe mit Euch reden kann«, sagte Philippa und deutete auf einen Stuhl neben sich. Heute abend hatte ihr rundes Gesicht sogar etwas Farbe, und die Ringe unter ihren Augen waren weniger deutlich sichtbar. Aber sie zitterte.

Thoresby nahm Platz, beunruhigt durch diese Beobachtung. »Dem Himmel sei Dank, daß es Euch gut geht, Majestät.«

»Gut?« bemerkte Philippa achselzuckend. »Gott hat mich bislang verschont, doch es geht mir nicht gut. Aber ich darf mich nicht beklagen, denn ich habe ein langes, glückliches Leben gehabt.« Sie nickte einer Dienerin zu, damit sie Wein einschenke und sich wieder zurückziehe. »Wir möchten gern allein sein«, sagte sie energisch in ihrem nicht akzentfreien Französisch. Die Hofdamen und Bediensteten verließen das Gemach. Philippa lehnte sich zurück, die Arme über der Brust verschränkt, schürzte die Lippen und schüttelte den Kopf. »Und wo ist Eure Amtskette?« Sogar jetzt, als ihre Stimme fest klang, zitterte ihr Kopf.

»Verzeiht, Majestät, aber ich fühlte mich unwürdig ...«

»Unsinn. Sind wir Freunde, oder habt Ihr mich nur mit leeren Höflichkeitsfloskeln beglückt, John?«

»Wir sind Freunde, Mylady.«

»Dann redet offen mit mir. Ihr habt genug vom Hof. Der Himmel weiß, daß wir ihn alle nur allzufrüh leid bekommen.«

»Ich möchte mich gern in den Norden zurückziehen und meine letzten Lebensjahre allein Gott widmen.«

Philippa schloß die Augen und bettete ihren Kopf auf

das Kissen. »Ich verstehe Euch, John, sehr gut sogar. Auch ich würde das gern tun.« Einen Augenblick lag sie ruhig da, dann öffnete sie die Augen, richtete sich auf und griff nach Thoresbys Hand. Er nahm ihre geschwollene Hand und blickte in ihre wässerigen Augen. »Brecht Edward nicht das Herz. Bleibt Kanzler, bis Wykeham sein Bistum hat. Tut es für Edward – und für mich.«

Ihre Hand zitterte in seiner. Thoresby küßte ihre Hand. »Wie Ihr wünscht, Majestät.«

Owen lachte dem Mann ins Gesicht, der ihn fragte, ob das Gerücht stimme, daß Thoresby sein Amt als Lordkanzler niedergelegt habe. Als er wieder in seinem Gemach war, grübelte er über einem Krug Bier über diese Möglichkeit nach. Bald kam er zu dem Schluß, daß es vielleicht doch stimmte, sehr wahrscheinlich sogar. Denn wer würde solch eine phantastische Geschichte erfinden, obwohl niemand außer Owen wissen konnte, was sich in Thoresbys Herz abspielte? Owen wußte, daß sich die Beziehung des Erzbischofs zum König in letzter Zeit stark verschlechtert hatte, was zum großen Teil auf den immer größer werdenden Einfluß von Alice Perrers zurückzuführen war. Owen wußte auch, wie das Alter Thoresby plagte. Er hatte beobachtet, wie er nach einem ausgiebigen Abendessen mit großer Mühe aufgestanden und keuchend eine Treppe hinaufgestiegen war, sich an die Stirn gefaßt und den Wein zurückgestoßen hatte. Thoresby spürte seine Sterblichkeit.

Aber als Thoresby Owen empfing, trug er noch seine Amtskette.

»Dann stimmten die Gerüchte also nicht. Ihr tragt ja noch die Kette.«

Thoresby blickte an sich hinunter. »Ich wollte das Amt niederlegen, das stimmt. Aber die Königin überredete mich, noch eine Weile weiterzumachen. Bis Wykeham so weit ist, es zu übernehmen. Königin Philippa geht es zunehmend schlechter. Ich konnte der liebenswürdigen Dame diesen Wunsch nicht abschlagen.«

Owen zuckte die Achseln, als er sich auf einen Stuhl setzte, und streckte die Beine aus. »Ich hatte gehofft, Ihr würdet mich wieder auf eine Reise schicken.«

Thoresby lächelte. »Verzweifelt nicht. Ich werde Euch nicht ewig in Windsor festhalten. Ich will morgen nach York aufbrechen.«

»Morgen?« Das hörte sich nach Flucht an.

»Seid Ihr bereit?«

Owen fühlte sich erleichtert. »Ich werde die Stunden zählen, Euer Gnaden.« Es waren angenehme Stunden, da er jetzt wußte, daß er den Palast verlassen würde. Er aß mit dem Dichter Chaucer und dessen Gemahlin zu Abend. Sie war eine rundliche Frau mit einem gesunden Menschenverstand, eine ideale Ergänzung zur Verträumtheit ihres Gatten. Während ihr Mann amüsante Anekdoten über den Hof zum besten gab, analysierte sie, welche Bedeutung sie für den König hatten. Sie verabschiedeten sich mit dem Versprechen, sich eines Tages in York wieder zu treffen, zusammen mit Lucie.

Michaelo fand, daß die Abreise keinen Augenblick zu früh erfolgte. Seine Gnaden hatte sich bereit erklärt, die Amtskette noch bis zu Wykehams Bestätigung als Bischof zu tragen, doch er bestand weiter darauf, die Arbeit, die ihn in London hielt, gleich seinen Mitarbeitern in Westminster zu übertragen. Michaelo schickte ein Stoßgebet gen Himmel, daß sie schon weit weg wären, wenn der König nach Thoresby sandte und statt dessen Bruder Florian entdeckte. Er fürchtete den Zorn des Königs.

Er wollte auch nicht in Windsor weilen, wenn der Klatsch über Archers intimes Abendessen mit Mistress Perrers die Gemächer des Königs erreichte. Es wurde bereits erzählt, der gutaussehende Hauptmann habe seinen Charme dazu benutzt, Mistress Perrers zu überreden, beim König um Ned Townleys Leben zu bitten. Vielleicht war Townley sogar ihr Liebhaber gewesen?

Im Haushalt von Menschen, die im Blickpunkt des Hofes standen, war niemand vor Klatsch sicher. Thoresbys plötzlicher Entschluß, abzureisen, hatte Michaelos Stimmung gehoben.

Nun ritt Owen neben einem grübelnden Thoresby, der einen langen Blick zurück auf den großen Palast warf, der im Morgennebel wie ein Trugbild erschien.

»Habt Ihr Angst, Windsor könnte für immer aus Eurem Leben verschwinden, Euer Gnaden? Oder erwartet Ihr, daß Wykeham noch einen weiteren Turm errichtet, bevor Ihr außer Sicht seid?«

Thoresby kicherte. »Habt Ihr von der Inschrift gehört, die einer der königlichen Schreiber an einer Innenwand der neuen Gebäude in Windsor entdeckt hat?«

Owen hatte davon erfahren. *Das hat Wykeham gebaut.* »Ja. Aber es heißt, er erklärt es so, daß er nie so weit gekommen wäre, wenn er sein Talent als Baumeister nicht hätte beweisen können.«

»Er ist ein guter Mann, Archer. Aber auch ein törichter. Ein übereifriger junger Hund.«

»Mir scheint er schon etwas zu alt für einen jungen Hund.«

»Ich ersehne den Tag, an dem ich den Hof endgültig hinter mir habe.«

»Auch wenn Wykeham diese Kette trägt, werdet Ihr ihn nicht ganz los sein. Als Erzbischof sitzt Ihr doch immer noch im Königlichen Rat.«

Thoresby warf Owen einen Blick von der Seite zu. »Es gefällt Euch, meine Tagträume zum Zerplatzen zu bringen, Archer. Ich sehe das Vergnügen in Eurem Blick. Aber zumindest habe ich die Freiheit, in meinem Haus in London zu leben. Ich hoffe, daß ich nie wieder in meine Gemächer in Windsor zurückkehren muß oder in jene von Alice Perrers.«

»Ah. Mistress Perrers.«

»Höre ich Belustigung aus Eurer Stimme?«

»Ich gestehe, ich frage mich, weshalb Ihr sie so verachtet.«

»Tatsächlich? Dabei wollte ich Euch fragen, wie Ihr Euer Abendessen gefunden habt?«

»Ich wurde richtig verwöhnt. Ein fürstliches Mahl und eine anmutige, geistvolle Frau, die viel schöner ist, als ich erwartet hatte …«

»Sie hat Euch bezaubert.«

»Sie hat mich fasziniert, ja. Sie kennt ihre Macht und setzt sie geschickt ein.«

Thoresby bekreuzigte sich. »Daß sie intelligent ist, macht dies alles noch schlimmer. Ihr habt völlig recht, sie weiß genau, was sie tut. Es ist alles Absicht. Und sie schert sich keinen Deut um ihr Seelenheil.«

»Vielleicht ist sie dafür noch zu jung.«

»Sie ist ein geplagtes Kind, Archer. Seit ihrer Geburt ist sie mit dem Tod konfrontiert.«

»Nun, das erklärt vielleicht einiges.«

»Ihr verachtet sie nicht, Archer?«

»Natürlich verachte ich sie – wegen dem, was sie Ned angetan hat.«

»*Deo gratias*. Ich fing schon an, um mein Patenkind zu bangen.«

Epilog

Jasper schlurfte in den Laden, nahm den kreischenden Crowder auf den Arm und stürzte neben Lucie am Tresen zu Boden. Lucie sah, daß er sich Sorgen machte. »Ich dachte, du hilfst Owen im Garten?«

»Ja, schon«, murmelte Jasper bedrückt.

Lucie legte ihm eine Hand auf die Schulter und schaute ihm in die Augen. »War er grob zu dir?«

Jasper zuckte die Schultern. »Er hat schlechte Nachrichten bekommen, nicht wahr? Über Ned Townley, oder?« Seine hellen Wimpern zuckten, und er kämpfte gegen die Tränen.

»Nein. Gaspare hat ihm gute Nachrichten über Ned mitgeteilt.« Was auch stimmte. Aber dennoch hatte es auch einige schlechte Neuigkeiten gegeben. Warum hatte dieser Brief ausgerechnet heute morgen kommen müssen? Es war Gwenllians erster Geburtstag, und sie wollten für ihre Pateneltern im Salon ihres neues Hauses ein Essen veranstalten. Lucie hatte gehofft, Owen würde heute morgen auf den Laden aufpassen, damit sie Tildy und deren jüngerer Schwester bei den Vorbereitungen helfen konnte. Doch kurz nachdem der Bote eingetroffen war, hatte Owen seine ältesten Gewänder angezogen und sich über den Garten hergemacht. Es stimmte zwar, daß die Apfelbäume in Corbetts Garten versetzt werden mußten; in zwei Tagen würden die Steinmetze damit beginnen, einen Gang anzulegen, der die beiden Häuser verband, und einen Hofplatz einzurichten, der den Garten von dem geschäftigen Treiben in der Davygate abschirmte, und die Bäume waren im Weg. Doch Owen tat plötzlich so, als müßten sie unbedingt heute morgen umgepflanzt werden.

Jaspers Gesicht verzog sich fragend. »Gaspare hat Ned gesehen?« Er hatte für Ned gebetet, seit er von seiner Verbannung erfahren hatte. Owen hatte es ihm zwar lang und breit zu erklären versucht, doch Jasper war überzeugt, daß Verbannung Tod bedeutete. Lucie hatte gehofft, die Nachricht von einem der alten Kameraden Owens und Neds würde den Jungen wieder aufheitern.

»Nein, Gaspare hat Ned nicht gesehen, aber er hat einen Brief von ihm bekommen. Ned hat sich dem Gefolge von Herzog Lancaster in Aquitanien angeschlossen.«

Jaspers Gesichtsausdruck war ernst. »Auch Gaspare steht in den Diensten von Lancaster. Warum hat er Ned denn nicht gesehen?«

»Weil Ned sich in der Residenz des Herzogs aufhält, nicht bei der kämpfenden Truppe, Jasper.« Schon während sie das sagte, wußte Lucie, daß der Junge dies als eine weitere Lüge der Erwachsenen auffassen würde, um die Alpträume zu verjagen, die ihn quälten.

»Gaspare kann weder lesen noch schreiben.«

Die Türglocke läutete. Lucie bückte sich, um dem Jungen das flachsfarbene Haar aus der Stirn zu streichen. »Gaspare hat sich an einen der Schreiber gewendet, die sich in seiner Reisegruppe befinden, so wie es die meisten Soldaten tun.« Sie küßte Jasper auf die Stirn und schüttelte den Kopf, als er sie argwöhnisch anblickte. »Was bist du doch für ein ungläubiger Thomas. Owen soll versuchen, es dir zu erklären. Geh wieder hinaus zu ihm. Aber du brauchst dir keine Sorgen mehr um Ned zu machen.« Sie kraulte den Jungen unter dem Kinn und schickte ihn weg.

Mistress Ketel, die Frau eines flämischen Webers, wartete schüchtern vor dem Tresen. Als Lucie sie auf Französisch begrüßte, begann die junge Frau zu strahlen. Ihr Ehemann verlangte, daß zu Hause nur Englisch gesprochen wurde, damit die Kinder es fließend beherrschten, doch Katarina besaß nur einen begrenzten Wortschatz. »Die Worte verdrehen sich in meinem Kopf«, hatte sie Lucie einmal erklärt. »Frederick sagt, ich nehme ein wenig von diesem Wort, ein bißchen von jenem und bringe nur Unsinn heraus. Gott helfe mir, aber anscheinend kann ich es nicht lernen.«

Sie sah nicht aus, als sei sie wieder schwanger. »Geht es Euch nicht gut, Mistress Ketel?«

»Doch, mir geht es gut, Mistress Wilton. Es ist das Mädchen. Sie ist zu nah ans Feuer gekrabbelt und hat sich die Hand verbrannt.«

Während Lucie einen Krug mit Brandsalbe füllte, überlegte sie, weshalb Katarina so dünn und ihr Gesicht so grau war und warum ihre Hände zitterten. Hatte sie vielleicht die Schwindsucht? »Ihr solltet wegen Anna die Flußfrau aufsuchen«, schlug Lucie ihr vor. »Sie kennt sich gut aus mit Verbrennungen.« Und würde sich vielleicht auch um Katarina kümmern.

Katarina schüttelte den Kopf und bekreuzigte sich. »Frederick würde damit nicht einverstanden sein, Mistress Wilton.« Sie dankte Lucie für die Salbe, zahlte und eilte davon.

Die Schwindsucht. Gaspare schrieb, daß der Prinz von Wales dahinsiechte. Er war seit dem Frühjahr bettlägerig. Die Reise durch Schnee und Eis nach Najera habe das Heer geschwächt, und viele Männer seien gestorben, bevor sie die Früchte des Sieges genießen konnten. Viele weitere seien durch die Strapazen des Marsches geschwächt und von einer Krankheit befallen worden, die den Körper auszehrte, bis schließlich kaum mehr als nur noch Haut und Knochen übrigblieben. Man glaubte, daß auch der Prinz diese Krankheit hatte, doch sein Mut und seine Zuversicht hielten ihn am Leben. Owens alter Freund Lief hatte nicht dieses Glück gehabt – daher Owens düstere Stimmung. Lucie sprach ein Gebet für Agnes, Liefs Witwe, und ihr Kind.

Kunden nahmen Lucie für den Rest des Vormittags in Anspruch. Sobald der letzte den Laden verlassen hatte, schloß sie die Apotheke und eilte in den Garten, um zu sehen, wie weit die Arbeit mit den Bäumen gediehen war. Sie waren bereits umgepflanzt und abgestützt, und Jasper begoß sie mit Wasser aus einer großen Wanne, die mit Flußwasser gefüllt worden war, um das Wasser aus ihrem Brunnen zu ergänzen. Im hinteren Teil des Gartens war Owen schon mit einem weiteren Baum beschäftigt. Lucie bekreuzigte sich, als sie sah, mit welcher Wut er die Erde wegschaufelte und dann gegen den Baum trat und drückte, als dieser sich zu neigen begann. Sie ging zur Seite, als er herankam, um den Strick und die Pfähle zu holen, und setzte sich auf die Bank neben den Rosen, um zu warten, bis er die Teufel, die in ihm tobten, wieder gebändigt hatte.

Und als Tildy und ihre Schwester herauskamen, um ihnen zu sagen, daß es Zeit wurde, sich anzuziehen, rief Owen Jasper zu, er solle die Werkzeuge einsammeln, und begab sich zu Lucie.

Sie wischte Owens verschwitzes Gesicht mit ihrer Schürze ab. »Wir müssen unserer Tochter mit einem Lächeln gegenübertreten.«

Wundersamerweise brachte Owen ein schiefes Grinsen zustande. »Ja. Lief soll uns diesen Geburtstag nicht verderben. Ich habe jetzt genug um ihn getrauert.«

Eine solche Zusammensetzung der Gäste konnte man nur in diesem Haushalt finden. Mit Owen war ein Haushofmeister und Späher anwesend, mit Lucie eine Apothekenmeisterin und Tochter eines Ritters. Dazu John Thoresby, der Erzbischof von York, Camden Thorpe, Lucies Gildenmeister, und seine Frau Gwen, Tom und Bess Merchet von der York Tavern, sowie Lucies Vater Sir Robert d'Arby und dessen Schwester Philippa. Magda Digby, die als Hebamme bei der Geburt Gwenllians geholfen hatte, hatte die Einladung abgelehnt, belustigt darüber, daß Lucie und Owen auch nur daran gedacht hatten, sie könne mit dem Erzbischof an einem Tisch sitzen. »Magda hat nicht die Absicht, mit Rabenkrähe Wein zu trinken, ganz gleich ob Vogelauge sein Mann ist. Magda besitzt ein längeres Gedächtnis als die meisten.«

Thoresby, der in seinen erzbischöflichen Gewändern sehr imposant wirkte, schlug vor, einen Toast auf Sir Robert auszubringen. »Der in seiner Freude darüber, daß seine Tochter schwanger war, ihr und ihrem ehrenwerten Gemahl dieses wunderschöne Haus schenkte.«

Sir Robert, der am Fenster im neuen Saal stand und seine Schwester beobachtete, die sich draußen im Garten bei den Kindern befand, verbeugte sich und hob seinen Becher mit einem entschuldigenden Seitenblick auf Lucie, die sich anfänglich gar nicht über dieses außergewöhnliche Geschenk gefreut hatte.

Doch auch sie erhob ihren Becher. »Auf Sir Robert.«

Alle prosteten sich zu.

Dann trat Sir Robert nach vorne. »Laßt uns auch auf den Lordkanzler anstoßen, der uns großzügigerweise diesen hervorragenden Wein zukommen ließ.«

»Auf den Erzbischof, Sir Robert«, sagte Bess. »Seine Gnaden ist nicht mehr Kanzler.«

Thoresby war gerade aus London zurückgekehrt, wo er das Große Siegel und die Amtskette an Wykeham übergeben hatte.

Sir Robert kratzte sich am Kopf und runzelte die Stirn. »Ah. Jetzt fällt es mir wieder ein. Meine Tochter hat etwas davon gesagt. Verzeiht, Euer Gnaden.«

Thoresby hob seinen Becher. »Keine Ursache, Sir Robert. Weshalb solltet Ihr Euch die Mühe machen, Euch die wechselnden Schicksale der Personen des Hofes zu merken. Trinken wir lieber auf Hauptmann Archer, Mistress Wilton und mein wunderschönes Patenkind.«

Nachdem sie auch noch auf das Haus, die Handwerker und Owens wundersame Verpflanzung der Apfelbäume getrunken hatten, trat Thoresby abermals nach vorne. »Und laßt uns schließlich auch auf Sir William von Wykeham trinken, der heute zum Bischof von Winchester geweiht wird.«

Camden Thorpe runzelte die Stirn. »Aber, Euer Gnaden, hätte denn nicht der Erzbischof dieser großen Stadt an dieser Zeremonie teilnehmen sollen? Weshalb seid Ihr nicht in St. Paul?«

»Mit dem Erzbischof von Canterbury und den Bischöfen von London und Salisbury befindet er sich bereits in guter Gesellschaft. Mich wird man nicht vermissen.«

»Aber wärt Ihr denn nicht gerne dabeigewesen?« fragte Camden, ein Mann, der Zeremonien über alles schätzte.

»Nicht wenn es mit dem ersten Geburtstag meines Patenkinds zusammenfällt«, erwiderte Thoresby mit freundlichem Lächeln.

Owen und Lucie blickten sich verwirrt an.

»Auf den Bischof von Winchester«, sagte Gwen Thorpe und hob ihren Becher.

Als die Gäste sich nach dem Toast zu dem hell erleuchteten Tisch begaben, berührte Bess Tom am Arm, lehnte sich zu ihm und flüsterte ihm ins Ohr: »Das ist wirklich ein passendes Haus für sie.«

Tom blickte zu den verglasten Flügelfenstern, die zum Garten hinausgingen, zum gekachelten Kamin in der Mitte des Raumes und zur erhöhten Plattform am Kopfende des Tisches. Er zuckte die Schultern. »Für mich wär's zu groß. Die alte Küche hat mir besser gefallen.«

»Nun, sie werden froh sein über den zusätzlichen Raum, wenn das nächste Kind kommt.«

Tom warf einen Blick zu Lucie und schüttelte den Kopf. »Lucie soll schon wieder schwanger sein? Dafür kommt sie mir aber sehr schlank vor.«

»Du hast ein gutes Auge für schlanke Hüften, mein lieber Gemahl. Aber wenn Seine Gnaden nun häufiger zu Hause ist, werden die beiden genug Zeit haben, sich im Bett zu vergnügen.«

»Ja, das glaube ich auch.« Tom leerte sein Glas. »Aber komm jetzt, Weib, setzen wir uns an den Tisch, bevor der gute Braten kalt wird.«

ENDE

Nachwort

In diesem Buch verflechten sich zwei historische Tatsachen: der Kampf König Edwards III., William von Wykeham zum Bischof von Winchester zu bestellen, und Alice Perrers' faszinierende Beziehung zu William von Wyndesore. Meiner Ansicht nach waren William von Wyndesore und Alice Perrers zwei verwandte Seelen, da sie beide hinsichtlich ihres sozialen Status von der Gunst Edwards abhängig waren. Diese Idee habe ich John Thoresby mitgegeben, der mit dem Gedanken spielt, sich als Lordkanzler zurückzuziehen, weil sich sein Verhältnis zum König deutlich abgekühlt hat, nachdem er unverhohlen zum Ausdruck brachte, daß er dessen Liaison mit einer Mätresse niederer Herkunft mißbilligte. Und nun fördert der König einen weiteren Bürgerlichen, William von Wykeham, der Thoresbys Position einnehmen soll. Die Historiker haben Wykeham in einem freundlicheren Licht dargestellt als Alice Perrers, doch beide erschienen stets als Günstlinge des Königs.

Froissart, ein flämischer Chronist, der sich auf Einladung Königin Philippas eine Zeitlang am Hof aufhielt, schrieb über Wykeham: »... Alles lief durch seine Hände. Er stand so hoch in der Gunst des Königs, daß alles, was sich in England ereignete, nur mit seinem Einverständnis geschah, und nichts gegen seinen Willen unternommen wurde.«* Zweifellos eine Übertreibung, aber es ist richtig, daß Wykeham, der zunächst ein niederer Geistlicher und Kaplan des Königs gewesen war, im Lauf der Zeit am Hof immer weiter aufstieg. Als Hofbaumeister gewann er die Zuneigung des Königs, da er die Fertigstellung von Windsor Castle vorantrieb. In seiner Amtszeit wurde der untere Trakt des Palastes umgebaut, um Unterkünfte für die Geistlichen zu schaffen, die in der Kapelle von St. Georg ihren Dienst taten. Die Holzgebäude und

Wachtürme im Bergfried wurden renoviert oder umgebaut und mit Kammern, einem Saal und wahrscheinlich
auch einer Kapelle versehen, die für die königliche Familie bestimmt waren, und außerdem wurden die Erweite-
rungsbauten im oberen Trakt fertiggestellt. Dieser Trakt,
in dem die königlichen Gemächer und die Unterkünfte
der Höflinge lagen, erhielt in dieser Zeit seine gegenwärtige Form. Windsor Castle wurde zwar im Lauf der Jahr-
hunderte mehrmals modernisiert, erweitert und umge-
staltet, die Grundlagen des Palastkomplexes, so wie er
sich heute darstellt, wurden jedoch von Edward III. und
William von Wykeham geschaffen. Die Arbeiten im oberen Trakt beschrieb der Fortsetzer von Ranulph Higdens
Polychronicon folgendermaßen *:

> Ungefähr im Jahre 1359 unseres Herrn wurden auf
> Geheiß unseres Königs und auf Verlangen von Wil-
> liam Wickham, Baumeister, viele der exzellenten
> Gebäude in Windsor Castle niedergerissen, um
> durch noch schönere und prachtvollere ersetzt zu
> werden … Es heißt, William sei niederer Herkunft
> gewesen …, doch er war sehr schlau und ein Mann
> mit großer Willensstärke. Um dem König zu gefallen
> und seine Gunst zu erringen, empfahl er ihm, be-
> sagte Burg von Windsor so umzubauen, wie sie
> heute dem Betrachter erscheint.

Im Buch erwähne ich die Inschrift »Das hat Wickam gebaut«,** die man auf einer Mauer im Palast fand. Als der
König sich gegen diese Inschrift sträubte, soll Wykeham
erwidert haben, er wolle dadurch nicht den Ruhm für die
Schaffung des Palastes für sich beanspruchen, sondern lediglich die Tatsache zum Ausdruck bringen, daß er seiner
Fertigstellung seine Karriere verdanke. Diese Episode ist
wahrscheinlich nur eine Legende, doch sie verdeutlicht
den Sachverhalt. Wykeham genoß das Wohlwollen des
Königs. Er hatte auch daran gedacht, König Artus' legen-
däre Tafelrunde wieder ins Leben zu rufen. Dieser frühe

Plan wurde zwar bald aufgegeben, doch später in Gestalt des Hosenbandordens wieder aufgegriffen. Wykeham sorgte jedenfalls dafür, daß der König einen prächtigen, eindrucksvollen Palast bekam, in dem sich seine edlen Ritter zu ihren Festen versammeln konnten, bei denen sie ein Kollegium von Kaplänen bediente.

Zu jener Zeit, in der die Handlung des Buches einsetzt, ist Wykeham Lordsiegelbewahrer. Nun möchte Edward ihn zum Bischof von Winchester bestellen und ihm damit ein hohes Kirchenamt übertragen, das es erlaubt, ihn bald auch zum Lordkanzler zu ernennen. Doch Papst Urban V. widersetzt sich dem Plan, den Bischofsstuhl mit einem Günstling des Königs zu besetzen. Es scheint zwar, daß einige Feinde Wykehams (die ihm vielleicht seine Stellung beim König neideten) eine Kampagne gegen ihn inszenieren, doch im Grunde ging es in dieser Frage nicht um persönliche Animositäten. Edward lag ständig im Streit mit dem Heiligen Stuhl, weil der Papst sich, wie er meinte, ungerechtfertigt in die Vergabe von Ämtern einmischte, was die englischen Könige seit jeher als eine weltliche, nicht als eine geistliche Angelegenheit betrachteten. Unter Urban V. verschärfte sich dieser Konflikt durch einen zusätzlichen Streitpunkt: der Papst hatte sich vorgenommen, die Kirche von Klerikern zu reinigen, die gleichzeitig mehrere weltliche oder kirchliche Ämter innehatten, und betrachtete Wykeham als reichsten Vertreter dieser Gruppe in England. Edward hatte in der Tat Wykeham mit Ehren überhäuft; dies war eine häufig genutzte Möglichkeit, einen Kleriker zu bezahlen, ohne in die königlichen Schatztruhen greifen zu müssen. Daher kam es zu einer Kontroverse, die sich längere Zeit hinzog und die Kirche von England in zwei Lager spaltete.

Im Roman versucht Edward, die Äbte von Rievaulx und Fountains, zweier wichtiger Zisterzienserklöster in Yorkshire, zur Unterstützung Wykehams zu bewegen. Man weiß, daß König Edward mindestens 25 Briefe an Kardinäle schickte, um sie um ihre Unterstützung zu bitten (darunter auch an einen Abt, der wenig später Kardinal wurde), es ist jedoch nicht überliefert, daß er auch an

Abt Robert Monkton von Fountains und Abt Richard von Rievaulx auf diese Weise herangetreten wäre, wenngleich diese Vermutung meiner Ansicht nach nicht abwegig wäre. Von den Zisterziensern wußte man, daß sie dem König von England nicht blind ergeben waren; sie fühlten sich in erster Linie ihrem Stammhaus in Frankreich verpflichtet. Ein Votum ihrerseits für Wykeham hätte den Papst sicherlich beeindruckt.

Ein weiteres Drama, das hier dargestellt wird, vollzieht sich im Leben von Alice Perrers. Das Waisenkind Alice begann als Mitglied des Hofstaats von Königin Philippa, Einfluß am Hof zu gewinnen. Bald entwickelte sie sich zur Favoritin der Königin, später auch des Königs. Als Mätresse des Königs befand sie sich am Hof in einer prekären Position. Dieses Verhältnis galt als einer der großen Skandale der damaligen Zeit, wie ich bereits kurz im Nachwort zu *Die Kapelle des Erzbischofs* erwähnte. Wenn die Höflinge feindselig darauf reagierten, daß sie ein uneheliches Kind des Königs zur Welt brachte, dann brauchte eine neunzehnjährige Frau, wie selbstbewußt sie auch auftreten mochte, einen starken Beschützer, der von Gesetzes wegen verpflichtet war, ihr beizustehen. Alice Perrers hatte keine einflußreiche Familie im Rücken, die ihr helfen konnte, sollte sie die Gunst des Königs verlieren.

Die Geschichtsschreiber können sich nicht auf den Zeitpunkt einigen – manche nehmen das Jahr 1367 an, andere meinen, es sei erst nach dem Tod Edwards III. dazu gekommen –, unbestritten ist jedoch, daß Alice irgendwann William von Wyndesore heiratete, der seit 1362 unter Lionel, dem Herzog von Clarence, in Irland die englischen Truppen befehligte. Wyndesore scheint in geschäftlicher Hinsicht genauso raffiniert gewesen zu sein wie Alice. Nach seinem zweiten Einsatz in Irland wurde ihm vorgeworfen, von der Bevölkerung Geld erpreßt zu haben, um seine militärischen Unternehmungen zu finanzieren. Es scheint, als habe er das Geld, das ihm für die Durchführung seines Auftrags bewilligt wurde, vor seiner Abreise mit Alice geteilt. Dies könnte darauf hindeuten, daß die beiden sich schon recht früh sehr nahestanden, so wie ich es dargestellt habe. Doch sie machten ihre Ehe erst publik, als das Parlament nach Edwards Tod von Alice verlangte, ihren Besitz zurückzugeben. Das Paar argumentierte, das Verfahren habe sich gegen Alice als alleinstehende Frau gerichtet, in Wirklichkeit sei sie jedoch verheiratet, und die Besitztümer, die das Parlament zurückforderte, gehörten eigentlich Wyndesore. Alice behauptete damals, die Ehe sei schon vor langer Zeit geschlossen worden. Die beiden lebten danach zeitweise zusammen, jedoch nur dann, wenn es politisch zweckmäßig erschien. Anscheinend war es eine kalte Ehe zwischen zwei sehr ehrgeizigen Menschen. William enterbte nach Alices Tod schließlich ihre Kinder und erhob Anspruch auf ihren gesamten Besitz. Im Roman entwickle ich meine eigene Version dieser Beziehung.

Als ich über Wyndesore recherchierte (ich verwende diese Schreibweise aus Burkes Adelsverzeichnis, um Verwechslungen mit dem Palast und der Stadt Windsor zu vermeiden), erschien es mir seltsam, daß ein Mann, über den niemand etwas Gutes zu sagen wußte, so schnell wieder Einfluß gewann, nachdem er aus Irland zurückbeordert und mit Vorwürfen überzogen worden war. Im Frühjahr 1367 erließ König Edward Wyndesore alle Schulden, die er ihm gegenüber hatte, erlaubte ihm, in Morland einen Wochen- und einen Jahrmarkt abzuhalten (eine ergiebige Einkommensquelle), und bestellte ihn zum gleichberechtigten Markgrafen in der westlichen Grenzmark zu Schottland. Kurz nach dem Ende der Handlung dieses Romans wurde Wyndesore Sheriff von Cumberland und Herr von Carlisle Castle; dann kehrte er als königlicher Leutnant nach Irland zurück und leitete dort nach 1369 mehrere Feldzüge. Ein Mann, der reich belohnt wurde für seine soldatischen Leistungen ...

Oder wurde er vielleicht für etwas anderes belohnt? Hatte der König entdeckt, welche Beziehung zwischen seiner Mätresse und dem Offizier bestand, und war zu dem Schluß gekommen, dies könne ihm politisch von Vorteil sein, wenn es zum richtigen Zeitpunkt enthüllt wurde? Indessen bezahlte er Wyndesore gut für seine Verschwiegenheit und bemühte sich, ihn durch verschiedene Aufträge vom Hof fernzuhalten, während Alice weiterhin seine Mätresse blieb. Könnte dies nicht erklären, weshalb die Beziehung dieser Eheleute später so frostig wurde? Ich halte es durchaus für möglich, wenngleich ich nicht glaube, daß das Verhältnis der beiden zueinander jemals von besonderer Leidenschaft geprägt war, abgesehen von den Stunden, die sie im Bett verbrachten.

Ich verurteile Alice nicht für ihre Ränke. Im 14. Jahrhundert konnte sich eine junge Frau nur dadurch sozial absichern, daß sie einen wohlhabenden Ehemann fand. Und auch diese Sicherung war oft nur vorübergehender Natur, wie das Beispiel von Lucie Wiltons Tante Philippa zeigte, einer kinderlosen Witwe, die feststellen mußte, daß sie keine Rolle mehr spielte, nachdem ihr Ehemann gestorben war. Aufgrund dieser Erfahrung unterstützte Philippa die Heirat, die Lucie zu ihrer Position als Apothekerin verhalf. Nachdem Lucie ihre Begabung unter Beweis gestellt hatte und von der Zunft akzeptiert worden war, verfügte sie über eine außergewöhnlich hohe soziale Sicherheit. Ihre Heirat mit Owen verbesserte ihren Status weder, noch verschlechterte sie ihn; nur eine Veränderung ihres beruflichen Ansehens hätte dies bewirken können. Lucie suchte keinen Beschützer, als sie Owen heiratete; sie heiratete ihn aus Liebe. Komischerweise ist sie die einzige, die einen Beschützer findet. Alice Perrers jedenfalls geriet trotz all ihrer Raffiniertheit an einen Mann, der sich später mehr als Gegner denn als Partner entpuppte.

Band 13 900

Candace Robb
**Das Rätsel von
St. Leonhard**
**Deutsche
Erstveröffentlichung**

England im Jahre 1369. Eine Reihe mysteriöser Todesfälle im St.-Leonhard-Hospital von York sorgt für Aufruhr.
Erzbischof Thoresby will einen Skandal unter allen Umständen vermeiden. Er wendet sich an Owen Archer, der
sein sicheres Gespür für finstere Machen-schaften bereits in der Vergangenheit mehrfach unter Beweis gestellt hatte.
Die geheimen Nachforschungen im Hospital geben
Archer weitere Rätsel auf: Allzu widersprüchlich sind die
Aussagen der Mönche. Und dann verschwindet plötzlich eine junge Laienschwester, die einige der Todes-
opfer offensichtlich näher kannte, als es sich für ihr Amt
schickt ...

Sie erhalten diesen Band
im Buchhandel, bei Ihrem
Zeitschriftenhändler sowie
im Bahnhofsbuchhandel.

Band 13 917

Rebecca Gablé
**Das Lächeln der
Fortuna**

**Deutsche
Erstveröffentlichung**

England 1360: Nach dem Tod seines Vaters, des ehemaligen Earl
of Waringham, reißt der zwölfjährige Robin aus der Kloster-schule
aus und verdingt sich als Stallknecht auf dem Gut, das einst seiner
Familie gehörte. Als Sohn eines angeblichen Hochverräters zählt
er zu den Besitzlosen und ist der Willkür der Obrigkeit ausgesetzt.
Besonders Mortimer, der Sohn des neuen Earl, schikaniert Robin,
wo er kann. Zwischen den Jungen erwächst eine tödliche Feind-
schaft.
Aber Robin geht seinen Weg, der ihn schließlich zurück in die Welt
von Hof, Adel und Ritterschaft führt. An der Seite des charismati-
schen Duke of Lancaster erlebt er Feldzüge, Aufstände und politische Triumphe – und begegnet Frauen, die ebenso schön wie gefährlich sind. Doch das Rad der Fortuna dreht sich unaufhörlich,
und während ein junger, unfähiger König England ins Verderben
zu reißen droht, steht Robin plötzlich wieder seinem alten Todfeind
gegenüber …

Sie erhalten diesen Band
im Buchhandel, bei Ihrem
Zeitschriftenhändler sowie
im Bahnhofsbuchhandel.